中文社会科学引文索引（CSSCI）来源集刊

中国现代文学论丛

第十七卷　壹

教育部人文社会科学重点研究基地
南京大学中国新文学研究中心

南京大学出版社

《中国现代文学论丛》编辑部

通讯地址：南京市栖霞区仙林大道163号(邮编210023)
南京大学仙林校区文学院638信箱
南京大学中国新文学研究中心

电　　话：(025)89686720　　89684444

传　　真：(025)89686720

E - mail：wxluncong@126.com

目录

【现代文学史透视】

【戏剧影视研究】

【学界观察】

Contents

【Local Literature Study】

【Literary Scene】

(特约编辑:任一江、张宇;英文翻译:张宇)

从写实到象征

——当代乡土小说艺术方法变迁

贺仲明

（暨南大学 文学院，广州 510632）

内容摘要：当代乡土小说艺术方法，经历了以写实为中心到以象征为主体的转型。转型的背后有历史的因素，也有时代社会和文化的原因。转型有成功处，也存在一些不足。但当前乡土小说存在写实上的严重匮乏，这严重影响到乡土小说的艺术魅力，也折射出乡土小说创作精神上的某些缺失。从整体来说，乡土小说艺术朝象征的转型是大势所趋，但如何保留写实方法的长处，又将象征艺术推向深化，是当前乡土小说作家需要面临的问题。

关键词：写实　象征　乡土小说　艺术

当代乡土小说书写和展示乡村生活中的美，与此同时，乡土小说自身也构成一种审美形式。二者之间构成相互影响和促进的关系，并共同随着时代发展而发生嬗变。近七十年中，乡土小说的艺术变迁多元而复杂，我们只能选择最具典型性的艺术特征来分析。在我看来，当代乡土小说艺术最显著的变化应该体现在写作方法上，具体说就是从写实到象征。

一、写实与象征之于现代乡土小说审美

写实和象征是文学书写的两种重要方法。写实源于对生活的

作者简介：贺仲明，暨南大学文学院教授，博士生导师。

基金项目：本文为国家社科基金重点项目“当代乡土小说审美变迁研究（1949—2015）”（16AZW015）的阶段性成果。

客观描摹，是文学最早也最基本的写作方法。而象征则来源于对写实的超越，试图通过具体事物去表现更抽象的思想观念。二者的区分，就像西方美学家做的概括："在一切表现中，我们可以区别出两项，第一项是实际呈现的事物，一个字，一个形象，或一件富于表现力的东西；第二项是所暗示的事物，更为深远的思想、感情，或被唤起的形象、被表现的东西。"①

写实和象征之间有着复杂而深刻的关系。就其要者，有以下两点：一是二者之间没有简单的得失高下之分，而是各有所长、各有特色，体现出不同的审美效果和艺术特色。精彩的写实艺术可以抵达文学顶峰，象征艺术也同样可以。二是二者之间的区分并非绝对，而是具有相对性。一方面，在具体的创作中，写实与象征不是截然分离，而是经常融合在一起。特别是象征型创作一般都要建立在写实的基础上，完全脱离写实的象征型作品是非常少见的。同样，一些以写实方法为中心的作品也可以包含一定的象征色彩。另一方面，写实与象征并非固定不变，而是可能发生迁移。比如，有些作品，创作者当初只有写实的初衷，并没有象征的寓意，但在时间流转过程中，它的写实性会逐渐淡化，象征色彩则得到强化。比如《荷马史诗》、《诗经》中的许多篇章，都是如此。同样，也有一些作品原本追求象征意味，却被读者当作写实来看待。②

就乡土小说来说，写实方法与它的渊源更早也更深。乡村自然和生活风俗画是乡村区别于城市的最外在特点，因此对乡村自然和生活客观的描摹构成乡土小说的主要内容，也是其艺术魅力的重要来源之一。写实则是展现这些画面最重要的艺术方法。从世界乡土小说历史看，许多经典作品都是以写实为基本特色的。

---

① ［美］乔治· 桑塔耶纳：《美感：美学大纲》，缪灵珠译，中国社会科学出版社 1982 年版，第 132 页。

② 参见［意］艾柯等：《诠释与过度诠释》，［英］柯里尼编，王宇根译，生活·读书·新知三联书店 2005 年版。

像哈代的《德伯家的苔丝》、莱蒙特的《农民》、斯坦贝克的《愤怒的葡萄》等都是如此。

中国现代乡土小说也是如此。自茅盾在1930年代倡导乡土小说要直面现实、反映农民生活以来，乡村写实就成为乡土小说的重要类型之一。无论是从作品数量还是从社会影响力来看，它都是最突出的。特别是1942年之后的延安文学，写实都是最主要的方法。茅盾的"农村三部曲"、叶紫的《丰收》、吴组缃的《一千八百担》、周立波的《暴风骤雨》、丁玲的《太阳照在桑干河上》等，都是现代写实乡土小说的代表作品。

但写实方法在中国乡土小说发展中绝非一枝独秀，其社会影响甚至不如象征方法。有学者曾这样概括象征艺术："它是一种表达思想和感情的艺术，但不直接去描述它们，也不通过与具体意象明显的比较去限定它们。而是暗示这些思想和感情是什么，运用未加解释的象征使读者在头脑里重新创造它们。"[①] 也就是说，不满足于客观本体，致力于寻求本体背后的深远意义，是人们运用象征方法的初衷。

这一点，正切合中国现代乡土小说作家的要求。诞生于"五四"文化氛围下的现代乡土小说，最基本的意图就是以文学为改造民族文化的工具，文学世界也经常被赋予文化的象征意义。作家们书写乡村的基本目的就是启蒙，是促进传统文化的现代转型。对立志于"国民性批判"、改造传统中国的"五四"作家们来说，乡村作为中国社会最底层也最落后的地区之一，集中了中国传统文化的糟粕，乡村社会最重要的问题也不在现实，而在文化，最迫切的是对乡村文化的改造和启蒙。还有一部分原因是：这些乡土小说家多是"侨居"大城市的"游子"，远离故乡乡村。他们又大都出身比较富裕的家庭，很少真正参加过劳动，也不熟悉乡村底层大众的

① [英]查尔斯·查德威克：《象征主义》，周发祥译，昆仑出版社1989年版，第3页。

日常生活。当他们在都市回望乡村生活的时候,很难进行详细客观的写实。所以,乡土小说家作品中的乡村世界,很少有写实的乡村生活,主要是一些蕴含乡村“灵魂”的象征性意象。

鲁迅最有影响的乡土小说作品《阿Q正传》就是典型。在《俄文译本〈阿Q正传〉序及著者自叙传略》等多篇文章中,鲁迅明确地表示自己之所以写阿Q和未庄,是想“画出这样沉默的国民的魂灵来”,是将阿Q和未庄作为中国文化的典型来进行设计。[①]《阿Q正传》成为中国乡土小说毫无争议的绝对典型,象征也成为书写乡村的主流方法。二十年代乡土小说所展现的乡村世界,基本上都是具有象征性质的。如彭家煌笔下的湖南、蹇先艾笔下的贵州、王鲁彦笔下的浙东、台静农书写的安徽,以及许钦文所塑造的“鼻涕阿二”等诸多人物形象,基本上都以《阿Q正传》为精神楷模和文学示范,受到其明显影响。之后,典型如萧红《生死场》、《呼兰河传》,师陀《果园城记》等,都表现出对象征手法的沿用和继承。

与鲁迅将乡村作为文化黑暗聚集地的倾向相反,废名和沈从文的小说将乡村作为自然和人性的代表来看待。废名的《竹林的故事》、《桃园》等作品,致力于发掘乡村中自然天成、未被雕琢的人性,蕴含着浓郁的道家思想文化特点;沈从文的《三三》、《边城》同样将乡村视作自然人性的代表,寄托其现代性批判的思想意图。从最根本角度说,正如沈从文对文学“理想”的认识:“这理想是什么?我看就是想借文字的力量,把野蛮人的血液注射到老态龙钟,颓废腐败的中华民族身体里去,使他兴奋起来,年青起来,好在20世纪的舞台上与别个民族争生存权利。”[②] 废名和沈从文对乡村的理解方式与鲁迅并没有本质区别。他们都是将乡村作为某种文化观念的代表,借以表达自己抽象性的思想理念。

---

① 鲁迅:《俄文译本〈阿Q正传〉序及著者自叙传略》,《鲁迅全集》第7卷,人民文学出版社1981年版,第82页。

② 苏雪林:《沈从文论》,《苏雪林文集》第3卷,安徽文艺出版社1996年版,第300页。

象征方法主要体现在中国乡土小说的思想观念层面，除此之外，艺术层面的表现也相当突出。这在根本上源于中国传统文学的影响。中国传统文学具有不尚写实而追求象征的特点，特别是最有影响的诗词艺术，一直广泛运用象征和隐喻手法，传达出含蓄悠远的艺术特征。一些现代乡土作家具有深厚的传统文学素养和艺术功底，他们的文学创作也深受传统文学的影响。他们在小说创作中有意识地融入传统文学的方法和特征，例如将诗歌艺术中的意境美渗透其中，从而形成了具有强烈象征色彩的艺术个性。

典型如废名小说，从《桃园》、《竹林的故事》到《桥》等作品，虽然以乡村为背景，却基本上不落实到具体、真实的地名上。特别是在艺术表现上，运用了大量的虚化方式，追求中国传统文学艺术的意境美、含蓄美，使象征艺术色彩浓郁地投射于这些作品之中。同样，鲁迅的《故乡》、沈从文的《边城》等作品，也同样融入了象征艺术的因素，传达出中国传统文学艺术的悠远意境和含蓄隽永之美。

如前所述，写实艺术和象征艺术不是截然分开，而是相互关联。现代乡土小说也是如此。像鲁迅的《阿 Q 正传》、沈从文的《边城》，都是以象征为重要特色的文学作品，但对生活的写实描摹也很具体细致。同样，像茅盾《春蚕》、吴组缃《一千八百担》等作品，也暗含着对时代乡村的隐喻，包含有一定的象征意味。

二、当代乡土小说艺术方法之轨迹

当代乡土小说的发展延续着现代乡土小说的传统，但又接受时代政治文化等多方面的影响。在其七十多年的发展历史中，艺术方法经历了一定的变迁。

“十七年”乡土小说是 1940 年代延安乡土书写的继续和拓展。

也就是说，这时期的乡土小说基本上都直接反映乡村现实，特别是社会政治变革。在艺术上，它们普遍采用朴素的写实方法，简洁但是细致地还原多方面的乡村生活场景。典型如在人物语言、乡村生活环境和劳作场景等方面，都有非常具体真切的展示。柳青《创业史》对关中平原地方风习的展示，周立波《山乡巨变》对湖南丘陵地带生活风貌的描画，以及赵树理等作家对山西农民日常生活的再现，是这时期乡土小说写实艺术的典型代表。

写实方法的广泛运用，使“十七年”乡土小说在整体艺术风貌上呈现出与现代乡土小说主流传统不同的面貌，也使其具有自己的独特思想和艺术品质。从思想上说，尽管时代对文学的限制较多，但依靠对写实方法的运用，作家创作有可能超越作家预设的创作观念，抵达深层生活，获得现实主义方法的成功。① 像赵树理、周立波、柳青等作家的优秀作品都在不同程度上体现出这一点。从艺术上说，虽然“十七年”乡土小说的写实方法比较质朴简单，缺乏丰富的变化和多彩的样式，但在对乡村生活反映的切实性，特别是在对乡村社会的自然和人文生态展示的多元性上，确实达到了此前未有的高度，是乡土小说写实艺术的一次集中展现。②

当然，“十七年”乡土小说也存在一个重要缺陷，就是视野过于局限和狭窄。其目光聚焦于乡村，以乡村为唯一世界，而将乡土小说理解为“问题小说”，缺乏必要的思想高度，以及对人性更广泛的关注和批判精神。因此，这时期作品普遍缺少鲁迅创作传统中那种融合深切批判和关怀的沉痛感。而且，由于它过于聚焦乡村问题，一些作家也表现出主体精神的不足，陷入简单为现实服务的窠臼。其中的一些文学行为，更是将“现实主义”方法作为乡土小说（准确说是整个文学创作）唯一可行的创作方法，在导致其内涵严

① 参见陈思和：《中国当代文学史教程》，复旦大学出版社2008年版。
② 贺仲明：《乡村生态与“十七年”农村题材小说》，《文学评论》2006年第6期。

重窄化的同时，也构成对其他创作方法的排斥和打击。

由此，当时代发生变化，进入环境更为多元、作家创作选择较为宽松的改革开放时期，“现实主义”创作方法就受到许多人的反感和拒绝。虽然写实方法与现实主义并不完全是一回事，但它们之间毕竟存在较密切的关系。城门失火，殃及池鱼。受潮流的波及，“文革”甫一结束，写实就失去了在乡土小说创作中主流方法的位置，它只在部分作家创作中得到绵延和持续（如周克芹《许茂和他的女儿们》，浩然《苍生》、《山水情》等）。甚至在几乎整个1980年代，写实方法都受到作家们的普遍冷落，写实乡土小说也陷入创作低谷。

除了与写实方法密切关联的“现实主义”原因之外，还有其他两个因素影响写实方法在乡土小说中的命运。

其一，作家生活积累的匮乏，以及文学观念的改变。写实方法的重要基础是生活积累。没有生活，是很难充分运用写实方法的。而这时期的乡土小说作家普遍存在着生活积累方面的困境。年长的作家有对乡村集体生活的深厚记忆，但对改革开放下的乡村现实并不熟悉；活跃于1980年代初的知青作家对乡村的记忆仅仅限于往事，尚处于成长年龄的他们，对生活的关注点不可能在于陌生的乡村和农民，而更多在于其自身，其乡村生活经验不可能丰富；至于更年轻的“先锋作家”，正处在求学年龄，思想上更是普遍执迷于西方现代文学，无心也无力去关注乡村生活。

其二，该时期流行的文学观念也与生活相背离。西方现代主义思想引进中国，引起强烈的反响，特别是得到年轻作家们的普遍好评。对文学形式、叙述方法的狂热探索，成为时代文学青年的潮流。而割裂文学与生活、与作者的关系，正是西方现代主义文学理论的重要内容。在这种情况下，写实方法自然不可能被作家们认可，也不可能广泛存在于乡土小说创作之中。

这样，早在1980年代初期，以知青作家和“先锋作家”为代表的青年作家，就普遍放弃了以写实为中心，不同程度转向了象征手法的运用。一开始，知青作家的乡村书写也曾有过短暂的写实期，如韩少功的《月兰》、《西望茅草地》就是如此。但进入“寻根文学”后，作家们普遍改用象征方法来书写乡村。韩少功的《爸爸爸》、《女女女》便是典型的文化象征作品，阿城的《树王》、王安忆的《小鲍庄》、郑义的《老井》、李杭育的“葛川江系列”作品、张承志的《黑骏马》等，也都是在作品中寄予文化思考的意图，特别是思考城市与乡村、传统与现代，以及汉文化与少数民族文化关系等主题。

“先锋作家”的创作更是如此。他们的作品完全是建立在虚构和想象的基础之上，很少有乡村生活写实。虽然也偶尔采用描写方法，但已完全不具备真正的写实艺术特征，只是象征手法的点缀和丰富而已。这与他们的创作理念有直接关系：一则他们的书写重点是故事，是对叙事方法的探索；二则他们侧重于表现的是人性，小说关注的不是具体的人物和性格，而是将他们作为文化的象征和时代的缩影。

在时代潮流的激荡中，不只是写实方法不再成为乡土小说的潮流，甚至写实方法在文学世界中的位置也发生了改变。从艺术方法说，自 1980 年代中期开始，被社会推崇的文学潮流是从客观到主观，从外在到内心。作家们运用最多也受到社会赞誉的，是“内卷化的”书写方式，是对叙述方式多样化的追求、对文学语言的多方位探索。在小说创作上，叙述取代描写逐渐成为小说叙事的主要方式。人们多讲故事，追求讲述故事的方法，以及展示自我精神与外在世界的冲突，却很少去关注外在世界本身。与此同时，人物语言描写也逐渐退出小说舞台，直接叙述的人物语言被间接叙述所代替。在很多小说作品中已经看不到有引号的人物语言，代替它的是叙述者不带引号的间接叙述。虽然这只是一个语言问题，但实际上它所代表的是作家们对语言描写的失控——他们已经没有能力进行生动的人物语言描写，也缺乏热情和兴趣来进行这一描写。

可以举一部写实乡土小说作品的遭遇来显示时代文学潮流的状貌。这就是路遥的《平凡的世界》。这部作品不能说完美,但确实有其成就。特别是读者对它的热爱和广泛的接受证明它独特的价值和意义。这部作品的第一部在1986年出版后,受到批评界许多否定评价,一个重要的原因就是很多人认为作品的写实手法太落后,已经跟不上时代潮流。事实上,包括路遥本人也清醒地意识到这股强大的文学潮流,只是他不予认可而已。他坚持认为写实方法并没有落伍,有意识地予以坚持,才有了《平凡的世界》的创作。①

1990年代之后,写实方法有过一段时期的复苏,但在时代影响下,这种复苏已经加入了很多新的内容。以当时著名的"现实主义冲击波"创作为例。这一潮流既然以"现实主义"命名,无疑应该以写实为基本方法。作为创作主体的关仁山、刘醒龙、何申,他们的代表作品也主要集中在乡土领域,是对乡村现实的书写。只是他们虽然采用的是写实方法,但已经与传统写实乡土小说有了较大的变化。最显著的是:叙述已经成为这些作品的核心,日常生活的细致描摹已经退居边缘。②

在写实方法逐渐退出乡土小说书写舞台的过程中,作家与现实乡村关系的变化起了重要作用。中国乡土作家绝大多数都与乡村有着深厚的血缘或文化关联,也都对乡村有着深切的关注。这是写实乡土小说长盛不衰的原因,也是乡土小说成为新文学主流创作的重要原因。但是,改革开放后,中国乡村发生了重要变化,也影响了作家与乡村现实之间的关系。一些作家对乡村变革持犹豫和保留的态度,他们对现实的关注和书写热情也有所下降。乡

① 参见白描:《不要再为我们的文学批评护短》,《文学自由谈》2020年第6期。
② 参见童庆炳、陶东风:《人文关怀与历史理性的缺失——"新现实主义小说"再评价》,《文学评论》1998年第4期。

村改革虽然主要是针对生产制度，但不可避免会冲击到传统的乡村伦理文化。而这些文化往往是乡土作家们最珍惜也最热爱的。所以，在1983年，乡村改革远没有很深入的时候，王润滋就借《鲁班的子孙》表达了深刻的困惑和疑问。作品中的黄志亮代表的是传统乡村伦理，而他儿子黄秀川则是现代文化伦理的产物。二者的冲突背后是两种文明的冲突，作者的情感无疑是朝向父亲，也就是传统乡村伦理。此外，张炜《一潭清水》、《秋天的愤怒》等作品也表达了类似态度。《一潭清水》中，那潭"清水"所象征的正是传统乡村的美好品德，而它正被时代抛弃，并导致作者的困惑与不安。《秋天的愤怒》则对现实改革表达了明确的批判态度：无论是从农民利益还是从乡村文化来看，改革都没有给乡村带来真正的益处。

当然，就总体而言，像王润滋、张炜这样对乡村改革现实表达明确批评和质疑的还不多，更多的作家表达的是对现实的困惑和犹疑。比如贾平凹的《鸡窝洼人家》、《小月前本》等作品，表达出对乡村改革的犹疑和矛盾态度。长篇小说《浮躁》更是以"浮躁"来概括乡村改革现状，显示作者自己对时代的无法把握和无可形容。

在这种背景下，作家们的创作热情不可能指向乡村现实改革场景，最多只是关注乡村文化命运。从乡土小说历史看，一个不可忽略的现象是：从1980年代初乡村改革开始，到1990年之间的这十年，除了《浮躁》、《平凡的世界》等非常有限的几部作品之外，直接反映现实乡村改革的乡土小说作品数量很少，即使是有影响的中短篇小说也不多。

作家文学观念、生活积累和现实态度，都会对作家的创作倾向、表现方法和艺术旨趣等产生深刻影响。作家们不愿意关注现实，对现实进行写实再现，而是很自然地选择相对抽象和有距离的方式去展示乡村，表达自己的观念和态度。于是，从1980年代中期开始的一个现实表征是：写实乡土小说呈现不断下降的趋势，与之相应，象征型乡土小说迅速增长，成为乡土小说的写作主流。

面对庞大的作品数量，无法进行简单的数字统计，以具体的作家创作演变轨迹为例也许更具代表性。我们选择的是贾平凹和张炜两位作家。他们二人是从1980年代初至今都很有影响的乡土小说作家，他们的创作也一直关注乡村，现实题材也比较多。他们艺术表现方法的演变轨迹可以典型地投射出时代潮流的变迁过程。

张炜从"芦青河系列"和《声音》等作品进入乡土小说创作，到1984年创作《秋天的思索》、《秋天的愤怒》，虽然有对乡村伦理的强烈维护和对乡村改革的批判色彩，但基本倾向是认同现实的，所采用的也主要是写实方法。但从1987年的《古船》开始，思想和艺术表现都有较大变化。《古船》虽然没有对乡村现实表现持反对态度，但却流露出强烈的忧虑情绪，作品结尾的河流干涸意象充分表达了这种思想。从艺术上说，这部兼具写实和象征色彩的作品开启了张炜乡土小说的象征书写传统。

《九月寓言》从标题看就具有明确的"寓言"色彩。事实上，作品所写的那个叫"鯅鲅"的渔村，如同韩少功《爸爸爸》的鸡头寨一样，具有跨越时间的特点，不具备现实性，而更多承担着文化象征的功能。作品结尾处的村庄垮塌事件更是明确的象征，指代传统文明在现代文明挤压下的没落命运。此后，张炜的乡土创作基本上都沿着这一道路行进。其内容繁复、篇幅巨大的《你在高原》就是一部典型的浪漫主义作品。"葡萄园"、"渔村"等都是张炜作品中具有浓郁文化象征意义的典型意象。

贾平凹的创作轨迹也基本一样。他的早期作品包括以《腊月·正月》等为代表的"商州系列"乡土小说，直至1986年出版的《浮躁》，都是直面现实、以写实方法为中心的创作。但也就在这期间，如《天狗》等作品，贾平凹也开始转向象征方法的写作。特别是到1990年代后，以《高老庄》、《土门》、《秦腔》为代表的系列长篇小说，虽然题材还是现实，但关注点都在文化变迁而非现实乡村状貌。准确地说,现实只是其小说的一个背景,其真正的关注点是在乡村文化,象征是这些作品共同的思想和艺术指向。包括近年来以地域文化为中心的《山本》、《老生》等作品,也都致力于表现地方文化的命运,挖掘现实背后的象征意义,传达出一种文化上的诉求。

三、方法的变迁与乡土小说艺术的未来

写实与象征虽然只是两种艺术表现方法,但它关联着对"乡土小说"的理解和认识,也折射出对乡村的不同理解立场和书写姿态,其背后存在着很复杂的问题。

就我们的理解,乡土小说的书写方法不应该离开写实。写实关系到乡土小说概念的存在,是乡土小说艺术重要的边界线。在乡土小说("乡土文学")界存在这样的争议:究竟是以"乡"(生活)为主还是以"土"(文化)为主?我以为,至少在目前情况下,无论哪一种观念,都要落脚在对生活的写实上。如果没有对"乡"的生活描述,"土"(文化)也就只能是无源之水,无土之木。

而且,从根本上说,写实寄寓着对乡村本身的关注。只有在对乡村有较深了解、以乡村为关注重心的基础上,才可能以细致的写实方式去书写乡村。这一点对乡村世界特别重要。因为在社会和文化地位上,乡村始终处于低级的位置。而且,乡村民众的文化水平普遍较低,很难进行自我讲述,乡村很需要为它进行代言的作家。反过来说,要真正深入细致地展现乡村,一个很重要的前提就是放下身段,深入乡村,特别是尊重乡村的主体地位,以平等的态度对待乡村。在这个意义上说,写实是一个优秀乡土小说作家所应该具备的重要能力,它不仅作为一种艺术方法存在,还体现为一种文学立场和文学精神。具体说就是,为乡土写作、为底层大众写作,应该成为乡土小说作家最重要的职责。乡土小说最基本的关

注点应该是乡村，而不是自我。

当然，象征书写也有自己不可忽略的价值。最突出的一点，就是象征乡土小说一般都具有更高更远的视野。作家之所以能够运用象征方法书写乡村，是因为他抓住了乡村某方面的特点，将之升华和普遍化。要做到这一点，就要具备不局限于乡村内部问题的超越性思想。如果只是一味追求象征，忽略掉写实的内涵，往往容易陷入某些陷阱，甚至有可能郢书燕说、指鹿为马。而且，远离乡村写实，就会丧失细致、真切这些小说的重要艺术特征，很难深刻准确地展现乡村的现实和心灵世界，还原出真正客观的乡村面貌，进而影响到文学的基本价值。

所以，无论是从文学方法层面还是从背后所蕴含的深层精神层面，写实和象征都应该融合，而不是分离。写实者需要拓宽视野，深化独立意识和批判精神；象征者需要深入实地，加强对乡村的关爱和了解。当一个作家能够将二者很好地融合起来，自然就能达到优秀乡土小说的思想高度和艺术境界。

从乡土小说发展历史上看，许多优秀作家都有过这样的尝试和努力。如前所说，鲁迅等早期乡土小说作家之所以普遍采用象征手法，很大程度上缘于生活经验的局限，但这并不意味着作家们缺乏对乡村的关爱，事实上他们也做出了克服自己局限的努力。典型如鲁迅，就对自己与乡村和农民的距离问题进行过深刻反思。《故乡》借“我”与闰土之间无法弥合的隔膜，表达对自身弱点的深刻检讨。《祝福》更是在自我解剖中寄托着强烈的自我批判精神，传达出对乡村大众的精神忏悔之意。[①] 鲁迅还充分意识到这一困境的难度，在将自己视为“历史中间物”的同时，更将希望寄予未来的文学，寄予那些真正来自农村、有切实生活经验的农民作家。

---

① 参见张福贵、向天一：《呐喊者与看客的“言”下之意——从鲁迅到“现实鲁迅”与“科幻鲁迅”》，《吉林大学社会科学学报》2020年第3期。

正是在鲁迅等作家的影响下，从1930年代起，乡土小说出现了向写实方法的倾斜，它可以看作对象征型乡土小说的补充和纠偏。在这期间的“大众化讨论”中，瞿秋白、茅盾等对现代文学进行批判性反思时，都将缺乏对乡村生活的书写作为早期乡土书写的一个重要缺陷。以此为前提，在茅盾的引领下，“左翼”乡土小说家开掘出了另一条以“写实”为中心的创作道路。

1940年代，毛泽东《在延安文艺座谈会上的讲话》发表之后，作家们纷纷改变自己，进入乡村实际，艺术风格也普遍走向写实。最有代表性的是周立波和丁玲。周立波从一个典型的受西方文学较大影响的“亭子间作家”，转变为一个熟练运用地方方言的乡土小说作家，[①] 创作出《暴风骤雨》这样具有强烈现实色彩的作品。丁玲的《太阳照在桑干河上》也是同时期最有现实深度的乡土小说，对河北乡村土改运动深入的写实描画，使它获得了巨大声誉。

在象征型乡土小说向写实方法借鉴和转型的同时，写实乡土小说也做出开拓视野和深化思想方面的努力。一些人曾经对写实方法存在误解，认为写实会局限作家的想象力和创造性，会为生活所囿限。这其实是误解。写实的内涵很丰富，真正优秀的作家可以借以实现对生活的还原式书写，也可以融入作家的独特思想个性，将思想融入写实。比如托尔斯泰对生活细节的陌生化处理，就不是对生活的简单还原，而是包含自己对写实艺术的独特思考，实现了现实主义的伟大成功。[②]

写实乡土作家们的努力，首先要提及“十七年”时期的《创业史》。很多人都认为“十七年”乡土小说都局限于写实，缺乏对思想的探索。这确实是时代创作的整体状貌，但并不排除个别作家的

---

① 参见李洁非、杨劼：《直击语言——〈讲话〉前延安小说的语言风貌》，《西南民族大学学报（人文社科版）》2006年第3期。

② [俄]梅列日科夫斯基：《托尔斯泰与陀思妥耶夫斯基》，杨德友译，华夏出版社2009年版。

创新尝试。《创业史》就是一个例外。它虽然写的是蛤蟆滩这个具体地方的乡村变革，但作者意在借典型个案来透视广大的社会，探索中国乡村的发展道路，实质上蕴含着更高的思想意图，蛤蟆滩也因此具有了较强的象征性意味——虽然它还是落脚于具体，但已经超越了个体，进入更宽阔的境界。从现在的角度看，《创业史》的思想存在较多局限，但从作家的创作努力以及从作品所表现出的思想格局看，无疑是值得充分肯定的。这也是为什么很多学者把《创业史》作为“十七年”乡土小说最高成就作品的重要原因。

1980 年代特别是 1990 年代后，作家们在这方面的努力更为突出。如贾平凹的《高老庄》《秦腔》、阎连科的《受活》等都具有这方面的倾向。其中成就最高的，则是陈忠实的《白鹿原》。这部以现代乡村历史为题材的作品，具有对乡村生活强烈的写实精神，对人物的刻画是其重要特色之一。但作品的创作意图不局限于一个白鹿原，而是试图思索中国乡村伦理的命运，并站在文化立场上对现代历史进行反思。作品中的白鹿原既是一个具体地方，同时也具有一定的象征意味，是中国乡村文化的典型和缩影。作品中的白嘉轩、朱先生等形象，也被赋予更丰富的典型意义。

当代乡土作家们在写实与象征的融合上做出了值得肯定的努力，然而就总体来说，写作的现状还不能让人满意。一个突出的表征是近年来乡土小说创作中写实方法的严重匮乏，我们很少能看到细致书写乡村现实的作品，更少有深入揭示现实问题的优秀之作。这种现象背后隐藏着现实精神的缺失和对大众关怀的缺失，也严重影响到乡土小说的艺术水准。

其一，客观生活美和生态美的丧失。

文学是一门具象的艺术，它通过具体的事物和细节展现。小说虽然是一种叙事的艺术，需要以故事叙述为基础，但它的魅力还是要充分依赖再现式的描写方法，也就是写实方法。对人物外貌、语言，对自然风景和生活细节的客观细致描摹，是小说作品客观反映生活的重要前提，是叙述真实可靠的基础，也是小说艺术的重要魅力所在。

由于写实方法的匮乏，当前乡土小说严重丧失了这一魅力。中国乡村社会地域广阔，生活方式、语言和文化上也存在较大的地域差异，人物面貌、文化性格更是丰富多样。但是，当前很多乡土小说已经很难看到个性化、地方色彩的人物语言（取而代之的是几乎千篇一律的间接叙述语言），这严重影响到作品中的生活气息，也导致个性化人物形象的极度匮乏——近年来乡土小说作品数量很多，人物形象不可数计，但要说出哪个形象个性生动、性格鲜明，却是非常之难。

其二，影响文学与生活的密切关联。

如前所述，写实不仅仅是一种创作方法，更寓含着一种创作态度。很简单，一个作家要进行深入细致的写实，必须对生活有深入的认识和了解，就需要作家切近生活，包括在情感上认同和尊重生活。中国传统文学普遍缺少书写底层百姓生活的作品，在很大程度上就是源于作家们高高在上的精神姿态，缺失对普通大众的尊重。对此，中国现代作家们做出了很大努力，面貌也有一定的改变。但在今天，很多作家与大众之间的距离依然很遥远。

这一点，表现在乡土小说创作中，就是一些作家把乡村书写当作自我精神的简单宣泄，严重匮乏对生活本身的深入观察、探究和思考。在他们的作品中，看不到现实乡村世界的真实状貌，不能了解到现实乡村究竟怎样，农民的精神欲求究竟如何，只能看到作家的悲叹和怨艾。如果说鲁迅时代一些作品表现出的生活匮乏主要源于客观限制，那么在今天，它则主要源于作家的创作态度，源于一些作家不愿意投身现实乡村，源于他们对乡村和农民缺乏真正深入的关切之情。

乡土小说中写实匮乏的问题值得深入反思，但另一方面，我们也要看到写实方法边缘化存在的一定必然性，要思考写作方法转型背后的新途径。一个可以预见的现实情况是：随着乡村社会的发展、变化，传统以家庭耕作、村社耕作的乡村生活方式不可能再存在，"熟人社会"式的乡村伦理关系必然完全被现代生活关系所代替。① 在这种情况下，城乡生活差异越来越小，乡村民俗等也会减少。乡村现实的变化必然带来乡土小说写实艺术的变化，随着有传统乡村生活经验的作家的逐渐老去，年轻作家改变乡村书写方式的趋势已不可避免。在不久的未来，写实将只能作为乡土小说一道昔日的风景留存。

所以，在未来乡土小说中，象征方法取代写实方法成为主流将是必然。没有了传统乡村生活，没有了独特的乡村景观和乡村生活，乡土小说作家就必然要努力去挖掘"土"的内涵。如何运用象征，如何让象征艺术更好地促进乡土小说发展，是未来乡土小说作家最需要思考的事情。就我看来，以下两方面可能是最重要的问题：

其一，思想的高度和方向。

象征艺术的中心在于思想，在整体上对乡村特别是对其文化内涵进行深入思考。这具有非常丰富的开拓空间，是值得作家们深入挖掘的丰富矿藏。在这方面，特别需要作家思想的深刻和丰富，特别是要站在比现实更高的位置来观察和思考现实。作家如何丰富自己的思想，如何从广袤的传统和现代文化中吸取精神养料，激发出创造性，是当前乡土小说发展的重要前提，也是未来乡土小说突破的关键之处。

其二，象征艺术与现实关怀的结合。

象征不是针对具体地域的关怀，而是指向更丰富广阔的思想。所以，不能要求象征艺术的乡土小说像写实乡土小说一样蕴含对

① 贺雪峰：《乡村社会关键词：进入21世纪的中国乡村素描》，山东人民出版社2010年版。

具体地域和人物的强烈关切。但是,正如任何象征艺术都不可能完全丢弃掉写实艺术,不可能置于虚空,而必须有具体生活、地域一样,象征型乡土小说也需要具有现实关怀的基础。至少在相当一段时间范围内,农民都是最值得关怀的弱势群体。文学永远应该保持对弱者的人文关怀,不应该失去乡村写实和现实精神。

中国乡村社会正在发生快速的变化。我们很难想象未来中国乡村社会的模样,但不管怎样,乡土小说肯定会有新的发展,会呈现出新的艺术方法和审美面貌。在这一发展中,正如文学永远都应该以"人"为中心,乡村不可能与"土"、与"农"完全分割,乡土小说也始终都不应该离开土地,离开农民,离开对人的命运、人与自然关系的探索和思考。

论盛可以乡土小说的叙事流变

童　娣

（南京晓庄学院，南京 211171）

内容摘要：纵观盛可以近二十年的创作历程，发现她的乡土叙事经历了从自然主义到启蒙主义再到怀旧主义的叙事流变，她对于乡村的价值判断、情感态度在不同时期呈现出显著的异质性。本文剖析盛可以乡土小说叙事的流变轨迹，从形式层面印证其变化规律，进而分析叙事转变的原因及影响。

关键词：盛可以　自然主义叙事　启蒙主义叙事　怀旧叙事

"70后"作家盛可以因其鲜明的创作个性在当代文坛中独树一帜。大胆直露的性话语、冷硬尖刻的叙事笔法、形象鲜活的比喻修辞与纯熟野性的湖南地方方言的运用使她在当代作家中颇具区分度。她既擅长以手术刀式的笔法解剖都市男女的生存困境与情感困惑，又擅长以自己少女时代生活过的湘北兰溪村、镇为原点，以流动的叙事视角呈现二十一世纪以来中国城乡巨变的历史图景，揭示经济与文化转型所引发的乡村思想观念、伦理准则的嬗变。

作者简介：童娣，江苏扬州人，博士，南京晓庄学院文学院副教授。

基金项目：本文系江苏省社科基金项目"江苏网络文学的现实主义倾向研究"（批准号：21ZWB005）的阶段性成果。

一

纵观盛可以近二十年的创作历程，发现她的乡土叙事经历了从自然主义到启蒙主义再到怀旧主义的叙事流变。2003年，盛可以发表长篇处女作《北妹》(原名《活下去》)。新世纪初期，底层写作方兴未艾，《北妹》以其底层题材的现实感、女性体验的真实与独特、叙事的汪洋恣肆在底层叙事中占据一席之地。《北妹》首发于网络，网络空间的自由与开放为小说的生产与传播提供了平台，而《北妹》也具有早期网络小说的民间性、大众性、感觉撒播、欲望修辞等特点。《北妹》从底层与边缘发声，一方面反映底层的苦难，控诉制度性的不公，接通与顺应了具有时代精神的"新左翼传统"；另一方面顺应了普通大众的情感需求与欲望逻辑。《北妹》获得多方面的认可，后来网络版经删改在《钟山》发表，盛可以凭借《北妹》正式入场文坛。

《北妹》开篇即以大胆的自然主义笔法写到底层农家女钱小红硕大的乳房与对身体自由的大胆追求。钱小红沿着村、镇、县城、大都市的空间轨迹一路狂奔，凭着生命本能的冲动与任性在乡村与城市的夹缝中左奔右突，她的身体与欲望也遭遇了新的危机与挑战。盛可以访谈中多次盛赞钱小红身上的自然本能与原始生命力："一切生命中出现的动荡打击都不足挂齿，她就像野草一样疯长，有一种乐观与自然蓬勃的生命力。"① "我喜欢她，真实鲜活，生机蓬勃。"② 然而，随着人们对底层文学研究的深入，对《北妹》批评的声音也日渐明显。其中批评的焦点在于作品中身体自由的叙述及其反抗限度问题。有批评者认为"《北妹》欲望话语下的身

---

① 盛可以：《我写作的初衷，是对无趣的一种默默反抗》，《长江商报》2012年8月3日。
② 盛可以：《老虎来了猫就上树，我上树的方式是写作》，《羊城晚报》2014年4月18日。

体叙事，造成了底层女性身体欲望与反抗话语的双重沉沦，陷入了另一个写作困境”[①]。还有批评者从阶级角度将钱小红命名为“不觉悟”者，“钱小红的性自由在很大程度上，是在脱离社会关联上的个体的、世俗的、感官享乐的基础上发展而来的，这种性自由一旦与社会政治、思想精神的追求无涉，就会成为女性重新‘异化’的原因”[②]。上述批评话语体现了主流文坛精英主义的规范与诉求。

创作《北妹》阶段的盛可以高中毕业后一路辗转漂泊到深圳，她没有受过过多的文学理论熏陶与训练，完全凭着自己耳目所及的素材，凭着自身生命体验的浸入从事创作，是一种典型的自然主义的体验型叙事。这个阶段的盛可以思想还不够深刻，技术更谈不上圆熟，语言也相对粗粝，却在聚焦人物城乡流动过程中所产生的身份之惑、漂泊之感、精神之痛的同时赋予主人公“离经叛道”式的“思想革命的先驱者”的悲壮色彩。《北妹》“曲终奏雅”，尽管钱小红凭借身体左奔右突，一路高歌向城市挺进，却最终被自己的身体压垮。“盛可以将身体的批判，落脚于对作为一种制度的自由秩序的反思。”[③]《北妹》时期的盛可以没有任凭身体自由落体，而是以惩戒式的方式对过度的身体自由提出警醒，启蒙主义的胚芽初见端倪。

《北妹》的登堂入室标志着盛可以的创作得到了以启蒙话语为主导的精英主义文坛的接纳与认可，评论界一致认为盛可以手术刀式的笔法、“凌厉狠辣”的风格在文坛上独树一帜。“她让那些黑暗的灵魂近乎凶猛地扑向我们。这个曾经干过多种行业，经历丰富的女人，似乎正在用一颗冷静、甚至冷酷的心，将这个世界貌似

---

① 马玲丽：《身体自由：欲望与反抗的双重沉沦——以盛可以的〈北妹〉为例反观当下底层女性文学写作》，《名作欣赏》2010年第5期。

② 李丹：《“底层文学”的性别偏歧——关于〈那儿〉和〈北妹〉》，《当代作家评论》2014年第2期。

③ 马策：《身体批判的时代——评盛可以长篇小说〈活下去〉》，《钟山》2003年增刊秋冬卷。

深刻的表层刀刀割开，让生活本身露出自己的肌肉、血管、神经、溃烂的器官以及种种肮脏甚或卑微的真相。”① 手术刀式风格的形成固然与作家自身的性格、经历、阅历密不可分，也是作者主动向主流文学话语体系靠拢的结果。盛可以自陈创作初期小说“受到了余华和朱文创作的影响”②。她一方面借鉴了余华冷静客观的叙述方式，不轻易呈现自己的道德立场，让人物沿着自己的命运轨迹和性格轨道进行自我表演；另一方面又吸收了朱文小说对制度、文化、人性等层面的批判与解构视角，凌厉地审视与开掘伦理的溃败与灵魂的阴暗面。盛可以偏爱写“阳光下的阴影”，展现“深深扎根于人类原始生命的本能之中”的“人性的本来面目”。③

《北妹》阶段的盛可以从生命本能的角度切入乡村社会的肌理，之后盛可以乡土小说的叙事广度逐渐扩展，超越生命本能书写的层次，以“凶猛地扑向事物的本质”的叙事态度多维度呈现历史变动时期的乡村伦常之殇。《致命隐情》(《芙蓉》2002 年第 5 期)、《火宅》(春风文艺出版社 2003 年版)、《青桔子》(《天涯》2004 年第 2 期)、《惜红衣》(《人民文学》2005 年第 5 期)、《归妹卦》(《长城》2006 年第 2 期)、《淡黄柳》(《作家》2006 年第 4 期)、《低飞的蝙蝠》(《小说界》2008 年第 2 期)等作品触及乡村婚姻伦理、亲子伦理与人际交往伦理等多个层面的异化，呈现出启蒙主义乡土叙事的特质。

《归妹卦》以残酷的笔法书写了夫妇之伦的瓦解。小说以背叛始，以杀虐终。《归妹卦》题名取自《周易》“归妹：征凶，无攸利”，孔颖达认为是“归妹之戒”④，即出嫁少女需“正”。小说标题具有明

---

① 张楚：《那些散发地母般庞大气息的人物》(序)，盛可以《可以书》，吉林出版集团 2011 年版，第 3 页。

② 盛可以等：《盛可以小说创作对谈录》，《河池学院学报》2005 年第 6 期。

③ 盛可以：《小说需要冒犯的力量》，《当代文学研究资料与信息》2009 年第 1 期。

④ 黄寿祺、张善文译注：《周易译注》，上海古籍出版社 2016 年版，第 556 页。

显的反讽意味，盛可以借以讽刺封建伦理道德的虚伪。盛可以在《归妹卦》中撕开附着在贞节要求上的男性权力面纱，以象征性的疯狂与杀戮完成了对贞节的解构与质询。就亲子伦理而言，儒家推行的父慈子孝式的家庭伦理体系在盛可以笔下轰然坍塌。《青桔子》中的桔子以自戕的乱伦完成对不平等的家庭关系的复仇。与此同时，中国传统乡村基于仁情义礼的人际伦理也遭到破坏，温情脉脉、单纯质朴的人际伦理成为遥远的绝响，兰溪镇乡民之间的关系充满了功利、冷漠甚至残忍。《兰溪河桥的一次事件》中，盛可以将残忍的乡村悲剧隐藏于温情热络的乡情伦理背后，极富反讽色彩。兰溪河桥的风景还保留着世外桃源式的优美古朴，然而人情世态却日渐功利化。老太太热情地张罗着画家与痴傻少女的婚礼，实际上在盘算着那份打点给媒人的厚礼；继母急于把痴傻的继女小花送出家门；有妻子的年轻画家贪图痴傻的少女家的丰厚嫁妆以及少女的纯净美貌。三人出于各自的目的相互利用、欺骗与算计，合谋造成了痴傻少女小花的悲剧。表面热心与温情脉脉的乡村人情关系背后暴露的是人性的冷漠与自私。

盛可以在此阶段的乡土小说往往以客观的笔法呈现乡土社会的结构裂变与人性异化，基调较为灰暗。这个阶段盛可以的启蒙立场较为鲜明，而到了《苦枣树上的巢》(《中国作家》2009 年第 5 期)中，盛可以的伦理立场与情感态度变得复杂与犹疑，体现了从启蒙主义到怀旧主义的过渡。她对苦枣树遍地的诗意与宁静的乡土充满眷恋，对返乡农民麦根与留守妇女三表婶对于乡土的认同与归属持肯定的态度。然而乡村又是单调的、衰败的、垂暮的、孱弱的。麦根孤守着破烂老屋的物质贫困与生存焦灼；三表婶身体与情感的孤独以及由此带来的对物质的机心、心理的病态与对婚姻伦理的越位又迫使叙事者对坚守乡土保持审慎的理性态度。她对春香进城谋生中的功利与虚荣有所批判，但对她漂泊异乡的艰辛充满同情，对她在磨难中的情感与心灵的成长、对自由的不懈追求、精神上的结实与笃定表示了肯定与赞赏。盛可以在《苦枣树上的巢》中寄予了她对城市化背景下乡村婚姻伦理形态的复杂思考。

这种理性的启蒙主义叙事探索到长篇小说《死亡赋格》中达到高潮旋即退隐。《死亡赋格》创作过程异常艰辛，之后遭遇出版受阻，盛可以的创作陷入停滞与调整期。直到她偶尔绘画、出版散文集《春天怎么还不来》意外受到赞赏，她才重新找到一种新的话语方式，即怀旧式乡土叙事。这既是盛可以的被迫改变，也是一种伴随着年龄、生命状态与创作理念调整所做出的主动选择。《春天怎么还不来》创作缘于盛可以的几十幅信手拈来的涂鸦之作。散文集中故乡的风物人情、红衣少女以及黑狗承载了作家的思乡怀旧之情。“她的乡土书写都是围绕故乡湖南益阳小镇展开，故乡的湖泊、断桥、河流差不多构成了她童年记忆的全部。”① 盛可以在《野蛮生长》、《捕鱼者说》、《喜盈门》等作品中，以故乡作为怀旧的空间载体，以童年作为怀旧的时间载体，营构了以故乡与童年为核心的怀旧式乡土叙事。“怀旧就是一个在精神层面上‘重返家园’的过程。这个‘家园’，常常依托为自然、自由、童年、过去、故乡等等。”②

尽管盛可以曾一再叹惋与批判乡土在现代化与市场经济的冲击下所遭遇的环境破坏与伦理危机，但疏离乡土后所导致的漂泊不定与孤独无依的生命状态又推动她一次又一次地重返与回望梦中的故土——那个有兰溪河穿过的兰溪古镇。盛可以在访谈中说“我生长在穷乡村。如果贫穷无助也是一种肥料的话，我倒是得此滋养，当了作家，注定要在困苦落后、民不聊生的灰色底子上写字，提起笔，故乡的人物自然就跳到了纸上。也就是说，在写作之前，就形成的一种感情态度，可能是今后永远无法超越和挣脱的”③。

---

① 郑瑞萍：《乡土中国的多元化书写——谈盛可以的乡土小说》，《湖南行政学院学报》2014 年第 5 期。

② 赵静蓉：《怀旧——永恒的文化乡愁》，商务印书馆 2009 年版，第 25 页。

③ 任志茜：《盛可以：我喜欢真多于美》，《中国出版传媒商报》2015 年 4 月 17 日。

盛可以的乡土叙事并没有因为乡愁而刻意隐藏乡村的贫穷、卑贱、苦痛与孤独，也没有对乡土进行美化与诗化。如果说，启蒙主义的乡土叙事是以揭露和批判为主，那么怀旧型乡土叙事在讽刺与批判中蕴藏着留恋与温情。“我以我生在这个小村庄为幸，有一条清澈的小河相伴，随着我的童年及成长，我在回忆中常常涌动复杂的幸福感。这条小河给了我诸多种丰富、低微、却又迥然不同的生活经历，好像是专为我的文学旅程做准备。我感激生活给予我的一切，包括贫穷、饥饿、不幸、灾难。”①

盛可以的乡土创作经历了从早期《北妹》式的听从内心召唤的生命叙事到经过阅读思考之后的反思式的启蒙主义叙事再到近年的怀旧式乡土叙事的转变。应当指出的是，这一划分大体能概括盛可以乡土小说的创作历程，却不是绝对的，有时甚至在同一部作品中，盛可以对乡土的态度也会发生犹疑，这体现了作家对乡土的复杂情感与态度。

二

盛可以乡土小说的叙事流变不仅仅是题材内容与价值立场层面的，在作品的叙事形式方面也有较为显著的体现。盛可以不同阶段创作的同类题材乡土小说，由于生活经历与文学观念的转变，其对同类题材的处理也存在显著差异，即“一个故事，几种写法”。“几种写法”主要包括对同类题材中类似事件的不同评判、叙事视角选择的差异以及风景描写的变化等。对同一题材类型的不同书写方式体现了盛可以的叙事转向。

正如张爱玲从《十八春》到《半生缘》、从《金锁记》到《怨女》的重写现象，盛可以的多篇作品也或多或少存在改写或重写现象，不

① 盛可以：《从一条卑微的河流说起》，《文艺报》2012 年 11 月 16 日。

同时期对同一题材或故事内核的重写一方面清晰地呈现了盛可以小说的叙事转向，另一方面前后文本的互文与引证关系进一步丰富了文本的内涵与可阐释性。从《火宅》(2003)到《时间少女》(2012)的改写来看，盛可以对人物形象与故事情节的改动较少，主要是叙事手法上的变动。《时间少女》中删除了《火宅》中对人物进行直接心理阐释与分析的部分，尽量客观化，作家避免直接进入人物心理干预与控制客观叙述，规避上帝视角，女性主人公作为视点人物的地位大大降低。另外《时间少女》将《火宅》中的枫林镇改为兰溪镇，更有辨识度与地域文化特点。

同一叙事题材，在不同时期的文本中，盛可以呈现出不同的评判立场。她早期创作的《心藏小恶》与近期的《香烛先生》同样涉及兄弟相残，但叙事意蕴与叙事风格截然不同。《心藏小恶》表达的是一种启蒙主义的叙事理念，小说中弟弟对哥哥所代表的社会权力资本从依附到嫉妒性反抗进而借牛杀人，作者批判的是人性的自私与残忍。《香烛先生》在某种意义上是对《心藏小恶》的回应，但作者一改道德评判的启蒙视角，采用怀旧式的叙事方式，将智力低下的香烛先生因为弟弟的出生而被永久剥夺母爱后的嫉妒、孤独与邪恶呈现出来，对人物充满悲悯与同情。《心藏小恶》在叙事风格上温和恬静，丝毫没有盛可以以往小说的尖利冷硬。盛可以在人物身上寄托了自己内心的孤独，她甚至在访谈中直陈自己是喜欢香烛先生的。“其实，我内心这一片柔软，远远比我的尖酸刻薄、冷硬凌厉更丰盛，更强大。”[①]

同样，《乡村秀才》、《野蛮生长》与《喜盈门》三部作品反复叙述了以盛可以爷爷为原型的乡村秀才的葬礼。叙述者对人物的态度却存在显著差异。《乡村秀才》中的吴船山放荡、风流、薄情、冷漠，

① 盛可以：《盛可以访谈录：我写作，为了让我分裂成很多人》，《凤凰读书》2014年4月26日。

小说中的金戒指事件以及葬礼的叙述，意在讽刺秀才不合时宜的尊严已成为笑料，秀才的死亡象征着父权制度的彻底衰落。到了《喜盈门》、《野蛮生长》，叙述者对秀才的批判讽刺减弱，小说改用第一人称叙事视角，融入更多的情感体验。《野蛮生长》以“我”爷爷李辛亥的出生开篇，以他的死亡收篇，构成了一个历史与生命的闭合结构；以“我”爷爷与“我”爹的冲突始，以死亡前的和解终，构成了一个闭合的情感结构。爷爷的葬礼在作品中成为人物情感升华的重要契机。创作《乡村秀才》时，盛可以的爷爷尚在人世，而创作《喜盈门》与《野蛮生长》时，爷爷已去世，这一生死巨变使得盛可以在创作中追悼怀念的情感压倒了批判讽刺的锋芒。

戴维·洛奇在《小说的艺术》一书中指出“确定从何种视点叙述故事是小说家创作中最重要的抉择了，因为它直接影响到读者对小说人物及其行为的反应，无论这反应是情感方面的还是道德方面的”①。盛可以近年来怀旧式乡土小说的叙述视角与早期启蒙主义的叙述视角有所不同。近年的乡土小说多采用成长中的儿童视角，如《捕鱼者说》、《喜盈门》、《香烛先生》、《福地》以及《野蛮生长》的前半部分等，其中《捕鱼者说》、《喜盈门》、《野蛮生长》等还采用了第一人称“我”的体验式叙事视角，融入叙事者更多的情感体验。《捕鱼者说》以怀旧式的儿童视角谛视乡村的经济关系、生命状态与情感交流，呈现乡土人格的尊严与人性的温情。平静、闲适的乡村环境孕育了质朴又醇厚的乡村人际关系，滋生了以生命为代价捍卫人格尊严的勇气。正如作者所说：“《捕鱼者说》是虚构的，故事里忧伤氤氲，那正是我五六岁时候的忧伤，渴望父爱，渴望摆脱父亲。”②

《野蛮生长》出版后，因为与社会新闻事件的高度吻合以及密

---

① [英]戴维·洛奇：《小说的艺术》，王峻岩译，作家出版社 1997 年版，第 28 页。
② 盛可以：《盛可以访谈录：我写作，为了让我分裂成很多人》，《凤凰读书》2014 年 4 月 26 日。

集的死亡展览，曾被指责为模仿余华的《第七天》。后来盛可以在访谈中指出“这部作品可以说在我童年时期就开始萌芽，因为童年的惊恐与刺痛从未消失。……我真的不觉得我在写历史，我是在写自己的生命，在写人的悲剧命运”[①]。盛可以早期乡土小说多采用第三人称叙述视角，更客观地进行制度批判以及揭示人性之恶。而《野蛮生长》中的第一人称叙述则更加强化了感同身受的生命之痛与命运之感。前者侧重的是对恶的批判，后者侧重的是对痛的体恤。早期的《北妹》和 2020 年出版的《女佣手记》皆以进城乡村女为主人公，因为叙事视角的差异，作品的内涵发生了改变。如果说《北妹》强化的是乡村女性的欲望和生命力，《女佣手记》则采用手记体的形式，以第一人称保姆的视角和地方方言呈现进城乡村女性的命运，凸显了人物自身的尊严与抗争精神，表达了作者对乡村女性的敬意。

乡村风景的描绘在盛可以乡土小说中呈现出显著的变化。《北妹》中乡土景观的描绘相对较少，钱小红眼中的乡村风景是“没有月亮的夜是灰白的，树的阴影很浓，一堆一堆地趴在地上，鬼魅一样，仿佛随时会‘嗖’地蹭起来”，区别于城市灯火的明亮与温暖，乡村的景观充满了阴森与恐怖的氛围。盛可以的另一部小说《谁侵占了我》（原名《上坟》）更是充满了《聊斋志异》般的诡异氛围：恐怖的坟山、阴暗的桔园、阴鸷的老黑狗，营构了阴气、神秘的乡村景观。盛可以早期乡土小说中的乡土景观总体而言是闭塞的、丑陋的、阴冷的、恐怖的，这种景观叙述背后体现的是她站在现代性立场上对乡土世界的拒斥。

这一坚定的现代性立场到了《道德颂》中有所松动，《道德颂》中有一个很有意味的细节，这一细节昭示了盛可以对乡村的态度

---

① 盛可以、杨庆祥：《我不喜欢昨天的自己，更喜欢明天的自己》，《青年报》2018 年 1 月 7 日。

发生了转向。小说中写到旨邑带着秦半两回到自己出生的兰溪小镇过年。作为一个逃离者与返乡者，旨邑眼中的小镇是在经济发展的冲击下丧失了古朴的传统变得日趋堕落；而作为外来者的秦半两却被小镇的娴静迷人与孩子的无忧无虑所吸引。秦半两视角的加入表明盛可以对乡土的态度变得更为多元与复杂。对于乡土景观，她不再激烈地攻击与批判，反而开始慢慢发现乡土的内在魅力。

盛可以近年来小说中的乡土景观明净而温情。虽然真实的兰溪河已经被截留，宁静的乡村生活也发生了变化，但"我慢慢有了一个秘密的愿望，我要用我的文字描绘一条河流的美丽，延续兰溪河清澈的生命，实现它汇入大江大海的梦想"①。这种主观的"描绘"与"延续"，本质上体现了盛可以对故乡的一种怀旧式情感。"怀旧于是成为一种合情理的'救赎'。重温旧日的梦想，'遁入'过去生活的单纯安逸，怀旧主体就是要借助这种精神上的'回返'排除现实世界对自身的异己感。"②《福地》中的代孕中心对痴傻少女问水而言是一个异己的存在，于是问水不断游离于现实世界之外，沉湎于对故乡充满童趣与温情的乡村图景之中："田野，树林，水沟边野芹菜。昆虫，小鸟，头顶上白茫茫的天空。""风像松鼠，在树间窜来窜去。""妈妈的菜园，小鸡的草地，还有那条大河，河里游泳的鱼，树林，果树，鸟。"故乡的自然之美和人情之美成为少女抵抗现实苦难的精神寄托。盛可以在《福地》中将对故乡的情感寄予在故乡诗意、牧歌式的自然之景之中，乡土成为灵魂的家园与精神的归宿。"虽然我一直在逃离自己，但故乡是我在梦里和现实中愿意不断回去的地方。总觉得自己还在那里，或者总觉得有什么遗忘在那里。或许这就是所谓的乡愁。"③

---

① 盛可以:《从一条卑微的河流说起》,《文艺报》2012 年 11 月 16 日。
② 赵静蓉:《怀旧——永恒的文化乡愁》,商务印书馆 2009 年版,第 6 页。
③ 盛可以:《我首先必须得到自己的欣赏》,《南方都市报》2016 年 12 月 18 日。

三

盛可以乡土小说的叙事流变既与近二十年来中国社会思潮的变迁密切相关,体现了文学与时代的共振关系,又是作家身份地位、年龄与心态变化的直接表征;更是作家不断寻求突破与超越的创作冲动的必然结果。

盛可以初入文坛时正是底层写作思潮崛起期间,底层叙事思潮崛起的背景是中国社会转型期间经济与文化等层面的不平等引发的阶层分化与固化。这个阶段盛可以作品中的城市“外来者”以乡村原始的生命力在城市左奔右突,尽管不乏底层的屈辱,但以独特的生命方式实现对城市的征服,其征服过程充满自然主义色彩。然而,当“外来者”回望乡土时却发现城市的经济逻辑不可避免地渗入乡村,并与乡村愚昧落后的文化制度相结合,引发乡村道德的堕落与人性的异化。这个阶段盛可以更多采用启蒙主义的视角书写乡土。近年来,随着中国城乡二元对立的结构模式的改革,绑架在户籍制度之上的政治经济文化权益差距逐渐缩小,传统与现代、落后与进步、愚昧与文明的冲突也逐渐淡化,盛可以则开始重新关注作为精神与文化归属的故乡的建构,作品中的怀旧色彩日趋明显。

盛可以写过多个创作谈与访谈,涉及自己的创作思想、观念以及风格。其中最值得注意的是《从一条卑微的河流说起》①。盛可以在其中谈及她乡土小说中最重要的意象兰溪河,“我年轻的时候,总是羞于承认自己来自偏僻的乡村,又没有勇气撒谎说自己来自什么城市,所以通常会说,我是偏远小镇的。现在,我要说出真相:我生在一个偏僻寂寞的村庄。我要从一条卑微的河流说起。一条

① 盛可以:《从一条卑微的河流说起》,《文艺报》2012 年 11 月 16 日。

孤独的、乡村的、卑微的河流。它是我生命的开端，也是我文学的源头”。身份、地位以及心态的变化使盛可以更为坦诚地表达自身的创作体验。“我的祖辈和乡亲们在一个信息闭塞、生活单调的环境里消磨一生。”“我又十分惧怕成为他们，惧怕过那样的生活，所以我总被一种要挣脱的力量驱使，朝着更远的远方逃跑。”盛可以《北妹》中人物因为恐惧乡村不断逃离乡村向城市与远方奔跑的状态和生命力，正是盛可以早期心态的自然呈现。“我的作品里往往会有残酷和坚硬的东西，破坏人们心中对乡村的诗意感，我总是不由自主地想说，真实的生活是这样的，我不想给它披上那层薄如蝉翼的诗意。”从乡村逃离到都市的盛可以回望乡土时看到的更多的是乡土社会的愚昧和反诗意，其创作中期呈现出启蒙主义的基调。随着乡村经济的发展，兰溪河已经截留，停止流动，当现实的故乡已经成为一个回不去和回去也找不到的存在时，盛可以在文学作品中建构了一个想象性的与抒情性的怀旧意向，寄托自身的情感体验与文化认同。盛可以在《从一条卑微的河流说起》中概括了自己对待乡土的态度：从恐惧逃离到以残酷坚硬的文字解构乡村再到以想象延续乡村诗意的创作心路历程，这一心路历程在其三个阶段的乡土小说中得到很好的印证与体现。从三个阶段的叙事流变可以看出盛可以在不停地进行自我突破与超越。

如果说盛可以早期的乡土小说如火，情感浓烈，生命力迸发，具有毁灭一切的力量；她中期的乡土小说似冰，冷硬尖利，散发着匕首般的寒光；她近期的作品则如兰溪河的河水，绵柔隽永，缓缓流淌。如果说她早期的作品如油画般浓烈，中期如版画般冷硬晦暗，近期作品则如图文散文集《春天怎么还不来》中的彩色稚拙水墨画，朴实而温暖……那么厘清三个阶段的发展脉络既能清晰地把握盛可以的创作成长轨迹，又能避免对她作品的内容与风格形成本质化的理解。

自我找寻的“非虚构”心路历程

——评赵德发《1970年代,我的乡村教师生涯》

姬志海

(山东科技大学 文法学院,青岛 266590)

内容摘要:二十世纪九十年代初,作家赵德发就萌生了创作一部以自己的经历为底本,表现1970年代中国乡村文化教育的纪实文学的想法。2018年,《1970年代,我的乡村教师生涯》历经岁月的孕育得以付梓问世。作品以纯熟洗练的清新描写、优雅自如的高超叙述,通过一个由稚嫩无知走向理性成熟的青年教师的成长视角来观察和了解他周围的世界,为读者绘制出了七十年代故乡莒南乃至整个国人其时的日常生活和心灵面貌的生动画卷。作品于丰富的思想内容和可贵的忏悔精神而外,还彰显了自身丰富多元的艺术表征。

关键词:赵德发 《1970年代,我的乡村教师生涯》 自我超越 忏悔精神 艺术表征

二十世纪九十年代初,明天出版社结集出版了赵德发早期陆续发表的十几个描写沂蒙山往昔生活与乡村教育的中、短篇小说。这部小说集的出版意义并不限于作品本身,还在于它标志着赵德发日后打算创作一部以自己的经历为底本,表现1970年代的中国乡村文化教育的长篇纪实性叙事散文的蓝图,从此时起已经开始在他心目中萌芽了。到了2018年春天,《1970年代,我的乡

作者简介:姬志海,山东科技大学文法学院讲师。

基金项目:本文系教育部人文社会科学重点研究基地重大项目“中国宗法社会的解体与乡土文学互动关系研究”(项目批准号:16JJD750018)中期成果。

村教师生涯》历经岁月的孕育终于问世，它先是在《时代文学》的纪实文学“国民记忆”栏目连载时获得了广泛的好评，接着又于2019年由江苏凤凰文艺出版社出版发行了单行本。在这部纪实性长篇叙事散文中，作家以朴实淡雅的文字，既“呈现了一个人青春激情的乡村教师生涯，也重现了那个年代独有的令人感慨和深思的家国记忆”①。

一、青春激情的教师生涯

作品从二十世纪七十年代发生的一次偶然事件讲起，年仅十五岁的大男孩“我”，读过四个月初中后就因为“文革”不正常的学习氛围——天天上课只能学些“最新指示”而选择了辍学。当时为了家庭，打算尽长子之责从此好好务农就像其他大人一样挣工分贴补家用的“我”以为自此与学校无缘了，却怎么也没想到有一天晚上被时任村党支部书记的父亲告知，“我”要再次改弦更张去当小学代课教师。就这样，因为乡村教师紧缺被推荐教学的“我”很快又一次被时代裹挟进了宋家沟小学，重回校园成了一名“识仨教俩”的小先生。为了弥补文化水平的不足，能够在气场上镇住许多都是我长辈的大龄学生，像高尔基“人生三部曲”里的小阿廖沙那样，“我”从1970年冬天开始到处找书看，先是去“我”姥娘（外祖母）家看先辈留下的旧书，又骑着自行车跑了四十里地，到县图书馆去借。在当了两年“双头马”且有希望转正的民办教师后，志得意满的“我”很快就像初到巴黎的拉斯迪涅一样被生活好好地给上了一课。那时的农村，无论是民办教师还是代课教师，待遇都和公办教师不一样，譬如在食堂吃饭时，大家虽然都在一个桌子上，但公办教师同事吃食堂师傅做的白面馒头，作为代课教师的“我”只

① 《时代文学》“卷首语”，2018年第1期。

能吃自己带的大煎饼。平时食堂若是炒菜，这种身份上的自卑还不怎么觉得，但要是哪一天食堂师傅做面条不单独炒菜的话，“我”就只能干嚼煎饼了。炊事员看“我”可怜，出于好心给“我”盛了一碗面条汤，让“我”泡着吃。但这样吃了几次后就有人提意见，让“我”交一两粮票。没有那种作为公办教师身份才能配给的粮票，“我”自卑之余备感耻辱。从那天起，除了完成学校工作，“我”把所有能利用的时间都花在了学习上，为即将到来的高考做准备。在这期间，山东省要招收一万名公办教师。“我”马上报了名，在全公社有几十名民办教师去考最后只录用了三人的情况下，“我”以第一名的成绩考中，真正摆脱了农业户口的身份，完成了人生第一次的龙门一跃。1979 年，“我”又萌生了当作家的念头。这个当时看来简直不知天高地厚的梦想让“我”真正找到了冥冥中属于自我的人生定位。经历了无数艰辛，在别人眼中不可理喻的“我”终于在 1988 年 9 月 16 日踏进了山东大学的校门，在那里的两年时间里，“我”写出了获得《小说月报》百花奖的作品《通腿儿》，终于夙愿成真，成为一名作家。

作品无疑首先让我们看到了青年赵德发在成长路途中那坚韧不拔、锲而不舍的松之精神。范云在《咏寒松诗》中这样吟咏过松的品格：“修条拂层汉，密叶障天浔。凌风知劲节，负雪见贞心。”以之譬喻《1970 年代，我的乡村教师生涯》中的青年赵德发那自强不息的精神追求毫不为过。在当代中国乡土小说史上，赵德发是文学鲁军中一个“筚路蓝缕，以启山林”的骁将，在这部纪实性长篇叙事散文中，我们看到他的一段传奇般的生活历程。像被吹落到谷底的松树种子，无法选择出身的赵德发同样出生于普通的社会底层，因为吃公社食堂经常挨饿不够吃，备尝生活的艰辛，直到十七岁那年去县师范学习，才觉得春天美好，因为以前每到春天家里缺粮，母亲愁眉苦脸，春天在赵德发心中是个可怕的季节。由于生活在教育落后的农村，他起点极低，只能算是小学毕业，在成功学的意义上，他几乎被堵塞了通往成功路途的所有可能。虽然置身于那样的生活和社会环境中，但是他坚韧不拔、努力成长，从未向命运屈服，最后终于长成一棵屹立不倒的青松，成就了自己，也激励了许许多多仍旧在拼搏的人。松之精神无疑是青年赵德发人格中的最大质地，而这其中最大的成功学基因是作家的求知欲被唤醒以后对文化知识的狂热痴迷！在作品的引子中，赵德发这样感慨道：“我认为，人有两次诞生。第一次，是生理学意义上的；第二次，是社会学意义上的。”而催生一个人在社会学意义上的第二次诞生的关键因素就是文化知识。因为“人类文明的推进，依靠文化的历代积累，知识的薪火相传……获得一定的文化知识……则为人的第二次诞生”[①]，作家对文化知识的这种强调可以说从作品开始不久就在文本中体现了出来，从小就很崇拜真正文化人的“我”，在宋家沟小学代课时遇到了真正博学多才的宋振潜老师，对他那境界极高、“大小由之”的楷书书法羡慕不已，敬佩之余，“我”常向他请教问题。宋振潜老师对“我”的提问往往是问一答十，其丰沛的学养积累让在教书中常常犯错误只能在教师队伍中滥竽充数的“我”切实感到了自己与宋振潜这样真正德才兼备的老师之间的莫大差距：对照杏坛前辈，“我明白了自己与一个合格的教师相比，存在着多么巨大的差距。人家是山，我只是个小土堆；人家是海，我只是个小水池。见贤思齐，我必须努力读书，让自己尽快成长”。正是这种知耻而后勇的对比反差激起了少年赵德发对文化知识的强烈欲望，也让他初步确立了以后的人生目标。他在书中这样说道：“目标，能赋予人进取的力量，能赋予生活以意义。终生为自己的既定目标不懈奋斗的人，才是一个真正的人。懵懵懂懂混日月的人，只能叫行尸走肉。”在这种超越自我、成就人生的目标的

① 赵德发：《1970年代，我的乡村教师生涯》，江苏凤凰文艺出版社2019版，第1页。以后小说引文均出自该书，不再另注。

感召下，尽管“我”在人生的道路上走过不少弯路，但对文化知识超乎常人的求知欲从未减退。正所谓“书山有路勤为径，学海无涯苦作舟”，这种矢志不渝的求知欲一直都驱使赵德发不断学习，不断阅读。他曾以“书虫”做比喻，生动形象地说明了自己的学习态度和那段难忘的求知岁月。“书虫，我在那两个篓子里见过，它们的身体呈银灰色，长约一厘米，乱钻乱拱，专吃纸页……1970 年冬天，我变成一只圆颅方足的书虫，有空就去姥娘家，在书堆里乱拱。”正是这些由《三字经》、《动物学》、《阿 Q 正传》、《沉沦》、《超人》以及新版历史教材和三民主义读本汇集而成的新旧两个教育体系，丰富了少年赵德发最初的求知心灵。这以后，他总是最大限度地利用各种时间进行坚持不懈的阅读，经过长期的自学，他在许多领域积累了广博的学识，为自己创造了作为一个合格民办教师乃至最终成为一名学者型作家所必须具备的条件。十年磨一剑，功夫不负有心人，正是踩着这些由书籍铺就的阶梯，赵德发最终破蛹化蝶，“就像沂蒙山里的泉流日益壮大、奔流入海，走向浩大与辽阔”①，实现人生的华丽转身。在教育落后的农村底层成就一位著名作家，这其中要经历何等卓绝的艰辛，就好像身处冰天雪地的松柏，不管环境多么恶劣，只要心中孕育着不灭的信念，把根扎进生活土壤的深处，总能等到人生百花盛开、阳光灿烂的明媚春天！

赵德发在作品中回忆这段生平经历的时候，以家乡的乡村教育为辐射中心，对民国至今若干不同时期的整个中国社会特有的教育历史做了一番一斑窥豹的描述。他先是回顾了由“我”老姥爷——晚清秀才乡长宋世厚创建的宋家沟小学的前身以及 1930 年代从晚清的四书五经向民国的新式教育的过渡，全书以亲身经历对“文革”期间至今的中国教育状况的发展做了更加详实的描述。书中不仅为读者描绘了诸如宋振潜、赵玉恒这样的优秀乡村

① 黄发有：《君子之风——赵德发论》，《中国当代文学研究》2020 年第 3 期。

教师的夺目风采，也交代了像宋家星、宋家壮、赵洪臣、周盼义、王玉建、解桂兰等民办教师在中央或地方政策帮扶下俱都成功转正的圆满归宿；同时，还对许多因为能力较差被辞退或因为种种原因自动离职的民办教师令人唏嘘不已的命运充满同情。在回答《齐鲁晚报》记者关于二十世纪七十年代的教育方式和教育理念跟现在的教育方法理念相比孰优孰劣的提问时，赵德发深有感触地说：“四十多年过去，中国的教育可谓天翻地覆，教育的目的、理念、内容、形式，都发生了巨变。1970 年代的诸多做法，现在的年轻人听了会认为是天方夜谭。但是，改革开放以来的中小学教育，又被高考指挥棒引向了另一个极端。把亿万学生放到一个模子里挤压，是中国现行教育制度最值得反思之处。教育科学告诉我们：学校教育如果只注重模仿、服从与重复练习，而忽视发展学生的辨析能力与独创能力，其结果只能培养他们机械性的低级能力，不能发展构成人类特有的智慧、才能、情感与意志。从这个角度考虑，当年实行‘开门办学’，强调‘德智体全面发展’，还是有一定道理的……”[①] 所谓“纸上得来终觉浅，绝知此事要躬行”，正是因为有过那样一段乡村教师的生涯，赵德发才会在知行合一的基础上得出如此鞭辟入里、高屋建瓴的洞见。

二、严于自我解剖的忏悔精神

作为一部长篇纪实性叙事散文，《1970 年代，我的乡村教师生涯》首先为读者呈现出一个淳朴自然、朝气蓬勃的青年教师形象，人们看到主人公在其成长、发展过程中遇到的种种问题、经受的种种考验。当然，主人公的这种把触角朝生活深处延伸的过程不是

① 赵德发：《我打算再写一部长篇小说，书名叫〈蓝调子〉》，《齐鲁晚报·今日日照》2020 年 4 月 26 日。

被动、消极的，而是一个从思想到行动都积极地投身炽热的生活的过程。除此而外，作者还在对晚清以来中国教育史的谱系爬梳和审视考量中赋予作品丰富的思想、鲜明的人物和生动的情节，所有这些，对于读者来说，莫不真切感人。

与松之坚韧同时呈现的，还有作家赵德发严于自我解剖并真诚反省的忏悔精神。

卢梭在批评诸如蒙田那样的文学家写自传“总是要把自己乔装打扮一番，名为自述，实为自赞”的恶劣文风时这样痛陈道：“没有可憎缺点的人是没有的。”① 卢梭的这一中肯论断为我们审视此类纪实性的文学作品提供了一个独特的角度。翻开现代文学史上许多作家的自传性文字，要么对自己的缺点闭口不提，要么虽然提及却总是想方设法地把这种缺点描写得相当可爱，很少有作家能够做到像巴金先生在《随想录》里自我批判。赵德发在《1970 年代，我的乡村教师生涯》中以真诚坦率的态度讲述了自己心灵深处的思想情感、自己曾在人品方面一度沾染的可鄙可恶的“丑行”。譬如他在爱慕虚荣的驱使下曾经不懂装懂地胡乱搪塞学生有关什么是“美国垄断资产阶级”的提问；他在宋家沟小学教主课时因为懵懂无知闹出不少笑话；他在全国号召学习黄帅反击“教育回潮”的运动中怕被别人检举而被迫让学生提自己的问题，事后对学生的放任自流又不敢加以干涉的惺惺作态……尤为可贵的是，在时隔多年以后，他仍然以沉重的心情忏悔自己在全国“批林批孔”运动中对于孔子进行的跟风式批判。

作家在《1970 年代，我的乡村教师生涯》中表现出坦率和真诚，这使得这部长篇纪实性叙事散文有希望能够走进文学史。在这里，作家在文本中的自我形象不只是被镀上了一层类乎尼采超人精神的理想光辉，而且在这种追求自我实现的诗意里还呈现了

① 转引自柳鸣九：《柳鸣九文集》第 9 卷，海天出版社 2015 年版，第 52 页。

令人惊愕的真实——读者能够在字里行间既看到坚强、力量和优美的质素，也看到软弱、怯懦乃至卑劣的一面。这个主人公不是传统作家自传性文字中的那个力图借一切修饰手段绘制出来的涂满油彩的画像，而是活生生的充满各种人性复杂关系总和的“这一个”。而“这一个”自我形象的复杂性，无疑赋予《1970 年代，我的乡村教师生涯》这部纪实散文自身复杂深刻的另一种价值。

那么，究竟是什么原因让作家多年以来仍迟迟不能放下这些纠结在他心头的忏悔情愫呢？沿着文本给出的图示，读者自然而然地会把反思的眼光投向共和国六七十年代的时代现场。在当时“左倾”思潮的影响下，各级教育一度遇到很大的挫折，居于莒南的宋家沟小学也很快被卷入其中。作品这样记述道：过了 1969 年春节，我们家四里外的圈子村小学办起了初中班，已经玩得厌烦的“我”和几个伙伴重又背着书包满心欢喜地去那里上学，“我们读的这种班叫‘帽子班’，意思是在小学头上加了一顶中学帽子。办这种‘帽子班’用意不错，可是小娃娃顶了个大帽子，总是空空荡荡不踏实。果不其然，由于师资力量不够，更因为当时的政治氛围，我们学不到什么东西。那时的学生，要‘以学为主，兼学别样’，不但学文，也学工、学农、学军”，“我”所在的学校“兼学”成了“主学”，由于农村没有工厂，学工没有条件，但学农得天独厚，师生们整天去生产队里干活。至于学军，“老师教给我们一套‘旗语’，还组织大家在学校旁边的荒岭上练习‘捉特务’，谁发现了情况，就用‘旗语’报告。我们手中没有小旗，只好用胳膊比画。‘捉特务’，头几回我还觉得新鲜好玩，玩过几次就感到没有意思，反正特务都是同学装的，扒了皮认得骨头。那个春天特别干旱，经常刮着热燥燥的南风，学农学军的我们就像地里缺水的麦苗一样，蔫儿巴唧，没有多少生气”。在这段岁月，有很多像宋世超那样“根正苗红”的农民虽然连汉语拼音都不会但照样可以受政策照顾进入教师队伍，而像宋振潜那样真正德才兼备的高水平教师却因为出身问题、政治问题被勒令靠边站，最后竟被赶回原籍。“左”倾思潮不仅给中国各级教育造成了不幸，还导致传统民族文化的滑落、国民精神的荒芜和国民素质的退化等严重的连锁效应。那时原本迫切需要各种知识文化滋养教育的国民大众，却表现出了对知识文化的麻木不仁。当“我”把从宋振潜那里学来的一些古代汉语知识向别人宣讲时，无一例外地遭到了他们的耻笑。当年的那个年少无知、不谙世事的“我”也和被时代裹挟前行的芸芸众生一样，是那个荒诞时代的牺牲品。

所谓以史为鉴，可以知兴替，可以见兴衰。《1970 年代，我的乡村教师生涯》正是从历史后视镜着眼，在“左”倾思潮已成历史的今天，提醒人们应当认真回顾和总结历史教训，这对当下和今后中国教育事业的发展无疑具有一定的历史借鉴意义。

三、丰富多元的艺术表征

除了丰富的思想内容、可贵的忏悔精神和深刻的时代主题，《1970 年代，我的乡村教师生涯》还彰显了自身丰富多元的艺术表征。

《1970 年代，我的乡村教师生涯》以纯熟洗练的清新描写、优雅自如而又不失井然有序的高超叙述，通过一个由稚嫩无知走向理性成熟的青年教师的成长视角来观察和了解他周围的世界，为读者绘制出了七十年代莒南乃至整个国人其时的日常生活和心灵面貌的生动画卷。作品采用了非虚构的纪实性叙事散文文体，以在场者的口吻将亲眼看见或亲身参与的种种事件或见闻，一桩桩一件件，如行云流水般娓娓道来。在分节讲述这些主要事件的同时，还不时插入一些轶事旧闻或幽默的小故事，读来或让人励志向学，或让人觉得别有兴味。比如“我”从小看见红白喜事上的“先生”被人好酒好饭伺候，心中艳羡不已，便向宋振潜请教有关知识。

他就给我讲了一个故事：“离我们村二十多里有两个村，一个叫东高榆，一个叫西高榆。东、西高榆各有一家私塾，两个先生互不服气。有一天，东高榆有人死了，请私塾先生写挽联，他把落款写错了。那家死的是老头，老太太还健在，应该写‘哀子’，但他写的是‘孤哀子’。西高榆的先生得知，就写了首打油诗，让学生贴到东高榆大街上：‘高榆庄，真奇怪，他爹死了他娘在，前面写个孤哀子，后面写个顿首拜。’写错了挽联的那位先生见了又羞又恼，茶饭不思，得病死了。”听他讲的这个故事，“我”明白了一件事：过去的教书先生，是把从业声誉看得比生命还要珍贵的。哪像“我”这样不知天高地厚，教学中犯了错误还不以为然。从那以后，“我”在学校里如履薄冰，战战兢兢，将每一堂课都认真准备，唯恐出了差错。再譬如在宋家沟附近的某某小学，有老师在课堂上讲：“天气，越往北越冷，到北极能冻死人；越往南越热，到南极能热死人。”另一位老师见发下的新课本上有“一听牛奶”这一词组，愤愤议论：“牛奶是喝的，怎么能听呢？去年我就发现了这个错误，没想到今年的新课本上还是错的，难道就没有人反映上去吗？”类似的奇葩事件在文本中还有很多，让读者进一步加深了对那个时代广大农村地区的教育落后面貌的体认和反思。

《1970年代，我的乡村教师生涯》还在较大程度上保留了民间语言的原貌，生动活泼，别具美感。这些民间语言土生土长，未经修剪，如素面朝天的美人。在作品的若干章节，这种原生态的方言俚语随处可见，譬如“我”搞的一次次“忆苦思甜”，尽管在课堂上起了一些效用，让那些调皮学生有所收敛，但他们普遍健忘，再上课还是不够老实。加上“我”年龄小，文化水平低，树不起威望，教室还是经常成为“蛀子汪”。又譬如赵玉恒老师来宋家沟，让“我”有机会亲近真实的乐器。他买来二胡之后，“我”曾向他请教怎样拉，他手把手地教“我”。但“我”拉得实在难听，用父老乡亲的话说，是“杀蛀子”，意思是弄出青蛙被杀时的凄惨声音。“蛀子汪”、“杀蛀子"这些方言而外，文中还有像以"蚂蚁爪子"比喻农村扫盲时写的汉字，以"猴头马爪"表示张牙舞爪的意思。张炜认为，"从某种意义上说，只有方言才是真正的语言，文学写作从根本上来说还是不能依仗普通话，因为它是一种折中的语言"①。不能不说，赵德发笔下这纯净、明朗，充满着"泥滋味"、"土气息"的方言，为当下文学创作中经常出现的一些过于自动化、程式化的文学语言"顽疾"提供了一剂良药。

从艺术表现的维度来看，《1970 年代，我的乡村教师生涯》的底色和主调无疑是现实主义的，但赵德发在写作手法上也借鉴了类乎现代主义叙事文学的诸多技巧，形成了自身开放兼蓄的艺术表征。在这些技巧中，最凸出地体现为颇具先锋色彩的交叉叙事上。

《1970 年代，我的乡村教师生涯》在"故事"层面结构很简单，倘若采用惯常的线性叙述方法建构文本，虽然能够照顾到故事的稳定性和明晰性，但无法满足现代读者那种"文似看山不喜平"的更高级的审美期待视野。作家在叙事时兼采了先锋叙事文学中常用的时空交叉手法。具体而言，赵德发在故事卷轴渐次展开的过程中，不断地把发生在将来的某些与主旨相关的事件闪进到前面来讲，然后以不断的逆行倒追的闪回方式回归被这种插叙暂时叫停了的情节处重新进行讲述。这种叙事在文本中俯拾皆是：譬如，刚刚"上任"之初，"我"被学生要求讲普通话，"我"出尽了洋相也说不出标准的普通话，这时作者插叙到："我的口音，二十年后遭到一位美女主播的严厉批评。那年我从山东大学作家班毕业，到日照市工作，某一天受邀充当日照广播电台一档节目的嘉宾。主播是临沂人，我的老乡。她用字正腔圆的普通话，我却用土得掉渣的莒南话。节目做完，她将麦克风一关，将耳机一摘，向我瞪眼道：'赵

---

① 张炜：《丑行或浪漫》，云南人民出版社 2003 年版，第 2 页。

老师,我叫你折磨死了!……你一开口就说咱家乡话,我下意识地要随着你说,险情一再发生!’”再譬如,作品在写到经过两年多的朝夕相处,“我”不得不离开宋家沟小学时感慨万千,依依不舍时,作者又说:“2017 年春天,我回老宋家沟与老同事在一起吃饭,拿出当年的学生名单,询问每个人的情况。三十五个学生,留在村里的占大多数,有五人已经因病去世。有六人在年轻时改变农民身份,或当工人,或由民办教师转为公办教师。”作者采用这种兼顾传统与现代的叙事手法,让作品既有一条叙述主线,使读者较容易把握故事的主要情节,又有时空的变换,以叙事技巧带给读者故事情节波澜起伏之感,有效避免了按照单纯的线性时序进行循序渐进的叙事带来的单调沉闷。

除了交叉叙事这一主要现代手法而外,《1970 年代,我的乡村教师生涯》还被镀上了一层扑朔迷离的魔幻色彩:在宋家沟东岭,有一片十来亩大小、长方形的舍林,是公共墓地,谁家有孩子早夭,就埋到那里,是个让人十分恐惧的地方。到“我”上小学的时候,因为医疗条件好转,往舍林里扔孩子的渐渐稀少。村里见那么大一片地闲着可惜,就把其中的上百棵柏树刨掉,套牛拉犁,将这里开辟成耕地。一些勇敢的壮劳力将一些小地瓜栽到了垄上。这些“窝地瓜”长势凶猛,生下好多地瓜崽子,一个个都长成婴儿脑袋。秋天收获,大家分到手不敢吃,煮熟后用于喂猪……“我”堂叔赵洪亮说,舍林平掉后,他经历过一件奇事:有一天晚上他去东岭的油坊,经过舍林北头,眼前突然一片漆黑。往前看看,本来能看见油坊窗户发出的光亮,此时不见了。回头看看村庄,村庄不见了。再仰脸看看天上,星星也没有了。他知道,自己是遇上了老辈人讲的“挡”。他胆子大,继续走,结果掉进了路边的坑里。爬出来摸到路面再走,走了几十步,眼前豁然明朗,刚才消失了的东西全部重现。此后,他又接连试验了两个晚上,每次走到这里都是这样……这些描述以真实的事件与现象为基础,虽然没有刻意地做任何夸大或渲染，但为作品营造了一种浪漫离奇的氛围，加强了作品的艺术效果。

从史学的意义而言，《1970 年代，我的乡村教师生涯》还从微观视角的层面为历史进行了细节上的鲜活补充。譬如作品写到的八路军女护士赵传香，在以宏观叙述为主的历史记载上也许根本就不会有她的位置，即使有也只是极为概括的一笔，作品却为我们记录了有关这名女烈士的详实细节："我上学之后，每年的清明节，都和老师同学一起过来扫墓。听老师讲，抗日战争期间，八路军在山东有平民医院，其实是野战医院，其中一个医疗所曾经驻在宋家沟。医疗所里有医生，有护士，专门抢救从前线抬下来的伤员。赵传香是一位护士，只有二十来岁，却在工作中累出了病，1945 年牺牲在宋家沟。第二年，她丈夫来给她上坟，还立了碑。"后来"我"专门记下了赵传香丈夫为妻子写的碑文，进一步了解了赵传香烈士的光荣事迹，这种细节抄录无疑为读者还原了一位克己奉公、兢兢业业，一心为了祖国和人民的解放事业积劳成疾、不幸殉职的女烈士形象，从而为"骨感"的历史大大地增加了鲜活的血肉。

王蒙“在伊犁”系列小说中的农村基层干部群像阐释

王晓隽

（齐鲁师范学院 文学院，济南 250014）

内容摘要：王蒙“在伊犁”系列小说中的农村基层干部群像，主要分三类：第一类是“高大全”的基层干部形象，他们品德高尚，以集体利益为重，全心全意为老百姓服务，同时他们又是维护民族团结、保卫祖国边疆的重要力量。第二类是圆滑多变的基层干部形象，这一群体富有人的立体感和多面性，他们机敏善变，打着为集体服务的幌子，中饱私囊，有的在暗地里煽动民族情绪，制造民族矛盾，圆滑世故，是精致的利己主义者，他们对党和国家基层工作的破坏是不可忽视的。第三类是富有改革精神的基层干部形象，改革者具有前瞻性的目光，他们勇于突破传统，用现代化的思想和行为改造保守落后的故乡，但他们的行为也遭到了老一辈人的非议，他们在非议中艰难前行。

关键词：王蒙　“在伊犁”　干部形象

“干部”一词从日本引进，源于法语，后引申为在国家政权机关和企事业团体中具有管理权的公职人员，他们在这些机构中起着骨干作用。1949 年，中华人民共和国成立后，建立了一套有别于民国时期的政务机关，干部成为对国家公职人员的尊称，后来逐渐扩展到农村地区，一些大队里的书记和队长也被称为干部。边疆少数民族地区实行了全方位的变革，完全按照共和国的政务模式建立起现代化的政权机构。少数民族地区的发展紧跟内地的步

作者简介：王晓隽，齐鲁师范学院文学院副教授。

伐,新疆也不例外,在此过程中干部起着较大的作用。对于以农业为主的新疆来说,农村基层干部尤其是公社书记、大队支书、队长等基层干部对新疆的历史发展有着重要的作用,王蒙用文学书写着自己对新疆农村基层干部不可磨灭的记忆。

一、"高大全"的干部形象

理想主义一度是王蒙创作高扬的主题,追求人物的完美是王蒙对新疆农村基层干部描述的一个有机组成部分。王蒙用力勾画流氓无产者形象,不遗余力地批判他们身上的流氓无产阶级的精神遗留,目的是为了凸显人类永恒的善和美,共产主义理想一直在王蒙的心中缭绕。当代文学中的高大全形象塑造源于"四人帮"的"三突出"原则,忽略人是复杂的存在,要求作家把人物塑造成无所不能、上天入地、没有任何缺点的完美化身,作家浩然直接就把他小说《金光大道》中的主人公命名为高大泉。高大泉具有共产主义思想,他身上几乎没有缺点,是一个鞠躬尽瘁、死而后已的大公无私的农民干部,人类的美德在他身上几乎都有体现,他是"三突出"政策在文学上的图解,严重违背人性的复杂和人物的多面性的实质。王蒙笔下的很多维吾尔族基层干部就是富有共产主义理想的高大全形象,他们品德高尚,大公无私,兢兢业业,以集体利益为重,全心全意为老百姓服务,同时他们又是维护民族团结、保卫祖国边疆的重要力量。

穆敏是王蒙"在伊犁"系列小说中重要的主人公,他信仰虔诚,说话风趣、幽默,有责任感,热爱国家,对阿依穆罕的爱情非常忠诚,对同父异母的弟弟有绵绵的思念和牵挂,为此他厚待给他带来弟弟信息的卡斯穆,并亲自回南疆寻找失散多年的弟弟,尽管结果不尽人意,但他已心满意足,对南疆故乡的怀念告一段落,豁达的胸怀让他获得了灵魂上的安宁。他在队里无论担任什么样的职位，都能做到恪尽职守、秉公执法，从不假公济私，“穆敏是生产队的水利委员，而五月份，是昼夜浇水最紧张忙碌的月份，老爹夜间去巡查浇水的情况，是他这个水利委员分内的事，当然不足为奇。但他事先一点没有说要上夜班，故而阿依穆罕与我听了都一怔”①，穆敏之所以不预先汇报自己的所作所为，是因为马穆特晚上值班时睡觉导致水全部跑光激起了他的愤怒，庄稼浇不上水，就意味着减产或绝产，作为一个从旧时代走过来的人，穆敏深知因为粮食问题饿死人的现象就有发生的可能，为了维护大多数人的利益，他决定不是自己的班也要夜间巡查浇水。他高尚的品行获得了周围乡亲的赞许，“但我一想起穆敏老爹和阿依穆罕老妈妈来，就有一种说不出的爱心、责任感、踏实和清明之感。我觉得他们给了我太多的东西，使我终生受用不尽。……他们不贪、不惰、不妒、不疲沓也不浮躁、不尖刻也不软弱、不讲韬晦也不莽撞。特别是穆敏老爹，他虽然缺乏基本的文化知识，却具有洞察一切的精明，和比精明更难得的厚道与含蓄。数十年来我见到的各种人物可谓多矣，但绝少数像老爹这样的。我常从回忆他们当中得到启示、力量和安抚”②，穆敏老爹用他的人格和智慧赢得了“我”由衷的赞美和敬佩，他没有多少文化，但他代表了维吾尔族乡村最后的绅士精神——智慧和善良，这份精神直到今天仍熠熠闪光。

改革开放令新疆获得了快速发展，物质极大地丰富起来，有些人面对眼花缭乱的物质世界还没有做好心理准备，道德沦丧和价值理念的歪曲迅速蔓延开来，道德价值的回归成为当今社会刻不容缓的现实所在。穆敏形象的塑造虽然缺乏一些立体性和必要的深度，但作者在他身上熔铸的道德理想主义仍然感动了很多读者。自二十世纪九十年代以来，文学创作由中心走向了边缘，作家们一

① 王蒙：《王蒙文集》第9卷，人民文学出版社2014年版，第95页。

② 王蒙：《王蒙文集》第9卷，人民文学出版社2014年版，第127页。

下子从高高在上的先知沦为普通人，巨大的落差使他们迷惘，走向内心世界的写作本没有错，这只是文学发展的一个小分支，过度地追寻和执行这个方向而忽略其他方面的文学世界不得不说是另外一场沦丧，责任感的缺失导致了道德理念的大面积滑坡，作家们对这种现象的出现负有一定的责任。德行的修炼虽然是一个形而上的问题，破坏容易建构难，文学创作中重新彰显理想主义也是一场很有价值的修行，王蒙作为一个思想复杂和有责任感的作家，他“认为，自由的文学艺术并不是无目标、无取向、无价值标准的文艺。‘我们的文艺仍然是有理想、有追求、有热情的。’他指出，一些作家忽视作品应有的思想追求而进入一种‘失重’状态是危险的。因此他大声疾呼：‘重建理想！’这是我们文艺工作者的神圣使命”[①]，他深切地体会到理想主义将是文学永恒的主题，无论什么时代，理想都是人类追求的梦想，作家就是描述人类梦想的特殊群体。失却了对理想的叙写，文学就失去了航标。人类是有梦想的族群，张扬理想和在理想破碎后的痛哭流涕都是热爱理想的表达方式。

王蒙通过对阿尤布老人命运的展示，阐释了共产主义理想。阿尤布是贫下中农委员会主任，他出身非常贫寒，“满脸满手细密如网的皱纹里，不知刻印着往年的多少辛酸，微驼的脊背上，曾经承担过旧日的无限凄苦。在公社展览馆里我们看到过他的家史，他为地主扛了五十七年活，妻子被地主折磨死了，十个孩子，有九个在饥馑和疾病中死去”[②]。阿尤布在新社会彻底改变了被剥削被压迫的卑微命运，现在的“他住在过去属于地主的房子里，宽阔的前廊，石阶下流着清澈的渠水，母鸡勤快地啄食，白羊舒适地嚼

① 张学正：《跨越世纪，王蒙作品评论集萃》，严家炎主编、崔建飞编，中国海洋大学出版社 2003 年版，第 97 页。

② 王蒙：《王蒙文集》第 16 卷，人民文学出版社 2014 年版，第 9 页。

草,满院的桑杏即将抽芽……"[①] 阿尤布在旧新社会的命运使他万分珍惜新时代和新生活,见到作者等人,他抓住他们的手不放,激动地说着对旧社会地主的痛恨和对新社会的热爱。他经常向社会各个阶层做报告,忆苦思甜,"他现在每天做三次'乃马孜(礼拜)',一愿孩子们好好学习,二愿他们长大了当解放军保卫祖国,三愿他们永远听毛主席的话,事事听毛主席的话"[②]。阿尤布作为一个农村基层干部,不遗余力地维护党和国家,热爱阶级弟兄,勤勉正直,维护了民族团结和社会的稳定,是基层干部的楷模,正是这些基层干部的努力,才带来了春满吐鲁番,带来了社会日新月异的发展和人民的幸福生活。

铁木耳和库德来提作为农村基层干部,他们同样兢兢业业,努力为村民谋福利,虽然在工作中遇到这样或那样的困难,但他们不畏艰险,努力克服,一心为村民服务。铁木耳先是社办煤矿的领导,后因病回乡当了队长,他工作能力强,鼓励村民开垦土地,兴修水利,增加社员们的收入。他脾气倔强,有逆反心理,爱抬杠,但他坚持正义,不畏惧邪恶,当谢力甫和哈皮孜等人兴风作浪时,他据理力争,英勇无惧,在库德来提等人的帮助下,让哈皮孜挑拨离间、背信弃义的嘴脸袒露在谢力甫面前,谢力甫认清了哈皮孜的伎俩,最终承认了自己的错误。铁木耳是一位实干家,他不相信"四人帮"的虚假宣传,他的行动就是真抓实干,当库德来提宣布恢复他的队长职位后,"他说:'地里的白刺草,长得和庄稼一样高了。他们就是想把我们的人民公社,再变成狍子出没的阿克提干呢。'他大声宣布:'一组明天上山伐木,二三四组全体,和我一起去大田锄草。'"[③] 解决生活中的实际问题才是铁木耳当队长的职责所在,

① 王蒙:《王蒙文集》第16卷,人民文学出版社2014年版,第9页。
② 王蒙:《王蒙文集》第16卷,人民文学出版社2014年版,第9页。
③ 王蒙:《王蒙文集》第13卷,人民文学出版社2014年版,第101页。

他是社员的主心骨和当家人，他的实干精神浸润着每个社员的心，他因此赢得了社员们的尊敬。队长看起来官职不大，但意义非凡，正义和邪恶较量的结果是邪恶终于被打倒，铁木耳的政敌、流氓无产者哈皮孜成了人人喊打的过街老鼠，真正为百姓办事的铁木耳得到了政府和社会的认可。在与哈皮孜和谢力甫的斗争中，库德来提发挥了关键作用，作为村支书，他信任铁木耳，讨厌好逸恶劳、搬弄是非的哈皮孜，面对谢力甫对哈皮孜的信任，库德来提步步为营，欲擒故纵，一步一步地把哈皮孜的阴谋暴露在社员和谢力甫面前，“库德来提书记进行了紧张和多方面的工作，像一个打鱼人，准备收网”①，“库德来提书记等待的时刻到来了”。库德来提用智慧把哈皮孜彻底打败。叙事者“我”对库德来提着墨不多，但他足智多谋的身影不时地在小说里出现，他是一个懂得斗争艺术的智者，面对邪恶，他不动声色，仔细观察，掌握斗争的主动权，等待合适的时机，主动出击，一击制胜，正是他的政治智慧，使哈皮孜原形毕露。库德来提是一位不可多得的农村干部，正是有他的信任，铁木耳才能够放手为社员干事，村里的风气才能邪不压正，大家伙一心一意搞建设。

伊力哈穆是《这边风景》中富有代表性的农村基层干部，他担任跃进公社爱国大队七生产队队长，身上蕴含着作者强烈的政治正确和一心为公的创作理念，“当然，人性是一个非常复杂的存在。除了真善美，人性中还有丑陋、鄙俗的一面，而这些在小说中主要是通过塑造落后、反面人物来体现的。小说的正面主人公伊力哈穆代表了社会意识形态的主流，他不得不打上时代与政治的烙印，带有‘高大全’式的色彩，所以显得有点‘扁平’”②。“伊力哈穆的身上确实体现了人性之美，他有许多美好的品质，如善良、正直、宽

① 王蒙：《王蒙文集》第13卷，人民文学出版社2014年版，第96页。

② 王雪敏：《大好年华，当有赞歌——简论王蒙长篇小说〈这边风景〉》，《王蒙研究》第2辑，中国海洋大学出版社2015年版，第137页。

容、助人为乐、坚持原则、热情等。对于工作，他积极承担责任，一心为民谋福利；对于家庭，他体贴照顾；对于他人，他会急人所急、想人所想，别人的危难时刻他会奋不顾身地出手相助；面对‘迫害’，他勇敢、镇定，依然坚持自己的原则和信仰”[①]，“王蒙是热爱生活的人，也只有一个热爱生活的人才有可能看到并欣赏生活的美，也只有拥有这样一双善于发现风景的眼睛的诗人才能把生活写得诗意盎然，把平常的日子也过得、写得津津有味”[②]。纵观小说，伊力哈穆确实如评论家所言，是一个非常高尚的人、一个脱离了低级趣味的人、一个时刻响应祖国召唤的人。基层干部的所作所为代表了党的形象和国家希望的所在，建设好基层干部队伍，关乎边疆建设、国家稳定和民族团结。伊力哈穆 27 岁时，“不顾自己年龄已经偏大，根据公社党委的安排，作为新招收的青年工人的带队者，离开伊犁，到乌鲁木齐一个机床厂学习镗工。他决心做一个产业工人，为祖国的工业化贡献自己的热汗和心血”[③]，他工作勤恳努力，眼光开放，具有较强的职业道德，三年困难时期粮食极端匮乏时，他又在党充实农业第一线的号召下回到了故乡伊犁河谷，那时在“四清”运动前夕，很多伊犁边民在敌对势力的策划和鼓动下，纷纷越过边境，外逃到苏联。对于外逃现象，伊力哈穆有思想准备，他相信祖国、党和政府是正确的，工厂书记对他高屋建瓴的教诲更令他深受教育，他明白现实斗争的残酷性和复杂性。回到故乡后，面对一系列复杂多变的人和事，伊力哈穆依靠广大群众，听取智者的告诫，用智慧去判断。面对伊萨木冬偷粮事件，伊力哈穆看到了偷粮背后的阴谋，他不太相信伊萨木冬出于心甘情愿。

① 郭会芳：《理想之光烛照下的现实主义写作——浅析王蒙〈这边风景〉》，《王蒙研究》第 2 辑，中国海洋大学出版社 2015 年版，第 144 页。

② 张波涛：《熟悉的地方也有“风景”——试论王蒙〈这边风景〉中的生活本体论美学》，《王蒙研究》第 2 辑，中国海洋大学出版社 2015 年版，第 129 页。

③ 王蒙：《这边风景》，花城出版社 2013 年版，第 5 页。

从边民外逃事件中，他看到了苏修的卑劣伎俩，认为“目前在伊犁发生的事情，说明那些披着马列主义的外衣自称是我们的朋友的人，正在撕下自己的假面具，利用我们内部的一些败类，向毛主席的革命路线疯狂挑战，向我们伟大的社会主义祖国猖狂进攻。但是，乌鸦的翅膀总不会遮住太阳的光辉，毛主席的手握着我们的手，我们一定能胜利，胜利一定属于我们”[①]。这段话凸显了伊力哈穆敏锐的政治嗅觉和坚定的政治意志，他热爱祖国，痛恨苏修在中国边境搞的分裂和破坏，在伊犁边民事件中，能够沉着冷静、顾全大局，面对被欺骗和蛊惑的伊萨木冬和乌尔汗等不明真相的群众，他用理智的话语、温暖的行动，让伊萨木冬深刻认识到自己的错误，终于重新回到故乡，有力地回击了以麦素木为代表的分裂分子的挑拨离间和煽动，有力地维护了祖国边疆的安全和稳定，让百姓感受到党和政府政策的宽大和温暖。面对尼牙孜这个典型的流氓无产者精神的继承人时，伊力哈穆没有惊慌和焦虑，他冷静、仔细地处理了尼牙孜利用牛做文章来讹诈大队的事情。尼牙孜和穆萨在库图库扎尔的唆使下，对伊力哈穆发起了猛烈地批判，伊力哈穆依靠百姓们的支持，睿智地化解了他们的进攻。

小说从始至终，伊力哈穆的形象都是光辉耀眼，几乎是完美的化身，复杂的人性在他身上没有显现，伊力哈穆的形象塑造富有理想主义色彩，是一边倒的手法，是典型的扁平人物。王蒙希望人能够克服缺点和压抑人性恶，在作品中尽量表现人性的美好。呼唤人性美是《这边风景》的主题之一。高大全式的英雄形象是一个时代文学塑造的主流，王蒙没能走出时代的局限，他们尽管有类型化、符号化的倾向，但这类干部无论在过去，还是现在、将来的新疆，都是党和国家需要的人才，表现出理想主义情结。

---

① 王蒙:《这边风景》，花城出版社 2013 年版，第 21 页。

二、圆滑多变的基层干部形象

与高大全式的基层干部形象相比，圆滑多变式的基层干部形象更富有人的立体感和多面性，这一群体机敏善变，打着为集体服务的幌子，中饱私囊，维护个人利益，有的在暗地里煽动民族情绪，制造民族矛盾，圆滑世故，是精致的利己主义者，他们对党和国家基层工作的破坏是不可忽视的。库图库扎尔是《这边风景》中不可缺失的重要人物，有了他的存在，小说才能称为小说。"个人主义是一个富有冲击力的范畴。这个范畴或显或隐地威胁到民族、国家、政府机构、家族、家庭等一系列至关重要的社会组织。理论的意义上'政治个人主义与经济个人主义之间存在着紧密的概念联系'；个人独立性的'观念同私有财产制度的关系是显而易见的'。"[①] 库图库扎尔能说会道，具有幽默感，能蛊惑不明真相的群众，他杰出的演讲才华使他赚够了名声和地位，他先后担任爱国大队书记和大队长，在此期间，他千方百计地利用手中的权力和能言善辩为自己谋取最大的利益，一方面，他在群众中能起到一定的黏合剂作用，另一方面，他是一个精致的利己主义者，他身上没有共产主义理想的半点痕迹，他打着为人民服务的幌子，在爱国大队占据领导位置多年，利用人性的弱点，让乌尔汗和伊萨木冬夫妇吃尽了苦头，听任他颐指气使，导致伊萨木冬犯法并逃亡异乡多年。表面上库图库扎尔收养了库尔班，实际上把他当童工。他八面玲珑，对待弱者不依不饶，对待上级领导和强者笑脸相迎、好话说尽。伊力哈穆是他的眼中钉和肉中刺，他不直接跟伊力哈穆撕破脸，而是挑拨其他人与伊力哈穆斗，他坐收渔翁之利，他的如意算盘打得啪

---

① 南帆：《革命：双刃之剑》，《多维视野中的王蒙：第一届王蒙文学创作国际学术研讨会论文集》，中国海洋大学出版社 2004 年版，第 149 页。

啪响，最后老百姓认清了他的诡计和手段，但他凭借三寸不烂之舌，左右逢源，试图做最后的反击，结果是阿西穆先让他认错，后来“人们纷纷起来检举，提供了有力的旁证。廖尼卡检举说，他亲耳听到木拉托夫说过，木拉托夫曾经到库图库扎尔家里劝说库图库扎尔暂先不要走。热依穆检举说，库图库扎尔对四月三十日夜班浇水的名单，做了仔细的研究，他是有意识地选择时机，和尼牙孜协同作案的。乌尔汗检举了她回来后库图库扎尔夫妇如何软硬兼施、控制她、骗她，波拉提江是怎样找回来的，这也很可疑。四队队长乌甫尔揭发了他一九六二年如何进行挑拨和煽动，为敌方颠覆势力效劳。……里西提和伊力哈穆，更联系他多年来思想、作风、工作全面的表现，以及在‘四清’运动中的表现，做了全面的揭发和批判。玛丽汗也被带到了台上交代……这位聪明过度的鸭子低下了头。”① 面对众人的愤怒，库图库扎尔把责任推到别人头上，他供出了尼牙孜、玛丽汗、马木提乡，他只是承认和这些人思想上相通，他认为自己被认为投机分子、贪污分子、蜕化变质分子都不是最可怕的，最可怕的是叛国罪，所以他不敢承认与麦素木的关系，因为麦素木是叛国者，他最终聪明反被聪明误，受到了应有的惩罚，伊力哈穆被任命为大队支部书记，这是正义力量的胜利。

谢力甫是《队长、书记、野猫和半截筷子的故事》中的公社革委会副主任，他懂维文和汉文，原是自治区的翻译，他觉得自己水平很高，翻译得很好，就是得不到提拔，为此他愤愤不平，申请回故乡，先当秘书，后当副主任，他认为命运由此转机。他对农村工作不熟悉，又不虚心学习，整天宣扬“四人帮”宣传的思想，纸上谈兵，对于权力，他非常痴迷，一心想建立自己的势力范围，面对倔强和不会说好话的铁木耳，“他指责铁木耳是一个没有政治头脑、保守僵硬，不能适应形势的落伍者，是糟朽如棉的木头，是一捅就破的

① 王蒙：《这边风景》，花城出版社 2013 年版，第 690 页。

熟过了劲的哈密瓜,是过期失效的电影票”①。这一连串的比喻体现了谢力甫对不听话的铁木耳的憎恨和挑战他权威的蔑视。谢力甫明知哈皮孜这样或那样的毛病,但听到哈皮孜对他的曲意逢迎,他还是心花怒放,虚荣心得到了极大的满足和膨胀,他选择与哈皮孜结盟,决心依靠哈皮孜打倒铁木耳,赢得所谓的权威,结果事与愿违,哈皮孜是一个毫无诚信、没有立场的流氓无产者,为了利益,不惜损害任何人,大队支书库德来提就利用哈皮孜两面三刀的肮脏灵魂,引诱哈皮孜大骂谢力甫,让谢力甫真正认清了哈皮孜的真面目,真实地上演了一部现实版的《伪君子》,哈皮孜彻底失败了。谢力甫大声说自己错了,但他和哈皮孜对众人的伤害并没有获得谅解,“留着您的‘精神’吧,到时候好好给哈皮孜和您自己擦粉!……没有人再理睬他。库德来提宣布,恢复铁木耳的工作。‘亚夏!’所有的手同时举了起来”②。谢力甫和库图库扎尔一样,最后落得众叛亲离,彻底失去了他们想要的权力和虚假的荣光。

世故圆滑的品行固然在现实生活中能如鱼得水,但兴风作浪过了头,最终搬起石头砸自己的脚。王蒙借对圆滑世故的批判进一步阐释他灵魂中的理想主义情结,他是一位有良知的作家,他处乱不惊,总想在乱糟糟的旅途中寻找一条康庄大道,为了这条大道,他妥协,甚至违心地做一些他厌恶的事情,但为了梦中的坦途和大众的灵魂安宁,他努力建立一个各方面都能接受的文学世界,他想面面俱到,可结果不尽人意。王蒙的文学世界就是一个梦与理想的世界,他把自己对美好人性的理解寄托在伊犁巴彦岱的土地上,在这里他得到了维吾尔族兄弟的关心和保护,同时他也获得了丰富的文学资源,他的灵魂得到洗礼,语言变得幽默风趣,洞穿了人性的冰山,他不再是孤独的文学梦游者,他变成

① 王蒙:《王蒙文集》第13卷,人民文学出版社2014年版,第83页。
② 王蒙:《王蒙文集》第13卷,人民文学出版社2014年版,第100—101页。

了一个清醒的现实主义者，理想变成了一曲梦中的歌。对维吾尔族底层男性的叙述和描写，是王蒙现实主义文学的重要组成部分，他通过建构这些底层男性不同的内心世界，阐释人性和民族问题。

三、富有改革精神的基层干部形象

改革者历来充满争议和富有悲剧性。改革者具有前瞻性的眼光，他们勇于突破传统，用现代化的思想和行为改造保守落后的故乡，让乡亲们生活有了较大的改观，但他们的行为也遭到了老一辈人的非议，他们在非议中艰难前行。库尔班是《最后的"陶"》中的改革者，他是哈萨克族，与维吾尔族有共同的伊斯兰信仰，都生活在伊犁河谷。库尔班是农村基层改革者形象的代表，他是牧业大队的大队长，思想先进，从他的发型上即可略窥一斑，"他留起了分头，前额上的头发像波浪一样，这在山里十分罕见"①。由此可见，库尔班不是一个中规中矩的人，他喜欢新事物，渴望改变，山里的一切已不再是他的全部世界，他希望能够通过变革，改变山村里的落后面貌。他办鹿茸加工厂、牛奶加工厂、配种站，这些小工厂立竿见影地增加了村民的收入。为村民开拓挣钱的门路成为库尔班生活的重要组成部分，没有钱，就没法改变畜牧生产的设备，没法扩大再生产，就根本改变不了落后的游牧生活。给牧民一个安稳的家是库尔班的梦想，他热爱家乡，想靠山里的优美风景发展旅馆业和招待所，不仅如此，他还爱看《大众电影》……现代化潮流通过库尔班的引进慢慢地改变着哈萨克古老的社会现状，库尔班是顺应时代潮流的人，他能审时度势，带领古老的哈萨克人依据现代化的潮流进行变革，改变乡亲们贫穷落后的生活面貌。

① 王蒙：《王蒙文集》第 13 卷，人民文学出版社 2014 年版，第 327 页。

库尔班的特立独行和变革激起了哈萨克乡村保守势力的强烈反抗，依斯哈克就是其中的代表，他是一个正直善良的哈萨克老人，不能接受库尔班动辄得钱的理念，他认为哈萨克人把金钱看成泥垢，去别人家里做客带钱和粮票是对主人的侮辱，更别提把马鹿捉来杀掉卖钱这等事，他鄙视库尔班从山东引进良种的驴，他认为库尔班正在破坏古老的哈萨克人的规矩，这个规矩意味着“他们淳朴，他们无知。他们慷慨好客，他们拙于经营……美好的风习却和低下的生产力联系在一起”[①]。库尔班的改革可能有些激进，但“发展的风，富裕的风，现代化的风也刮到这山沟里来了，于是出现了新的设想，新的追求，新的方式与新的欲望”[②]。变革是时代发展的必要手段，落后的生产力只有在大刀阔斧的变革中才能实现快速和稳定的发展，没有领军人物的出现，所有的变革只能是黯淡的，走向失败成为历史的必然。库尔班成为乡村变革中的领军人物，他触碰的不仅仅是乡村的经济现状，更重要的是怎样在保持哈萨克的传统思想价值体系下推动物质世界的变革，这是一个国家和民族在现代化过程中一直探讨和建构的思想体系，依斯哈克的追问直到今天还有着巨大的现实意义。

总之，《在伊犁》等系列小说塑造的农村基层干部群像，增强了人们对新疆乡村社会的认识和了解，为新疆建设提供了鲜活的参考。王蒙小说新疆农村基层干部群像的建构，揭示了干部工作在国家边疆建设和发展中具有重要的作用，他们代表了国家形象，他们的素质和领导能力在很大程度上关乎国家政策执行的成败，可以说基层干部群体深刻地影响着社会生活的方方面面，他们是肩负着建构新疆乡村社会现在和未来的希望所在，也寄寓了作者浓厚的理想主义情怀。

---

① 王蒙：《王蒙文集》第 13 卷，人民文学出版社 2014 年版，第 331 页。
② 王蒙：《王蒙文集》第 13 卷，人民文学出版社 2014 年版，第 331 页。

历史沧桑变幻中的“罪人”与“贤能者”

——张炜《古船》乡贤叙事研究

王宇轩　李兴阳

（南京大学 文学院，南京 210023）

内容摘要：张炜《古船》生动地展现了中华人民共和国成立后四十多年的中国乡村图景。出现在小说中的隋抱朴等“贤能者”，他们代表了张炜所理想的那种乡村真魂。在过去的历史岁月里，他们多因家庭出身等原因背负莫须有的罪名，成为“罪人”。而就是这些历史沧桑变幻中的“罪人”，在物质与精神双重匮乏的年代里，以其掌握的各种技能，为沦陷在困苦中的人们提供可能的生存救助；在改革开放的年代里，敢于冲破种种限制，自觉地承担起社会责任，对赵炳、赵多多之流变味的经济改革进行再改革，从而将洼狸镇粉丝公司扭转到现代化、国际化的正确发展轨道上，同时重建乡村的公序良俗，起到了乡村自治的重要作用，是有德有能的“新乡贤”的早期样板。

关键词：张炜　《古船》　罪人　贤能者　乡贤叙事

张炜的《古船》最早连载于《当代》杂志 1986 年第 5 期，后由人民文学出版社 1987 年 8 月出版单行本，是张炜的长篇小说处女作，也是其早期最具争议的代表作。曾获庄重文文学奖、人民文学奖等重要奖项。这部“饱含着古老中国文化密码、百年乡土中国的精神境遇、现代中国人多舛的苦难命运，充满着灵魂深处的现代性

作者简介：王宇轩，南京大学文学院博士研究生。李兴阳，南京大学文学院教授，博士生导师。

基金项目：本文为国家社科基金重大项目“中国现代文学中的乡贤文化研究”（项目编号 16ZDA192）阶段性成果。

呐喊和生命'天问'的'大书'"[1],甫一出版便引人瞩目,至今依然是学术界研究的重要对象。在研究者们的论述中,《古船》被誉为中国当代文学史上继往开来的作品:就"继往"而言,《古船》是"伤痕文学、反思文学、迄今为止的改革题材文学的一个合乎逻辑的发展,在一定程度上还是它们的集大成者"[2]。就"开来"而言,"它是第一部这样的小说:不再以一个或几个人物为主角,而是将一群人同时推到读者眼前……可以这么说,它的重心不再是人物,而是历史,20世纪中国的历史,也不再是图解某种权威的历史结论,而是表达作者个人的历史见解。这就是我所说的新道路,它或隐或显地贯穿在《古船》以后的许多小说中,而《故乡天下黄花》和《白鹿原》,则构成了它的两块最醒目的路标"[3]。贯穿在《古船》、《白鹿原》等作品中的叙事"新道路",还有当下学界比较关注的"乡贤叙事"。这部小说中的隋迎之、隋抱朴、李其生、李知常、郭运等乡村人物,都是有德有能的"贤能者",但在很长的历史时期里因为家庭出身等问题被视为"罪人"。这部小说中的赵炳、"长脖吴"、赵多多等乡村人物,都是洼狸镇的有权者,他们曾执掌洼狸镇的权柄数十年,以合法的各种旗号和名义,干着家族复仇与宗法统治的阴暗勾当,给"贤能者"和普通村民制造了无穷无尽的苦难。这两类人物都是不同历史时期的乡村精英,影响着洼狸镇乡村社会的政治、经济、文化、思想、教育等领域的发展,是洼狸镇不同历史时期的灵魂人物,也是洼狸镇乡村治理的重要人物。从"乡贤叙事"的角度重新探究被誉为"民族心史"的《古船》,会有新的发现与认识。

① 张丽军:《〈古船〉:百年乡土中国历史罪恶与精神救赎的"天问"》,《南方文坛》2019年第1期。

② 冯立三:《沉重的回顾与欣悦的展望——再论〈古船〉》,《当代》1988年1期。

③ 王晓明等:《〈古船〉的道路——漫谈〈古船〉、〈故乡天下黄花〉和〈白鹿原〉》,《当代作家评论》1994年第2期。

一、历史变幻中的乡村真魂

《古船》中的洼狸镇，古属“东莱子国”，不仅历史悠久，而且是“粉丝最著名的产地，到了本世纪初，河边已经出现了规模宏大的粉丝工厂，‘白龙’牌粉丝驰名世界。宽宽的河面上船帆不绝，半夜里还有号子声、吱吜吱吜的橹桨声。这其中有很多船是为粉丝工厂运送绿豆和煤炭，运走粉丝的”①。至二十世纪三四十年代，是其发展的鼎盛时期。但令人感到奇怪的是，这个粉丝食品工业发达的古镇，在中华人民共和国成立前的社会制度与生活方式，不是资本主义式的，而是宗法乡村式的。镇子主要由三大姓组成，即“经营工商业、有文化、有眼光的隋家；依赖封建宗法势力独霸一方，具有凶残、报复、奸诈心理的暴发户式的赵家；古怪邪癖、善良而软弱的李家”②。这三大姓在洼狸镇的社会地位和影响力，是随着历史的发展而不断变化的。

二十世纪三四十年代，老隋家是镇上的大姓。老隋家是从粉丝工业上兴旺起来的，“最早他们只有一个小小的作坊。到隋恒德这一代，老隋家到了最兴盛的时候。他们在河两岸拥有最大的粉丝工厂，并在南方和东北的几个大城市里开了粉庄和钱庄”③。老隋家的兴旺是老赵家和老李家远不能比的，也因此惹得赵炳、赵多多等赵姓人羡慕忌恨，在心里埋下了仇恨的种子。创业精神、开拓精神和商业意识是老隋家的真魂，同时也可以说是这个历史时期的洼狸镇人的真魂。在老隋家的引领下，洼狸镇的粉丝食品工业兴旺发达。倘若循此轨迹继续发展，洼狸镇的社会制度性质及生

---

① 张炜：《古船》，山东教育出版社 2016 年版，第 3 页。

② 宋遂良：《真实的人生，完整的人性——〈古船〉人物漫议》，《当代作家评论》1987 年第 2 期。

③ 张炜：《古船》，山东教育出版社 2016 年版，第 4 页。

活方式、道德价值观念等都会发生质的变化。但这一历史进程在内忧外患中被打断了。老隋家的"绅商"隋迎之审时度势，以"还债"的理念与方式交出了自家的粉丝企业，为自己换来顶"开明士绅"的帽子，也为隋抱朴、隋见素、隋含章三兄妹换来了生存机会。老隋家的真魂得以在三兄妹身上遗存下来，在后来的历史岁月里，沿着不同的方向发展，也因此有了不同的命运。

二十世纪四十年代末至七十年代末，老赵家在革命潮流中乘势而起，成为洼狸镇的权贵，隋、李两姓的大户人家成为被打击报复的对象。在长达四十年的时间里，以赵炳、赵多多为首的老赵家，依仗手中权柄，在政治、经济及婚姻家庭生活等方面，把隋、李两姓死死地踩在脚底下。"四爷爷"赵炳明里暗里就是洼狸镇最有权威的人，也是赵氏家族事实上的"族长"与精神领袖。他以最革命的姿态行封建威权之实，在历次的当代社会政治运动中如鱼得水，成为神一般的存在。他是"依靠封建政治、封建文化滋补起来的一个幽灵，是新中国横生的一头怪胎。……是民族痼疾上长出的一个痈疽"①，因此可以视为新时代的"旧乡绅"。其所代表的赵氏家族的真魂，在某个意义上说，也是洼狸镇人的一种真魂。这种带有"民族痼疾"的真魂，是与老隋家所代表的那种真魂颉颃共存的。赵氏真魂应该是现代思想文化革命的真正对象，但在很长的一段历史时期里，却很吊诡地借着革命话语掌握文化霸权，进行鲁迅所说的"革革命"。在以后的历史岁月里，赵氏真魂也不会真的魂飞魄散，将以或蛰伏或变换面貌或文化杂糅的方式继续存在，继续产生可能会扭偏历史发展方向的影响。

二十世纪七十年代末八十年代初，在改革开放的时代大潮中，"四爷爷"赵炳退而不休，长袖善舞，继续躲在幕后玩弄权术，左右

---

① 宋遂良:《真实的人生，完整的人性——〈古船〉人物漫议》,《当代作家评论》1987年第2期。

洼狸镇的政治经济改革。代表赵炳出台表演的赵多多,一改过去赵家家丁与打手形象,以改革者形象出场,以改革的名义承包洼狸镇集体企业粉丝厂,将其变为实质上的赵氏家族的私企。但初步市场化的经济变革,很快就给新时代的"旧乡绅"与今日的"假改革家"与"真窃夺者"以教训,粉丝企业因管理不善、弄虚作假、以次充好等问题,不仅效益下滑,而且损害到昔日驰名世界的"白龙"粉丝的品牌声誉,直接影响到洼狸镇的改革与经济发展。由此引起洼狸镇人普遍的不满,也引起洼狸镇及更高层的真正当权者的震怒,上级调查组多次进驻洼狸镇展开调查。错估形势的赵炳一再玩弄权术,平息风波,但在新的时势面前,过去百灵百验的那套权术最终失效了,赵多多最后在绝望中撞车自焚。一直被赵家踩在脚底下的老隋家传人隋抱朴,被时势推到了改革的历史前台,自荐成为洼狸粉丝生产销售总公司的经理。"粉丝总公司易手隋抱朴。一切好象都出人意料,但又合乎情理。"①

隋抱朴接替赵多多管理洼狸粉丝生产销售总公司,表面上看,就是原本属于隋氏家族的粉丝企业现在又回到了隋氏后人手上,历史似乎出现了轮回。隋抱朴的弟弟隋见素和妹妹隋含章就是这样认识问题的。隋见素不同于患了"怯病"的哥哥隋抱朴,他热情进取,敢于抗争,对外部世界充满好奇,富有开拓精神,颇有隋氏家族传统真魂的风范。他往来于城乡,把各种流行文化带到古老的洼狸镇。这个"时尚青年"的内心深处其实并不"时尚",他周旋于隋赵两个家族,一心夺取粉丝厂大权,让粉丝厂重新姓隋,为家族复仇。他曾参与粉丝厂承包竞争,败给了赵多多。他未能做到的事情,哥哥隋抱朴做到了。隋抱朴成为粉丝公司经理,在隋见素看来,粉丝厂终于姓了隋,老隋家最终赢了。隋含章与隋见素有类似的想法。隋含章为了保护哥哥隋抱朴、隋见素不受伤害,忍辱负

---

① 张炜:《古船》,山东教育出版社 2016 年版,第 505 页。

重，暗地里给“四爷爷”赵炳当了数十年的性奴，牺牲了自己的爱情与幸福。隋抱朴当上粉丝公司经理后，隋含章觉得哥哥们不再需要自己的保护了，便决定向赵炳复仇，用剪刀捅伤了赵炳。隋见素、隋含章的精神气质与价值取向，既有隋氏家族传统真魂的承传，又有与赵氏家族真魂同质的部分。他们与隋抱朴不在一个精神层次上。隋抱朴克服“怯病”，走出老磨屋，不再沉默，自荐当上洼狸粉丝生产销售总公司经理，不是为了向老赵家复仇，也不是为了夺回原本属于老隋家的粉丝厂，而是粉丝大厂已到了生死存亡的关头，为了保住并发展洼狸镇人的经济，他必须出山挽狂澜于既倒。隋抱朴一再向弟弟隋见素言明，粉丝厂既不是老赵家的，也不是老隋家的，而是全洼狸镇人的。这不是故作谦虚或假话真说，而是他历经家族苦难，数十年阅读《天问》、《共产党宣言》所达到的精神境界。隋氏家族的真魂，到了隋抱朴这里发生了质的变化，提升到了一个新高度。因此，隋抱朴当上粉丝公司经理，不是历史出现了轮回，而是粉丝大厂获得了向前发展的历史转机。洼狸镇人即使不明白隋抱朴的真实思想与其达到的精神高度，至少在道德和能力上是相信他的，洼狸镇人“从赵多多接手粉丝大厂那天起就提心吊胆，直到如今才长长地舒了一口气”[①]。

张炜是站在隋抱朴这一边的。张炜理想中的乡村真魂，不是隋恒德、隋迎之所代表的隋氏传统工商业真魂，肯定也不会是赵炳所代表的赵氏封建真魂，尽管这些真魂都存在过，并且都还继续存在。这些各色乡村真魂，都是有问题的，需要反省、批判乃至革故鼎新。张炜理想中的乡村真魂，应该是隋抱朴所代表的乡村真魂，这个真魂，有隋氏传统工商业真魂的遗存，但在长期阅读领会《共产党宣言》后，已对其进行了改造，虽然一如既往地重视技术改进、管理方法变革，但在企业所有权属上，隋抱朴坚持洼狸粉丝生产销

① 张炜：《古船》，山东教育出版社 2016 年版，第 505 页。

售总公司既不姓赵,也不姓隋,而是全洼狸镇人的。经济改革的最高目标,不是把计划经济变成市场经济,不是把国家的、集体的企业承包给个人或干脆变成私人企业,就算是完成了,而应该是向《共产党宣言》所指明的历史方向发展。赵多多承包粉丝大厂恰恰向相反的方向发展;隋见素如果竞争承包权成功了,同样是向相反的方向发展。只有隋抱朴是代表未来的。张炜批判赵多多,让他不得好死;也不待见隋见素,让他患上绝症,把一切的希望都放在隋抱朴身上,这比较集中地体现了作者对现实的思考和忧虑。

二、历史苦难中的生存救助

《古船》中的隋抱朴、李其生、李知常、郭运等乡村人物,都是洼狸镇有德有能的"贤能者",但在很长的历史时期里,大都因为家庭出身等问题被视为"罪人",甚至自认为"罪人"。在灾难频仍的年代里,这些自身难保的"罪人",能不顾自身安危,以各自优于常人或常人所没有的某种技能,为遭遇困境或深陷苦难的人们提供力所能及的生存救助,尽可能地降低现实苦难的程度。

隋抱朴是老隋家的长房长子,受其家族影响,似乎天生的就会做粉丝,是洼狸镇的第一技术高手。隋抱朴的独门绝技,不是坐在老磨屋里看石磨,舀豆子,磨豆粉,而是"扶缸"。所谓"扶缸",就是把粉丝制作过程中出现的"倒缸"现象及时予以纠正,确保粉丝制作成功。而所谓"倒缸",就是粉丝制作过程中的某个步骤的失败,其中尤以发酵失败最严重,会让淀粉腐败变质,造成巨大的损失。"镇上人从来就把粉丝工业当成一个古怪行当。老磨屋、漏制粉丝的房子,都有难以言说的复杂和神秘。在粉丝生产过程中,水温、酵母、浆液、面糊……任何一个微小的环节出了毛病都会招致全局失败:淀粉突然不沉淀了!粉丝突然断成一截一截!……做粉丝的人把这种情况叫'倒缸'。他们惊呼着:'倒缸了!倒缸了!'却常常束手无策。不知有多少老师傅最后背着人跳进了芦青河。有一个师傅被人救起,第二天他又把自己悬在老磨屋的梁上了。就是这样的一个行当。”[①] 在这样一个“古怪行当”里,隋抱朴似乎是掌握了全部复杂技术和神秘的人,在改革开放前的集体经济时代及改革开放后赵多多承包洼狸镇粉丝大厂的阶段,每次出现“倒缸”,都是隋抱朴出来“扶缸”救场。其中,有两次“倒缸”与“扶缸”对洼狸镇的粉丝大厂及洼狸镇的经济发展意义重大,同时对表现隋抱朴文化人格的作用也不相同。第一次影响重大的“倒缸”与“扶缸”发生在改革开放前的洼狸镇集体经济时代,为了“扶缸”,厂方重金聘请了一位外地手艺超群的老师傅,老师傅来看了看情况,“品了品沉淀缸里的浆液,就慌张地扔下重金逃去”[②]。危急关头,隋抱朴不请自来,不声不响地就解决了问题,也为此大病一场。隋抱朴这时还是在磨屋里磨豆粉的工人,不是技术员,却敢于冲破“罪人”的身份限制,克服“怯病”的困扰,主动承担风险,解决粉丝生产中的重大技术事故,其目的就在于拯救集体企业和洼狸镇的经济。由此可以看出,隋抱朴把集体经济的安危看得比个人的政治风险更重要。这应该是他长期坚持阅读《共产党宣言》、不断“忏悔”的结果。这也是洼狸镇人重新认识隋抱朴的开始。隋见素也因此更加不理解哥哥的行为,明明有高超的技术,不做又体面又多挣钱的技术员,却偏偏躲在老磨屋里看石磨,读《天问》和《共产党宣言》。第二次影响重大的“倒缸”与“扶缸”发生在赵多多承包洼狸镇粉丝大厂之后。这次“倒缸”与隋见素有点关系。隋见素一直想报复赵氏家族,从赵多多手里夺回粉丝厂的大权,就想出了一个故意制造“倒缸”事故的恶毒主意,因为“要使粉丝厂‘倒缸’十分容易,无论是磨绿豆、淀粉沉淀、搅拌淀粉糊糊、水温、浸烫绿豆、搭配浆

① 张炜:《古船》,山东教育出版社 2016 年版,第 33 页。
② 张炜:《古船》,山东教育出版社 2016 年版,第 32—33 页。

液……任何一个环节出点差错都会‘倒缸’”[①]。暗恋隋见素的女工大喜无意间阻止了隋见素的破坏行动，却又暗中替隋见素制造了非常严重的“倒缸”事故。这次人为的“倒缸”事故，可以说是隋赵两大家族历史矛盾冲突的继续。隋抱朴再次站了出来，用了十几天时间“扶缸”，终于解决了问题，也因此与弟弟隋见素起了冲突。隋抱朴告诉隋见素，自己要主动“扶缸”的理由：其一，替老隋家“赎罪”，因为即使这次“倒缸”不是隋见素动手做的，但隋见素已经“起意”了，这就有罪。其二，粉丝厂尽管由赵多多承包，但不是老赵家的，而是洼狸镇的，是国家的。隋抱朴对隋见素说：“你去查查镇史吧，看看洼狸镇做了几百年白龙粉丝。几辈子都做这个，国外都知道中国的白龙牌粉丝。外国人跟这个叫‘春雨’，叫‘玻璃面条’……粉丝厂‘倒缸’没人扶，就是全镇的耻辱！‘扶缸如救火’，自古洼狸镇就有这句话。”[②] 隋抱朴能这样想这样做，就是当之无愧的乡贤。总的来看，在多次的“倒缸”与“扶缸”故事叙述中，不仅写出了隋抱朴的乡贤品格，也写出了他高于洼狸镇所有人的思想境界，而这正是他长期反思家族历史，阅读和领会《天问》、《共产党宣言》的结果，为他后来自荐当洼狸镇粉丝公司经理，对“四爷爷”赵炳当政时代的改革进行再改革做好了铺垫。

洼狸镇李氏家族的李其生、李知常，同样可以视为扶危济困的乡贤。如果说洼狸镇的赵氏家族是个政治家族，隋氏家族是“绅商”家族，那么李氏家族就是一个技术家族。李氏家族父子相继，在历史苦难与现实困境中，以自己的发明和机械技术为洼狸镇人的生存需要和生产发展提供技术救助。李其生早年在关东给资本家开过机器，被洼狸镇人喊成“资本家”，成为洼狸镇人眼中“古怪邪僻”的人，从此家道中落，一蹶不振，连累天赋极高的儿子李知常

① 张炜：《古船》，山东教育出版社 2016 年版，第 150 页。
② 张炜：《古船》，山东教育出版社 2016 年版，第 159 页。

不能继续上学读书。李其生会摆弄机器，为农业合作社开过洼狸镇人驾驭不了的“耕地机”，解决了洼狸镇农业合作社的大问题，成为洼狸镇人眼中的“能人”。李其生敢于直言，“大跃进”时期，当着外地参观人的面，揭露赵炳、镇长周子夫等人的高产玉米造假，受到赵炳的严厉惩处，李其生在“资本家”名分上再加揭露造假反对“大跃进”的政治错误，被打成“反动派”，由此落入人生最低谷。李其生还是个狂热的发明家，影响巨大的发明主要有两项，一是坩埚，二是“切糕”。在大炼钢铁时期，他带领隋不召、隋抱朴发明耐高温的坩埚，解决了洼狸镇乃至全省大炼钢铁的基本技术问题。这虽然有助长错误运动的意思，但实质上帮助洼狸镇人改进了炼钢的基本设备，一定程度上降低了这一运动给洼狸镇人带来的伤害。在三年严重困难时期，大饥荒蔓延。为了应对大饥荒，挽救人们的生命，李其生利用糠末、麸皮、甜草根等材料，发明了“切糕”。这种新发明的食品，使洼狸镇人在一段时间里免于过度饥饿，从而在大饥荒中获得了更多的生存机会。毫无疑问，这是一件功德无量的事情。在这样的饥饿年代，能以自己的食品技术发明救助濒于死亡的人们，还有谁比他更能配得上乡贤这个称号呢？李知常同其父亲李其生一样，也酷爱摆弄机械技术，搞发明创造，他的贡献主要是在粉丝制造设备的改造上。对此，下文将予以论述，这里从略。

老中医郭运“悬壶济世”，是洼狸镇人的救助者与守护神。郭运精于中医，遵循阴阳规律，用平等的态度对待所有的病人，他给洼狸镇的权贵赵炳、赵多多治病不卑不亢；给隋迎之、隋抱朴、隋见素、隋含章、李其生等被视为家庭出身不好的“坏分子”、“反动派”治病，也尽心尽力；给有钱人和穷人治病，也一样对待。郭运不仅是治疗身体疾病的仁医，还是治疗心理精神疾病的高明医生。郭运谙熟洼狸镇老隋家、老赵家、老李家的家世历史，对他们的内心世界也看得非常透彻，知道每个人的心理症结所在，他的有针对性的心理劝慰与开导，不仅缓解了患者的心理痛苦与精神迷茫，而且也缓和了洼狸镇人的邻里关系。郭运其实还是一个不动声色的“政治活动家”，他给赵炳治病时，借讲修身养性养体之道暗示赵炳在洼狸镇施政不能“太过”，对赵炳的恶行恶政起到了一定的遏制作用。他对老隋家充满了同情，他引导隋抱朴阅读《天问》，对隋抱朴的思想观念产生了深刻的影响；他在给隋见素治病的同时，对隋见素进行心理的与精神的引导，使这位一心复仇的隋家子孙最终“浪子回头”，逐渐认同哥哥隋抱朴的思想观念，“忏悔”自己过往的行为。在某个意义上而言，郭运说得上是隋氏兄弟的精神导师。总的来看，郭运在洼狸镇人身体疾病治疗、心理精神疾病治疗、思想引导、和睦邻里关系与洼狸镇的社会治理等方面，都起到了不可小觑的重要作用，同样是一位当之无愧的乡贤。

综上所述，隋抱朴、李其生、李知常、郭运等都是洼狸镇有德有能的“贤能者”。在改革开放前的历史岁月中，除了老中医郭运外，其余的几位“贤能者”都背负各种莫须有的罪名，在自身生存步步维艰的困境里，能以各自所掌握的医疗、机械、制造等方面的技能为洼狸镇人提供可能的生存救助，为洼狸镇人的生命财产安全、邻里关系和谐、集体经济发展等做出了各自独特的贡献。

三、改革时代的再改革者

改革开放后，洼狸镇粉丝厂有过两次影响巨大的改革：第一次是将曾经的乡镇集体企业改由赵多多私人承包经营。第二次是隋抱朴自荐担任洼狸镇粉丝生产销售总公司经理后对赵多多败坏了的粉丝厂生产技术、管理方法等的再改革，从而将洼狸镇粉丝生产销售总公司扭转到现代化、国际化的正确发展轨道上。

洼狸镇粉丝厂的第一次改革是在赵炳包藏私心的权术操弄下进行的，改革的结果就是通过赵多多拿到承包权，将集体财产明里暗里变成了赵氏家族的私人财产，带有往后倒退的封建色彩。赵多多本来是一个流氓无产者，无德无能，无恶不作，却依傍“四爷爷”赵炳的权势，先后当过自卫团长、民兵头儿、“无敌战斗队”总司令等，一介草莽武夫，从无经营管理粉丝厂的经验，却在赵炳的权术操弄下拿到洼狸镇粉丝厂的承包经营权。赵多多采用流氓无产者的态度和方法经营粉丝厂，偷工减料，弄虚作假，克扣工人工资，“恨不能把公司吞进肚子里”①。赵多多承包期间，损害了洼狸镇粉丝品牌的信誉，损害了洼狸镇的集体经济与洼狸镇投资者的利益。可以说，赵炳主导的洼狸镇粉丝厂的第一次改革是失败的。

洼狸镇粉丝厂的第二次改革，就是隋抱朴自荐并成功担任洼狸粉丝生产销售总公司（赵多多承包时改名）经理，这是对第一次改革的再改革。而这次再改革，不仅是洼狸镇粉丝厂归属的再次改变，而且还有企业经营理念、生产技术、管理方法与发展方向的变革。

隋抱朴自荐担任洼狸粉丝生产销售总公司经理，其所做的第一项重大改革，就是把曾经被以赵多多作为代理人的赵氏家族窃为己有的洼狸镇粉丝公司再次“归还”给洼狸镇人。如有论者认为，隋抱朴的思想意识中有来自托尔斯泰宗教伦理和《共产党宣言》中所蕴含的“希望人类摆脱苦难的思想”及“大家一起过好生活”的超越性思想，“仿佛是身体里注入了新的生命力量，抱朴觉得他不能再犹豫、再像死人一样孤坐磨屋，他催促自己走出磨屋，振作起来，和全镇人一起过好生活，不能让苦难和流血老跟着洼狸镇人”②。为此，隋抱朴“自荐担任粉丝公司经理，洼狸镇翻开了历史新的一页”③。有论者从全球化与民族主义角度阐述，认为“粉丝大厂的粉丝在改

① 张炜：《古船》，山东教育出版社2016年版，第510页。

② 王达敏：《中国新文学第一部“完全忏悔”之作——再论〈古船〉》，《杭州师范大学学报》2017年第2期。

③ 王达敏：《中国新文学第一部“完全忏悔”之作——再论〈古船〉》，《杭州师范大学学报》2017年第2期。

革开放的历史进程中无可挽回地进入了全球贸易系统……隋抱朴有责任要保护这个民族品牌……他以加入全球化的方式来展示自己的民族主义,以民族主义的微妙身份汇入全球化的大势"[①]。这些论述都很深刻地阐释了隋抱朴全然不同于赵炳、赵多多的改革动机。

隋抱朴接管粉丝大厂后做的第二项改革,就是废除赵多多施行的"踢球式"管理法。"踢球式"管理法是赵多多"误读"日本TQC企业管理方法所实施的管理方法,要点有五:其一,延长工时;其二,盯紧财务,坚持让管账的人每日报账;其三,统一女工装扮,让粉丝厂的女工们穿上特制的围裙,扎上头发,吊起眼梢;其四,监视工人言论,让本家族的工人注意别人议论些什么;其五,对偷懒的工人特别是女工进行体罚。赵多多夜里在工厂巡查时,如若哪个女工偷懒,他就"照准她的屁股踢一脚",这种体罚带有极强的性骚扰色彩。赵多多为自己搞的这套管理方法沾沾自喜,认为这套方法十分有效。这种"踢球式"管理法带有原始资本主义与封建主义的双重色彩,赵多多把他当年带领民兵惩治"阶级敌人"、"反动分子"的方法移植到企业管理中,残酷剥削压榨工人。就像赵炳建立属于他个人的洼狸镇王国一样,赵多多通过"踢球式"管理法在粉丝工厂建立了属于他的"封建领地"。对此,洼狸镇人有苦难言,敢怒不敢言。直到隋见素把大城市的流行文化引入洼狸镇,"踢球式"管理法才开始受到冲击。隋抱朴觉得赵多多的"踢球式"管理法非常不人道,一接任经理工作就废除了"踢球式"管理法。女工们"当即解开了头发,于是立刻变得更加妩媚"[②]。隋抱朴将采用何种更人道的现代管理方法管理粉丝公司,小说没有提供更多的情节与信息,也不可能提供更多的信息,因为二十世纪八十年代的中国乡镇企业尚未解决这道难题。可以猜想的是,隋抱

① 王侃:《〈古船〉的批评史及其他》,《文艺争鸣》2019年第10期。
② 张炜:《古船》,山东教育出版社2016年版,第506页。

朴将为找到科学合理的现代管理方法做极为艰辛的探索。

隋抱朴做的第三项改革，就是技术革新，将粉丝制造的全过程由手工生产改为机械化生产。隋抱朴主导的技术革新很快取得成功，其原因有几点：第一，隋抱朴当粉丝公司经理得到了洼狸镇大多数人的支持，减少了技术改革的社会阻力；第二，得到了隋不召、李知常等有技术才能的人的切实帮助。李知常在赵多多承包粉丝大厂时期就开始研制粉丝制造机械用的“变速轮”，因各种原因迟迟未能成功，其最重要的原因就是不愿意帮助赵多多，这是因为李氏家族与赵多多有仇，隋氏家族对李氏家族有恩，不能做亲者痛仇者快的事情。家族间的恩怨情仇迟滞了技术改革的进程，这正是导致赵多多经营失败的一个重要原因。隋抱朴主导技术革新，情况就不同了。李知常为了报恩也为了与隋含章的爱情，倾尽全力搞技术改革，安装“变速轮”，技术革新很快就取得了成功，粉丝生产的每一道工序几乎都让机器取代了。李知常在技术革新中的道德站位虽然没有隋抱朴高，有很多的私心杂念，但他也有“为全镇人”的集体观念，这是他与隋抱朴声气相通的地方。技术革新不仅关乎粉丝大厂的命运，更关乎洼狸镇人的未来。隋抱朴迈出了这一步，让粉丝生产实现了机械化，这是洼狸镇粉丝制造划时代的开始。与此同时，机械化生产带来的“机器吃人”现象亦开始出现，许多工人因此失去了工作岗位。譬如拍漏勺出粉丝的黑大汉失去了工作岗位，想挑选一个轻松的工作做，隋抱朴不同意他的选择，给他安排了与其身体条件相称的工作岗位。如何处理这类新出现的问题，不走资本主义的老路，按照《共产党宣言》指明的方向前进，这对隋抱朴是一个全新的考验。小说对此未做更多的描述，也做不了描述。

在进行粉丝公司各项改革的同时，隋抱朴也开始参与并主导洼狸镇的一些社会活动，试图以此改革洼狸镇社会不良的风气。譬如为隋小青的应征入伍操办酒席，就有这样的社会改革愿景。隋抱朴把洼狸镇的老隋家、老赵家、老李家以及其他家族的成员都请了来，让准新兵隋小青给各个姓氏的老人敬酒，热热闹闹的庆祝宴，似乎很快化解了家族间的历史恩怨，全镇人在欢乐中结成了亲密的一体。历史的痛苦记忆虽然还萦绕在心头，但新的航程已然开始。隋抱朴正是希望洼狸镇能在苦难中涅槃重生，团结一心创造新的未来。就像埋藏在地下的芦青河，在潜行中焕发出新的生机。

综上所述，隋抱朴、李知常、隋不召等都是改革时代有德有能的再改革者。他们对赵炳、赵多多的第一次改革进行了再改革，把赵炳、赵多多窃为己有的集体粉丝制造企业"归还"给全镇人们，进行现代管理改革和技术革新，同时试图重建乡村社会的公序良俗，带领洼狸镇向《共产党宣言》指明的发展方向前进。他们因此可以视为当代新农村建设最迫切需要的"贤能者"，即新的乡贤。

结语

出现在《古船》中的隋抱朴、隋不召、李其生、李知常、郭运等是张炜贡献给当代乡土文学的有德有能的乡贤人物，他们代表了张炜所理想的那种乡村真魂。在改革开放前的历史岁月里，他们多因家庭出身等原因背负莫须有的罪名，成为那个年代的所谓"罪人"。而就是这些历史沧桑变幻中的"罪人"，在物质与精神双重匮乏的年代里，以各自掌握的医疗、机械、制造等方面的技能，为沦陷困苦中的人们提供可能的生存救助；在改革开放的年代里，敢于冲破自设或他设的种种限制，自觉地承担起应当承担的社会责任，对赵炳、赵多多之流变味的经济改革进行再改革，将洼狸镇粉丝公司扭转到现代化、国际化的正确发展轨道上，同时重建乡村的公序良俗，起到了新乡贤应该起到的乡村自治作用。从这个意义上说，他们正是当下新农村建设所需要的"贤能者"，即有德有能的"新乡贤"的早期样板。

论汪曾祺小说中的“民间能人”形象

陈　雪

（南京大学 文学院，江苏南京 210023）

内容摘要：汪曾祺小说中塑造了众多的“民间能人”形象。这些“民间能人”形象从题材选择上讲具有现实性，从社会位置上具有民间性，从生存方式上讲具有一技之长。就文化意蕴而言，这些“民间能人”形象显示出儒家文化、道家文化和佛家文化等气息。汪曾祺小说在刻画这些“民间能人”形象时常用对比、外貌描写、风俗描写等手法。“民间能人”形象显示出劳动的美和诗意，表现出汪曾祺鲜明的民间文化立场，同时也传承了民间文化。

关键词：汪曾祺小说　民间能人　乡贤叙事

汪曾祺自二十世纪四十年代开始小说和散文创作，中华人民共和国成立后转向戏剧创作，新时期之后又回归小说和散文创作。仅就小说创作而言，以抒情的笔调刻画了众多的人物形象，其中“民间能人”的形象尤为引人瞩目。“民间能人”不但身处民间，而且有着各自技能。按理说，“民间能人”虽有一技之长，但品德可能有好有坏，不过汪曾祺小说中的“民间能人”大都有着优秀的品德，可归入乡贤之列。关于“乡贤”，楼宇烈解释说：“‘乡贤’就是中国文化滋养出来的人，是本土本乡因德行而被本地民众所尊重的贤

作者简介：陈雪，南京大学文学院博士研究生，主要研究方向为戏剧与影视学。

基金项目：本文为国家社科基金重大项目“中国现代文学中的乡贤文化研究”（项目编号16ZDA192）阶段性成果。

达之人。”[①] 汪曾祺小说中的“民间能人”寄托着作者的审美理想，是乡土中国乡村治理的重要人物，对于推动社会发展、展现乡村风貌具有重要的作用。

一、“民间能人”形象的特点

汪曾祺小说创作以乡土题材为主，其故事的主要背景是高邮，这方面小说有四十六篇之多，其次是张家口，共十篇。“高邮是江苏省的一个小县城，保留较多由劳动人民创造的古老文化，亦即人类学之父爱德华·泰勒（Edward B. Tylor）所指的‘遗留’（Survivals）。这些文化点滴，在八九十年代可谓弥足珍贵。北京、昆明虽然是大城市，但基于民间情绪，汪曾祺舍弃它们现代化的一面，义无反顾地投进琐碎平淡的市井生活之中。”[②] 纵观汪曾祺小说中的“民间能人”形象，其特点主要体现在以下几方面：

从题材选择上讲，汪曾祺小说中的“民间能人”形象具有现实性。需要指出的是，汪曾祺所关注的现实不是当下的现实，而是过去的现实，有人称之为“过去的‘现实主义’”[③]。《徙》(1981)中的谈甓渔中过举人但累考不进，无意仕途，就在江南江北等地就馆。他教出来的学生不少中了进士，晚年回乡盖了大房子，喝酒闲遛，边吃螃蟹边看书，豁达无身架，无分贵贱，三教九流，贩夫走卒，都谈得来，是一个很通达的人，品望很高。《黄开榜的一家》(1993)中的黄开榜为人热情，非常喜欢给人“评理”，虽然拿不到钱，但他却乐此不疲。闹矛盾的两家谁也没有请他，他却自己搬张凳子，一屁

① 楼宇烈：《“乡贤文化”漫谈》，《中国文化研究》2017年第2期。

② 方星霞：《京派的承传与超越——汪曾祺小说研究》，南京大学出版社2016年版，第66—67页。

③ 曾一果：《过去的“现实主义”——由汪曾祺的“现实主义”论谈起》，《文学评论》2006年第4期。

股坐了下来，唾沫乱飞地讲了起来。《合锦》(1996)中的魏小坡是一位主办钱粮、税收、会计的“钱谷师爷”。虽无官职，却能出谋划策，左右主管官长的思路举措。魏小坡一家三代在绍兴县城当师爷，民国以后就不干了，买了四十亩好田，靠收租过日子，虽不算是缙绅之家，但生活上比一般人优裕得多。为何对旧题材感兴趣，汪曾祺曾多次做过解释。他在 1982 年撰文说：“旧社会三十年，新社会三十年。过去是定型的生活，看得比较准，现在变动很大，一些看法不一定抓得准。”① 在 1985 年撰文说：“我写旧题材，只是因为我对旧社会的生活比较熟悉，对我旧时邻里有较真切的了解和较深的感情。我也愿意写写新的生活，新的人物。但我以为小说是回忆。必须把热腾腾的生活熟悉得像童年往事一样，生活和作者的感情都经过反复沉淀，除净火气，特别是除净感伤主义，这样才能形成小说。”② 这种“回忆”的视角是对当下现实的一种超越，从而完成了饱含情感的文化想象。

从社会位置上讲，汪曾祺小说中的“民间能人”形象具有民间性。关于“民间”，陈思和认为：“民主性的精华与封建性的糟粕交杂在一起，构成了独特的藏污纳垢的形态。”③ 在构建民间形态时，像莫言、余华、陈忠实等作家大都注意民间“藏污纳垢”的特点，但汪曾祺有意对民间的“藏污纳垢”一面视而不见，转而发现民间唯美、纯朴、恬静、舒展、欢乐、自由的一面，任何道德说教、任何制度条文在这里都显得苍白无力。纵观汪曾祺小说中的“民间能人”，他们大都是芸芸众生、凡夫俗子、引车卖浆者流，既不像身处庙堂的官员那样政绩卓著，有一种“先天下之忧而忧，后天下之乐而乐”的博大胸怀；也不像身处民间的知识分子那样饱读诗书，著

① 汪曾祺：《回到现实主义，回到民族传统》，《北京文学》1982 年第 2 期。
② 汪曾祺：《桥边小说三篇·后记》，《收获》1986 年第 2 期。
③ 陈思和：《民间的浮沉：从抗战到“文革”文学史的一个解释》，《鸡鸣风雨》，学林出版社 1994 年版，第 35 页。

书立说。他们处于社会的底层，面对的是风风雨雨和世俗的生活。他们可能是小店老板、中小学教师、炕鸡的、赶鸭的、打鱼的、吹喇叭的、医生、车匠、银匠、画匠、货郎、地保、挑夫。但无论是什么身份和职业，都有着勤劳、善良、坚韧、踏实的美德，是地地道道的“德贤”。《岁寒三友》(1980)中的王瘦吾是开绒线店的，陶虎臣是开炮仗店的，靳彝甫是个画画的。三人一起长大，虽然日子时好时坏，但能够保持劳动人民的美德。“他们都没有做过伤天害理的事，对人从不尖酸刻薄，对地方的公益，从不袖手旁观。某处的桥坍了，要修一修；哪里发现一名‘路倒’，要掩埋起来；闹时疫的时候，在码头路口设一只瓷缸，内装药茶，施给来往行人；一场大火之后，请道士打醮禳灾……遇有这一类的事，需要捐款，首事者把捐簿伸到他们的面前，他们都会提笔写下一个谁看了也会点头的数目。因此，他们走在街上，一街的熟人都跟他们很客气地点头打招呼。”①《塞下人物记》(1980)中的老蔫被称为“乡下的阿基米德”。他的最大特点就是脾气好，从没有跟人红过脸。说起话来总是慢条斯理，面带微笑。另外他做事有主见，绝不随风倒，只是表达的方式很含蓄。《故里三陈》(1983)中的陈小手是一个男“接生婆”，动作细腻，可以减少产妇的很多痛苦，只要有人来请，他立刻跨上白马，飞奔而去。完成任务后总喜欢说：“恭喜恭喜，母子平安！”《鉴赏家》(1982)中的季匋民是全县首屈一指的大画家。他从不当众做画，只因觉得水果商贩叶三真正懂画，便在叶三面前做画，而且题词“画与叶三”、“泽之三兄雅正”送给他。高山流水觅知音，雅俗共通，在此得到了很好的诠释。这类具有一定艺术品位的“民间能人”在汪曾祺小说中并不多见。

从生存方式上讲，汪曾祺小说中的“民间能人”大都有一技之长，比如接生、赶车、游泳、绘画、踩高跷、做饭、养鸡、行医、捕鱼、盖

① 汪曾祺：《岁寒三友》，《汪曾祺小说全编》，人民文学出版社2016年版，第427页。

房、做生意。这些技能既是他们的生存之道，也是他们受人尊敬的主要原因。《戴车匠》(1947)中的戴车匠手艺精绝，做出来的东西好多人都叫不出名字，更不知道其用途何在。《鸡鸭名家》(1947)中的余老五是孵化小鸡行当的“状元”。他炕出来的小鸡特别大，这一绝活别人无法企及。《塞下人物记》中的陈银娃精明能干，是一个出色的车倌。别人驯服不了牲口，他只须甩一个响鞭，所有牲口立刻直直地竖起耳朵，再来一个响鞭，辕马就会猛力一蹬，把陷入绝境的车子拉上来。不仅如此，他的父亲也是有名的车倌，有人头上戴一顶毡帽，他的父亲一鞭子抽过去，毡帽被劈成两半，那人的头发却纹丝未动。《晚饭花》(1981)中的秦老吉是个卖馄饨的，其口味独特，品种多样。别人的馄饨只有葱花猪肉馅，他的馄饨鸡肉馅、螃蟹馅、荠菜馅、冬笋馅……一应俱全，因此他的馄饨名声远扬。不仅如此，他的器皿也特别珍贵，拌馅的大盘是雍正青花，非常珍贵。《兽医》(1995)中的姚有多是有名的兽医，外号“姚六针”。他给牲口扎针治病，最多六针见效。小说是这样描写的：“他不像一般兽医，要把牲口用杠子上吊起来，而只是让牲口卧着，他用手在牲口肚子上摸摸，用耳朵贴在肠胃部分听听，然后从针包里抽出一尺长的针，噌噌噌，照牲口肚子上连下三针，牲口便会放一连串响屁，拉好些屎；接着再抽出三根针，噌噌噌，又下三针，牲口顿时就浑身大汗；最后，把事先预备好的稻草灰，用笤帚在牲口身上拍一遍，不到一会儿，牲口就能挣扎着站起来，好了！”[①] 这些靠一技之长生存的“民间能人”勤劳善良，以各自的行动默默地为乡村社会做着应有的贡献。

汪曾祺小说以回忆的视角塑造了各种各样的“民间能人”形象，从而绘制出文字版的巨幅《清明上河图》，处处散发着沁人心脾的生活气息。在塑造这些“民间能人”形象时，汪曾祺特别注意挖

---

① 汪曾祺：《兽医》，《汪曾祺小说全编》，人民文学出版社 2016 年版，第 955 页。

掘他们身上潜藏着的“生命的韧性”。他们有艰辛和疲惫，有无奈和痛苦，甚至有意外和死亡，但从不跟生活妥协，从不向命运低头，一直坚守着做人的尊严。关于“生命的韧性”，汪曾祺说：“能够度过困苦的、卑微的生活，这还不算；能于困苦卑微的生活觉得快乐，在没有意思的生活中觉出生活的意思，这才是真正的‘皮实’，这才是生命的韧性。”① 汪曾祺小说所塑造的“民间能人”形象无疑丰富了中国当代文学的人物画廊，为中国当代文学的“民间写作”提供了一种有意味的范式。

二、“民间能人”形象的文化意蕴

汪曾祺小说中的“民间能人”不但有鲜明的特点，还有浓浓的文化意蕴。正是这种浓郁的文化气息，使得汪曾祺小说中的“民间能人”身上散发着迷人的魅力。

汪曾祺小说中的“民间能人”不但技能高超，而且品德高尚，可视为“乡贤”。“乡贤是儒家思想的实践者，也是儒家文化的传播者。”② 关于儒家文化的印迹，汪曾祺自己也说得很清楚：“我自己想想，我受影响较深的，还是儒家。我觉得孔夫子是个很有人情味的人，并且是个诗人。他可以发脾气，赌咒发誓。我很喜欢《论语·子路曾皙冉有公西华侍坐章》……我觉得儒家是爱人的，因此我自诩为‘中国式的人道主义者’。”③ “我是一个中国人。中国人必然要受到中国传统思想和文化的影响，我接受了什么影响？道家？中国化了的佛家——禅宗？都很少。比较起来，我还是接受

---

① 汪曾祺：《林斤澜的矮凳桥》，《汪曾祺全集》第4卷，北京师范大学出版社1998年版，第104页。

② 韩星：《中国乡贤文化析论》，《中国文化论衡》2016年第1期。

③ 汪曾祺：《自报家门》，《作家》1987年第7期。

儒家思想多一些。”①

“仁”是儒家思想体系的核心，也是人之为人的本质内容。“仁”的内涵包括两方面：从个体的角度上说，一个人要爱自己，注重内在的精神、品质；从群体的角度上说，一个人要爱别人，注重外在的道德、礼仪。孔子所说的“里仁为美。择不处仁，焉得知？”②孟子所说的“仁也者，人也。合而言之，道也”③，都在强调“仁”是人立身行道、守善勿舍的重要手段。可以看出，一个人只有具有仁德，才能仰不愧于天，俯不怍于人，从而成为所谓的“贤人”，受到别人的尊敬。《故乡人》(1981)中的王淡人是个医生，通道里挂满了匾额，匾上题有“济世救人”、“仁心仁术”、“妙手回春”等赞美之词。他有两件事做得特别“傻”：一是家乡发大水，他冒着生命危险，在齐胸深的大水里来往奔波，为人治病。水退之后，村里人合送他一个匾，上面写着“急公好义”。拿命换来一块匾，真傻！二是发小汪炳得病，王淡人把他接到家里，管吃管住还全免药费。别人认为王淡人的“傻”恰恰显示出他的“仁”。《故里三陈》中的陈泥鳅具有儒家“仁者爱人”的思想。他水性极好，下水救人从不计报酬。民国二十年，运河决口，他在大风大浪中救人无数，连被救者的姓名都不问，更不用谈报酬啦。但如果是捞死尸，他却分文不少要，可是要来的钱很少落入自己的腰包，而是去救济守寡多年的陈五奶。

儒家思想除强调“仁”外，还强调“义”。所谓“义”，指人的行为要符合道德和法礼。天下有“义”则治，无“义”则乱。“义”与“利”截然相对，“义”是无私的，“利”是自私的。孔子特别重视“义”，认为“义”是君子必备的品质，只有小人才会见“利”而忘“义”。孟子提出舍生而取“义”，显然将“义”置于生命之上。他认为，“仁”好像

---

① 汪曾祺：《我是一个中国人》，《汪曾祺全集》第 3 卷，北京师范大学出版社 1998 年版，第 300 页。

② 《论语・里仁》，《四书五经》，北京出版社 2006 年版，第 15 页。

③ 《孟子・尽心下》，《四书五经》，北京出版社 2006 年版，第 172 页。

住宅,“义”恰似大路。他说:“仁,人之安宅也;义,人之正路也。旷安宅而弗居,舍正路而不由,哀哉!”① 儒家这种重义轻生的思想在汪曾祺小说中的“民间能人”身上得到了很好的体现。《大淖记事》(1981)中的二十来个锡匠,都是江苏兴化帮,特别讲义气。他们扶持医病,互通有无,不抢生意。如果是合伙干活,工钱也分得很公道,从不会争吵。老锡匠很有威信。他对徒弟们管教甚严,不许他们赌钱喝酒,更不许他们和妇女嬉皮笑脸。《徙》中的高北溟是一位小学教员,从不参与派别之争。他教学生注重因材施教,无所阿私,只看品学,不问家庭。恩师谈甓渔死后,怕其后代把遗稿卖给善于剽窃篡改的李三麻子,高北溟狠心拿出一百块钱,将遗稿买下。为了将遗稿刻印出来,高北溟省吃俭用,甚至不惜牺牲女儿的大好前途。《鉴赏家》中的大画家季匋民出于个人情感送了水果商叶三很多画。十多年后,季匋民去世。叶三也不再卖水果,但每逢四季八节,他总要买些鲜果到季匋民的坟上供一供。更让人敬佩的是,季匋民死后,其画价大增,有一位日本人专程赶来高价购买叶三的藏画,遭到叶三的断然拒绝。最后,叶三把他的藏画带进了棺材。

除儒家文化外,汪曾祺小说中的“民间能人”身上还散发着道家文化的气息。道家主张无为而治,天人合一,道法自然。“无为而治”是一种社会生态观,“无为”不是无所作为,而是指只有遵循社会发展规律,充分发挥广大民众的积极性和主动性,才能达到治理的目的。“天人合一”是指人道与天道相统一,人和宇宙相感应。“道法自然”中的“道”是指宇宙万物发展的最根本动力;“自然”是指自然而然的状态;因此,“道法自然”就是强调遵循客观规律,不干涉万物而任其自化自为。《复仇》(1946)以庄子的“复仇者不折镆干”为题记,讲述了一个替父报仇的故事。在儒家看来,替父报仇、以血

① 《孟子·离娄上》,《四书五经》,北京出版社2006年版,第119页。

还血，天经地义；而道家却主张以柔克刚，顺应自然，避免正面交锋。小说有意选择了后者。复仇者身背利剑，跋山涉水，寻找仇人。他的手臂有母亲刺下的仇人的名字。但是他想象不出父亲和仇人的样子，他怕自己遇到仇人时无话可说，有时更愿意被那个仇人所杀。最后他遇到了仇人——一位瘦弱的和尚。此时一卷白云从洞口掠过，时间从洞外飞逝。复仇者竟然忘记背上的利剑，感到自己不停地缩小，以至于无。只听“铿”的一声，剑落回鞘里，仇恨泯灭。至此，他彻底完成了心路历程的转变。“一场轰轰烈烈的仇杀演变成大肆宣传道家学说的材料，温情脉脉，冲和平淡，极为‘玄虚’。”[①]《岁寒三友》中的画师靳彝甫虽然是半饥半饱，可是活得有滋有味。春天，放风筝；夏天，种荷花；秋天，斗蟋蟀；冬天，养水仙。他有三块田黄石章。在吃不饱的时候，只要看看这三块图章，就觉得对这个世界没有任何可以抱怨的了。道家文化所提倡的顺应自然的思想在靳彝甫身上体现得非常明显。汪曾祺的小说有时喜欢景物描写，为“民间能人”的活动创造一种恬淡闲时的自然美。比如《大淖记事》开篇的景物描写：“淖，是一片大水。说是湖泊，似还不够，比一个池塘可要大得多，春夏水盛时，是颇为浩淼的。这是两条水道的河源。淖中央有一条狭长的沙洲。沙洲上长满茅草和芦荻。春初水暖，沙洲上冒出很多紫红色的芦芽和灰绿色的蒌蒿，很快就是一片翠绿了。夏天，茅草、芦荻都吐出雪白的丝穗，在微风中不住地点头。秋天，全都枯黄了，就被人割去，加到自己的屋顶上去了。冬天，下雪，这里总比别处先白。”[②] 在这种恬静的自然环境中，兴化帮的锡匠们从不争抢生意。遇到阴天下雨，不能出街，他们就吹打弹唱一整天。

汪曾祺小说中的“民间能人”形象还散发着佛家文化的气息。

---

① 黄乐平：《美在自然 美在和谐——试析汪曾祺小说中的道家文化》，《中南林业科技大学学报》2007 年第 1 期。

② 汪曾祺：《大淖记事》，《汪曾祺小说全编》，人民文学出版社 2016 年版，第 468 页。

禅宗主要讲究“即心即佛”、“即身成佛”、“明心见性”，主张“无念”、“无相”、“无住”。认为佛法本有，它超越世间，同时又在世间，所以无须离开世间的生活到世外去寻求。汪曾祺的小说与禅宗思想在一定程度上是相同的。他小说中的“民间能人”都置身于平凡世俗的生活，都有一种平常心，即禅宗所谓的“明心见性”。汪曾祺小说最具禅意的当数《受戒》(1980 年)。小说名为“受戒”，实为“解戒”。佛教信仰的庄重和神圣被消解，取而代之的是充满情趣的世俗生活，即所谓“一花一世界，一草一天堂”。小说中的荸荠庵里人性善良，没有清规戒律。和尚可以喝酒打牌，杀猪吃肉，娶妻生子。大师父仁山不叫“方丈”，也不叫“主持”，却叫“当家的”，掌管着经账、租账和债账。平时不穿袈裟，经常披着短僧衣，袒露着黄肚皮。二师父已有老婆，并且老婆每年夏秋还要庵里住几个月。三师父风流倜傥，精明能干，身怀绝技，会“飞铙”和“放焰口”。因此，每次法事之后，村里就会有一两个大姑娘或小媳妇失踪——跟他跑。可以看出，他们身处的不是“佛门净土”，而是现实版的“桃花源”。不做作，不伪装，时时流露着他们内心最本质的追求，见心亦见性。谈及《受戒》的创作时，汪曾祺说:“我一定要把他们写的很美，很健康，很有诗意!”① 所谓“诗意”，其实就是“禅意”。此外，《异秉》(1947)中药店里的管事将药店打理得井井有条，闲暇时间就是和伙计们聊天娱乐，享受着日常生活。《戴车匠》(1947 年)中戴车匠的工作就是一天到晚在自己的车床前制作木制的工具家什。这些人性格平淡，顺应自然，随遇而安，在世俗琐碎的现实生活中找到自我，寻得一种悠然自得的禅趣。

以儒治世，以道治身，以佛治心。这三种文化和而不同，相互影响，在汪曾祺小说中的“民间能人”形象身上得到了综合的体现。

---

① 汪曾祺:《关于〈受戒〉》,《汪曾祺全集》第 6 卷，北京师范大学出版社 1998 年版，第 339 页。

三、“民间能人”形象的塑造方法

汪曾祺小说中的“民间能人”所表现出的形象特点和所体现出的文化意蕴与所使用的塑造方法是分不开的。如前所述，汪曾祺小说中的“民间能人”不但有一定的技能，而且有着比较优秀的品德，也就是说，他们在经验、学识、特长、财富，尤其是在道德修养方面比起一般人有所突出，因此受到众人的推崇和赞誉。汪曾祺小说在刻画“民间能人”形象时多用对比手法。《鸡鸭名家》(1947)中的余老五是炕鸡行业的“状元”。他炕出来的小鸡跟别人家的摆在一起就显得特别大，因此来买的人首选他的小鸡。之所以能炕出比较大的小鸡，是因为他的炕鸡技术特别精湛。他炕鸡时比平常人敏锐沉着。他能把炕鸡的时辰做到极致，而一般人是不敢的。自掌炕以来，余老五从未失误一次，同行们无不赞叹称奇。《故里三陈》在刻画产科医生陈小手形象时有意把他设置成了男性，这与产科医生传统的女性形象成了对比。陈小手的手特别小，甚至比女人的手还小，还柔软细嫩，这也显得与众不同。更与众不同的是，别人接生，产妇会感到很痛苦，而陈小手接生，产妇几乎没有任何痛苦。正因为如此，陈小手赢得了人们的尊重。忌讳较少的中小户人家，遇到产妇胎位不正时，都要请陈小手上场。《仁慧》(1993)中的仁慧精明能干，乐于助人。谁家老太太过生日，她就去拜寿；谁家小少爷满月，她就去送长命锁。她做的素斋特别好吃，远近闻名。不仅如此，她还学会了放焰口。而放焰口本是和尚才可以做的事，因此她的做法就显得独异于众，遭到了二师父的强烈反对。后来，观音庵的大部分尼姑还了俗，有的还嫁了人，而仁慧拒绝还俗，云游四方，行踪不定。可以看出，仁慧的观点和做法与周围人形成了鲜明的对比。

汪曾祺小说在刻画“民间能人”形象时还喜欢运用肖像、动作、神态等外貌描写的方法，使得人物外表细腻传神，内在性格和精神也更突出。例如《醒来》(1947)对茶馆老板的描写："茶馆老板一望而知是个阅历极深之人。他眼睛很黑，额上皱纹深平，一丝不乱，唇上一抹整整齐齐的浓八字胡子。他声音深沉，而清亮，说得很慢，很有条理，有时为从记忆中汲取真切的印象，左眼皮常常搭一点下来，手频频抚摸下巴，——手上一个羊脂玉扳指。"① 《塞下人物记》(1980)对车倌陈银娃的描写："陈银娃是个二十五六的小伙子，眉清目秀，穿了一副大红牡丹花的'腰子'，布衫在肩头。"②《当代野人系列三篇》(1996)对梨园世家耿四喜的描写："他长得跟他父亲完全一样，四楞子脑袋，大鼻子，阔嘴，浑身肌肉都很结实，脚也像。这双脚宽，厚，筋骨突出，看起来不大像人脚，像一种什么兽物的蹄子。他走路脚步重，抓着地走。"③ 脸上的皱纹深平、脚掌宽厚等描写，注重展现"民间能人"的外貌特征，羊脂玉扳指和红花牡丹等描写也在侧面暗示了"民间能人"的社会身份。

风俗描写也是汪曾祺小说塑造"民间能人"一种常见的方法。汪曾祺对风俗情有独钟，他在《谈谈风俗画》一文中说道："风俗使一个民族永不衰老……民族感情是抽象的，看不见摸不着，但它确实存在着。民族感情常常体现在民俗中。风俗，是具体的。"他认为风俗"反映了一个民族对生活的挚爱，对'活着'所感到的欢悦"④。需要指出的是，在汪曾祺小说中，风俗描写不是背景性的渲染和铺垫，而是表现人物心理、刻画人物性格、揭示人物身份的重要手段。《戴车匠》开篇就描写了各种地方物产，比如桃子、杏子、香瓜、柿饼、牙枣子、风荸荠、杨花萝卜、泥娃娃、咽咽鸡、麻油拌

① 汪曾祺：《醒来》，《汪曾祺小说全编》，人民文学出版社 2016 年版，第 201 页。
② 汪曾祺：《塞下人物记》，《汪曾祺小说全编》，人民文学出版社 2016 年版，第 383 页。
③ 汪曾祺：《当代野人系列三篇》，《汪曾祺小说全编》，人民文学出版社 2016 年版，第 1024 页。
④ 汪曾祺：《谈谈风俗画》，《汪曾祺全集》第 3 卷，北京师范大学出版社 1998 年版，第 350 页。

荠菜、蓝布褂子，烘托出浓浓的民间风情。《岁寒三友》描写了放焰火的场景：“这天天气特别好。万里无云，一天皓月。阴城的正中，立起一个四丈多高的架子。有人早早吃了晚饭，就扛了板凳来等着了。各种卖小吃的都来了。卖牛肉高粱酒的，卖回卤豆腐干的，卖五香花生米的，芝麻灌香糖的，卖豆腐脑的，卖煮荸荠的，还有卖河鲜——卖紫皮鲜菱角和新剥鸡头米的……到处是‘气死风’的四角玻璃灯，到处是白蒙蒙的热气、香喷喷的茴香八角气味。人们寻亲访友，说短道长，来来往往，亲亲热热。阴城的草都被踏倒了。人们的鞋底也叫秋草的浓汁磨得滑溜溜的。”①《故里三陈》描写了看迎神赛会的热闹场景：“那真是万人空巷，倾城出观。到那天，凡城隍所经的要闹之处的店铺就都做好了准备：燃香烛，挂宫灯，在店堂前面和临街的柜台里面放好了长凳，有楼的则把楼窗全部打开，烧好了茶水，等着东家和熟主顾人家的眷属光临。这时正是各种瓜果下来的时候，牛角酥、奶奶哼（一种很‘面’的香瓜）、红瓤西瓜、三白西瓜、鸭梨、槟子、海棠、石榴，都已上市，瓜香果味，飘满一街。各种卖吃食的都出动了，争奇斗胜，吟叫百端。”② 别林斯基说，风俗“构成一个民族的面貌，没有了它们，这民族就好比是一个没有脸的人物，一种不可思议、可否实现的幻象”③。汪曾祺小说对风俗的大量描写无疑增强了“民间能人”身上的地域文化气息。

除对比、外貌描写、风俗描写等方法，汪曾祺小说在塑造“民间能人”形象上还使用了白描、比喻、抒情化等方法。正是这诸多方法的使用，“民间能人”的形象才得以有血有肉，栩栩如生。

---

① 汪曾祺：《岁寒三友》，《汪曾祺小说全编》，人民文学出版社 2016 年版，第 435 页。
② 汪曾祺：《故里三陈》，《汪曾祺小说全编》，人民文学出版社 2016 年版，第 686 页。
③ ［俄］别林斯基：《文学的幻想》，《别林斯基全集》第 1 卷，上海文艺出版社 1973 年版，第 27 页。

结语

汪曾祺小说对“民间能人”的塑造有着多方面的价值。首先，“民间能人”形象显示出了劳动的美和诗意。剃头、卖糖、作画、修鞋、赶车、做饭、收废纸、捕鱼、调解邻里纠纷……这些底层百姓虽然生活平淡，但他们热爱生活，热爱劳动，善于劳动，从劳动中获取了生活资料的同时还获得了做人的尊严和愉快的精神享受。他们对劳动一丝不苟的态度让人不由自主地产生敬意。他们每个人的劳动形式虽然单调而琐碎，却增添了市井生活的烟火气。当然，汪曾祺并不回避“民间能人”在劳动过程中的辛苦和无奈，即使是对于劳动之“苦”，汪曾祺也是倾注了浓浓的情感，以优美的语言进行描述。总之，汪曾祺小说中“民间能人”的日常劳动蕴含着底层民众生命的意义，散发着劳动的美和诗意。对此，汪曾祺明确指出：“我写的是美，是健康的人性。美和人性是什么时候都需要的。”①

其次，“民间能人”形象表现出汪曾祺鲜明的民间文化立场。中国文化向来三分天下，这就是以政治官员为主体的主流文化，以知识分子为主体的精英文化，以普通大众为主体的民间文化。三者有所重合，彼此消长，每个历史阶段的表现各有不同，从而形成复杂的文化生态。纵观汪曾祺小说中的人物形象，很难发现能够呼风唤雨、指点江山的政治人物，也很难找到学富五车、书通二酉的精英知识分子。占据主景的都是芸芸众生、凡夫俗子，他们身处民间，有着纯真质朴、勤劳能干、坚韧不拔的优良品质。他们所处的民间承载着汪曾祺无边的文化想象和价值立场，所以他努力挖掘民间自然、舒展、欢乐、诗意、唯美的因素。这种远

① 汪曾祺：《汪曾祺文集·文论卷》，江苏文艺出版社 1994 年版，第 32 页。

离政治、与精英知识分子也保持相当距离的民间文化立场固然与汪曾祺自身的曲折经历有关，同时与京派文学的影响也不无关系。

第三，从现实层面上说，汪曾祺小说关于“民间能人”形象的塑造对民间文化的传承，尤其是非物质文化的保护也有着不可忽视的价值。民间文化保护手段多样，有实物保存，有影像录制，有文字记录，有口述录音等，其中，文艺作品的描绘也是一种重要手段，这种手段形象生动，充满着浓浓的人文气息。汪曾祺小说描写了“民间能人”的各种技艺，比如接生、制药、烹饪、踩高跷，还描写了各种风俗，比如放焰火、迎神赛会，这无疑承传了民间文化。影像可能褪色，录音可能失真，唯有文字描述永葆本色。

“后新时期”文学的多元文化观念与乡贤叙事

李玲玲

（南京大学 文学院，南京 210023）

内容摘要：进入“后新时期”，中国社会转型的步伐加快，乡村社会结构和乡村传统价值在城市化的挤压下逐步瓦解，乡村社会面临着伦理变更、道德失范等严峻问题。这样的时代背景，使乡贤叙事呈现出与以往不同的特征，这一时期，作家们或通过描绘乡贤在城市化进程中遭遇的身份认同危机，或揭示乡贤在权力资本浸淫下发生的人格变异，或借由重塑传统乡贤来重估传统文化的价值，把握乡土社会变迁背后深刻的文化流变。

关键词：“后新时期”　乡贤　城市化　乡土叙事

在现当代文学中，乡贤一直是重要的书写对象。所谓乡贤，一般指“科举中取得功名而生活在乡村并有较高地位者。他们多半由退职返乡的文武官员，或有一定功名而未出仕的乡村贤达组成”[①]。不过，随着时代变迁，乡贤内涵也有所转变，乡村干部、乡村知识分子、乡镇企业家、退休返乡的知识分子以及干部等新的乡村权威也都可以归入乡贤之列。[②] 在文学作品中，乡贤形象随着时代变更呈现出不同的样貌。进入“后新时期”，中国社会出现了

作者简介：李玲玲，南京大学文学院戏剧与影视学博士研究生。

基金项目：本文为国家社科基金重大项目“中国现代文学中的乡贤文化研究”（项目编号16ZDA192）阶段性成果。

① 赵普光、李静：《当代文学对乡贤文化的书写》，《人民日报》2016 年 8 月 9 日。

② 李静：《当代乡村叙事中乡贤形象的变迁》，《江苏社会科学》2016 年第 2 期。

重大转型,“庞大的城市文明快速无声地向农耕文明下的田园牧歌乡村逼近。城市的价值观念侵蚀着乡村的价值体系,城市人的思维方式、行为准则改变乡村人的生活,现代商品生产与机械理性改变传统小农生产及具有自由感性特征的农耕理性”①。乡村社会转型和乡村传统价值的解体引起的伦理变更、道德失范、精神危机等问题成为此时乡村叙事的重点,乡贤形象正是在这样的语境之下重新登场。作家们将乡贤视作把握乡村社会结构变更的钥匙,通过描写乡贤在新时代的遭遇,思考城市化给乡村乃至整个中国带来的深远影响。

一、城乡裂缝中乡村“能人”的认同危机

城市对乡村的侵蚀、现代对传统的冲击,在“新时期”文学中的乡贤叙事中已有涉及,不过这种冲击在当时的写作者看来大多是正面的。在那些作品中,城市往往被视为现代文明的灯塔,指引化外之地的农民去朝圣取经,他们在城市学会现代科技知识之后再次回到乡村,对乡村进行启蒙,召唤乡村世界的改革,使乡村也得以步入现代化浪潮。然而,进入“后新时期”,改革逐渐步入深水区,改革引发的社会危机不断显现,与此同时乡村社会转型步伐也急遽加快,乡村传统价值开始崩塌,城与乡对立与撕裂的问题前所未有地突显出来,对城市所象征的现代文明的美好想象和向往被残酷的现实摧毁,在这样的背景下,为改革开放鸣锣开道的乡贤叙事遭遇了裂变。

在“新时期”文学的乡贤叙事中,乡村“能人”出走乡村、闯荡城市被视为时代精神的缩影,他们在城市中努力拼搏,安营扎寨,实现阶层的跃升和自我理想,这种“成功”故事为“改革开放”在乡村

① 丁帆等:《中国乡土小说史》,北京大学出版社 2007 年版,第 321 页。

世界的试行提供了文学背书。然而到了“后新时期”，作家们开始关注离乡的“能人”遭遇的精神困境，随着城市与乡村所分别象征的现代文明与前现代文明的交锋日益激烈，这些“能人”逐渐沦为撕裂的城乡结构的牺牲者，他们陷入城与乡的双重失落之中，在城市寻找不到精神归宿，同时又难以回归乡村，成为游走在城与乡之间的“异乡者”。李佩甫《无边无际的早晨》，张宇《乡村情感》，贾平凹《土门》、《高老庄》等都关注这一主题下的乡贤命运。

回看中国历史，晚清“洋务运动”开始，中国迈出现代化步伐，农民便开始出走乡村，进入城市，成为工业化进程的一部分。进入二十世纪九十年代，随着城乡裂变进一步加剧，城市化不断扩张，乡村受到侵蚀和挤压，“农民进城”现象大规模增长，农民在城市中面临着的物质生活、社会保障和精神处境等各方面困难成为社会共同关注的话题，在文学作品中不断书写。不过与一般的“打工文学”或“底层文学”不同，乡贤叙事对“农民进城”现象的关注点不在底层打工者身上，而是在城市中取得一定的事业成功，实现了阶层跃升，甚至获得城市身份的“能人”身上。这些“能人”与普通的底层打工者相比不再是城市生活的边缘人，他们不再为生活发愁，为物质的短缺感到困顿，相反，他们的困境纯粹是精神层面的，是由城与乡双重失落引发的精神危机。

这些作品大多将城市与乡村设置为二元对立的关系，两者不仅在物质条件、生活方式等方面存在巨大差别，而且精神内核也截然不同。正是由于这样的二元对立，从乡村进入城市之中的“能人”们才在城与乡的裂缝之间无可依托，遭遇严重的身份危机。与底层农民不同，乡贤们在城市中遭遇的身份危机剥离了排外歧视或没有保障的物质生活等外部因素，他们的身份危机是基于作为一名“乡贤”，他们身份根基在于“乡”，如果“乡”不复存在，他们与乡村之间的关联被割断，那么，“乡贤”身份的合理性就没有合法性。

李佩甫《无边无际的早晨》中“返乡”的李治国就是被困在城与乡裂缝之间的乡贤代表。李治国是一名孤儿，成长于公社大院，由乡民一起抚养长大；在乡民帮助下他成为一名“勤务兵”，之后靠着自己的聪明才智与领导的提拔一步步当上县长。走出乡村之后，李治国陷入了精神焦虑之中：他无法平息自己的返乡梦，他深受乡土文化洗礼，认为自己是土地的儿子，虽然在城市之中事业有成受人尊敬，但却经受着严重的身份认同危机。为了平复自己的精神焦虑，李治国决心回乡探望。然而回去之后，李治国发现乡村早已被现代性冲击得面目全非，乡村已然没有了他可以寄托感情的旧时样貌和人情。李佩甫通过李治国的经历，反思了现代化力量不由分说扫荡乡村之后，乡村即将终结和乡村游魂没有归宿的可悲命运。李治国诞生于乡村，之后脱离乡村母体，与乡村决裂，失去乡村的根魂，成为城市异乡者，这是历史宿命的一种写照。在这样的命运下，“乡贤”其实已经与“乡”无关，独留下“贤”。没有乡村依托的“乡贤”成为对乡村现代化的一种反讽。

李治国受创的心灵，在张宇《乡村情感》中也得到相似的表达，小说一开始，“我”便自述：“我是乡下放进城里来的一只风筝，飘来飘去已经二十年，线绳儿还系在老家的房梁上。在城里夹紧着尾巴做人，二十年前的红薯屁还没有放干净。”[①] 在表达了对城市生活的惶恐之后，“我”开始将自己的处境与父亲当年“在城里放着官不做，又没有犯错误，却跑回山里当庄稼人”做对比，通过追溯过往反思当下。在“我”的回忆中，父亲在战争中立下赫赫战功，却毅然回到家乡做普通的农民。父亲回忆往事，坦言当时不进城而回乡，是因为不能“让别人去冲锋陷阵，咱当县团级”。在这里，作者将城与乡对立起来，暗示城市存在享乐主义和权力腐败的问题，而乡村则是保存赤子之心的精神归所。不过，在这部作品中，张宇并未将

① 张宇：《乡村情感》，百花文艺出版社 1995 年版，第 1 页。

城乡的二元关系作为描写重点，相反，他尝试通过追忆过往的革命史，召唤无私奉献的集体主义精神，以此弥合城与乡之间的裂缝，治愈“城市异乡者”的精神焦虑症。在小说中，“我”在回忆过往之后，对城市的排斥之情得到了安放，在故事最后，“我”终于在城市中找寻到一些认同感，意识到“也许城市感情的溪水是从乡村流过来的，乡村情感是城市情感的源头”，城与乡之间有了沟通的可能。

张宇在《乡村情感》中对城与乡之间冲突的思考，具有一丝浪漫主义的幻想色彩，他对城乡分裂所提出的解决方案，是一厢情愿的乌托邦想象。对城乡冲突进行更为严峻思考的是贾平凹。在八十年代创作的《鸡窝洼人家》、《浮躁》中，贾平凹就开始思考城乡冲突问题，进入九十年代，随着城乡分化的加剧，贾平凹的思考也更推进了一步。《土门》围绕着城乡交界之处的仁厚村如何摆脱被城市吞噬的命运展开故事，在危机时刻，村民推举“故事成段成段地在仁厚村流传着，但几乎全是些劣迹”的成义为村长，期待他能够通过“能顶事”的韧性和雷厉手段挽救仁厚村于危时。有论者指出，仁厚村推举成义出面担任村长，本身就构成了一种反讽，“这一事件本身就使人对‘仁厚’产生了深刻的怀疑，在现实利益面前，村民还是放弃了‘仁厚’而选择了实用”[①]。从“乡贤”形象类型看，成义刚好与李治国形成对照，李治国是有“贤”无“乡”，而成义这里，“乡”岌岌可危，而为了挽救保卫“乡”，“乡贤”就必须牺牲“贤”的品质，才能力挽狂澜，拥有一线生机。显然，这两种错位的“乡贤”形象都是对乡村现代化进程的警惕甚至批判。在《土门》中，成义为了保卫仁厚村，推行了各种举措，办药房，修牌楼，整街巷，组织一支农民队伍演出“明王阵鼓乐”，宣示乡村独有文化，然而这些举措在城市化的强大作用力之下，一一宣告失败。正如小说中另一人

① 孟繁华：《面对今日中国的关怀与忧患——评贾平凹的长篇小说〈土门〉》，《当代作家评论》1997 年第 1 期。

物范景全所言:"国家工业化,表现在社会生活方面就是城市化,这一进程就是大趋势啊,大趋势是能避免的?!"① 保卫仁厚村的失败,表现了城市化的不可逆转之势。

工业化和城市化的进程,不仅深刻改变了乡村的命运,也改变了乡贤的命运。分崩瓦解的乡村传统价值、崩然而逝的乡村精神文化,都让"乡贤"失去了存在的根基,这一时期关注城乡裂变的乡贤叙事作品,前所未有地让"乡贤"们走出广大的乡村世界,游走到城乡边界或城市之中。在城市中,"乡贤"们陷入了身份认同的焦虑之中,他们的"乡贤"身份出现各种"零件"松动和缺失,或者独有"乡贤"之名却无"乡"可治,或者有"乡贤"之实却放弃了"贤"的原则:无论如何,面对乡村世界前所未有的巨变,他们都陷入无所适从的惶恐情绪之中。

二、异化乡镇里权力新贵的人格变异

权力问题一直是乡贤叙事的重要主题。"中国乡村权力崇拜意识的日益膨胀,有极为悠久的历史文化传统。与其联系的文化心理积淀、价值观念、人身依附观念、伦理道德和风俗习惯等,都潜藏在不同形态的现代文化形式中,成为其'深层现实'。"② "乡贤"这一概念本身就包含两重内涵,即"权"和"贤",传统乡村世界的乡贤往往就是宗族长老,他们在乡村拥有强大话语权,掌控着乡村社会生活的方方面面。清末,随着科举制被废除,旧乡绅失去了上升渠道,他们或放弃绅士身份流入城市,或与体制合谋,或在乱世之中"借机谋利,把持一切",逐渐沦为"劣绅"。③ 也就是从此时开

① 贾平凹:《贾平凹文集》第10卷,陕西人民出版社1998年版,第333页。
② 丁帆等:《中国乡土小说的世纪转型研究》,人民文学出版社2013年版,第130页。
③ 王先明:《乡绅权势消退的历史轨迹——20世纪前期的制度变迁、革命话语与乡绅权力》,《南开学报(哲学社会科学版)》2009年第1期。

始,对“绅权”的反思在文学作品中得到呈现,成为乡贤叙事最重要的主题之一,一直持续到“十七年”。进入二十世纪九十年代,乡贤的权力问题再次回归到作家视野中,在不同作品中得到反复书写。这一主题重新被发现、被提出,主要有以下原因:

(一)二十世纪九十年代以来,乡村世界发生了急遽变化,家庭联产承包责任制和改革开放的推行与深化使乡村加快了现代化转型,“在20世纪与21世纪之交,被现代性挤压了一个多世纪的农业经济及相应的社会文化结构则逐渐走向解体,日益迅速增长的资本及相应的社会文化结构大有取而代之之势”①。现代化转型既带来了机遇,同时也暗藏着种种风险。面对云诡波谲的局势,乡村世界呼唤大胆进取、勇于创新、拥有魄力的新型领袖人物。然而,在现代冲击传统的同时,乡村宗法制度和传统价值也失去了合法性根基,“告别革命”之后,革命话语在乡村世界也已然失效,与此同时,乡村基层选举制度存在不少漏洞,对权力的有效监督机制尚未建立。在这样的背景下,对新领袖的制约力量几近缺席,那些在变革时代上位掌权的风云人物手握权杖之后,轻而易举就能利用自己的个人魅力和非凡手段,在乡村世界建立起个人王国,逐渐化身为一方“土皇帝”。

(二)正如费孝通所说,人们渴求权力,“喜欢的是从权力中得到利益。如果握在手上的权力并不能得到利益,或是可以不必握有权力也能得到的话,权力引诱也就不会太强烈”②。九十年代乡村权力崇拜问题之所以再次凸显出来,与此时乡村世界不完全不彻底的现代化转型有关。一方面,政府大力推广建设乡镇企业,将乡村各种资源、经济资本、权力资本等都集中起来,由乡村基层干部代理与把控,基层干部的话语权大大扩张,膨胀的欲望与不受约

① 丁帆等:《中国乡土小说的世纪转型研究·导论》,人民文学出版社2013年版。
② 费孝通:《乡土中国 生育制度》,北京大学出版社1997年版,第16页。

束的权力相碰撞,催生出被权力腐蚀的各种扭曲人格。另一方面,进入九十年代,乡村改革遭遇挫折,进入停摆时期,不完善的市场经济规则催生出许多灰色空间,权力与资本合谋诱使新的利益格局形成并且逐步固化,作为摘取改革果实的既得利益方,基层干部为了巩固自身利益,更全身投入权力场的游戏之中,不断争权、专权、弄权。

总之,二十世纪九十年代出现的乡村权力崇拜问题与乡村政治经济状况密切相关,作为对现实世界的回应,作家们纷纷剖析乡村世界的权力机制和政治生态,分析权力异化下的各种丑恶现实。这时候乡贤叙事的权力书写,围绕两个主题展开,其一是乡村改革进入深水区之后,乡贤在乡村名利场上的失能和失势。

在关涉这一主题的作品中,乡村总是一副凋敝、荒凉且危机四伏的样子,在这样绝望的环境下,"乡贤"作为权力场的中心人物,串联起乡村改革的各利益方,各方力量在凋敝的乡镇空间里大显神通。刘醒龙《村支书》就是以村支书作为中心,串联起其他基层干部和村民,通过展示村支书在不同人物之间游走,努力平衡各方势力,反映乡村改革的举步维艰以及形色各异的人心世态。在这之中,自私、狡诈、呆板、愚昧构成了乡村世界的真实图景,权力场上人与人之间复杂微妙的关系像是一块隐形的巨石,拖拽着村支书寻找改革出路的步伐。

关仁山《大雪无乡》也描写了一个几乎一样前途渺茫的乡镇世界,小说一开始就以冬天无雪、天气反常暗示福镇的异动,接着借由镇长陈凤珍的视角展示灰败的乡镇图景,"镇政府每天都有要账的,还有农民告状的","镇里经济越治越乱,好多企业关门放假了,银行还催还贷款,外地索债的不断"。[①] 为了解决乡镇经济滑坡的问题,陈凤珍尝试推行企业股份制改革,由此牵出与改革相关的各

① 关仁山:《大雪无乡》,百花文艺出版社1997年版,第2页。

方人物，其中曾经的改革先锋、现在“五毒俱全”的腐败企业家潘老五尤其是这场改革角力的中心人物。在改革的过程中，由于经验、心机、权谋都不如投机取巧的潘老五，陈凤珍的改革计划以失败告终。

在这些作品中，对比乡村新兴而起的其他力量，乡贤往往成了最无力的那一方，他们失去了对乡村世界的控制力，在各种局面中举步维艰。乡贤的失势，暗示着在变革之中，传统乡村社会结构正在瓦解，乡村传统伦理价值逐步失效。

除了关注乡贤的失势，乡贤叙事所关注的第二个主题是乡贤人格的变异。改革开放之后，乡村社会一度出现了基层政权黑社会化的趋向，不少乡村涌现出横行一方、鱼肉乡里的“土皇帝”。赵园认为这一现象与 1949 年之后“宗族势力”在乡村基层政权中一直隐秘存在有关，改革开放后，“基层选举中的贿选者，所赖除经济实力(多金)外，另有人脉，即使不限于同宗同族同姓”[①]。不过，九十年代的乡贤叙事并未将乡贤腐败问题与“宗族势力”联系在一起，而是将矛头指向了九十年代极端个人主义盛行和历史遗留问题。“宗族势力”非但是“乡霸”横行的原因，而且在不少作品中“乡霸”的出现甚至与“宗族势力”的瓦解有关。

李佩甫《羊的门》中呼天成能够在呼家堡呼风唤雨四十年，就与他主动摧毁“宗族势力”有关。《羊的门》以呼天成下决心做呼家堡的“主人”开始，以他病重决定“传位”给呼国庆结束，整部小说描写呼天成在呼家堡建立个人王国、呼风唤雨四十年的专权独裁历程。呼天成之所以能够拥有君临天下的权威，在于他极其精于“统治术”，他的手段可总结为“瓦解”和“重建”两个方面。被呼天成瓦解的东西，除了村民的个人尊严之外，就是乡村传统民间信仰和宗族社会结构。在小说中，作者设计呼天成干扰祭拜仪式以及建立地下新村，切断传统宗族信仰根基等情节，展现呼天成对传统宗族

---

① 赵园:《家族、宗族组织与乡村》,《东方早报·上海书评》2015 年 3 月 22 日。

社会的摧毁。在着手瓦解传统信仰和传统乡村社会结构的同时，呼天成也在建立新秩序，他所建立起的新秩序便是以他为最高权威的"皇权"秩序。在小说中，呼天成不断"神化"自己。为了成"神"，他一方面不断挑战传统信仰，想取而代之，另一方面又收敛隐藏自己的"人性"，对自己进行"去人欲"的自我改造。在他的努力之下，他终于成为村民甘心下跪的"通天人物"。

除了说明呼天成是极端个人主义喂养出来的怪物，李佩甫还暗示"土皇帝"现象的出现与历史遗留问题息息相关。《羊的门》具有两条时间线，作者有意回到了历史之中去探寻呼天成获得"通天"本领的原因。在作者看来，"乡霸"、"土皇帝"虽然出现在新时期，基层权力腐化却是一个历史问题，农村社会经历了半个世纪的动荡，传统价值和信仰一一崩塌，是非秩序颠倒错乱，然而这一问题却没有在动荡结束之后得到及时纠正与反思，"改革开放"之后，在膨胀的欲望和个人主义的催化下，历史埋下的种子开始成长。

与李佩甫一样，张宇在《晒太阳》中也将基层权力腐化视为一个历史问题，不过，他将批判的矛头指向中国盛行已久的官本位思想。小说以第一人称的方式展现了官场上官官相护、假公济私的丑恶现实，县长杨润生与呼天成一样精于权谋，善于笼络人心。有所不同的是，杨润生是儒家道德教化和"文革"经历相互渗透交织催生出来的果实。他身上处处体现着传统儒家知识分子为人处事"外圆内方"的特征，受到儒家人伦思想的规训。然而，作为"文革"当中成长起来的一代人，杨润生显然又被扭曲的政治观戕害，为了"政治"可以牺牲一切，包括父子人伦。通过对杨润生复杂性格和文化基因的剖析，张宇与李佩甫一样将基层权力的腐败问题追踪到历史中，在他们眼中，九十年代乡村尽管出现了种种剧变，乡村的精神本貌并没有随着现代化到来而跃进另一个时代，相反，原本就存在的许多乡村病症随着新时代的到来，在历史"断裂论"的遮蔽下被悬置起来，这些病症潜藏在新时代的土壤下，随时发作。

三、"重塑历史"浪潮下传统乡贤的回魂返照

除了直接剖析转型之中乡村的现实命运，二十世纪九十年代还有一部分作家尝试回到历史之中去探寻解决中国社会转型之痛的密码。他们深受上一代寻根文学的影响，同时又受到新历史主义和西方后现代文学的启发，面对不断衰落的传统文化和日渐变异的社会现实，他们尝试借由追溯乡村变迁史来回眸历史，寻找"历史的新诗意"。在这样的思想下，传统乡贤这一人物形象作为乡村文化拼图最重要的部分，再次进入作家们的视野，得到重新塑造。这些作品多沿用寓言化的叙事策略，将乡村世界视为封闭的文化符号，通过巡视乡村寻找中国文化的基因密码，思考民族的命运方向。

最早开始这一创作的是陈忠实，在《白鹿原》中，他借由白鹿原在不同时期的历史境遇，探索中国乡村乃至整个中国社会的理想治理模式。有论者指出，《白鹿原》提供了两种乡村治理模式，"一是以白嘉轩为代表的'乡贤治乡'模式，二是以鹿子霖为代表的'乡官治乡'模式"①。小说前半部分，作者着重描写"乡贤治乡"的乡村治理模式。这一时期，白鹿原几乎是一个完全自治的乡村，宗族是这个乡村最重要的组织结构，村里的大小事务由白嘉轩、朱先生、冷先生、徐先生等乡贤料理，其中白嘉轩作为族长，是白鹿原最直接的领导人，朱、冷、徐等人则充当白嘉轩的精神导师和支持者。这些乡贤一起构筑成白鹿原的精神图腾。陈忠实借由这些乡贤的形象，建构起来的是一套由儒家伦理支撑的传统中国模型。白嘉轩等乡贤，不仅依赖儒家道德伦理来治理乡村，他们自己也依赖这

---

① 朱言坤:《乡贤·乡魂·乡治——〈白鹿原〉乡贤叙事研究》,《江苏社会科学》2018年第1期。

一套儒家伦理道德来规范自己。

在乡村治理上，白嘉轩等人依照《乡约》行事，《乡约》上承《吕氏乡约》，“《吕氏乡约》是地方士绅基于地方安定，社区合作而组织的一种道德约束组织，目的在于以礼教的方式加强基层社会控制”①。有学者认为，《吕氏乡约》的理论渊源在于秉承《周礼》之教化精神，沿革《周礼》之礼仪制度。“《吕氏乡约》的文本蓝本是儒家重要典籍《周礼》、《礼记》，同时也秉持儒家礼学典籍之根本精神来处理乡村事务，实施乡村教化，稳定乡村秩序，和睦乡村生活”，“传统儒家强调修身、齐家、治国、平天下的教化实施路径，吕氏兄弟不仅以礼治身、以礼齐家，同时也以礼来影响乡里百姓，实现道德教化，这种教化实施路径正是传统儒家所倡导的”。② 陈忠实依照《吕氏乡约》设计了《乡约》，又让白嘉轩依照《乡约》管理白鹿原，开祠堂、办学堂、赏罚族人，就是为了把白鹿原塑造成一个知礼仪、守乡规的儒家理想社会的模型。

在个人修行上，白、朱、冷、徐等乡贤也依照儒家伦理道德规范自身。在小说中，白嘉轩被塑造成一位讲仁义、守节操、明是非、轻生死的乡村权威形象。他宽厚待人，不仅资助鹿三的儿子黑娃上学，而且在黑娃、鹿子霖等人身陷牢狱时，不计前嫌营救他们。在乡民为苛捐杂税所苦时，白嘉轩也不顾个人生死，勇于为民请命。可以说，“白嘉轩是儒家‘仁义’思想的代表和忠实的维护者”③。白嘉轩之外，朱先生更是典型的儒家知识分子形象，他是程朱理学的传承者与践行者，秉持儒家“内圣外王”的处事原则，淡泊名利、慎独济世。在白、朱等人的统治和管理下，白鹿原几乎成为一个由

① 杨建宏：《〈吕氏乡约〉与宋代民间社会控制》，《湖南师范大学社会科学学报》2005年第5期。

② 杨明、韩玉胜：《〈吕氏乡约〉乡村道德教化思想探析》，《东南大学学报（哲学社会科学版）》2013年第5期。

③ 纪芳芳：《论陈忠实在〈白鹿原〉中对传统文化的态度》，《湖南科技学院学报》2005年第2期。

儒家伦理道德构筑起来的乌托邦。

不过，这一套理想的系统最终还是随着时代变迁而瓦解。小说后半部分着重描写进入民国之后，白鹿原开始实行“乡官治乡”的乡村治理模式。这一时期，国民政府开始在乡村推行保甲制度，建立基层行政机构，白鹿原也由此开始了“官治”的时代。代表“官治”的具体人物是鹿子霖，与白嘉轩相反，鹿子霖身上已经没有了传统儒家知识分子的品行风骨。在小说中，他被塑造成一位品行恶劣的投机分子，靠着投机取巧的本事与官府勾结，成为白鹿原的实际控制人。在鹿子霖的管理下，白鹿原的井然秩序瞬间瓦解，苛捐杂税压垮了乡村，“白鹿镇的三六九集日骤然萧条冷落下来，买家和卖家都不再上市”，而鹿子霖等人“腾空的皮囊开始充填起来，脑门上泛着亮光，脸颊上也呈现出滋润的气色”。鹿子霖等人“官治”的结果是乡村矛盾被激化，乡民民不聊生奋起反抗，而在反抗之中，传统的乡土中国也一去不复返。

陈忠实借由“乡贤治乡”和“乡官治乡”两种模式的对比，明确表明了自己对两种乡村治理模式的态度，在他看来，以儒家伦理为底色的“乡贤治乡”模式显然更接近理想社会。不过，尽管陈忠实对儒家文化如此肯定，但是在《白鹿原》中，儒家文化的式微和逐步失效依旧是无可回避的主题。南帆认为，《白鹿原》其实展现的就是儒家文化被现代性冲击，并节节败退的历史。“现代性所包含的全部历史冲突汹涌地卷过白鹿原，猛烈地摇撼这个小村庄”，“儒家文化的白鹿村如何被现代性话语包围，肢解，重组，白嘉轩的孤傲形象如何演变为一曲历史的挽歌，这些主题都使《白鹿原》拥有了史诗的品格”。[①] 陈忠实通过《白鹿原》展现出来的“民族秘史”，既是具有乌托邦意味的历史造影，又是一曲哀歌。他极力想要在文化废墟上重建中华传统文明，但又明明白白在作品中看到这一文

① 南帆：《文化的尴尬——重读〈白鹿原〉》，《文艺理论研究》2005 年第 2 期。

明不可挽回地走向湮灭，他给出的既是一份答卷又是暗含着无尽悬念的问卷。

在《白鹿原》之后，阎连科的《日光流年》，赵德发的《缱绻与决绝》、《君子梦》以及刘震云的《故乡天下黄花》等也表达了类似的思考。其中《君子梦》表达了与《白鹿原》几乎一样的主题，小说以乡贤许正芝父子两代人想要将律条村改造成"君子国"为线索，展现儒家文化在不同时期的遭遇。在小说中，许氏父子都深受儒家文化浸润，许正芝以"正一地人心"为自己的使命，他希望能够将所有的族人都变成"君子"，在"修身齐家治国平天下"方面有所作为。许正芝的下一代许景行在价值理念上与其父如出一辙，同样以儒家伦理道德作为准绳，规范自己的言行，并在乡村治理上将之推广。不过，与《白鹿原》一样，《君子梦》其实写作的是许氏父子两代人"君子梦"幻灭的过程。在许正芝的时代，经历蝗灾、饥荒之后，儒家关于君子小人的伦理戒律已经逐步失效，在生存本能面前，人们已经无暇顾及更高的伦理要求。

许正芝之后，许景行面对的是另一番困局，许景行管理律条村是在二十世纪六十年代之际，这一时期思想改造运动如火如荼展开，儒家伦理道德受到极大冲击。对此，许景行将"千古圣贤只是治心"的儒家理念与当时的思想潮流结合在一起，对儒家伦理进行了改造。许景行的改造看似有所收获，律条村恢复了平静，但是这种平静只是徒有其表。在许景行进一步实践他的理念，在村里开无人商店之后，破绽就开始表现出来，与"君子"之行相违背的盗窃行为在村中猖獗起来。

无论是《白鹿原》还是《君子梦》，这些作品都尝试到历史之中去追问国家民族的命运方向，它们都将儒家文化视为某种解决之道，反思"数典忘祖"的文化倾向，重新评估儒家文化的价值。传统乡贤，作为儒家文化的承载者和实践者，被这些作者寄予厚望，重新登上文学舞台，得到浓墨重彩的描绘。然而，即便是最情深意切的复古主义者，也不能不看到所复之“古”只能停留在历史的角落之中，在某个封闭的远古村落得到隐约传承，一旦回到现实社会，面对现代性的冲击，这些传统的儒家规范将不堪一击。因此，这些作品中的乡贤，无不是在历史潮流中一一败北，逐渐被历史掩埋的悲情形象。这种把乡贤“神化”，又让他们在历史洪流面前无能为力的复杂、矛盾的表现手法，正表现了这些作家面对现实问题的复杂态度。

结语

如果说二十世纪八十年代乡贤叙事主要在反思“文革”和家庭联产承包责任制推行引发的乡村变革这两大主题下展开，那么，进入二十世纪九十年代，在“告别革命”的话语影响下，对“文革”进行反思已经不再是乡贤叙事的书写主潮，改革开放进一步诱发的乡村社会转型以及乡村传统价值的解体，成为此时乡贤叙事关注的主要议题。在这样的背景下，作家们或者直面现实，表现新一代“能人”在城乡裂缝之间遭遇的精神困境，揭露异化的乡镇社会里权力浸淫下乡村新贵们的人格变异；或者回到历史，通过重塑传统乡贤形象来重新审视传统文化，以期从另一个维度对社会现实作出回应。这些思考虽都带有厚重的时代底色，但是至今依旧有其价值，为依然处于现代化转型浪潮中的中国，提供了一份思考维度。

与厨艺有关的历史和精神追问

——近期文学创作的一种理解与分析

王春林

（安康学院，安康 725000）

内容摘要：当下文学创作中有将关注视野集中在饮食和厨艺的现象，其中最具代表性的是蒋韵的长篇非虚构文学作品《北方厨房》、中篇小说《我们的娜塔莎》和王安忆的《一把刀，千个字》。《北方厨房》具有某种编年史性质，借助对奶奶、母亲以及蒋韵自己主厨的三个时期的食物书写，凸显出食物与时代之间的内在关联；《我们的娜塔莎》中，食物是联系小说中几个人物的重要纽带，借此，作家完成了对历史和精神的双重思考和追问；《一把刀，千个字》中对物质基础细针密线式的坚实建构，突出地体现在对男主人公那超乎群伦的顶级厨艺的精细描写上，借助食物书写，王安忆不动声色地完成了文化批判与历史反思。

关键词：蒋韵　王安忆　厨艺　文化批判　历史反思

只要是关注当下时代的文学创作，就不难发现，进入 2020 年之后，一方面，是疫情至今都丝毫未见止歇的肆意蔓延，另一方面，确实有一些作家，不约而同地把关注的视野集中到了饮食和厨艺上。借助于看似表象的饮食和厨艺的书写，最终抵达的是更为深层的历史和精神追问。

首先是作家蒋韵的一部长篇非虚构文学作品《北方厨房》。其他不说，只是这样一个标题，就已经强烈暗示着文本与饮食、厨艺

作者简介：王春林，安康学院特聘教授。

之间的内在紧密关联。我们注意到，在《北方厨房》的一开头，蒋韵就坦承，自己之所以会动念创作这样一部长篇非虚构文学作品，与两百年前一位名叫布里亚-萨瓦兰的法兰西人的影响紧密相关。依照蒋韵给出的界定，布里亚-萨瓦兰，是世界上一位著名的美食家，或者美食哲学家。他的代表作《厨房里的哲学家》(蒋韵作品中，这本书的译名为《好吃的哲学》)，一向被誉为"美食圣经"。应该就是在这部著作中，布里亚-萨瓦兰讲了一句名言："告诉我你吃什么样的食物，我就知道你是什么样的人。"很大程度上，就是这句话刺激到了蒋韵，或者说对她产生了不小的震动和影响，萌生了创作《北方厨房》这部作品的最初念头："我不关心他的肚子怎样伟大，但我特别想知道，假如，一个中国人，比如我，诚实地告诉他我自己这大半生所吃过的食物，他将由此得出一个什么样的结论？他会坚持自己的说法还是会修正它？""写一个家族的菜谱小史，食记或者流水账，也许，是件有意思的事。萨瓦兰启发了我。"但其实，在受到萨瓦兰影响的同时，蒋韵动笔写作这部《北方厨房》，或许还与她近年来的生活变故之间，存在着不容忽视的内在关联。尤其不容忽视的一个事件就是，她的老母亲在罹患阿尔茨海默病若干年之后不幸去世。国人普遍认为，出自母亲之手的饭食，是世上最好吃的饭食。那饭食里，不仅包含着一个母亲的深情厚爱，而且潜隐着一个人的童年秘密。母亲的饭食，既是果腹的佳肴，又是一个孩子认知世界的启蒙之始。从创伤心理学的角度来说，正是母亲的不幸去世触动了蒋韵的诸多历史与生命记忆，促使她拿起笔来，以小说或者非虚构的方式进一步把这些记忆凝固成形。蒋韵的文学创作，在各种各样的原因被迫沉寂一些年之后，再一次喷发。在经历了生命中至关重要的一些事情之后，作家的世界观以及对生命、对社会、对人性的理解，其实也都酝酿发生着一些不期然的变化。又或者，一个或许经得起未来检验的结论是，正是从这个时候开始，已经有数十年文学创作经验的蒋韵，进入了一个新的阶段。包括长篇小说《你好，安娜》、中篇小说《我们的娜塔莎》以及这部《北方厨房》，都可以看作作家的文学创作进入新阶段的标志性。

这部《北方厨房》所呈示的，的的确确是近七十年（作品的叙事时间应该说是与共和国同步的。蒋韵的出生时间是1954年，作品从她最初的人生记忆开始写起）一个北方家庭的烹饪史，或者说是食物史、味道史。我们一直说作家的艺术书写尤其是叙事类作品的写作应该是及物的，所谓“及物”，意在强调作家的笔触理当言之有物，细腻地以精准的语言把自己要关注的事物本身呈现出来。具体到这部作品，就意味着作家首先应该把食物的模样以及食物的制作过程以精准而生动的笔触描摹呈现在广大读者面前。比如，奶奶最拿手的那一道保留菜式“假鱼肚”。蒋韵写道：“这是一道大菜，逢年过节才上桌。食材其实很平常，就是猪肉皮，但做法特别费时，远不是一日之功。”怎么个“非一日之功”呢？“首先，是要风干猪皮，平日里做菜，剁馅，剔下来的肉皮，随手挂在厨房墙壁上，或是屋檐下，一春，一夏，一秋，让它慢慢风干，不急不躁，不慌不忙，一条一条，积少成多。到腊月里，年根下，时辰到了，找来一个大盆，把风干透彻却也是浑身蒙尘的它们集合起来，烧一锅滚烫的碱水，倒进盆里浸泡一天一夜，就像发海参。然后就是一遍一遍的反复清洗。每一条每一块，都要用刷子刷，用镊子拔掉毛根。最后，处理干净的它们，就像经过忏悔和被赦免的灵魂一样，新鲜而纯洁。然后，切成合适的大小，控干水分，烧一锅热油，炸。炸到猪皮表面金黄卷曲而起泡。这是最具技术含量的一个环节，油温几分热，起泡的程度，肉皮的色泽，全凭人的经验。接下来，是要用砂锅吊一锅好汤，鸡汤、骨汤都可以，把炸好的猪皮下进去，和火腿、蛋饺、面筋、玉兰片等食材文火慢煨（有冬笋最好，但北方不是那么容易买到鲜笋），最后，连砂锅上桌，热气腾腾的什锦假鱼肚就算大功告成。这菜，其实就是北方的‘全家福’，福建的‘佛跳墙’一类，是节庆的菜肴，有喜气。”面对这段文字，我们首先惊叹的，是作家精细的观察力与非同寻常的记忆力。二者缺少其一，作家都不可能把很多年前奶奶最拿手的这一道“大菜”的制作过程如此细致入微地描述出来。其次，所谓“大菜”云云，最起码在我看来，带有突出的反讽意味，正常意义上的“大菜”，不仅制造工艺精致，而且食材也非同一般。穷人家出身的奶奶，之所以能够用普通不过的猪皮点石成金地做出如此一道“假鱼肚”，其实与真鱼肚的匮乏紧密相关。也因此，虽然看似只是一道“大菜”的记述，从中折射出的却是那个时代的物质普遍匮乏状况。再次，作家令人印象深刻的想象与修辞能力。这一点，突出地表现在“处理干净的它们，就像经过忏悔和被赦免的灵魂一样，新鲜而纯洁”这句话上，一块被清洗处理得干干净净的猪皮食材，一般人根本不可能把它与“忏悔”和“被赦免的灵魂”这样带有高贵色彩的语词联系到一起。大约只有蒋韵这样的作家才会写出这样个性化的句子来。从根本上说，如此一种语言与修辞的方式，所充分凸显出的是书写者本人精神世界的高贵与纯洁。

更进一步说，正是借助奶奶最拿手的“假鱼肚”这一道“大菜”，蒋韵不仅写出了一个家族面临历史巨变时的无可奈何，而且也生动传神地刻画出了奶奶这一内在品性殊为坚韧的女性形象。首先，只有在读过这部《北方厨房》之后，我才第一次了解到，蒋韵原本姓孔，她所归属的那个孔氏家族还曾经是开封的名门望族。小时候，因为奶奶总是给吃饭挑剔的蒋韵在饮食里添加各种维他命药片的缘故，街坊们曾经给她取了个外号叫“维他命兮”：“‘兮’这个名字，是四爷爷给起的，我们孔家，到我这辈，排行是‘令’字，四爷爷给我起的名字叫‘孔令兮’。我是我家‘令’字这一辈里的老大……”尽管作品并没有更进一步地交代这位“孔令兮”到后来为什么会改名“蒋韵”，这里面恐怕也潜藏着曲折的故事，但无可置疑的一点是，这个“蒋”姓其实来自她的奶奶孔蒋氏，因为到了二十世纪五十年代，中华人民共和国成立后第一次人口普查或者选举的时候，奶奶拥有了一个被叫做“蒋宪曾”的名字。至于孔氏家族在开封的情况，只要看一看四爷爷和他的医院，我们就可以略窥一斑：“孔家经营一座医院，叫‘同济医院’。据说，是古城开封第一家私立西医院。主政这医院的，是孔家的四先生，孔繁某，字显达。”“等到我父亲这辈人出生、渐渐长到记事时，同济医院已经很有规模，且颇具名望。”别的且不说，单只是一个家族在那个时代能够创办并拥有一座西医院的事实本身，就足以证明这个家族在开封城里的社会地位和影响。也因此，孔氏家族与其他社会各界广泛交往，自是情理中事：“孔四先生不仅是名医，还是社会活动家，和当时国府中原省份的要员多有往来，‘同济医院’的匾额，就是于右任先生题写的。”唯其孔氏家族地位显赫，才会不仅可以保护年轻时的豫剧大师常香玉，而且可以与梅兰芳在一起合影。只不过，等到时过境迁或者说时代发生了巨大的风云变幻之后，所有的这一切，反倒成了不敢为人道的“陈年旧事”。到后来，每当奶奶情不自禁地和孩子们唠叨这些“陈年旧事”的时候，父母便会出面阻止：“妈，别跟孩子们说这些。”而奶奶，自然也就沉默了。“父母的表情，让我们觉得，这是一些羞耻的、不能见人的事。”实际上，事情说来也很简单，在时代和社会业已发生根本性变化之后，继续谈论这些“陈年旧事”，是一件危险系数极大的事情。也因此，身为小说家的蒋韵，才会发出这样的感慨。虽然说自己的亲爷爷，即孔二先生曾经一度做过中原某县的警察局长，但“至今，我也不明白，孔二先生怎么会出任警察局长？他又不是行伍之人。弄不明白的事，远远，远远不止这一桩。关于家史，关于家族的过往，有许多年，可以说，是我们这一代、上一代许多人的噩梦、伤疤和禁忌，唯恐避之不及，哪里还敢寻踪觅迹？几十年下来，一个家族的来龙去脉就成了秘史”。既然是禁忌，是秘史，那大有作为的，恐怕也就只剩下小说了：“所以，之前，我笔下的家史，只能是小说而不是其他。”什么叫

"礼失而求诸野",蒋韵所说的,其实就是这种状况。唯其现实生活中关于既往历史的言说充满了各种禁忌,才为小说家留下了足够开阔的"英雄用武之地"。最起码在蒋韵这里,很多小说作品滋生于秘而不宣的家史,乃是一个不争的事实。

蒋韵至今都印象深刻的是:"到我出生的年代,两房人已经不在一起住了,显然,是分了家。而孔家人赖以生计的医院,同济医院,那时已不再属于孔家,成了一家区级人民医院。详情或者真相,我一概不知。"一方面是孔氏家族总体上的必然衰落,另一方面则是蒋韵远在山西的知识分子父亲的不期然罹难:"这一年(指1957年),中国出了事,我父亲也出事了,和许多被送往北大荒或者青海等地的人相比,我父亲已属幸运,只是降职降薪,工资降到了60块5角。"父亲出事的直接后果,就是家人生存状况严重受影响。因为父母亲的工资加在一起,必须要维持一家七口人的日常生计。尽管如此,置身其中的蒋韵却没有丝毫的心理阴影:"而这一切,时代的震荡,生活的艰难与困厄,却没有给我最初的人生投下一丁点阴影,当属奇迹吧?这奇迹,我想,是距离创造的。是我的'双城记'。"这样一种奇迹到底是怎样创造出来的呢?这奇迹的主要创造者,都应该是那位目不识丁的奶奶。作为穷人家的长女,侥幸生存下来的奶奶,目不识丁,还有一个相当苦难的童年。为了维持家庭生计,幼年的奶奶,需要和她的母亲一起,依靠给别人浆洗衣衫贴补家用。西北风刺骨的寒冷冬天,她们娘俩的手已经冻肿成"红萝卜",依然要砸开冰凌去洗衣服。如此一种艰难情形,直令蒋韵在很多年后叹息不已:"'汴水流,泗水流,流到瓜州古渡头',诗意而伤怀。那是别人的汴河,不是我奶奶的。奶奶的汴河,惠济河,是一家人的生计。是不管多苦多疼,也得忍耐的闺阁时期。"或许正是童年的如此艰难,锻造了奶奶坚韧强劲的生存意志。到后来,面对着家里经济状况的日益吃紧,毅然挺身独力支撑起这一切的,正是蒋韵这位目不识丁的奶奶。先是卖药品。因为分家时分到了一些药品，奶奶就偷偷地变卖，以补贴家用。须知，奶奶的如此行为，在那个异化了的“革命”时代带有一定的黑市交易性质，是不被允许的。问题在于，“但即使担风险即使提心吊胆药品也终有卖完的一天”，怎么办呢？“奶奶就卖房子。叔叔和三姑都去外地读大学，十几间房屋的大院子显得空旷。奶奶就把一半的房产卖了。目不识丁，一点没有理财头脑的家庭主妇，二话不说，卖了产业，就为了让她的儿女，有书念，让她的孙儿孙女，有饭吃。让日子有日子的样。”在蒋韵的记忆里，日常生活里的奶奶，总会为一些小事而纠结，但在卖房子这样的大事上，她却大丈夫气十足的一个人就做出了决断，真正可谓雷厉风行。虽然母亲后来说那些房子卖亏了，但不贪心的奶奶坚执的信条是“够用就行”。“还有，要雪中送炭。不要锦上添花。”事实上，正是依凭着奶奶的“杀伐果断”，才最终保证“生活的艰难和困厄”没有给幼年的蒋韵投下一丁点心理阴影，当然了还与奶奶她们那简直就是夜以继日的辛苦劳作紧密相关。一个不容绕过的生活细节，就是奶奶和干奶奶她们糊火柴盒的劳作场景：“那手工钱，是以‘分’来计算，糊 100 只挣几分钱吧？”每每蒋韵们睡下的时候，奶奶她们开始干活．等到蒋韵们睡醒的时候，她们依然在昏暗的灯光下忙碌着：“她们就这样伴着昏灯安静地熬夜，用自己的手，一分两分，一角两角，一元两元，用一百只、一千只、十万百万只火柴盒，换来了一个孩子永远怀念的‘岁月静好’。”就这样，虽然只是不多的几个生活细节，奶奶这样一个拥有坚韧生存意志与生活智慧的女性形象，就已经形神兼备地跃然纸上了。

严格说来，具有某种编年史性质的《北方厨房》，从结构上可以切割为奶奶、母亲以及蒋韵自己主厨的三个时期。这样一来，作家笔端的食物书写，首先凸显出的，也就是与时代之间的内在关联。比如，蒋韵至今想起来都属美味的炼油渣：“食油始终是有定额的，只不过这定额会随着经济形势或增或减，但无论增减，对我们家来说，都是不够的。奶奶常常要去肉铺用肉票买来猪板油，或者用肥肉膘来炼油。炼油剩下的猪油渣，是好东西，趁热，加白糖或者加盐，搅拌均匀，掰开一个热馒头，夹进油渣，一口咬下去，哦，灵魂出窍。这样的好时光，是稀少的，油渣哪里能这样大手笔浪费？它的用武之处真是太多了。做素馅包子时，把它剁碎添加进去，炒白萝卜，烧菠菜粉丝汤、冬瓜汤，亦可撒几粒来提味，权当海米，用得好，也算得上化腐朽为神奇。”我不知道，到了当下这样一个时代，除了如同我这样的过来人，到底还有多少人知道炼油渣？品尝过炼油渣？因为说到底，所谓的“炼油渣”，也不过是在肉食极度短缺情况下的一种弥补之举。但我自己，通过对蒋韵相关书写的阅读，的确勾起了既往的“炼油渣”记忆。当然，也肯定是在一个物质极端匮乏的年代，令我记忆犹新的，是母亲曾经用它来给我们包饺子吃。虽然是无奈之举，但那个特定阶段留下的“美味”记忆，至今都难以忘怀。与炼油渣相比，更能凸显物质匮乏时代特质的，却是带有黄土高原地域特色的“不烂子”。由于“困难时期”的“不期而至，面对着一个家徒四壁的新移民家庭，奶奶想出的应付办法，就是所谓的‘瓜菜代’”，“不烂子”就是其中的一种。“顿顿都是不烂子做主食，就是另一种情境了。区别只在于是胡萝卜不烂子、茄丝不烂子，还是西葫芦不烂子。吃得我们愁眉苦脸。”受伤害最深的，是蒋韵的弟弟。某一天，蒋韵，其实也不只蒋韵，应该是家里人全都察觉到，弟弟伏在床边，竟然把刚刚吃下去的“茄丝不烂子”午餐，一边流泪，一边全都吐了出去。说到底，这“不烂子”也只是物质匮乏时代勉强用来撑饱肚子的东西。正因为有这样的痛苦经历，所以“至今，我弟不吃茄子。不管这茄子是红烧、油焖，还是蒜泥凉拌，即使它变身为《红楼梦》里华丽的茄鲞，他也永远厌弃它”。蒋韵的弟弟之所以不能够再接受茄子，正是因为过多地食用了所谓“茄丝不烂子”。一般来说，再好的东西，即使是所谓的山珍海味，也禁不住顿顿吃，天天吃。对于弟弟来说，他拒绝食用茄子，正因为当年不得不过量食用早已吃伤了。也因此,虽然从表面上看只是对某一种食物厌弃与否的问题,但在一种精神分析的层面上,它所深刻折射的是那个特定时代对弟弟所造成的生理与精神伤害。

接下来,就是蒋韵从《北方厨房》的一个细节而最终演绎成的一部名为《我们的娜塔莎》的中篇小说。我们注意到,《北方厨房》中,在讲述一种被称作沙拉酱的食物的制作过程时,蒋韵曾经专门提及一位名叫"娜塔莎"或者"玛莎"的苏联姑娘:"当年,一个中国小伙子被派去苏联学习,认识了这个叫娜塔莎或者玛莎的姑娘。那应该是中苏的蜜月时期吧?反正他回国时把这娜塔莎或者玛莎勇敢地带回了我们的城市,或者说,她勇敢地追随这爱情来到了这异国的深处。他们结婚、生子,两个混血的儿子都像妈妈,有蔚蓝色天空般澄明的眼睛。后来,中苏交恶,她的丈夫因为她的缘故,受了牵累,被批斗,生病离世。这个娜塔莎或者玛莎,在我们这个城市,成为一个特别突兀、特别不合时宜和特别冒犯的存在。"尽管蒋韵对娜塔莎或者玛莎这位异域女子的情况不甚了了,但有一点是毫无疑问的:沙拉酱的制作方法,是由这位异域女子最早传播到这座北方城市的。正是从现实生活中这位名叫娜塔莎或者玛莎的异域女子出发,蒋韵最终构想创作出了中篇小说《我们的娜塔莎》,只不过,到了这部小说中,蒋韵坚定地把她命名为娜塔莎。但请注意,作家想象创造的神奇之处就在于,非虚构文学中短短的二百多个字,到最后竟然可以被演绎为字数多达三四万字、思想艺术含蕴相当丰富深刻的一部中篇小说。

正如同《北方厨房》中娜塔莎的出场与沙拉酱的制作紧密相关一样,到了《我们的娜塔莎》中,青年杜若与娜塔莎的结识,也同样缘于菜式的制作。兼具视点性人物功能的杜若,是那个特定时代带有明显思想异类色彩的一位青年女性形象。为了阅读好不容易才借到手的陀思妥耶夫斯基的《罪与罚》,她千方百计地找到在省人民医院当护士的姜友好,以"走后门"的方式开了两天的病假条。

事实上，也正从这一次的开假条开始，杜若和姜友好才真正地熟识并进一步发展成为好朋友。也正是在她们成为无话不谈的好朋友，并且了解到杜若对厨艺有着浓厚的兴趣之后，姜友好才居中介绍她认识了来自苏联的娜塔莎。其实早在认识娜塔莎之前，杜若就已经对这位带有突出“另类”色彩的苏联女性有所耳闻。因为她和娜塔莎的混血儿子安德烈（中文名为安向东），是同一所学校不同级不同班的同学。一般情况下，两位女性的相识，哪怕对方来自异域，也构不成什么问题。杜若与娜塔莎的结识并日渐亲近，之所以会令人感到讶异，乃因为那个时候正是中苏两个国家交恶对立的特殊时期。国家之间的对立，却无法阻挡杜若和娜塔莎交往亲近的愿望。“杜若进门来，看见一个丰硕的、有些臃肿、远远谈不上美丽的异国女人，正端着一只碗，在搅拌着什么。”正因为杜若和娜塔莎的结缘与菜式制作紧密相关，在这部中篇小说中，蒋韵用很多笔墨描述各种菜式的详尽制作过程。比如，蛋黄酱的制作：“那是做土豆沙拉必备的酱料。将新鲜鸡蛋磕进碗里，只取蛋黄，加一点花生油进去，用筷子不停地、朝着一个方向搅拌，等到蛋黄和油充分融和，再继续添加食油，接着搅拌，再加油，再搅拌，如此循环往复，直到蛋黄变成如奶油般浓稠缠绵，蛋黄酱就算是大功告成。做法简单，但要有耐心，也要有一些技巧。”如果说蛋黄酱的制作只是在言说菜式的话，那么，到了面包的时候，就好像有了一点弦外之音：“新烤的面包在筐子里，切了片，放在餐桌正中央。没有奶酪奶油，却配了一小碟中国的豆腐乳。鲜红的腐乳，白瓷碟，鲜明如画，却有一种挣扎在里面似的。”说是在写面包，实际的重心却落在了腐乳的鲜红与瓷碟的白两种色彩之间的对比上。一方面，鲜明如画，另一方面，却又有一种挣扎在其中。从象征的层面上说，所谓红与白两种色彩的挣扎，所隐喻暗示的正是如同娜塔莎这样介于中苏两国之间的人所感受的撕裂一般的精神痛楚。这种撕裂般的精神痛楚，集中地体现在安德烈这一人物形象身上。

在杜若远距离观看的视野中，安德烈是一位特别“高大、英俊、迷人”的中苏混血儿。他的美，差不多到了可以令杜若窒息的程度：“好美啊。她觉得呼吸不畅。第一次，她被美伤害。原来，‘美’和帝国主义一样是霸道、不讲理、有侵略性的。”安德烈的人生轨迹，以他因被伤害成瘸子而开始酗酒为界限，可以被明显地分戌前后两个阶段。前一个阶段的安德烈，是沉静、内敛而美好的，尽管那个时候的他早已在日常生活中饱尝冷眼：“安德烈应该是从小就习惯了这样的目光，他知道在别人眼里自己是个另类。”在听到少年安德烈“我不结婚”的宣言之后，姜友好敏感地意识到：“这美少年，他不快乐。”必须注意到，身为清纯少年的安德烈一个显著特点，就是坚决拒绝饮酒，滴酒不沾。这与他对酒鬼外公的负面记忆紧密相关。娜塔莎不惜千里迢迢嫁到中国的这个内陆城市，一个重要的原因，就是那个简直如同“噩梦”一般存在着的酒鬼外公。在了解到安德烈的心里秘密之后，姜友好内心满满的怜惜之情：“那一刻，她真觉得自己有了一个弟弟，这个非亲非故的城市给了她一个混血的、身份难堪的弟弟。她会保护她，她想。安德烈，不，安向东，我会保护你。”

然而，信心满满的姜友好根本就想不到，在那样一个乱世，仅凭她的一己力量根本保护不了一直被国人视为异类的安德烈。这样也就有了在挖防空洞时不幸坠落的严重后果——“可是他出事了。掉进了防空洞里。是被人推下去的。股骨粉碎性骨折。”一般来说，安德烈这样的骨折，只要治疗方式合理，并不至于导致腿瘸。但不幸遭逢那个动乱年代，也就只能是这样一种悲剧结果。正如你已经预料到的，遭此人生大劫之后的安德烈，便与此前判若两人。对此，安德烈自己也有清醒的自我判断与认识：“我一直想努力做一个安向东，可是我永远做不成。假如有一天我回到我母亲的故乡，在那里，恐怕也没有人把我当成一个纯正的安德烈。我只是个二毛子，对吧？好在我这个二毛子还算好看，漂亮，那是我仅有的一点东西，假如连这个也没有了，变成一个残疾，那你让我靠什么活？”如此一种意外的劫难，对安德烈来说，当然是一种沉重的打击。正是在遭受这种意外的伤害之后，原本无论如何都远离饮酒的安德烈，不仅开始向母亲娜塔莎主动要酒喝，而且最终成为一个不可救药的酒鬼。以至于，出现在姜友好眼中的安德烈竟然与之前判若两人："姜友好一抬眼，看到眼前站了个陌生人：又高，又臃肿，皮肤粗糙，眼睛浑浊，满脸的粉刺，红肿着，浓浓的、不洁的络腮胡须，满身的酒气。"面对着日益堕落成酒鬼的安德烈，娜塔莎和姜友好备感无能为力："她们站在拥挤狭窄的楼道里，对望着，没有谁来救她们。门里，是那个绝望和无辜的、正在放弃自己的孩子，她们束手无策。"认真地想一想，遭此劫难的安德烈，何罪之有？难道因为他的混血身份，就必须遭遇这样的伤害吗？从这个角度来说，安德烈在以他最后的失踪向这个不尽合理的社会提出强有力的批判与抗议。

但在那个特别的年代，同样遭受劫难的，绝不仅仅是身为混血儿的安德烈。安德烈之外，还有娜塔莎、姜友好，以及杜若本人。安同志原本答应一定要死在娜塔莎的后面，要好好地照顾她，没想到自己却先行一步告别尘世。从此，娜塔莎在这座北方城市举目无亲。幸亏有了姜友好和杜若，娜塔莎才获得了友情的慰藉。但随着杜若被迫远离，以及姜友好被调回北京，娜塔莎在这城中再也没有朋友。如同安德烈一样染上酒瘾的娜塔莎，年仅四十二岁就不幸因病弃世，徒剩下"古老的双塔，悲悯地俯瞰着罪孽的城市"。杜若，那个时候被看作"思想意识不健康"的青年，原本发誓和娜塔莎、姜友好她们三位"丽人"永不分开，没想到，仅仅因为女友夏莲的父亲威胁要告密，就被迫放弃了自己曾经的诺言："杜若心里，也在告别。""和还没来得及抄录的菜谱，和那些菜式后面的故事，和互为知音的那种默契与欢喜，和期待的采蘑菇、野游，和一诺千金的承诺，和不畏惧人言，和不掺杂任何杂质的友谊、情谊，和对被欺凌者的悲悯，和坦荡、骄傲、崇尚自由、特立独行的那个自己，一一告别。"正是在这个过程中，杜若不无敏感地发现了内心里那些不可告人处的存在:“怯弱、自私、猥琐、不敢担当、人云亦云。”出身于高干家庭的姜友好,虽然有着一种“有恃无恐”的特立独行品格,但到最后也还是被迫屈从于时代的畸形要求,为了不影响夫君的政治前程而主动提出离婚。虽然一度强作欢颜,但最后,在深夜里,她还是哭倒在了娜塔莎的臂弯里:“怎么办啊娜塔莎,我舍不得他……”

就这样,蒋韵的中篇小说《我们的娜塔莎》,几乎出场的每一个主要人物,都处于精神上伤痕累累的状态之中。将所有的苦难因素积累在一起,蒋韵借助自己的小说所最终发出的,就是对历史和精神的双重思考和追问。

还有一部与厨艺紧密相关的长篇小说,那就是王安忆的《一把刀,千个字》。一般情况下,我们很少见到王安忆给自己的长篇小说专门撰写或者移用一个题记。但这一次,作家刻意引用了清代诗人袁枚为扬州个园专门题写的楹联“月映竹成千个字,霜高梅孕一身花”来作为小说的题记。这题记中肯定会潜藏有作家某种深刻的寄寓。也因此,从题记出发并展开小说的文本细读,就一定会是一种理想的解析路径。扬州个园,是清代盐商黄至筠在扬州建造的一处私家园林。以遍植青竹而名,以春夏秋冬四季假山而胜。竹子是江南最为常见的一种植物,常常被比为世人精神品格上的高风亮节。也因此,才会形成所谓“宁可食无肉,不可居无竹”的说法。“个园”的“个”字,从构形上看,乃是“竹”的一半,其形状极类似于竹叶的样子,“个园”之名,毫无疑问由此而来。而才子袁枚,当他应邀为个园题写楹联的时候,很显然也是从竹子的叶片形状以及“个园”的名称上受到了启发,再进一步结合江南一带每到岁寒时即会有梅花盛开的情景,也就自然有了“月映竹成千个字,霜高梅孕一身花”这样的佳句。在明月的照耀下,那一片片竹叶在地上映出成千上万个“个”字,每当寒霜降临的时候,梅树也就孕育出了满身的花朵。虽然只是短短的十四个字,却因为袁枚的巧妙编排而出神入化地描绘出了江南冬日一番难得的好景致。尽管不可能从王安忆那里得到确切的证实,但在我个人的理解中,她新近这部长篇小说的创作构思,最起码小说标题的由来,源于袁枚这副出色的楹联(其中,绕不过去的一点渊源是,男主人公陈诚的父亲,便是地地道道的扬州人。而个园的所在地,恰好也是在扬州。更进一步说,不只是“千个字”,即使是“一把刀”,也同样与扬州有着一定的渊源。请注意这样一段叙事:“这样的大司务,江北一代不知道有多少,俗话扬州三把刀,菜刀剃刀修脚刀,就是头一把。”一方面,所谓“一把刀”的说法来自扬州,另一方面,陈诚也是在隶属扬州的高邮一带,跟着舅公学会厨艺,最终走上了厨师的人生道路)。依照我的猜想,王安忆应该首先对“千个字”(说到“千个字”,同样不容忽视的一点是,它与陈诚童年记忆之间的紧密关联:“‘一个字’,‘一个字’!茫茫然不知其意。头上脚下。身前身后,全是‘个’字,风中摇曳。又变作树叶间晶亮的小孔,摇曳。再回到‘个’字。小孩子的声音还在,‘一个字’‘一个字’。他听出来了,是黑皮!那‘个’字,是竹叶,一千个,一万个……”)产生了强烈的兴趣,所谓“千个字”,当然不是指精确的一千个字,毫无疑问是一种泛指,指的是很多个文字组合在一起构成的一大片文字的汪洋大海;具体到王安忆,或者就是一部具有相当篇幅的长篇小说。在袁枚的楹联里,与“千个字”形成对仗的,很显然是下一句中的“一身花”。“一身花”与王安忆的创作构想了无干系,最后的结果便是,不仅“一身花”被置换为“一把刀”,前后的顺序也发生了颠倒。“一把刀”在前,“千个字”在后。这样一来,王安忆的这部长篇小说,自然也就成了由“一把刀”而牵引出的“千个字”的人生故事。究其根本,我们标题中所谓的“思接千载”,实际意指的是作家由前面的“一把刀”到后面的“千个字”这样一种艺术思维过程。“思接千载”,语出刘勰《文心雕龙》中的“神思”篇。在“神思”篇中,刘勰写道:“文之思也,其神远矣。故寂然凝虑,思接千载;悄然动容,视同万里；吟咏之间，吐纳珠玉之声；眉睫之前，卷舒风云之色；其思理之致乎。故思理为妙，神与物游……此盖驭文之首术，谋篇之大端。”在这篇文字中，刘勰所集中讨论的就是文学创作中至关重要的艺术思维问题。以他所见，构思或者说艺术思维的问题，乃是“驭文”、“谋篇”的最关键处所在。要想真正做到为文之神思，创作主体必须能够“思接千载”、“视同万里”，必须做到“神与物游”，即把作家的主观精神世界与外在的客观世界达到高度交融的状态。只有这样，才能够让自己的作品真正做到“吐纳珠玉之声”、“卷舒风云之色”，即把身外的万事万物积极有效地纳入相应的文学文本中来。但请注意，在面对王安忆这部《一把刀，千个字》的时候，我们却无论如何都不能把刘勰所谓的“思接千载”和“视同万里”做一种过分拘泥的坐实性理解。所谓坐实性理解，就是非得把“思接千载”里的“千载”看作一千年或数千年，非得把“视同万里”中的“万里”看作一万里或者数万里。质言之，刘勰在这里借助“千载”和“万里”一类的语词特别强调的，其实是一个作家的构思或者说艺术思维一定要拥有相对阔大的时间和空间。只有这样，他的总体创作格局才会显得不局促，才可能抵达更辽阔的思想艺术境界。倘若借用《中庸》里的一句话来说，就是“致广大而尽精微”。具体到王安忆的这部《一把刀，千个字》，她小说叙事的出发点，是身为厨师的男主人公手上所操持的那一把厨刀，以及他苦心经营出的各色菜品。所谓的“尽精微”，毫无疑问体现在“一把刀”的层面上。至于“致广大”，则分别体现在时间与空间的层面上。从时间的层面上，是由早已市场经济的当下时代，一直回溯到了二十世纪五六十年代那个社会政治思潮汹涌澎湃的时代。虽然不过是数十年时间，距离“千载”更是遥远，但不妨理解为“思接千载”，理解为时间的悠长。从空间的层面上来说，整部作品从上海到扬州，再到地处东北最北端的黑龙江哈尔滨，一直到纽约的法拉盛，从国内到国外，其阔大程度，又何止一个“万里”了得。当然，需要特别强调的一点是，对于所谓“致广大而尽精微”里的“广大”和“精微”，我们的理解不能仅仅局限到客观的物理层面上，同时更应该落脚到与人物形象紧密相关的主观精神世界层面上。但不管怎么说，一个无法否认的事实是，不论是“致广大而尽精微”，抑或“思接千载”与“视同万里”，王安忆长篇小说《一把刀，千个字》的表现都绝对称得上可圈可点，格外精彩。

正如同标题中“一把刀”已经强烈暗示的，到了《一把刀，千个字》中，王安忆对物质基础细针密线式的坚实建构，突出地体现在对男主人公那顶级厨艺的精细描写上。比如，开篇不久：“胡乱想着，菜上来了。雪菜豆瓣是瓶装的；烤麸是冷藏；熏鱼倒出其不意的好。中国内湖污染重，淡水鱼难得像这样没有火油味，酱料足，炸得透，糖色重，所以还是老三件。红烧肉是上海菜的主打，其实最平常，弄堂里每扇后门里都炖着它，高低在于猪肉。也许物种演变的关系，美国的猪肉，在向牛羊肉接近，有一股膻味。厨师显然是油酱大王，舍得下料。他猜想厨房距离比较远，端来的盘子都是半热，量又少，空气保持着清新，同时也是冷淡的。终于，清炒鳝糊登场了，没动筷子，他就笑了。别的不说，那一条条一根根，看得见刀口，而鳝丝是竹篾划的。也就知道，这食材来自当地养殖，所以肉质硬实，竹篾也划不动。”严格地说，作家在这里并不是在直接描写陈诚（因为名字不确定，我们姑且以“陈诚”来称谓男主人公）的厨艺，但间接反映出的仍然是他的厨艺。原来身为厨师的陈诚，之所以要邀请开农场的川沙朋友一起去曼哈顿的那家上海本帮菜馆吃饭，乃因为意外地看到了那家菜单上赫然列着一道“清炒鳝糊”菜品的缘故。依照陈诚来到美国后获得的经验，这个地方是不可能有“软兜”即鳝鱼存活的。对此，陈诚或者王安忆试图给出解释：“从小处说，北美没有水田，旱地为主，也许，可能，很可能，鳝，即软兜，是和水稻共生；大处来看，新大陆的地场实在太敞朗，鳝却是阴郁的物种，生存于沟渠、石缝、泥洞，它那小细骨子，实质硬得很，针似的，在幽微中穿行，人类肉眼看不见，食物链上最低级的族群，就可供它存活。”细细想来，这段话里所表达的认识和感觉，前边那小处的一部分是属于陈诚的。因为只有作为厨师的他，才能够认识到美国之所以没有鳝鱼存活的地理方面的原因。后一个方面，也即所谓的大处，更多的是在一种文化人类学的意义层面上，借助对鳝鱼生存条件的谈论，比较分析中美两种文化的异同。潜隐于其后的，乃是一种不动声色的文化批判与沉思。根据我们对陈诚基本文化结构的了解，他无论如何都不可能有如此一番高明的思想见识。如此一种文化感悟，与其说属于陈诚，莫如说属于作家王安忆。来到曼哈顿的这家菜馆后，陈诚和他的朋友便要了一桌菜。请注意，在写到这些菜品时，叙述者所持的更多的是一个厨师挑剔的眼光。毫无疑问，如果不是陈诚，而是另外一个普普通通的食客，他哪里会对这些菜品做出如此一种鞭辟入里甚至有点挑剔的品评呢？也因此，这段话看似描写的是曼哈顿这家上海本帮菜馆的厨艺水平，暗中所折射的却是陈诚自己的厨艺。

然而，王安忆的思想艺术旨趣不可能仅仅停留在对陈诚高超厨艺的书写上，借助陈诚的高超厨艺，以及他那四处漂泊的人生，作家真正想要思考表现的其实是陈诚的母亲“她”，以及由“她”牵扯出的一段沉重历史。耐人寻味的是，陈诚的母亲，虽然在小说文本中拥有重要的地位，但一直处于无名的状态。也就是说，明明有着赋名权力的王安忆，却拒绝给她命名，总是径直以“她”称之。之所以会出现这种“执意”不肯命名的情况，大约是出于能够更圆满地表达作家思想意旨的缘故。依照叙述者的交代，出生于一九三四年哈市道里一户基督教家庭的“她”，在少年时期，曾经被酷爱音乐的母亲特别安排，跟着一个名叫亚历山德拉克娃的白俄女教师学习声乐。尽管如此，等到中学毕业的时候，“她”还是违逆母亲让“她”报考音乐学院的意愿，执意进入了一所工业大学：“学校起源于中东铁路培训人才的需要，一度名为‘中东铁路工业大学’，是中苏交好的象征，也显示走苏联道路的基本国策。”既如此，置身那个中苏友好的蜜月期，包括“她”在内的这所大学的学生，在各方面倾慕向往苏联的时尚，也是顺理成章的事情。其实，早在大学的时候，“她”就已经表现出了对社会政治的浓厚兴趣。被誉为校花的“她”，曾经积极参与大辩论：“晚上，大礼堂里，灯火通明，曾经演出《大雷雨》《海鸥》的舞台，此刻张开大辩论的横幅：‘共产主义的乌托邦’。也是一出戏剧，她饰演的是圣女贞德，对方一众人，她单挑。”进一步说，“她”最早引起陈诚父亲即老杨的注意，也就在这个时候：“他是从实际出发，她却有更高原则，认为政府有更宏大的目标，世人的目光不可企及。”尽管如此，但“他惊讶她的能量，不知源头那里，取之不尽，用之不竭，使精神丰盈，漫溢到自身之外，感染周边的人”。由以上这个细节，我们不难看出，“她”和老杨其实并不是一类人。很多时候，如果说“她”可以被看作生活中的主角的话，那么老杨只可能是生活中的旁观者。生活的辩证法就在于，到最后，偏偏就是这样的两个人，居然走到了一起。关键的问题是，虽然“她”可以和老杨一起结婚并生育子女，但从根本上说，“她”从来都不属于柴米油盐的日常生活，而天然地属于金戈铁马的社会政治生活。

从社会政治的角度来说，大学时代即“反右”时期的“她”，同很多人一样，其实也曾经是一个“左派”：“她，又一回独领风骚。一系列好事接踵而来，高教系统优秀学生，共青团大会代表，两年前提交的入党申请有了回应，通知参加组织生活，列席党内会议，特别安排发言，没有人会质疑她，与她争个不休。”从这个时候开始，到后来的 1960 年代中期，如果联系“她”在“文革”中的石破天惊之举来判断的话，不妨可以理解为“她”思想转折的一种酝酿期。首先，是时代的转换迁移：“厂区的大喇叭里，传送出的声音高亢起来，炒豆子似的往外吐字。姐姐的小学校里，高年级语文扔了课本，换作读报纸和写大字报，批判《燕山夜话》和‘三家村’。大字报，这和平年代的进攻武器，又启动了。”但请注意，在“她”那张影响巨大的大字报出炉之前，曾经有过一次长途旅行的经历。而老杨，也正是在“她”出行未归的时候，出于平素对“她”的了解，就表达过一种强烈的忧虑：“认识她，他方才知道，世上有一种渴望牺牲的人，就像飞蛾扑火，由着光的吸引，直向祭坛。”这次外出旅行或者说“她”一个人的“大串联”过程，最值得注意的一点是，在天津和大学宿友女同学短暂相聚时的一番促膝交谈：“她坐直起来，前倾着身子，说：我去过北京了。女同学不动弹，静静听着。天安门那么远，什么都看不见，她说，可是满地的人都在跳跃，叫喊，流泪——她止住话头，停顿片刻，接着说出一句：大家都疯了！女同学动了动，她继续：理性，理性到哪里去了？女同学在枕上问：你加入组织了？没有，她说，我读书。读什么书？《反杜林论》《国家与革命》《路易·波拿巴的雾月十八日》……读书好！女同学说。读书是不够的，她说，要到实践中去。”毋庸讳言，当“她”强调实践的重要性的时候，这位对“她”一向了解甚深的女同学，已经预感到“她”想干什么了。这样，也才会有接下来的劝阻和拒绝：“女同学坐直了，俯身看向她：忘记它，想都不要想！可是我做不到！她说。”既然内心里已经拿定了主意，那个悲剧性的结局也就不可避免了。在春节之后写好大字报，“她”毅然决然地把大字报张贴到了省委大院的外墙上：“后来，在人们的描述中，他仿佛看见学校大礼堂舞台，顶灯照耀下，白衣蓝裙的女学生蹲在地上，从皮包翻找书籍。大字报方才贴上一页，就有人伫步；三四页之后，便围拢起来；再有六七页，张贴已经赶不上阅读的速度，性急的人从桶里操起糨糊刷子往墙上涂。”“总共十二页，标题为‘人民政权和群众运动’，落款‘一名中共后补党员’，底下是真名实姓。”关键的问题是，在那个大字报早已铺天盖地的年代，“她”的这张大字报到底特别在何处？凭什么一下子就能吸引来那么多人呢？请看叙述者的相关介绍：“文中的主张，似乎也没有偏倚，既不造反也不保皇，两边的队都不站，两边也都不支持。是要倒退到革命之前吗？却又像超越至最高目标，共产主义，消灭阶级，人类大同。”虽然现在看起来大字报中的观点没有什么了不起，但在当时的政治旋涡中，却真正称得上石破天惊的闯祸之论。事发之后，预感非常糟糕的老杨，曾经专门赶到单位去见过一次“她”：“她坐在临窗的书桌前，抬头看一眼，复又低下去。他站在门口，说：回家吧！她没有回答，就又说一遍：一起回家！带些命令的意思，好像面对闯祸的孩子。她笑了笑，依然低着头：你自己回去吧！”尽管老杨一再坚持，但“她”却“坚执不从”。实际的情况是，这个时候的老杨根本想不到，这一次，乃是他们的最后一次见面：“他不知道，这是最后一眼，自此，就再没有看见过她。”到后来，老杨才意识到：“她不随他回家，是因为已经身不由己，不得离开。”就这样，在那个特定的历史时期，“她”最终因为“冒犯天条”而被打入另册：“从通知送交衣物的地点变化，事态显然在升级中。先是单位保卫部门，后来到路段属地派出所，再又转入公安局拘留所，这一段时间比较长，他心存侥幸，以为局势缓和，会有转机，可是，长久的静止又让人不安了。”但老杨无论如何都想象不到，到最后，“她”竟然会因为这张大字报而性命不保。以至于，在若干年后，竟然不无反讽意味地被目为“烈士”而加以顶礼膜拜。分析至此，一个不管怎么说都应该提出来加以讨论的问题，就是王安忆《一把刀，千个字》中的“她”这个至关重要的人物到底是谁？又或者，如果说在小说创作的过程中，很多人物都会有生活原型存在的话，那么，这个“她”的生活原型又是谁呢？对此，我个人的看法是，如果联系那个特定时期东北实际发生过的历史事件来判断，这个生活原型极有可能就是那位曾经被著名诗人雷抒雁在其名作《小草在歌唱》中讴歌过的人物。但必须强调的一点是，在《一把刀，千个字》这部长篇小说中，王安忆能够从陈诚这样一个淮扬菜系的优秀厨师进一步延伸到深刻的历史话题，无论是写作勇气，还是艺术智慧，都应该得到高度的肯定。而我们这篇文章标题中所谓“与厨艺有关的历史和精神追问”，实际上也只能落脚到这一点上。

中国当代报纸文学副刊研究的回顾与反思

布莉莉

（山东大学 国际教育学院，济南 250199）

内容摘要：目前学界对中国当代报纸文学副刊研究所涉基础文献的整理和相关研究已取得相当实绩，研究的多元面向也已初步勾勒，但尚待拓展的空间仍然相对宽阔，呈现出较多可重新讨论的议题：一、倾斜失衡的研究格局；二、以个案研究为主，缺乏宏观把控和对文学制度的深入剖析；三、线性研究思路始终居于主导位置，而空间维度和地域性因素则经常处于被漠视状态。这些都需要我们重返当代文学生产现场，对其做进一步"历史化"的挖掘和清理。

关键词：副刊　文学传媒研究　文学制度　报刊研究

一

书籍、文学期刊、报纸副刊是保存文学的三种重要的印刷传媒形式，它们作为文学生产的重要环节，通过作者、编者、读者的三方互动以及与时代、体制的博弈，汇聚起不同的文学想象，构筑起立体的文学史空间。二十世纪九十年代以来，随着大众传媒的迅速

作者简介：布莉莉，山东大学国际教育学院副教授，山东大学文学院博士后。

基金项目：本文系国家社会科学基金青年项目"中国当代报纸文学副刊研究"（项目编号：18CZW045）、中国博士后科学基金第13批特别资助"报纸副刊媒介转型与中国当代文学生产"（项目编号：2020T130382）阶段性成果。

发展，学术界对文学传媒的关注力度逐步加大，期刊、报纸、出版研究成为重要的学术生长点，极大地推动了中国现当代文学研究向纵深腹地挺进。研究者们借助罗贝尔·埃斯卡皮的“文学社会学”、尤尔根·哈贝马斯的“公共领域”(public sphere)、皮埃尔·布尔迪厄的“文学场”(literary field)、道格拉斯·凯尔纳的“媒体文化”(media culture)等理论，对现当代时期的期刊、报纸、出版社、编辑家等进行了多维度的考察，不仅取得了丰硕的研究成果，也带来了崭新的方法论启示。现在越来越多的博士、硕士论文选题对准这一领域，据学者陈平原2008年在《文学史视野中的“报刊研究”》一文中所做的统计，“最近二十年，北大中文系有关‘大众传媒’的博士及硕士学位论文共有73篇，其中讨论报纸、杂志、书局的47篇，研究电影的13篇，探究电视、网络、广告的13篇”[①]。值得注意的是，在研究报纸、杂志、书局的四十七篇论文中，只有四篇是研究当代报刊媒介的，这种研究重心的失衡颇值得省思。随后，笔者又以“报刊”、“文学传媒”等为关键词在“中国知网博硕士数据库”中对北京大学硕士、博士论文进行搜索，发现2009—2019年这种倾斜的格局稍有改观，但整体而言，聚焦于现代时期的大学、出版机构、期刊、报纸的论文，仍然多于当代。

的确，与现代文学传媒研究的充分、火热相比，当代文学传媒研究相对薄弱，研究者在进入文学传媒这一研究领域时，倾向于选择作家作品丰富、价值取向多元的现代报刊，对受政治意识形态制约严重的当代(尤其是1949—1976年这一时段)报刊关注不够，认为其政治色彩过剩，审美价值不高，刊登的大部分作品都是为了配合政治宣传，能够经得起时间汰选的作品不多。这多少道出了一定程度的事实，但完全以“审美性标准”取代“政治性标准”，难免会对1950—1970年代的文学做出片面化、单质化的阐释，遮蔽其在

---

① 陈平原:《假如没有“文学史”》，生活·读书·新知三联书店2011年版，第281页。

特定历史场域中的价值和功能，以及文学内部博弈、交错的复杂图景，这一点同样值得我们省思和警惕。目前，就“文学传媒研究”这一领域而言，其主要代表性成果有：洪子诚的《问题与方法——中国当代文学史研究讲稿》、《中国当代文学史》（这两本书中对“文学体制与文学生产”有扼要介绍），孟繁华的《传媒与文化领导权》①，吴俊、郭战涛的《国家文学的想象和实践：以〈人民文学〉为中心的考察》②，王本朝的《中国当代文学制度研究：1949—1976》③，赵勇的《大众媒介与文化变迁——中国当代媒介文化的散点透视》④，张均的《中国当代文学制度研究：1949—1976》⑤，黄发有的《中国当代文学传媒研究》⑥，谢波的《媒介与文艺形态：〈文艺报〉研究（1949—1966）》⑦，杜英的《重构文艺机制与文艺范式：上海，1949—1956》⑧，李频的《龙世辉的编辑生涯——从〈林海雪原〉到〈芙蓉镇〉的编审历程》⑨，陈伟军的《传媒视域中的文学：建国后十七年小说的生产机制与传播方式》⑩，王秀涛的《中国当代文学生产与传播制度研究》⑪，等等。此外，就海外汉学界而言，贺麦晓（Michel Hockx）、季家珍（Joan Judge）等人的研究，在切入视角和方法论择取上皆有独到之处，为研究的深入开展提供了不少有益

① 孟繁华：《传媒与文化领导权》，山东教育出版社2003年版。
② 吴俊、郭战涛：《国家文学的想象和实践：以〈人民文学〉为中心的考察》，上海古籍出版社2007年版。
③ 王本朝：《中国当代文学制度研究：1949—1976》，新星出版社2007年版。
④ 赵勇：《大众媒介与文化变迁——中国当代媒介文化的散点透视》，北京大学出版社2010年版。
⑤ 张均：《中国当代文学制度研究：1949—1976》，北京大学出版社2011年版。
⑥ 黄发有：《中国当代文学传媒研究》，人民文学出版社2014年版。
⑦ 谢波：《媒介与文艺形态：〈文艺报〉研究（1949—1966）》，复旦大学出版社2013年版。
⑧ 杜英：《重构文艺机制与文艺范式：上海，1949—1956》，上海三联书店2011年版。
⑨ 李频：《龙世辉的编辑生涯——从〈林海雪原〉到〈芙蓉镇〉的编审历程》，河南大学出版社1992年版。
⑩ 陈伟军：《传媒视域中的文学：建国后十七年小说的生产机制与传播方式》，广西师范大学出版社2009年版。
⑪ 王秀涛：《中国当代文学生产与传播制度研究》，文化艺术出版社2013年版。

的参考。这些研究从不同侧面探讨了传播媒介与当代文学生产的复杂关系,从历时角度勾勒了文学传媒结构的时代变易,并着重考察了国家体制力量的运作对文学发表、出版、传播的规约,为当代文学传媒研究注入了扎实的学理含量,也示范了多角度的研究路径。

然而,如果我们对上述研究成果进行概要扫描,就可以发现其研究对象主要集中在《人民文学》、《文艺报》、《收获》、《当代》等国家级期刊,对报纸文学副刊缺乏足够重视。如果说"当代文学传媒研究"在与"现代文学传媒研究"的对比中已处于"失衡"劣势的话,那么在中国当代文学传媒研究领域,"报纸文学副刊研究"相比"文学期刊研究"则可视为"二次失衡",且后者远远超过前者。造成这种"失衡"局面的原因是多方面的:一是由于报纸种类多、体量大,材料卷帙浩繁、分散无序,将副刊版从堆积如山的合订本中摘选出来是一项既费时费力又收效缓慢的工作,这种"广种薄收"在无形中大大增加了研究的难度;另一方面,也缘于在文学生产格局中,文学期刊长期居于中心位置,是发表作品的主要阵地,而报纸副刊囿于版面的原因刊载空间受限,无法容纳庞大而完整的文艺作品,多以连载小说、散文、诗歌为主,因此副刊在文体选择的多样性和作者队伍建设方面都无法与文学期刊相媲美。关于这种媒介差序格局,杨义曾形象地写道:"我们过去一直讲,现代作家的成名有三级跳,第一级跳就是在报纸的副刊上发表豆腐干大小的文字,年轻人在报上题名,当然很高兴了,这就刺激了他的写作欲望,慢慢地他能够在大型的刊物上发表比较长的作品,逐渐就成名了,这是第二级跳;第三级跳就跳到郑振铎、巴金他们主编的文学丛书上,有的就逐渐成为名作家了。这个三级跳中非常关键的问题就是报刊。"① 1949 年后,这种生产秩序仍未改变,"国刊"——《人民文

① 杨义:《重绘中国文学地图——杨义学术讲演集》,中国社会科学出版社 2003 年版,第 276 页。

学》始终居于核心领导位置，名家名篇云集，成为透视当代文学生产机制的最佳样本（这也是诸多研究扎堆于此的原因所在），而报纸副刊空间刊载的多是初出茅庐的文学青年的习作，很多还是处于毛坯状态的不成熟的文本。但是，如果要对文学生产空间进行立体还原，缺失了副刊维度所看到的只能是一轮“残月”，正如有研究者所比拟的那样，“如果把原生态的文学史现场比作一片茂密的森林的话，那么其中起着主要支撑作用的经典作家作品就是一株株俊秀挺拔的参天大树，而在这些参天大树的周围同时也遍布着小树、灌木丛甚至杂草。正是有了周围这些小树、灌木甚至杂草的衬托，参天大树才成其为参天大树。并且参天大树也是由小树一步步长成的，并非一出现就挺拔健硕、卓尔不凡”[①]。也就是说，将文学副刊纳入研究视野，不单可以扩大研究范围，挖掘更多被遮蔽的史料，更可以看到当代作家成长的轨迹，看到高低错落的文学生态图景之全貌，从而对当代文学生产获得更全面的认知。其实，相较于杂志、期刊，报纸副刊出版周期短、时效性强，在保存转瞬即逝的文学生产信息方面具有其他印刷媒介不可比拟的优势，作为历史现场的叙述产物，报刊为我们拨开层层迷雾，进入文艺生产的具体情境提供了更为便捷的路径。笔者以为，这也是文学传媒研究与传统文学研究的重要分野之一，也就是说，它不仅仅意在展现文学成就的高低，更试图把握文学生产的具体过程。

截至目前，关于当代报纸文学副刊的研究，大多为零碎的个案研究，如马明明的《坚守传媒的文化高地——文汇报的文艺副刊〈笔会〉透析》[②]、杨霞的《〈文汇报·笔会〉(1956.10—1957.6)研究》[③]、

① 史建国：《回到了文学史的现场——论〈民国日报·觉悟〉的文学史意义》，《山东青年政治学院学报》2013年第2期。

② 马明明：《坚守传媒的文化高地——文汇报的文艺副刊〈笔会〉透析》，山东大学2008年硕士学位论文。

③ 杨霞：《〈文汇报·笔会〉(1956.10—1957.6)研究》，华东师范大学2011年硕士学位论文。

操慧的《中国晚报文化研究——作为个案的〈北京晚报〉文化》[①]、孙健的《1960年前后报刊杂文的政论特点研究——以〈燕山夜话〉为例》[②]、岳圆的《1961—1964年中国主流报刊的杂文专栏研究——以〈燕山夜话〉、〈三家村札记〉和〈长短录〉为例》[③]、赵强的《论孙犁的文艺副刊编辑思想——以〈天津日报·文艺周刊〉(1949—1956)为例》[④]、马研的《〈人民日报〉、〈文艺报〉对中国当代文学的影响》[⑤]、白贞淑的《〈人民日报〉文艺副刊与中国新诗(1949—1959)》[⑥]、董倩的《断裂与延续:〈新民晚报〉与社会主义上海日常生活空间建构(1949—1966)》[⑦]、孟盈的《守望精神家园——〈羊城晚报〉品牌副刊〈花地〉、〈晚会〉探析》[⑧]等。这些硕士论文或博士论文从典型个案入手,对报纸发展沿革的历史进行了详细的陈述和梳理,并对文学副刊空间中的作品和现象,以及栏目设置、评论导向、组稿模式、稿费制度、期刊互动、评奖推优、流派建设等进行了多维度、多侧面的研究,为研究者描述和把握当代文学副刊的整体走向奠定了坚实基础。

除了这些个案研究之外,还有很多报人所撰写的回忆录、报人

① 操慧:《中国晚报文化研究——作为个案的〈北京晚报〉文化》,四川大学2004年博士学位论文。

② 孙健:《1960年前后报刊杂文的政论特点研究——以〈燕山夜话〉为例》,内蒙古大学2010年硕士学位论文。

③ 岳圆:《1961—1964年中国主流报刊的杂文专栏研究——以〈燕山夜话〉、〈三家村札记〉和〈长短录〉为例》,黑龙江大学2014年硕士论文。

④ 赵强:《论孙犁的文艺副刊编辑思想——以〈天津日报·文艺周刊〉(1949—1956)为例》,南开大学2011年硕士学位论文。

⑤ 马研:《〈人民日报〉、〈文艺报〉对中国当代文学的影响》,吉林大学2010年博士学位论文。

⑥ 白贞淑:《〈人民日报〉文艺副刊与中国新诗(1949—1959)》,北京师范大学2011年博士学位论文。

⑦ 董倩:《断裂与延续:〈新民晚报〉与社会主义上海日常生活空间建构(1949—1966)》,复旦大学2013年博士学位论文。

⑧ 孟盈:《守望精神家园——〈羊城晚报〉品牌副刊〈花地〉、〈晚会〉探析》,暨南大学2005年硕士学位论文。

传记以及报社编撰的报刊史等资料值得重视，如袁鹰的《风云侧记：我在人民日报副刊的岁月》[①]、李庄的《我在人民日报四十年》[②]、沈扬的《朝花怀叙录》[③]、徐铸成的《徐铸成回忆录》[④]、郑重的《毛泽东与〈文汇报〉》[⑤]、穆欣的《办〈光明日报〉十年自述》[⑥]、新民晚报史编纂委员会主编的《飞入寻常百姓家：新民报——新民晚报七十年史》[⑦]、顾行主编的《我们走过的路：北京晚报三十年经验文集》[⑧]、方汉奇等编著的《〈大公报〉百年史》[⑨]、周雨的《回忆大公报》[⑩]等，这些回忆性、史传性、基础性的资料整理，虽然在学术性上稍微欠缺，却是研究工作有效开展的前提。它不仅对报纸发展沿革的历史进行了详细梳理，同时也披露了很多鲜为人知的幕后运作和错综复杂的人事纠葛，为研究者深入了解报纸策划、组稿、编辑的具体过程，以及不同文学势力的博弈提供了帮助。

二

学界对于当代报纸文学副刊研究所涉基础文献的整理和相关研究已取得相当实绩，颇有引导之功。中国当代报纸文学副刊的多元面相也已初步勾勒，但尚待拓展的空间仍然相对宽阔，呈现出较多可重新讨论的议题：

---

① 袁鹰：《风云侧记：我在人民日报副刊的岁月》，中国档案出版社 2006 年版。
② 李庄：《我在人民日报四十年》，人民日报出版社 1990 年版。
③ 沈扬：《朝花怀叙录：老编辑笔下的数十位名作家》，上海远东出版社 2008 年版。
④ 徐铸成：《徐铸成回忆录》，生活·读书·新知三联书店 1998 年版。
⑤ 郑重：《毛泽东与〈文汇报〉》，香港中文大学出版社 2010 年版。
⑥ 穆欣：《办〈光明日报〉十年自述》，中国青年出版社 2015 年版。
⑦ 新民晚报史编纂委员会主编：《飞入寻常百姓家：新民报——新民晚报七十年史》，文汇出版社 2004 年版。
⑧ 顾行主编：《我们走过的路——北京晚报三十年经验文集（1958—1988）》，北京日报出版社 1988 年版。
⑨ 方汉奇等：《〈大公报〉百年史》，中国人民大学出版社 2004 年版。
⑩ 周雨：《回忆大公报》，中国文史出版社 2016 年版。

首先，倾斜失衡的研究格局。与现代报纸文学副刊研究的丰硕成果相比，当代报纸文学副刊研究相对滞后，仍处于筚路蓝缕的阶段，研究者的目光多集中于《人民日报》、《光明日报》、《文汇报》等几家报纸，对其他报纸缺乏综合性与整体性的观照。其实，像《天津日报》的"文艺周刊"，《新民晚报》的"晚会"副刊，《北京晚报》的"五色土"副刊，《羊城晚报》的"花地"副刊，《光明日报》的"文学评论"、"文艺生活"和"东风"副刊以及《文汇报》的"笔会"副刊等，都曾刊载过重要文本且深度参与了当代文学的建构，是文学生产中不容忽视的部分，也是当代文学"一体化"进程中必不可少的一环。副刊的办刊方针和编辑理念，直接影响了当代文学的生长，甚至影响到某种特定文体及文学思潮的出现。以《天津日报》"文艺周刊"为例，它在中华人民共和国成立初期"反映政治，但不紧跟政治"的办刊姿态以及对"荷花淀派"文艺的形塑和对"工厂文艺"的大力提倡，在当时的党报副刊中显得尤为特出，这与以孙犁为代表的晋察冀文人群体有密切关系。① 虽然同处解放区，但相较于延安文人直面"抢救失足者运动"和"整风运动"的残酷经验而言，晋察冀文人由于战争环境及地域因素的影响，并未受到大范围的波及和全方位的思想规训，这就造成了二者在文学理念上的微妙差异。1949 年后，尽管文学在总体上呈现出"一体化"趋势，但是由于特殊的地缘以及作家各异的经历和不同的文学理念的影响，当代文学的内部其实存在着"多种文化成分、力量互相渗透、摩擦、调整、转换、冲突的情况"②。再比如，中华人民共和国成立初期的《大报》和《亦报》作为都市类小报在共和国的最后留影，因刊载张爱玲、周作人、张恨水、王小逸、卢前、唐大郎等人的作品而颇受市民欢迎，两份小报上登载了大量闲谈历史的掌故文字和叙写衣食

① 布莉莉：《〈天津日报·文艺周刊〉与"荷花淀派"》，《中国现代文学研究丛刊》2016 年第 2 期。

② 洪子诚：《历史清理的方法》，《中国现代文学研究丛刊》2004 年第 2 期。

住行的“身边文学”，以及符合市民审美习惯的言情小说、侦探小说、历史章回小说等通俗文学样式。这些在共和国文艺内部具有相对异质性的文学成分（如鸳鸯蝴蝶派文艺、通俗海派文艺等）其实并未随着社会主义文学体制的建立即刻遭受整编，而是以偏居一隅的潜隐姿态默默存续着，这在1949—1952年间实际上构成了对“新的人民的文艺”的有限竞争，虽然这是一种力量极不对称的竞争。[①] 而《光明日报·文学评论》作为一份颇具“同人”色彩的副刊在共和国初期的报刊场域中也显得较为“瞩目”，它不仅信笔指点权威、敢于陈一家之言，屡屡向解放区文艺的标杆性人物（如丁玲、赵树理、孙犁等）发起挑战，更以富有个性的批评实践建构出一批另类经典（如《关连长》、《我们夫妇之间》、《母亲和孩子》、《柳堡的故事》等）。对这些副刊进行考察，不仅有助于厘清当代文学意识形态结构内部的种种矛盾和分歧，同时对还原历史的多质性及其中所蕴含的多重语义发展的可能大有帮助。[②]

其次，现有研究多以个案研究为主，缺乏宏观把控和对文学制度的深入剖析。个案研究聚焦于一份报纸，但由于缺乏宏观视野的整体把控，容易“只见树木不见森林”，把某一副刊存在的个别性特征视为副刊发展的普遍性存在，得出很多不严谨甚至错讹的结论。因此，当代报纸副刊研究亟待获得宏观视野，扩大研究面向，将不同类型（小型报/大型报；晚报/日报）、不同性质（私营报/公营报；非党报/党报）、不同地域（中央/地方；沿海/内陆）的报纸纳入研究视野。而且需要指出的是，以往的个案研究大多是从传播学、新闻学角度切入的，对文学关注不够，即使论及文学副刊也浅尝辄止，不仅缺乏深入细致的剖析，更缺乏不同文学场域互动的广阔视

① 布莉莉：《新中国初期上海的小报文学研究——以〈亦报〉〈大报〉为考察中心》，《江苏大学学报》2018年第4期。

② 布莉莉：《〈光明日报·文学评论〉与1950年代初期的文学批评》，《文学研究》2020年第1期。

野，难以将研究对象有机地纳入彼此的研究体系。具体来说，报纸文学副刊研究应该选取代表性个案作为重点分析对象，以此为基础剖析同类型副刊的普遍特性，并从最主要副刊的导向性策略，审视副刊格局与文学发展的深层关联。此外，还应将外部的文学制度与文学环境纳入研究视野，考察报刊的生存、发展和运作与文学体制、意识形态之间的复杂关涉。

众所周知，媒介并不是透明的，不同性质的报纸其实各有其主体性，也就是所谓的“报格”。商业报纸、政党报纸、同人报纸不同的经营方式，背后其实隐伏着不同的文学生产方式和作家生存状态。在报纸商业化时代，市场效应的诱惑和市民的阅读趣味决定了副刊的编辑思想和定位，于是给人余味的浸染、充满休闲趣味的通俗文艺成为副刊主流（如《新闻报·庄谐从录》、《同文消闲录》、《苏报·豆棚谈助》、《申报·自由谈》）；代表学会、团体或政党利益的报纸，大多旗帜鲜明，但容易使副刊成为政治宣传的武器和工具，陷入党同伐异的境地（如《中国日报·鼓吹录》、《苏报·文苑丛录》、《国民日日报·黑暗世界》、《广州日报·一声钟》）；带有同人性质的报纸基于相近的文学理念，往往以特定的立场和趣味招徕作者和读者，成为引发文学思潮、培育文学流派的摇篮（如《晨报副刊》、《民国日报·觉悟》、《时事新报·觉悟》、《京报副刊》）。1949 年后，民营报纸（私营报纸）逐渐收归国有，走向国家统一规划管理的航道，这一举措打破了自晚清以来形成的商业报纸、同人报纸、政党报纸鼎足而立的格局，党报的报纸副刊不仅成为最主要的副刊形式，甚至在一个阶段内还是唯一的副刊形式。原先办报主体多元化、办报形式与风格多样化的局面不复存在，作为公共交流机制的大众传媒被纳入党和国家的严密监管之下，宣传话语烜赫一时，报刊舆论逐步定于一尊。这种“一体化”的党管国办的传媒机制，深刻地影响了文学的生产方式和文本形态：副刊宣传政策、指导工作、思想教育功能被着重强调，趣味性、休闲性、娱乐性不断受到批判，针砭时弊、警策当局的功能弱化，失去了原有的人文色彩，慢慢蜕变为单调、均一、缺乏个性的宣传阵地。而二十世纪九十年代以来，随着市场经济的推进和网络媒体的崛起，文学副刊面临着新的考验：传统文学副刊的界限被突破，副刊版面不断萎缩，甚至被迫停刊。副刊新闻化、世俗化的趋势日渐明朗，文学性逐渐淡化和泛化。进入二十一世纪，以微博、微信以及智能手机APP为代表的自媒体平台快速兴盛，众多文学副刊开通了微信公众号，在当下的“屏幕阅读”时代，副刊文学难免存在语言泡沫、文字碎片、思想贫乏等现象，但自媒体平台快速的传播效应、强大的互动功能，也促使传统文学副刊整合刊物资源，优化作品品质，从而焕发出新的生机和活力。总之，报纸文学副刊研究应该在扎实的文本细读和个案研究的基础上，从点到面，从局部到整体，依托文学史视野，将不同类型、不同性质、不同地域的报纸置于历史的、发展的、多元的文化系统中进行观照，只有这样，才能对当代报纸文学副刊的发展做出较为全面的认知和理性的评判。

第三，在当代文学报刊研究中，线性研究思路始终居于主导位置，而空间维度和地域性因素则经常处于被漠视状态。相较于现代文学时期报刊研究角度的丰富多样，当代报刊研究大都陷入了一种程式化的误区：多以“编年体”思路对报纸发展沿革的历史进行陈述和梳理，堆砌材料多，深入论述少，不少研究流于材料汇编和现象扫描的浅层描绘，缺乏鲜明的问题意识。报刊研究绝不意味着对一份报刊从创始到停办的演变进程予以简单呈现，这种失去审美把握和价值判断的工匠式梳理，是无法穿透当代文学复杂的生产实相的。同时，报刊研究也绝不意味着对媒体空间中刊载的具体文本予以一一评析，面对媒体空间中作者不同、体裁各异、数量浩繁的大量文本，这样做没有必要，实际上也无法做到。当我们进行文学与传媒的跨学科研究时，不能仅将落脚点放在传媒空间中所刊载的文学文本，更应关注媒介与文学的复杂互动。换言之，也就是探究报刊媒介作为文学载体对文学生产与传播的影响，包括办报方针和编辑理念如何影响文本的刊选和作者队伍的形成，编辑运作怎样引导文学思潮和阅读风尚，以及不同媒介空间里文学所呈现出的形态差异，等等。

与相对自足、固定、成型的作家研究和作品研究不同，报刊研究不能回避的一点就是报纸版面的空间性，且常常面临新闻属性与文学属性的繁杂纠缠。在报纸版面上，社论、新闻报道、图片、文艺、广告等共聚一版，它们互相影响、彼此烘托，呈现出一种无时无刻不处于流动状态的整体文化情境。报纸版面由身份各异的作者、面貌复杂的文本聚合构成，一定意义上可谓“复调的文本景观”。这些文本在版面空间中依山傍林、前后顾盼、彼此互动、相互影响，这就要求我们不仅要注意单篇的文章，更要关注不同文本汇聚起来的整体性语义图景和版面空间中不同文本之间的对话与互动。[①] 笔者曾在《20世纪50年代初期我国电影广告研究——以报纸版面刊载的电影广告为考察中心》一文中对报纸版面空间中商业广告与文学副刊的互动博弈予以考察，详细探究了共和国初期报纸版面空间中“政治话语”与“消费话语”的复杂纠葛，此不展开赘述。需要注意的是，这种话语之间的交锋不仅仅存在于广告版面与文艺副刊版面之间，即使同一版面空间内部也存在着巨大的话语张力，如果我们对《北京晚报》“五色土”副刊进行细致考察，就会发现其内部不同文体之间错杂多义的风景。学界以往对《北京晚报》的研究多集中于1961年3月19日至1962年9月2日邓拓在“五色土”副刊发表的153篇杂文——《燕山夜话》，而对1962年3月2日至3月10日邓拓以“左海”为笔名在《五色土》副刊发表的

① 布莉莉：《20世纪50年代初期我国电影广告研究——以报纸版面刊载的电影广告为考察中心》，《文学研究》2017年第1期。

24首旧体诗——《南游未是草》缺乏足够观照。在这组旧体诗中，邓拓记述自己游历广东、广西、云南等地的见闻，风格畅爽，文字间处处洋溢着诗人对祖国建设和大自然的热爱。如果我们将邓拓的旧体诗词与他同时期所撰写的知识性杂文相比，可以鲜明地感知两种不同声音的交锋和抵牾。从文学史的意义来看，《燕山夜话》很难得的一点即是文章中跳动着的永恒"文心"，像《生命的三分之一》、《欢迎"杂家"》、《变三不知为三知》、《三分诗七分读》、《不要空喊读书》等，不仅介绍了历史上诸多先贤的读书方法、做人做事的经验，同时又针砭了现实生活中的一些不良风气和作为。当时社会上普遍弥漫着愚民倾向、反智论调以及对知识分子的敌视和偏见，因此《燕山夜话》中这些带有浓浓书卷气的文章，不啻为一股清流，在干涸的文学年代给人精神的滋养。然而，邓拓同时期的旧体诗词则呈现出"另一副笔墨"，如《桂林揽胜》中写道："浪游到此意留连，叠翠层峰绕市廛。山向苍天挥剑戟，人从洞府晤神仙。夕烟如火林峦醉，曲水长流花月妍。诗思万千消不尽，何如泼墨写云烟。"① 风景优美的自然景观被作者寄予了明确的革命激情，山川草木、田畴稼穑成为渲染美好生活的辅助，与社会主义革命和建设的美好前景产生修辞关联。抽离出时代语境单独看这些旧体诗词似乎并无不妥之处，但如果将其置于1960年代全国性的饥荒与困难时期，便可看出其粉饰现实的"颂歌"特质。颇耐人寻味的是，这两种话语形态同时呈现于《北京晚报》"五色土"这一副刊，这就在空间上形成了不同语言样态（白话文/文言文）、不同文体形式（杂文/旧体诗）、不同话语姿态（批判/歌颂）的交错对话。甚至在某种程度上，我们可以将这种版面空间上的对峙视为邓拓精神领域冲突的一种隐喻。

此外，在当代文学研究者的视域中，空间与地方多被视为封闭

① 左海：《南游未是草·桂林揽胜》，《北京晚报》1962年3月2日第3版。

的、同质化的背景而存在。学者王秀涛就曾经指出:“当代文学研究中的史料其实一直以全国性或者中央层面的史料为主,地方性史料还没有得到充分的重视和使用。这和我们研究的方式和理念有关系,尤其是对于1949年以后的文学,不管是哪一种文学史观,基本上都是一种整体性的历史叙事,从中央层面出发,对地方和社会形成一种结构性解释,笼罩和掩盖了对地方文学的可能的解释,造成国家、中央之外的地方性、地方经验都走向了统一性,而关于地方和区域的文学史研究也基本上缺乏特定的问题意识,成为国家文学的注脚。”① 其实,不同区域之间的文学实践并不是均质的,由于地方微环境的不同,媒体在执行文学政策、会议决议时多少会有偏差,而且不同地域的民间文化也会给予“国家文学”不同的滋养,这些都提醒我们要打破“中央/地方”、“时间/空间”等二元对立的结构性认知模式,在对当代文学进行国家层面的宏观考察时,也将地域性因素纳入思考范畴。② 以《羊城晚报》为例,广州毗邻中国港澳、面朝南洋的特殊地理位置,以及岭南文化中开放创新的特点,使得《羊城晚报》在全国媒体中开风气之先,以“寓共产主义于谈天说地之中”的活泼风格,刊载了一批较有争议的文本(如欧阳山的《三家巷》等),这在当时的报纸丛林中别具一格。此外,像1990年代《北京日报》、《北京晚报》、《北京青年报》对“新京派”文艺的大力提倡,无形中又重新接续了1930年代周作人、废名、沈从文所开创的“京派”文学传统。这里需要强调的是,对地方性的重视,不是说简单地将地方性史料填充进国家叙事的总体框架,使其沦为既有的当代文学史的“地方性版本”;也不是说简单依恃“地方特性”对文学史料任意剪裁,使其削足适履地套进地域文化研究的模板,而是以“地方性知识”丰富文学史书写,以局

① 王秀涛:《地方性史料与中国当代文学研究》,《文艺争鸣》2016年第8期。

② 布莉莉:《〈羊城晚报〉与1950—1960年代的文学生产》,《百家评论》2020年第1期。

域性维度补充整体性建构，实现区域文学场域与当代文学传统的多重互动。

上述种种，都需要我们重返当代文学生产现场，对其做进一步"历史化"的挖掘和清理。此外，必须提到的是，在史料研究领域，由于历来的"贵远贱近，向声背实"，当代文学的史料建设已经到了亟待整理和抢救的地步，很多报纸已经发脆发黄甚至缺页遗失，如果再不对其进行搜集、整理、挖掘和使用，会导致大量宝贵的文学史料湮没沉积、无从打捞。因此，深入中国当代报纸副刊文学生产现场，将尘封已久的文学史料纳入研究视野以激活新的文学史问题，显然很有必要。

莫言《晚熟的人》叙事结构与元话语分析

王　昊

（山东大学 文学院，济南 250100）

内容摘要：莫言新近出版了获诺奖之后的第一部小说集《晚熟的人》，这部小说集在承续作者此前创作特点的基础上，也有诸多创新之处，主要体现在叙述结构、元话语等方面。其叙述往往从当下开始，进而转向往昔的岁月，再回到当下，也就是时空的现在——过去——现在的结构模式。如此就易于造成小说情节的大跨度和时空的大开阖。整部小说集还有大量元叙述及互文叙述，再加上一贯的实与虚相结合的叙述格调，配以对新的环保主题、新媒体现象等的关注和描写，形成了这部小说集别具匠心的叙述特点。

关键词：莫言　《晚熟的人》　叙述结构　元话语　主题拓展

《晚熟的人》作为莫言在获得诺贝尔文学奖之后出版的第一本小说集，距上一次莫言公开出版新作品集已近十年了。《晚熟的人》也是莫言在获得诺奖后力图打破"诺奖魔咒"的一种尝试——即欲打破很多作家在获诺奖后都陷入一段时间的创作低迷、停滞甚至倒退的状态。该小说集的问世对莫言文学创作的意义不言而喻。但莫言在本书出版发布之际也坦言："《晚熟的人》这本小说能否做出回答，我自己很难断定，要等读者读完书后由他们做判断。"① 这部小说集有写于作者获诺奖之后的《左镰》、《地主的眼

作者简介：王昊，山东大学文学院博士生。

① 秦华：《莫言：做个"晚熟的人"，努力打破诺奖"魔咒"》，《郑州日报》2020年8月8日。

神》、《斗士》、《等待摩西》、《表弟宁赛叶》、《诗人金希普》、《天下太平》、《晚熟的人》、《贼指花》、《火把与口哨》、《红唇绿嘴》及写于2011年的《澡堂与红床》共十二篇中短篇小说，并以其中一篇《晚熟的人》为小说集名。从整体上看，《晚熟的人》叙述的文学和地理空间仍主要集中在"高密东北乡"，小说延续了作者此前一贯的叙述风格，侧重于对近半个多世纪以来的中国农村社会变革与风土人情进行多角度、全方位的描写与刻画。本文将从该小说集的叙事策略与技巧入手进行解读与分析，并从中探寻莫言小说叙事话语和审美风格特征。

一、小说时空维度上的叙事结构与模式分析

在《晚熟的人》中，作者所采用的叙事结构颇为巧妙，甚至在作家创作的潜意识里已成为一种特有模式——即时间上多以二十一世纪的当下切入，而后回到二十世纪六七十年代，又随着小说情节的推进步入改革开放伊始的八九十年代。该小说集的十二篇中短篇小说之中，有八篇通过运用这种倒叙、插叙的叙事手段将故事展开。短篇小说《晚熟的人》开篇即是"我"作为成名作家在近年来返回故乡的见闻，而第二部分开始便以蒋天下这个人物为线索回忆起了七十年代初期那个人民公社风行的年代里和"我"年龄相仿的一众青年人酸甜苦辣交织的生活经历，又在第四部分中故人相见，回忆往昔，时间又很自然地回归到了现在，形成了"现在—过去—现在"的叙事时空模式。这一模式同样被运用到《红唇绿嘴》中，小说开头便交代了现在时间在"乙亥岁尾"[①]（即2019年末），"我"因父亲病重而返乡，并巧妙地将主人公覃桂英介绍入场，第二部分起便直接将时间线推至二十世纪六十年代初，在第五部分开头又将

① 莫言：《晚熟的人》，人民文学出版社2020年版，第233页。

时间拉回到1995年，通过与老友的交谈把思绪转回到了改革开放前后覃桂英、谷文雨一家人的遭遇上，形成了一种时空错落但又不至于无序的小说叙事结构。作家在叙事中运用插叙、倒叙等手法，将二十世纪六七十年代、八九十年代和二十一世纪之初的当下做了时空上的划分，将发生在这三段不同历史时期的故事情节，以打破线性时间来进行重新叙述。作者有意划分的三个时间段，是具有鲜明时代特征的三个不同的历史时期，强烈的时代对比感为作者的小说叙事注入了鲜活的动力，也增强了小说的艺术冲击力和整部作品集的审美张力。

莫言在二十世纪五十至七十年代中度过自己的童年、少年和青年，所以对六七十年代有着极其强烈而特殊的情感。生活的贫困、窘迫令莫言不仅生理上时时感受到饥饿，心理上的自卑和屈辱感更是如影随形地影响着莫言，生活在这种时代与环境下的他也早早地体会到了压抑和恐惧。所以，在小说集里主人公所经历的六七十年代带给人们的大多是苦涩不堪的经历，纵使有类似于像《晚熟的人》中常林那样能随心所欲用放屁作为武器来攻击强者的趣事，也不过是苦中作乐或是对苦难岁月的无奈调侃。相比于六七十年代农民整体的穷困潦倒，改革开放让八九十年代的人们无论从物质生活水平还是精神面貌都有了质的飞跃性变化。作为连接六七十年代到当下故事情节发展的关键过渡时期，八九十年代的农村与农民形象在多篇小说中都有所反映。比如《等待摩西》中，柳卫东在改革开放初期仿佛一夜暴富，他那“乌黑茂盛”的头发和“银光闪闪”的假门牙，与他在改革开放前佝偻着身躯、白发苍苍、“嘴里缺两颗门牙”的容貌形成鲜明的对比。《贼指花》中，在一场八十年代的作家聚会中，胡东年赤裸裸地将名牌钱包里的一沓一沓的各色外币炫耀一通。《红唇绿嘴》中，覃桂英一家如何没赶上“包产到户”政策，后又通过卖惨哭穷获得口粮地。这些情节的设计无疑都是在为后续相关人物命运到二十一世纪之初的走向埋下伏笔。至于小说叙述中的当下或二十一世纪之初，也就是小说中的“现在”时态则常被用于各篇小说的开首。如《晚熟的人》、《红唇绿嘴》、《斗士》、《地主的眼神》等，都有意将“现在”作为小说开篇时间与空间基点，立足于当下而回顾往昔岁月，这样叙述，不仅找到了小说故事的切入点，而且这种“回忆模式”也为小说之后倏然将时间线回归“现在”提供了契机，使小说叙事时空维度变得更为灵活多变、摇曳生姿。“现在”并非狭义上的此时此刻，在这部小说集里可以理解为“近些年”。例如在《地主的眼神》中，小说伊始的“我”处于老家旧时被划为地主的孙敬贤的葬礼上，而整篇小说则主要围绕这位已经故去之人的眼神来写，然后时间推回到生产队集体劳作的岁月中（笔者推算大约在六十年代初），介绍完时代背景和包括孙敬贤等人在内的人物特点后笔锋一转，在第二部分不仅时空突然回归现实，连“我”也不在葬礼上而坐在了孙敬贤孙子的联合收割机驾驶室里与他孙子闲聊着，时间虽交代了是葬礼发生前的一年，却也可归为“现在”的时间段里。第三部分通过“我”的记忆回到了“我”十六岁那年，而后作者又将时空拉回到了小说开头的葬礼上。这种看似时空错乱、跳跃起伏式的叙事却在作者笔下被安排得井井有条，让读者能够跟上作者的叙事节奏而并非被绕得晕头转向。这种“现在—过去—现在—过去”的时空结构也同样被用于小说集的其他作品上，如《红唇绿嘴》和《晚熟的人》等。

无论莫言是有意还是无意，这种时空交错的叙事方法似乎成了他近些年来构建小说时空架构的一种基本模式，辅之以干练、准确、诙谐的语言，被熟练地运用在这部集子的各篇小说之中。而这种以历史与现实反复穿插、对比中行文的小说，体现了作者丰富的人生阅历以及对过去和现在的比较与思考，无形中加深了文本的深度，增添了其小说的审美价值。

二、小说元话语与互文性特征分析

元小说(metafiction)以解构小说叙述所构建的故事和背景为特色，有意不让读者将小说情节信以为真，增加小说的虚构性，从而打破传统叙事框架，实现小说审美艺术上的突破与创新。这类小说中往往有大量的元话语(metadiscourse)，它是解构传统小说真实观的一种话语，是小说中关于叙述的话语，关于小说如何做法的话语。莫言继在《红高粱》、《酒国》和《生死疲劳》等小说中采用元小说、元话语进行叙事之后，将其更广泛灵活地运用到了《晚熟的人》中的各篇小说中。在《等待摩西》第九部分中，作者(实则是他委派在小说当中承担叙述角色的叙述者。在论及元叙述、元话语时，作者与叙述者几乎同一。下同)跳出故事与读者对话，提及自己写这篇小说的时间与地点，并有意强调小说的情节是“纪实”性质的，这种煞有介事的强调反倒增加了读者对小说真实性的怀疑。之后又在向读者倾吐因不知道柳卫东去向而无法完成小说结尾的烦恼，这使得读者会思考后续关于柳卫东的结局是否是叙述者为使小说有头有尾而想象出来的虚构情节。在《诗人金希普》中，作者在第五部分伊始突然跳出小说文本，吐露这篇小说的初稿完成于五年前。莫言有意将叙述者也就是小说中的三哥“我”变为本篇小说的作者，抑或莫言将自己化身为了叙述者“我”，借“我”之口主动袒露自己创作本篇小说的过程。《左镰》之中的“小引”对小说叙事完整性而言似乎没有影响，但叙述者或许是为了加强小说的元叙述特征，在这篇短篇小说之前插入小引，漫谈自己对这篇小说的构思和灵感出处，借此直接与读者对话。小引中的“我”的许多经历同时也是莫言真实经历的写照或影射。而在整本小说集里元叙事特征最为明显的一篇当属《火把与口哨》，作者似乎按捺不住想与读者直接对话的冲动，多次跳出小说情节大谈自己在写这篇小说时的犹豫与困惑。比如在第一部分中叙述道："以上这些都不是我这篇文章的主要部分，全部删去也不足惜，但这些闲笔，营造的就是那样一个时代的氛围，而没有氛围，文章就没有说服力，您说对不对？"[①] 作者用了"您"——第二人称敬称，仿若古代话本小说中的"诸位看官"把听众看似"官"，实则是一种比较谦卑而巧妙的元叙述策略而已，小说毕竟是"小"说，并非什么"经国之大业、不朽之盛事"的"大"文。这让逐渐入境的读者猛然间有了一种与作者直接对话的感觉，甚至有一种参与了作品创作中的假象，叙述者（作者）似乎十分想得到来自读者对他创作选择的认可。再如第三部分，仍是大段讲述三叔如何与三婶结缘的过往以及三婶和三叔各自父母的悲惨境遇，而作者依旧没有征兆地跳出来与读者对话，并自我调侃："大家看，我这哪像是写小说啊？简直是写交代材料或者记流水账。"[②] 随着三叔三婶及上下三代人诸多不幸的降临，情节渐入高潮，此时作者第三次从幕后走出："写到这里，我真想就此结束，因为接下来的事情，我连回忆的勇气都没有，总是偶尔想到，便立刻回避。但如果就此结束，显然又对不起听我唠叨了这许久的读者。那就含悲忍泪往下讲吧。"[③] 作者这次的现身显然也不是"多余"的，因为这些话语带有暗示性地告诉读者三婶命运的最终走向。在《火把与口哨》中，三次现身的作者将元小说、元叙事特点表现得淋漓尽致，即将关注点从作品本身分散到作者本人是如何创作小说上。这些关于叙述小说本身创作过程的文本已经融入小说叙事，同时也解构了小说所努力营造的真实性，作者反复地从幕后走到台前，多次提醒读者小说情节的虚构性，从而淡化了小说主题的沉重与情节的惊悚带给读者的压抑、恐惧或悲伤。

互文性（intertextuality）这一概念是由法国学者克里斯蒂娃

---

① 莫言：《晚熟的人》，人民文学出版社 2020 年版，第 295 页。

② 莫言：《晚熟的人》，人民文学出版社 2020 年版，第 325 页。

③ 莫言：《晚熟的人》，人民文学出版社 2020 年版，第 350 页。

率先提出的，她认为："任何文本的建构都是引言的镶嵌组合；任何文本都是对其他文本的吸收与转化。"① 即每一个文本都不是独立存在的，它都是在吸收与转化其他文本的过程中形成的。换言之，每一个文本都是在一个无比开放的网络中作为一个节点存在，任何对文本的改编、修订都牵连着其他文本。而在多种多样的互文性中，"自涉互文性"——即同一作家的各种作品间的互相涉及与影响——在那些文学创作成果颇丰且风格自成一体的作家作品中体现得尤为突出，比如莫言的这部小说集就是如此。

作为世界一流的作家，莫言始终自觉吸收世界文学一些比较新颖且适用的叙事方法，并在自己的创作中融会贯通地运用。如在莫言此前的多部小说中，有挥之不去的"铁匠情怀"，无论是在《透明的红萝卜》里的老铁匠和小铁匠在桥梁工地上配合默契的打铁，还是《月光斩》中李铁匠和三个儿子打制名刀"月光斩"的绝技，还是《丰乳肥臀》中上官吕氏那远胜于周围男子的打铁气魄与力量，都体现出作者对铁匠那种不折不挠、热血偾张、充满力量与打击感的打铁场景的兴味盎然。而这一情景或作者背后的情结也体现在他的这本《晚熟的人》中。曾经出现于莫言此前短篇小说《姑妈的宝刀》中的老韩、小韩和老三这三个铁匠形象，又出现在了《左镰》中，三人打铁时的情景同样刻画得细致入微。

那把已经初见模样的左镰在炉膛里即将被烧白了。……老三奋力地拉着风箱，他的身体随着风箱拉杆的进进出出而前仰后合。老韩用双手攥着长钳先把左镰夹出来，放在铁砧上。然后他又将那块钢加到镰刃上。他拿起那柄不大的像指挥棒一样的锤子，对着流光溢彩的活儿打了第一下。小韩抡起十八磅的大锤，砸在老韩打过的地方……三个人站成三角形，三柄锤互相追逐着，中间似

① [法]朱莉娅·克里斯蒂娃：《词语、对话和小说》，祝克懿、宋姝锦译，《当代修辞学》2012年第4期。

乎密不透风，有排山倒海之势，有雷霆万钧之力，最柔软的和最坚硬的，最冷的和最热的，最残酷的和最温柔的，混合在一起，像一首激昂高亢又婉转低回的音乐……爱恨情仇都在这样一场轰轰烈烈的锻打中得到了呈现与消解。①

作者在《左镰》这个短篇小说中不惜笔墨地渲染左镰打造过程中的氛围，让读者瞬间感受到其中蕴含的磅礴力量与气势，最终上升到了“爱恨情仇”在此“呈现与消解”的审美境界。可见作者不是仅仅描写打铁，而是字里行间流露出自己对打铁特有的情怀，正如小说开头小引所说的：“一个人，特别想成为一个什么，但始终没成为一个什么，那么这个什么也就成了他一辈子都魂牵梦绕的什么。这就是我见到铁匠就感到亲切，听到铿铿锵锵的打铁声就特别激动的原因。”② 正是这种“情结”构成了莫言小说“自我指涉互文性”的叙述特征。

此外，莫言还多次在一篇小说中有意无意地提及自己的其他作品，这也是“自涉互文性”的典型体现之一。如《诗人金希普》中“我”去济南看自己小说改编的歌剧《檀香刑》；《地主的眼神》提到自己的小说《白狗秋千架》；《澡堂与红床》谈及自己的散文《洗热水澡》和小说《白棉花》。值得注意的是，莫言除了直接在小说情节中提及自己真实创作的作品外，还会制造出虚构的作品名称，如《表弟宁赛叶》中“我”的成名作《黄玉米》。无独有偶，在《红唇绿嘴》中也反复提到《黄玉米》，而熟悉莫言作品的读者不难猜想到《黄玉米》影射的正是莫言的重要作品《红高粱》，甚至在《红唇绿嘴》中提到的“花脖子”这个人物形象也正是《红高粱》中的同名人物。在这本小说集中，莫言充分利用了自己丰富的创作经历，作为小说创作中一种“文学的记忆”而灵活地加以运用。法国学者蒂费纳·萨莫

① 莫言：《晚熟的人》，人民文学出版社 2020 年版，第 15 页。
② 莫言：《晚熟的人》，人民文学出版社 2020 年版，第 2 页。

瓦约曾指出："文学的写作就伴随着对它自己现今和以往的回忆。它摸索并表达这些记忆，通过一系列的复述、追忆和重写将它们记载在文本中，这种工作造就了互文。"① 在《晚熟的人》里，莫言显然认识到了自己曾经创作的文本的记忆价值，并不断将它们重现在自己最新创作的这部小说集中，这种自觉的"自涉互文性"诉求也反映了莫言创作新小说的理念。他曾经直言："一个作家一辈子可能写出几十本书，可能塑造出几百个人物，但几十本书只不过是一本书的种种翻版，几百个人物只不过是一个人物的种种化身。这几十本书合成的一本书就是作家的自传，这几百个人物合成的一个人物就是作家的自我。"② 这种小说文本中不断出现的自涉互文既表现出作家早年的某种情结或情怀，也反映出他对自己之前作品的某种自觉的艺术总结、反思与超越的意识。

三、对于小说虚幻叙述与社会问题之关系的思考

在《晚熟的人》中，莫言淡化了之前的"虚幻现实主义"(Hallucinatory Realism)色彩。这部小说集中的篇什多以写实文字为主，但是我们仍应看到作者在许多地方所营造的虚幻意象、情结和故事。在《天下太平》中，叙述者以马迎奥(小奥)这个孩童的视角描绘出了许多光怪离奇、色彩浓丽的意象。例如，小奥在帮两个捕鱼人看鱼时越发觉得捉到的这只大鳖是只鳖精，阴森的眼睛会施法术，远处的捕鱼人的红色雨衣也化成了"两大团颜色"，"他们的旋网像一道道明亮的闪电……也许他们也是鳖洞里的老鳖，幻化成人形……越想越觉得他们的容貌怪异，仿佛带着假面的妖精。他抬头往远处看，正好看到那条从大湾南面斜着穿过的黑青

① [法]蒂费纳·萨莫瓦约：《互文性研究》，邵炜译，天津人民出版社2003年版，第35页。

② 莫言：《我的文学经验》，见刘再复等《狂语莫言》，明报出版社2013年版，第220页。

铁路上，有一列绿色的只有四节车厢的火车无声地滑过。车上似乎也没有乘客，一闪而过的车窗上似乎都挂着洁白的窗帘……每天只有这样一列似乎什么也没拉的火车从这里滑过去，列车时刻表上查不到这列火车的任何信息。他于是感到这条铁路、这列火车都与这个大湾里的老鳖有关系。鳖洞是不是像那些绘本上所画的那样，联通着另外一个世界？而另外那个世界里的人，长得是否跟老鳖一样？”① 小奥的这段幻想由一只绿里泛黄的老鳖出发，联想到了红色的捕鱼者，又联想到了绿色的列车和车上白色的窗帘，而这一切又似乎都和老鳖有着千丝万缕的联系，甚至它们是另一个世界里的人和物。这段离奇的想象和联想辅之暗黄、鲜红、墨绿和纯白的视觉色彩反差，充分体现出“莫言式”虚幻现实主义语言的强烈表现力与冲击力。在第五部分当小奥被鳖咬住昏昏欲睡之际，他又梦到了他爹在厨房剁下的蛇头突然飞起来咬住他爹的手指。如果说之前的种种思绪还是一个孩子清醒时的自由联想，那么这个蛇头意象和咬人情节则代表着更为离奇、惊悚的恐怖梦境。小奥这个人物形象与《透明的红萝卜》里的“黑孩”有着异曲同工之妙，有一种空灵美。

莫言作为一个扎根于齐鲁大地的伟大作家，深受同为山东人的蒲松龄所著《聊斋志异》的影响，汲取了齐鲁文化之中的鬼神巫术之说，在《晚熟的人》中娴熟自如地艺术表现出来。莫言曾经谈到本土资源对他创作的影响时说：“一个小说家能写出多种多样的小说，把自己的某一时期的感情物化在小说中。我在今后一段时间内还想写些神神怪怪的小说，心情改变了，也许会改变样式，但老祖宗的方法，永远是暗夜中引导我前进的一盏明灯。”②《红唇绿嘴》中，谷玉珍经常采摘李圣洁老师墓地旁那棵杏树的果实作酿

① 莫言：《晚熟的人》，人民文学出版社 2020 年版，第 211 页。

② 莫言：《好谈鬼怪神魔》，《作家》1993 年第 8 期。

酒之用，乡亲们皆称赞她头脑聪明、善于经营。但就是这么一个聪明伶俐的人，却在一天突然精神错乱，跑到覃桂英家中，“尖厉地哭着骂着，她的骂是唱出来的……覃桂英啊……你这个丧尽天良的小六趾……我爸爸亲自为你做手术……我妈妈为你垫上医疗费……我亲自陪床为你梳头穿衣……还喂你吃阳梨罐头……你竟然剪我辫子打我脸……逼我跳井你如凶神……我蒙冤屈死十年整……今日报仇雪恨我让你鬼缠身……”① 这分明就是李圣洁借谷玉珍的肉身还了魂，而这个情节还是覃桂英与谷文雨结成夫妻的重要助力，可谓小说中推动故事发展不可或缺的重要一环。但在整篇小说基本上是写实的风格下，这种“灵魂附体”的情节安排显然是有悖常理的，不得不说这个情节深受巫术鬼神之说影响，给小说平添了几分虚幻和神秘色彩。这种用虚幻现实主义来营造的亦实亦幻、似真似假的氛围效果也同样见于《贼指花》中，在该小说结尾处偷钱包的贼究竟是谁，叙述者给出这样的解释：“尤金讲述的他和范兰妮的故事，也许是他编的，而偷了胡东年钱包的人，也许是尤金，或者，真的就像他们怀疑的那样，那个贼，就是我。”② 偷钱包的贼是不是叙述者“老莫”本应是叙述者“我”（老莫）自己最为清楚的，可到了最后，连“我”也开始怀疑自己，“偷钱包的贼”可能是局中任何一个人，甚至是“我”自己。或许“我”才是一直在说谎欺骗读者的那个小偷。这种有违常理的结尾给了读者巨大的想象空间，令通篇看似写实的小说陡然具有了虚幻和寓言色彩。莫言曾说过：“没有象征和寓意的小说是清汤寡水。”③ 纵然《晚熟的人》全集十二篇小说都淡化了怪力乱神的想象和叙事特色，但仍然巧妙自然地将一些超自然的、超出人们认知的象征或寓意渗入文本中。莫言仍将这些叙述元素作为“调味品”调制自己作品的成色，并

① 莫言：《晚熟的人》，人民文学出版社 2020 年版，第 269 页。
② 莫言：《晚熟的人》，人民文学出版社 2020 年版，第 107 页。
③ 贺立华、杨守森主编：《莫言研究资料》，山东大学出版社 1992 年版，第 103 页。

使之生成某种审美意味，从而避免自己的作品成为“清汤寡水”。

在这本新小说集的字里行间，莫言作为一位知名作家对某些尖锐的社会现实问题进行了新的观察与思考，并以小说的艺术方式加以表现和揭示出来。在《火把与口哨》中，作家对三年困难时期与“文革”特殊年代下人的生存状态、人际关系做了细致描绘。通过三叔三婶一家以及他们父母辈的悲惨遭遇，深刻反思了特殊年代下人们行为的无奈与心理的扭曲。三叔的父亲因为极度饥饿，一口气吃多了政府发的棉籽饼，然后口渴喝水，棉籽饼在胃中急剧膨胀，最后活活撑死；三叔的母亲也因为饥饿和生病没有熬过那残酷的三年；三婶的父母则更是因为出身成分高（属于城镇小业主）的在“文革”之初被逼烧毁自家蜡烛店双双上吊，自尽前留下遗嘱，证明三婶并非他们亲生，而是革命烈士后代。看似断绝人伦亲情关系，实则是生怕自己的出身连累已经出嫁的女儿一家人，这恰恰是那个特殊年代里对子女无私的支持与最大的爱护。除了揭示人与人、人与社会之间的矛盾外，莫言还对“人与自然”这对日益凸显的矛盾作了艺术的回应与思考。如果说三叔、三婶的父母辈的悲剧是特殊历史环境下人为酿成的，那么三叔及两个孩子清灵、清泉的不幸则反映出了人与自然日益尖锐的矛盾，以及人和人之间甚或亲人之间，基本的信任荡然无存。三叔是由于人类肆意的挖掘开采煤矿致使瓦斯爆炸，殒命矿坑；清泉被狼叼走则是人类日益侵占野生动物栖息地的直接后果；清灵则因为被母亲和村人冤枉喝农药而死。小说中也提到“去年冬天当地（指内蒙古——引者注）搞过一次大规模的捕狼运动……一部分狼流窜到内地的可能性是存在的”，而且早在民国元年之前村子里便出现过狼。人的定居开垦剥夺了本地狼的栖息地，因为人类捕杀而从外地流落到村子附近的狼也在叼走人类饲养的牲畜甚至小孩，这难道不是一种因果报应吗？此外饮用水的污染也成了悬在人们头上无法忽视的“达摩克利斯之剑”。莫言也表现出了他深深的忧虑。《天下太平》

中,村长借着小奥被鳖咬的契机,怒不可遏地指出村里的养猪场排放的激素饲料和牲口粪便将原本清澈的湾水变成了臭水,甚至连村里的地下饮用水也被污染散发着臭气无法饮用了,咬住小奥的这个鳖的尺寸又异常之大,更是湾水被激素污染的有力证明。虽然养猪场大力支持村里修路、建庙等工作,但水质的污染让人们不得不思考养猪场存在的合理性。如果说《天下太平》里作者稍微触及了农村饮用水被污染的生存问题,那么在《红唇绿嘴》里部分村民和"我表哥"意外暴死的悲剧则将矛头直指为求赚钱致使自然环境尤其是饮水遭严重污染的尖锐现实问题。小说揭示了村民暴死的原因,就是村中流过的河上游建了一家化工厂,生产的是一种产生大量剧毒废水的染料,然而因为缺乏监管,生产用的废水竟不经处理全部排入河水中,最终查明了原因,化工厂才被勒令关闭,但许多原本鲜活的生命包括可爱、善良的表哥再也无法复生了。由此可见,越逼近当下,作为有良知的大作家莫言就越清醒地意识到,小说创作不能同我们生存的现实须臾分离,现实的一个严重问题就是自然环境恶化及其所造成的种种悲剧,小说家应该直面这些问题并以小说艺术的形式加以表现,因为这些悲剧的惨烈不亚于"文革"年代里人为制造的惨剧。

除了对农民所遭受的灾难和不幸的反思之外,作者也敏锐地捕捉到了二十一世纪以来尤其是互联网和智能手机普及后乡村悄然间发生的变化。这种变化通过《红唇绿嘴》的小说形式给予了传神的表现。小说以覃桂英和谷文雨的个人发展经历为线索,向人们展示了二十世纪五十年代到二十一世纪之初在高密东北乡上发生的种种变革。覃桂英通过自己灵活的头脑,不断地利用人人都有的智能手机和日益普及的互联网与当地乡政府进行对抗,甚至还利用微信公众号和"网络水军"等新兴事物尝试引导和煽动舆论,进而达到要挟乡政府的目的。比如鼓动侯百利违规扩建房屋并阻挠政府拆迁,通过手机视频的方式在网上大肆传播,用以反逼乡政府做出让步赔偿。政府与农民再也不是之前管理与被管理的关系，农民也不再处于绝对的弱势，而是可以通过现代传媒技术与乡政府进行博弈，哪怕是采用不怎么正当合理的手段和诉求。《天下太平》里，村长也利用村民手里人人都有的智能手机作为武器使出警的民警转变了工作态度，开始时民警二人明显因小孩被鳖咬住这件"小事"感到不耐烦，而当村长表示村民会用手机记录下二人工作态度和能力并会上传到网络时，二人立即转变态度开始踏实了解情况、解决问题。在老鳖松口之后，村长则兴奋地表示要让在场村民全部将民警成功解决小孩被鳖咬的正能量视频上传网络。由此可见，在新时代互联网时代，即使在农村，人人也都可以成为一个个独立的自媒体宣传平台，来发出自己的声音，人们也获得了一种另类的监督公权力的途径。莫言能敏锐地意识到这一新形势、新动态，并在作品中表现出来，体现了其创作与时俱进的旺盛生命力，也反映出了一个知名作家应有的责任意识和使命担当。

《晚熟的人》作为莫言在小说领域的最新成果，总体上保持了莫言一贯的写作水准。较之此前的作品，小说的叙述语言更为精致，时空转换与叙事结构也相对灵活。与此同时，小说集在某种程度上增强了对当下社会变革、自然环境、生态保护、新媒体及其传播问题的关怀。关于环保、新媒体及传播问题的描写，在此前的莫言小说创作中是缺乏的，这一点也是值得注意的。而小说时空大幅度的回环叙述、现在和过去的对比叙述，以及元叙述、互文性与虚幻叙述等先锋叙述特征在这部小说集里得到了较为充分的表现。至为关键的是，这种风格冲淡了沉重的小说主题并使之空灵化。总体看来，这是莫言在获诺奖之后，基本保持了自己的创作个性、创作水准和艺术水平的一部小说集。至于有批评家说它打破了"诺奖魔咒"，笔者以为有些言之过当。

“崛起”“疑崛起”诗论与“代言人诗学”

李　森
（云南大学 中国当代文艺研究所，昆明 650091）

内容摘要：本文重提“朦胧诗”论争的话题，将论争双方命名为“崛起诗论”和“疑崛起诗论”，并通过对倡导与反对向西方现代主义诸多表现方法学习，倡导与反对表现“自我”，如何引领汉语新诗的民族的、汉语传统的方向等论争命题的分析，找到了论争双方共同的诗学话语体系，认为论争双方的诗学，都是话语体系和逻辑构架相同的“代言人诗学”。

关键词：朦胧诗　崛起诗论　疑崛起诗论　代言人诗学

“崛起诗论”，即“改革开放”初期 1970 年代末至 1980 年代初几年间，以“三个崛起”为代表的一批诗论。

所谓“三个崛起”，即谢冕发表于 1980 年 5 月 7 日《光明日报》的《在新的崛起面前》、孙绍振发表于《诗刊》1981 年第 3 期的《新的美学原则在崛起》、徐敬亚发表于《当代文艺思潮》1983 年第 1 期的《崛起的诗群》。能纳入“崛起诗论”范畴的新诗评论文章还有很多，包括谢冕、孙绍振、徐敬亚写的其他文章。自然，公刘发表于 1980 年 5 月 7 日的《新的课题——从顾城同志的几首诗谈起》、顾工发表于《诗刊》1980 年第 10 期的《两代人——从诗的“不懂”谈起》、吴思敬发表于《诗探索》1981 年第 2 期的《时代的进步与现代

作者简介：李森，云南大学中国当代文艺研究所所长，教授，博士生导师。

基金项目：本论文为国家社科基金一般项目“改革开放 40 年新诗批评史研究”（19BZW102）中期成果。

诗》、卞之琳发表于《诗探索》1981 年第 3 期的《今日新诗面临的艺术问题》、李黎发表于《文汇报》1981 年 6 月 13 日的《“朦胧诗”与“一代人”——兼与艾青同志商榷》、钟文发表于《成都大学学报》1982 年第 2 期的《三年来新诗论争的省思——兼论辩〈价值 · 变革 · 表现手法〉一文》等诗论文章，都是“崛起诗论”中的重要论作。

顾名思义，“崛起诗论”主要是盛赞“崛起”的。与此相呼应，对垒的、批判的、商榷的，甚或对“崛起”持保留态度的文章，其数量也不少。这类文章的作者包括章明、臧克家、艾青、程代熙、黄药眠、方冰、丁力等论者。他们的文章包括：章明发表于《诗刊》1980 年第 8 期的《令人气闷的“朦胧”》、臧克家发表于《河北师院学报》1981 年第 1 期的《关于“朦胧诗”》、艾青发表于《文汇报》1981 年 5 月 12 日的《从“朦胧诗”谈起》、程代熙发表于《诗刊》1981 年第 4 期的《评〈新的美学原则在崛起〉》、黄药眠发表于《北京师范大学学报》1982 年第 6 期的《关于朦胧诗及其他》、方冰发表于《光明日报》1981 年 1 月 28 日的《我对“朦胧诗”的看法》、丁力发表于《河北师院学报》1981 年第 2 期的《新诗的发展和古怪诗》等。这类诗论文章，用温和的说法，可称为“疑崛起诗论”。

两种诗论文字和观点，可参阅姚家华编的《朦胧诗论争集》（学苑出版社，1989 年版）和谢冕主编的《中国新诗总论》（宁夏人民教育出版社，2019 年版）、《中国新诗总系 · 史料卷》（人民文学出版社 2009 年版）等文献资料集。也还有诸多文章未收入这些资料集，但其观点可谓大同小异。

“崛起诗论”当然是论“朦胧诗”一类诗何以“崛起”的。“崛起”不能凭空“崛起”，要有站立的地方和背景，同时要有一种内驱力。众所周知，“朦胧诗”“崛起”站立的地方，就是改革开放迎来的“新时期”，其诗歌创作背景，即是“‘文革’诗”和“五四”汉语新诗潮流。

“‘文革’诗”是一种“红、光、亮”、“假、大、空”的口号诗歌，但这种“红、光、亮”、“假、大、空”的诗歌写作，却发生在“诗的暗夜”（谢冕),是一种“卖淫妇脸上的脂粉”(艾青)。

“诗的暗夜”这个比喻,出自谢冕著名的《在新的崛起面前》一文。谢冕说:“在刚刚告别的那个诗的暗夜里,我们的诗也和世界隔绝了。我们不了解世界诗歌的状况。在重获解放的今天,人们理所当然地要求新诗恢复它与世界诗歌的联系,以求获得更多的营养发展自己。”① “卖淫妇脸上的脂粉”这个比喻,出自艾青《新诗应该受到检验》一文。艾青说:“政治上的堕落带来了艺术上的堕落。政治成了标签,艺术就成了卖淫妇脸上的脂粉。”②

谢冕是“崛起诗论”的代表人物,艾青则是“疑崛起诗论”的代表人物。前者代表“朦胧诗群”,后者代表“归来者诗群”。大体而言,这两位代表人物的观点,相对来说是比较温和的,尽管两者都观点分明,但都没有把话说死,都给争论的对方留有空间。比如艾青,并不彻底反对“朦胧诗”,毕竟艾青写出过许多卓越的诗作,是诗坛领袖,有领袖的样子。谢冕作为北京大学的教授,也要有教授的形象,文章重点也在“崛起”,批判味道并不浓烈。

关于“崛起”的背景,谢冕新近出版的《中国新诗史略》一书说:

> 无休止的“革命”和“斗争”、无休止的“改造”和“批判”使文学和诗歌无所适从。一次又一次的“运动”过去之后,是一批又一批的诗人的“消失”。
>
> 最早消失的是以胡风为代表的“七月派”,他们在一场莫须有的“反革命集团”事件中整体地消失。1957年火热的夏天,有一场如火如荼的“反右派斗争”,以艾青为代表的一大批诗人成为这场运动的牺牲品,再次同样整体地消失。再后来,就是震惊世界的“文化大革命”,长达十年之久的狂风暴雨席卷了几乎所有的写作者,对诗歌而言是“一扫而空”也并不过分。中国已经没有诗歌,要

---

① 谢冕:《在新的崛起面前》,《光明日报》1980年5月7日。

② 艾青:《新诗应该受到检验》,《文学评论》1979年第5期。

是有，那就是只剩下令人触目惊心的三个字：假、大、空。[①]

谢冕这段话对改革开放前十几年诗歌状况的描述是客观的。那是中国历史上少有的没有诗也没有诗论的时代。面对这个时代背景，“朦胧诗人”“崛起”，“归来诗人”“归来”，形成了“新时期”诗歌的“崛起命题”和“归来命题”。当然，应该相信还有许多诗歌创作没有进入这两个命题系统的评价视野，那些无名的诗人及其作品淹没在时代浪潮之中不见天日。他们有语言，有诗情，但没有进入诗歌表现的公共话语领域。

本来，年轻人写年轻人的，老诗人写老诗人的，没有什么可争的，但却争起来了。这是话语权利地区职业诗人和评论家的论争。这两个命题之争，到底有多大的分歧，有没有共同之处？诗人们的心态到底是一种什么样的心态、什么样的诗歌认知模式？

事实上，两个命题之争是有共同渊源的。双方的论争理路，都是发端于“五四”新诗的各种诗歌创作和批评传统的继续。也就是说，这次新诗论争的火种，早就埋藏在从二十世纪二十年代到四十年代短暂的创作与批评传统之中。

的确，“文革”之后，诗人们以什么样的创作和批评话语体系重新回到诗歌之路上来，这是一个必须做出的选择。

先谈“崛起命题”。

“崛起”论者主要承继的是二十世纪二十年代至四十年代的“现代主义”（包括象征派、现代派等）传统，第一个话语视点的选择，是强调向西方现代诗歌创作学习。换句话说，“向西方现代诗歌学习”，是“崛起诗论”的第一个着眼点。这是推动汉语新诗创作的一个重要起点。

谢冕在其奠定“新时期”新诗评论巨擘地位的那篇“崛起”短文

---

① 谢冕：《中国新诗史略》，北京大学出版社 2018 年版，第 344—345 页。

开头就说：

一些老诗人试图作出从内容到形式的新突破，一批新诗人在崛起，他们不拘一格，大胆吸收西方现代诗歌的某些表现方式，写出了一些“古怪”的诗篇。①

文章一开头，谢冕还是给老诗人们留了面子的，说他们也在试图做出新的突破，但接下来，没有忍住。谢冕说：

我们的新诗，六十年来不是走着越来越宽广的道路，而是走着越来越狭窄的道路。三十年代有过关于大众化的讨论，四十年代有过关于民族化的讨论，五十年代有过关于向新民歌学习的讨论。三次大讨论都不是鼓励诗歌走向宽阔的世界，而是在“左”的思想倾向的支配下，力图驱赶新诗离开这个世界。尽管这些讨论曾经产生过局部的好的影响，例如三十年代国防诗歌给新诗带来了为现实服务的战斗传统，四十年代的讨论带来了新诗中国作风、中国气派的新气象等，但总的方面来说，新诗在走向狭窄。有趣的是，三次大的讨论不约而同地都忽略了新诗学习外国诗的问题。这当然不是偶然的，这是受我们对于新诗发展道路的片面主张支配的。片面强调民族化群众化的结果，带来了文化借鉴上的排外倾向。②

孙玉石在《新诗流派发展的历史启示——〈中国现代诗歌流派〉导论》一文中说：

新诗流派的发展为我们提出了一个保持吸收外来艺术营养的敏感力问题。这种敏感力，就是对于外界新的艺术潮流，包括新的艺术方法，新的文学流派，新的艺术形式，以及新的美学原则的接受和消化的能力。吸收外来的养分和接受传统的薰陶，是文学发展中对立的统一。优秀的传统是一个民族新艺术潮流发展的巨大

① 谢冕：《在新的崛起面前》，《光明日报》1981 年 5 月 7 日。
② 谢冕：《在新的崛起面前》，《光明日报》1981 年 5 月 7 日。

源头和基础，但是固守传统的一切就会是对文学发展和创新的束缚。这种固守传统的力量有时往往是十分强大的。一个民族的文化，要跨入世界先进的潮流，就应该既要继承传统，又要打破传统。这就是吸收外来养分以丰富和发展传统的过程。在这一过程中，传统的束缚力有时成百倍的大于外国文学创新的吸引力。这种情况下，接受外国文学影响每迈出一步，都要面临打破传统束缚的艰巨任务。而对外来新的艺术潮流吸收的敏感力就是打破传统束缚的内在动力。新诗众多流派的出现说明，这种吸收外来养分的敏感力和对生活独特的表现力相结合，往往就成为形成创建新的艺术流派的重要因素。过分保守传统的艺术原则，采取“闭关主义”的态度，就可能是对这种敏感力的窒息。新诗潮流竞相发展的局面证明了一个颠扑不破的真理：对外国新兴艺术潮流吸收的敏感力大于传统束缚力的时候，正是一个民族文化发展最有希望的时候。①

孙玉石的这篇导论全面、系统地阐释了新诗流派发展的历史，它发表在谢冕主编的《诗探索》上，呼应了谢冕的《在新的崛起面前》中“学习外国诗”的基本观点。孙玉石的这篇导论写得恰逢其时，是“崛起诗论”中最有学理逻辑力量的一篇论文。孙玉石不直接参与论争，但这篇论文的学理力量超过了其他诗评。可以说，孙文是一篇真正有价值的“历史启示录”，是新诗现代性追求的一个阐述，只是将郭沫若一路的诗歌也纳入“现代”的启示来阐释，显得不够专业和细密。

近代以来，国溃民弱，各界有识之士一直强调向西方文明学习，“师夷长技以制夷”，“西学为体，中学为用”。“五四”新文化运动时，陈独秀等人认为，只有请“德先生”(Democracy)和“赛先生”

① 孙玉石：《新诗流派发展的历史启示——〈中国现代诗歌流派〉导论》，《诗探索》1981年第3期。

(Science)进来,才能救中国,与此同时,文学家们还请来了“文先生”或“诗先生”,以白话诗文否定文言诗文。白话诗的写作,在胡适的《尝试集》中还保持着汉语诗写作的某些传统,而到郭沫若的《女神》,几乎全盘西化,只是郭沫若的“西化”并非对西方浪漫主义原义的继承,最多只能算一种张扬个人感受的诗歌口号,因为发端于英国和德国的浪漫主义诗歌,实际上是基督教(新教)的一种诗歌伦理,这种诗歌实际上是背离现实反映论的。为什么得出这个判断,要从西方文化和语言表现等诸方面撰文论述,无法在此言明。当然,郭沫若的诗并非现代派诗,他也并没有学到西方浪漫主义诗歌的精髓。

徐敬亚《崛起的诗群——评我国诗歌的现代倾向》一文的主旨,亦在于推动新诗重新萌芽的现代主义发展方向。这是徐敬亚在吉林大学中文系完成本科学业的学士论文,表现出了一代大学生代表的聪慧与见识。当然,那是一代特殊的大学生,徐敬亚写此论文时已经 33 岁。文章开头说:

> 我郑重地请诗人和评论家们记住 1980 年(如同应该请社会学家记住 1979 年是思想解放运动一样)。这一年是我国新诗重要的探索期、艺术上的分化期。诗坛打破了建国以来单调平稳的一统局面,出现了多种风格、多种流派同时并存的趋势。在这一年,带着强烈现代主义文学特色的新诗潮正式出现在中国诗坛,促进新诗在艺术上迈出了崛起性的一步,从而标志着我国诗歌全面生长的新开始。[①]

经过了一番论证,徐敬亚在这篇论文最后总结道:

> 中国新诗的未来主流,是五四新诗的传统(主要指四十年代以

① 徐敬亚:《崛起的诗群——评我国诗歌的现代倾向》,《当代文艺思潮》1983 年第 1 期。

前的)加现代表现手法,并注重与外国现代诗歌的交流,在这个基础上建立多元的新诗总体结构。①

不止上面一批诗歌批评家,作为"崛起诗论"者的诗人们,几乎同时发出了新诗重新向世界开放、向西方现代主义学习的声音。这种声音用个已经用烂了的比喻说,真"如滔滔江水",要截断这股义无反顾地汇入大海的"洪流","疑崛起论"者的力量显得很微弱。"朦胧诗人"自有高论,比如江河:

至于向外国诗借鉴,五四以来的新诗,哪个没有?借鉴些什么,诗人自有敏感。全世界的艺术越来越多地展示在我们面前,能否踏上世界的行列,取决于我们清醒的认识和竞争。艾略特把全欧的文学视为一个整体。随着地球的不断缩小,全世界的文学也会成为一个整体。无论是印象派绘画、意象派诗,不都是借鉴于东方吗?那么我们向西方学习,有什么不好呢。时代向我们提出,必须寻求更好的表现与传达方式,使世界上各民族的声音协调起来。②

又比如北岛在《上海文学》1981 年 5 月号的"百家诗会"里写道:

诗歌面临着形式的危机,许多陈旧的表现手段已经远不够用了,隐喻、象征、通感、改变视觉和透视关系、打破时空秩序等手法为我们提供了新的前景。我试图把电影蒙太奇的手法引入自己的诗中,造成意象的撞击和迅速转换,激发人们的想象力来填补大幅度跳跃留下的空白。另外,我还十分注重诗歌的容纳量、潜意识和瞬间感受的捕捉。

---

① 徐敬亚:《崛起的诗群——评我国诗歌的现代倾向》,《当代文艺思潮》1983 年第 1 期。
② 江河:《请听听我们的声音——青年诗人笔谈》,《诗探索》1980 年第 1 期。

“崛起诗论”的另一个主要的命题，是强调“人”（个人）的书写，即面向“自我”的创作。《诗探索》1980年第1期发表的《请听听我们的声音——青年诗人笔谈》中，几位诗人都谈到了写“人”和“自我”，是他们创作的出发点，也就是“崛起”的另一个支点：

高伐林说：

我要努力寻找我“这一颗”心通往人们心灵的通道。

顾城说：

我觉得，这种新诗之所以新，是因为它出现了“自我”，出现了具有现代青年特点的“自我”。这种“自我”的特点，是和其“出身”大有关联的。

我们过去的文艺、诗，一直在宣传另一种非我的“我”，即自我取消、自我毁灭的“我”。如：“我”在什么什么面前，是一粒砂子、一颗铺路石子、一个齿轮，一个螺丝钉。总之，不是一个人，不是一个会思考、怀疑、有七情六欲的人。如果硬说是，也就是个机器人，机器“我”。

王小妮说：

现在诗中可以写“自我”了，这是一个多大的进步呵！不过，写诗不能仅仅满足于写“自我”，要写好“自我”，基点应该是从“人”出发，就是说——写“人”。

梁小斌说：

要向人的内心进军，光有传统的那些手法，那些“意境”是不够的。

江河说：

诗人无疑要争夺自己独特的位置。并且看到自己的征服。

孙绍振在其著名的《新的美学原则在崛起》一文中说：

如果说传统的美学原则比较强调社会学与美学的一致，那么革新者则比较强调二者的不同。表面上是一种美学原则的分歧，实质上是人的价值标准的分歧。在年轻的革新者看来，个人在社会中应该有一种更高的地位，既然是人创造了社会，就不应该以社会的利益否定个人的利益，既然是人创造了社会的精神文明，就不应该把社会的(时代的)精神作为个人的精神的敌对力量，那种人“异化”为自我物质和精神的统治力量的历史应该加以重新审查。传统的诗歌理论中“抒人民之情”得到高度的赞扬，而诗人的“自我表现”则视为离经叛道，革新者要把二者之间人为的鸿沟填平……个人与社会的分裂的历史应该结束。①

江枫在《沿着为社会主义、为人民的道路前进——为孙绍振一辩兼与程代熙商榷》一文中说：

没有自我就没有诗。②

与此相反，“疑崛起论”诗人和评论家们并不认为“朦胧诗”是“新的美学原则在崛起”。首先，“疑崛起论”者们普遍认为“朦胧诗”是一种“读不懂”的诗，是“晦涩诗”、“古怪诗”；其次，认为“新时期”的诗歌不能学“现代派”这种西方资产阶级的创作方法，他们把诗歌的“现代性”与“人民性”对立起来看，认为向西方现代诗歌创作方法学习，是“沉渣泛起”、“颓废派”、“一股逆流”；其三，反对写“自我”这种“小我”，诗要写“大我”，要吹“号角”，“面向人民，面向人生”。

臧克家《关于“朦胧诗”》一文说：

二十和三十年代，也有人提倡脱离社会现实斗争，搞“为艺术而艺术”，是新诗发展中的逆流，三十年代就受到左翼的批判，那些

① 孙绍振：《新的美学原则在崛起》，《诗刊》1981 年第 3 期。
② 江枫：《沿着为社会主义、为人民的道路前进——为孙绍振一辩兼与程代熙商榷》，《诗探索》1981 年第 3 期。

唯美主义、形式主义、颓废主义的创作，只是当时在微少的一部分知识分子小圈子里有点影响，早就被人民摈弃。[1]

尽管臧克家批评的是“二十和三十年代”的某些诗人的写作，比如李金发的夹生的象征主义，但要说“朦胧诗人”们也搞“为艺术而艺术”，这帮诗人还真的没有达到追求“纯艺术”的那个高度。“朦胧诗人”也不懂唯美主义、形式主义、颓废主义的诗歌如何写作。

艾青在《从“朦胧诗”谈起》一文中说：

他们理论的核心，就是以“我”作为创作的中心，每个人手拿一面镜子只照自己，每个人陶醉于自我欣赏。

这种理论，排除了表现“自我”以外的东西，把“我”扩大到了遮掩整个世界。[2]

其实艾青也“反向地”拔高了“朦胧诗人”们，他们也没有真正写出有“自我意识”的诗歌。

在“疑崛起论”理论家中，程代熙的观点是最系统、最具代表性的。他不留余地，不像艾青。艾青年轻时是大诗人，有丰富的创作经验，说话留有余地。程代熙在《评〈新的美学原则在崛起〉——与孙绍振同志商榷》一文中说：

从上世纪末和本世纪初起，在西方文坛和艺坛上像走马灯似的相继出现了诸如象征主义、意象主义、原始主义、野兽主义、立体主义、未来主义、达达主义、超现实主义、意识流、存在主义、新浪潮、荒诞派等等各种名目的文艺流派，即我们统称之为的西方现代主义文艺。这些形形色色的现代主义文艺虽然有着它们各自表现手法上的特点，但在文艺思想上却存在着某些共同的东西。例如，

---

① 臧克家：《关于“朦胧诗”》，《河北师院学报》1981年第1期。

② 艾青：《从“朦胧诗”谈起》，《文汇报》1981年5月12日。

第一,西方现代主义的文学家、艺术家几乎都把他们的“自我”当作唯一的表现对象,说得具体一点,把文艺作为表现他们资产阶级、小资产阶级个人主义及无政府主义思想(即否定理性)的唯一手段。他们不满于生活的牢笼,但在行动上却使自己龟缩在“自我”的深处。第二,由于他们有意识地排斥现实世界的客观性,所以他们总是天马行空似的力图通过象征、意象、潜意识以至于梦幻来表现他们的“自我”。现代主义的文艺作品中的形象,有的写实感很浓,有的则又抽象得扑朔迷离,还有的是写实与幻景交错。但不管是前者还是后者,它们着意表现的并不是现实,而是作家、艺术家头脑里的个人主观意识。所以朦胧、荒诞、恍惚、晦涩,几乎成了西方现代主义文艺的一个共同的特点。第三,西方现代主义文艺是在资本主义社会的乐观主义已经在相当一部分知识分子中发生严重动摇的时刻破土而出的。如果说 T.S.艾略特——此人宣传文艺“表现自我”甚力,曾创办《自我表现者》(*The Egoist* 诗歌杂志)——的《荒原》写的是“站在毁灭因素边缘”的“一种完全失掉信仰的心境”(英国现代批评家斯·斯本德语),那么到了两次世界大战前后,则进一步陷入了毁灭的绝镜。贝克特的《等待戈多》,并不是如有的同志所分析的那样,说人类还有希望,而是宣告根本没有希望。①

程代熙文章中的逻辑对于“过来人”来说,是很清楚他说的意思的,也清楚他批评的对象,但若问当今的年轻一代,恐怕就不易理解了。年轻人或许会问,艾略特完全失掉了他们基督教文化的信仰,那不是就跟“我们”站在一起了嘛?的确,要仔细甄别里面的学术概念的内涵和学术逻辑,是会遇到很多棘手命题的。

本文讨论因“朦胧诗”而引发的论争,既不站在“崛起论”一方,

① 程代熙:《评〈新的美学原则在崛起〉——与孙绍振同志商榷》,《诗刊》1981 年第 4 期。

也不站在“疑崛起论”一方。这个态度必须表明。但这里，要为“疑崛起论”者说几句公道话，以匡正“崛起论”一方独大的诗歌批评史向度。

本文认为“疑崛起诗论”者的诗学中，有个隐含的诗学命题至今仍然值得重新发现，重新讨论，那就是他们的诗歌创作和理论中，庶几都有一份有关汉语新诗写作探索“三次大讨论”的遗产——三十年代的“大众化”；四十年代的“民族化”；五十年代的“新民歌”。撇开众所周知的非诗的、非学术的因素不讲，这个“三次大讨论”，的确给汉语新诗留下了丰富的理论成果和创作实践经验，也使汉语新诗的创作面貌形成了多元化共生的格局。

丁力《新诗的发展和古怪诗》一文，以批判顾城的诗观和作品为出发点，进而批判“古怪诗”（“朦胧诗”），文章的火药味较浓烈，但从此文总结的观点，仍然可以看出汉语新诗创作探索历程中涉及过的一些重要命题常论常新的价值：

“古风派”“洋风派”，这两种我们不提倡。我们要提倡的是：“国风派”。这是个大派。“国风派”是中国的东西，包括解放体诗，民间体诗。有各种各样的解放体：有从诗中解放的，从词中解放的，从散曲中解放的，这些诗比较含蓄，有诗味，有意境，又不是旧体诗，是新诗，这种诗不少，有发展前途。另外是民歌体，民歌体也是各种各样的、千变万化的、发展的。群众的民歌也是发展变化的，特别是民间诗歌，最近出了《中国民间长诗选》，收了好几十种，都很好。“国风派”的诗还包括各种各样的格律体，民歌体并不尽是信天游（信天游也有很好的，不能否定）。比较整齐的，参差不齐的都可以，但要有韵律；另外就是半格律、半自由体的诗；再有就是自由体诗。都是属于“国风派”。“国风派”是多种多样的，思想比较解放，方法也比较多样，对于写“古风派”“洋风派”的诗，允许存在，我们可以自由竞争嘛。但是，我是提倡“国风派”的。我认为

"国风派"有前途,应该是诗歌的主流。古怪诗、晦涩诗、"朦胧诗"或其它什么别的,不能成为主流。①

丁力文章引顾城批"假、大、空"而张扬"自我"之论,提出"假、小、空"之说,是很有撞击力的。不过,理论是理论,创作是创作,信了就是伤害。如果理论与创作是一回事,那么大理论家不都是大艺术家、大诗人了。可是,丁力代表老诗人们提出来的"国风派"的看法,确是个卓越的创见,也是新诗探索的一个重要的诗学路径。

直到今天,"朦胧诗"论争过了四十年之后,面对"诗坛"上风行的西方翻译体诗歌,面对汉语新诗研究和创作的西方主流话语(从句法到诗蕴)一边倒的情况,当年讨论过的汉语新诗"古典诗歌和民歌的基础"等命题,仍然值得重新探讨,且必须重新探讨。也就是说,汉语新诗的创作有两个基础永远不可忽视:一个是汉语的;一个是汉语诗歌传统的。只有在这两个基础上来讨论"现代的",才不至于把翻译体诗歌当作纯正汉语气质的诗歌。我们绝不反对向西方诗歌学习,也应该学习,但我们绝不能因学习而放弃以纯正汉语看世界的诗蕴生发方式。艾青在 1954 年曾经说过:

有些人写的诗,没有中国诗的情调,在那些诗里,看不见中国人民的思想感情,即使他们写的是中国的事情,也好像是一个外国人在写中国人的事情,因此读了觉得不亲切。那种诗,假如在作者名字下面加上一个"译"字,我们就会以为是外国人写的,因为它们没有中国人的气味。②

尽管学术界已经不太适应老一辈诗人、学者们用大词、大概念、大观念讨论学术问题的方式——外延越大、内涵越小,外延越空洞、内涵越模糊,但有些学术问题,不论用什么样的话语体系去

① 丁力:《新诗的发展和古怪诗》,《河北师院学报》1981 年第 2 期。
② 艾青:《诗的形式问题——反对诗的形式主义倾向》,《人民文学》1954 年第 3 期。

阐述，都是存在着的。汉语新诗的创作、批评与研究，长期受到翻译体诗歌和西方诗学的影响是无须争论的事实。其实不仅仅是影响，从话语方式、句法结构、诗学内涵来说，已经是一枝独大，大到差不多使人忘记了他们的汉语传统，忘记了他们是用汉语写作这一事实。这绝不是一个简单的放眼“世界文学”的命题。

讨论西方诗歌和理论对汉语新诗历史进程的功劳和负面影响不是本文的议题。本文要讨论的核心议题是，如果从诗学话语体系的框架考察，无论“崛起诗论”群，还是“疑崛起诗论”群，其共通之处，即他们的诗学框架，都是一种“代言人诗学”的框架。

顾名思义，“代言人诗学”的写作出发点，即是“代言”——为他人代言，为群体代言，为概念、观念代言，为大写的诗代言等。总之，这种诗学的声音发自具体的语言之上、事物之上，发自人群之上、具体的诗歌创作之上，所有写作者，无论是专攻理论的，还是专攻创作的，都要集中聆听，并排队接受“诗歌老中医”的诊断。

“代言人诗学”作为某种批评话语框架，在特殊的历史时期，的确有一种“语言狂欢”的强度，这种非此即彼的推动力，是必然要靠口号来推动的。口号如投枪剑戟般锐利，但与具体的艺术创作无关。群众无言，批评家和诗人为之代言。“代言人诗学”是某种话语权利系统。这种话语权利系统往往建构在某个大概念、大观念或大范畴之上，比如“西方”、“东方”、“传统”、“现代”等。

其实，不仅“朦胧诗”论争的诗学是一种“代言人诗学”，论争双方诗人们的诗歌创作，也是“代言人的诗歌”。北岛：“卑鄙是卑鄙者的通行证，/ 高尚是高尚者的墓志铭”（《回答》）；顾城：“黑夜给了我黑色的眼睛/我却用它寻找光明”（《一代人》）；舒婷：“我如果爱你——/绝不像攀援的凌霄花，/借你的高枝炫耀自己”（《致橡树》）。这些诗，都是代言人的诗，写的都是“大我”而非“自我”（小我）。顾城写“小我”的诗自然是有的，但很难说是一种“自我”。在我看来，即便是顾城已经很“小我”的诗作，其实也是改头换面的

“大我”,而非“自我”。比如:“我在幻想着,/幻想在破灭着,/幻想总把破灭宽恕,/破灭却从不把幻想放过。”(《我的幻想》)诸如此类的诗,其实都是在“讲道理”的观念诗,只是道理讲得比较隐晦、阴晦而已。《我的幻想》这首诗中的“幻想”、“破灭”、“宽恕”,这类词的内涵都是空洞的观念,它们只有观念表现力而没有直观表现力。观念表现是靠理解,直观表现是靠观看。前者是逻辑演绎的,后者是自在显现的。

理论自然是要讲道理的,但如果诗也利用诗艺和诗意讲道理,那么这种诗的品级就不高了。因为诗是稀释、溶解道理的,而不是凝聚、概括道理的。因此,无论是“假、大、空”的诗和诗论,还是“假、小、空”的诗和诗论,从讲道理的层面看,都是如出一辙。所不同的是,一方是直截了当地讲道理,直抒胸臆;另一方则着一层象征性、意象性隐晦修辞的衣饰,曲径通幽。

代言人诗学,是一种大词诗学,概念诗学,观念诗学。我们可以从论争双方的文章中来找大词、大概念、大观念,以说明所谓代言人诗学之“代言”所云不虚。

“崛起诗论”和“疑崛起论”双方的论争话语,其核心词汇列举如下:

粉碎、挑战、崛起、朦胧、晦涩、古怪、背离、运动、僵化、楷模、消灭、潮流、革命、武器、西洋诗、“旧的皮囊”、“新的太阳”、战斗、传统、现代、作风、气派、气象、民族化、群众化、凝固、僵死、暗夜、黑暗、光明、重获解放、战斗、逆流、人民、摈弃、落后、腐朽、泛滥、冷遇、脱离、立场、“假、大、空”、“假、小、空”、揭露、豪杰、战斗、脱离、丰碑、障碍、美学原则、时代、阶级、自我、自我表现、价值标准、好坏、看得懂、看不懂、资产阶级、小资产阶级、东方、西方、应该、民族气质、民族性格、民族精神、现实主义、浪漫主义、象征主义、意象主义、唯美主义、形式主义、颓废主义等等。

正是这些词、短语和诗歌概念、观念的使用,构成了"代言人诗学"的话语系统,形成了特殊的诗歌批评逻辑。人们发现,同一批词汇,同一种"概念包"或"观念包",同一种话语系统,完全可以建构出不同的语义逻辑,制作出语义内涵相去甚远的"语义包"。就是说,论争台面上出场的是同一种类型的词,甚至是相同的词,而背后的"东家"却各不相同。

"代言人诗学"是一种统一性、整体性心灵结构集体诗学的不同表现。

所谓"代言人诗学",当然不仅指"朦胧诗"论争双方的那种诗学。诗学中的各种"主义",比如浪漫主义,它发端时是一种神性的、源于英国和德国新教(基督教)伦理的诗歌创作和诗学,而它变形和衰颓时,就已经变成了各民族特殊时代潮流中的"代言人诗学",一种总体的、泛滥的、代言人幻想的毫无节制的语言扩展。在新诗百年历程中,很少有人知道浪漫主义的这个新教来源,以为只要用大词去写"大呼小叫"、"上天入地"般的诗歌,就是浪漫主义,就是某种宏大旋律的灵魂附体,天地万物及人都被利用。连屈原、李白都被认为是浪漫主义诗人,钉上了浪漫主义的标签。理论的混乱,充分展现了心灵结构中诗意创造的混乱。这其实是对浪漫主义,尤其是德国浪漫派的误解,当然也是对浪漫派外在形式浅薄的利用。有关浪漫主义,墨西哥诗人奥克塔维奥·帕斯说:

巴洛克和新古典主义美学坚持艺术与生活之间的严格划分。尽管他们对美的理念截然不同,但两者都强调艺术作品的理想性质。当浪漫主义肯定灵感、激情、感性的至高无上时,它却抹去了艺术与生活的边界。诗是一个至关重要的经验,而生活则获取了诗歌的强度。对于卡尔德隆来说生活就是幻觉与欺骗,因为它有梦的延续时长和一致性;对于浪漫派来说将生活从它单调的恐怖中救赎出来的就是,它是一个梦。浪漫派将梦视为"第二生命",一个恢复真实的生命,原始时间的生命的途径。诗歌是天真的收复。我们怎会看不到这一态度的宗教根源以及它与新教传统的亲密关系呢?浪漫主义起源于英国和德国不仅因为它是与希腊罗马美学的一场决裂,更是因为它与新教的精神联系。浪漫派延续了新教的决裂。新教所强调的宗教经验的内在本质,与罗马的仪式主义正相反,为浪漫的剧变提供了心理与道德的前提条件。浪漫主义首先是诗意眼光的一次向内转。新教令每一个信徒的个体意识成为宗教神秘的剧场;浪漫主义扰乱了希腊罗马传统的非个人美学,允许诗人的自我成为首要的现实。①

凡“代言人诗学”,都有一个共同的特征,即先假设了有一种“大写的诗”的存在,然后,按照不同的语义演绎途径,论证一种“好诗”的观念,其大词、大概念、大观念的话语连环结构,其非此即彼的话语排他性,是它共同的话语逻辑。

在纯洁诗的蕴生发生时刻,逻辑必须退场。

① [墨]奥克塔维奥·帕斯:《泥淖之子:现代诗歌从浪漫主义到先锋派》,陈东飚译,广西人民出版社 2018 年版,第 86—87 页。

道德代理、隐私共享与伦理挑战

——科技伦理中的主体难题

邹建军　丁　萌

（华中师范大学 非物质文化遗产研究中心，武汉 430079）

内容摘要：科技崇拜在工具理性的双刃剑角色中愈发为当代所反思。科技以“新”来改变人类生活方式的同时，也以“新”事物背后的非稳定、待成型的秩序规范驱动人类对科技的恐慌，使主体迷陷于三大难题：道德戒尺在代理媒介中削弱、隐私数据在交互共享中降阈与伦理规范在技术逻辑中被挑战。三大难题使作为主体的人类在新鲜事物与传统规约的交锋中拉扯，故解决之法亦要从主体出发，做到循德、赋权与轨范：德，有德可省——道德在行为规范上充当戒尺；权，有权可握——隐私在自主权上提供保障；法，有法可依——伦理在规约中践行共同体规范。建立良性的科技伦理规范，要发挥契约与服务精神去规约与造福人类，故认清当代科技伦理中的主体难题进而寻求解决方案，才能在亟待规整的科技伦理场域中使人类与科技实现“诗意的栖居”。

关键词：科技伦理　道德代理　隐私共享　伦理挑战

科技推动人类进步，人类亦助推科技革新。科技是人类文明的镜子，亦是人类活动对象化的印证。从科技的效用来看，实用性是其本质属性。从古希腊诸神的定名便可见一斑，水神、火神与酒神等缓解了先民的生存焦虑，“凡是对人有用、有助于健康、有益于

作者简介：邹建军，华中师范大学文学院教授，博士生导师，主要研究民间文学、中国现当代文学和比较文学；丁萌，华中师范大学非物质文化遗产研究中心博士研究生，主要研究民间文学与文化遗产。

生活的物与'人'都是神"[①]。原始的神祇崇拜已身披技术崇拜的外衣,只不过仅围绕满足物质需求、寄托生存理想。科技发展史是人类由封建迷信、宗教桎梏走向主体自主甚至自我迷失的进演史。《启蒙辩证法》阐释了精神独立的祛魅式自主:"就进步思想的最一般意义而言,启蒙的根本目标就是要使人们摆脱恐惧、树立自主。启蒙的纲领是要唤醒世界,祛除神话,并用知识代替幻想。"[②] 科技正是以科学理性带领人类由愚昧走向文明。但人类摆脱愚昧、走向精神独立之后愈发不懂得尊重科技。当人类目标转向以工具理性为导向的效益量化,便不再以仰视姿态呼应原始崇拜,神祇被科技驱逐,人类不再相信神而相信技术,科技转而跌进资源与资本的无底洞中。没有约束的技术只会助长征服欲望,工业革命后以科技征服自然的欲念愈发成为人类力量的"印证",带来的生态破坏与当今的科技资本化趋势一样已不可逆转。自此科技将人类抛进物化时代,逐步演变为对精神园地的异化压迫,马克思在《1844年经济学哲学手稿》中将机器化商品生产下的劳动力置于劳动的对立面:"作为一种异己的存在物,作为不依赖于生产者的力量,同劳动相对立。"[③] "科技异化"似乎成为后现代人类无法挣脱的泥潭,正如海德格尔将科技异化人类的手段比作架空主体的"座架":"座架乃是那种摆置的聚集,这种摆置摆弄人,使人以订造的方式把现实事物作为持存物而解蔽出来。"[④] 科技文明被摆向奴役主体自主甚至支配主体独立的祭坛。故从科技的长远发展来看,除了要坚守自然科学的实用价值,也要坚守人文关怀的精神根基。

---

① 徐少锦主编:《西方科技伦理思想史》,江苏教育出版社1995年版,第3页。

② [德]霍克海默、[德]阿道尔诺:《启蒙辩证法——哲学断片》,梁敬东译,上海人民出版社2006年版,第1页。

③ [德]马克思:《1844年经济学哲学手稿》,中共中央马克思恩格斯列宁斯大林著作编译局译,人民出版社2000年版,第52页。

④ [德]海德格尔:《海德格尔选集(下)》,孙周兴编译,上海三联书店1996年版,第942页。

人类与科技的关系是彼此成就的契约关系，一方力量失衡势必破坏良性生态伦理与社会伦理的维系，故在技术更新速度远快于人类文明革新的当下，建立良性的科技伦理规范永远是人类所关注的重要命题。

学界于二十世纪八十年代起就开始关注科技伦理的问题，徐少锦先生扛起了大旗，[①]千禧年后随着科技的日新月异更引发了广泛关注，经过十五年发酵逐步消退。研究成果主要聚焦以下几个方面：其一，学术史梳理。聚焦中西方科技伦理的概念辨析、学术史梳理与重要人物科技伦理观探析，以徐少锦主编《西方科技伦理思想史》、《科技伦理学》，[②]王前等著《中国科技伦理史纲》[③]，陈爱华《马克思〈资本论〉中的科技伦理观》[④] 等为代表。其二，挖掘科技伦理中存在的现实问题。以陶明报《科技伦理问题研究》[⑤]，韩东屏等《疑难与前沿：科技伦理问题研究》[⑥]，薛孚、陈红兵《大数据隐私伦理问题探究》[⑦]等为代表，科技异化、隐私保护与机器人的伦理冲击是最为学者所关注的三大问题。其三，对科技与伦理关系的辩证思考。以潘建红《现代科技与伦理互动论》[⑧] 为代表，以良性互动、互视的关系重审科技伦理观。其四，价值标准的重估。以王少、孔燕为代表，梳理了国内外科技伦理的评估标准，在肯定主体、客体、步骤和标准的主干框架外，提醒我们关注评估相关的外部影响因素。其五，寻求良性解决方案。比如《大数据时代

① 详情参考徐少锦：《论蔡元培的科技伦理思想》、《科技伦理概述》、《西方科技伦理思想的基本内容及其发展规律》等。

② 徐少锦主编：《西方科技伦理思想史》，江苏教育出版社 1995 年版；《科技伦理学》，上海人民出版社 1989 年版。

③ 王前等：《中国科技伦理史纲》，人民出版社 2006 年版。

④ 陈爱华：《马克思〈资本论〉中的科技伦理观》，《东南大学学报(哲学社会科学版)》2006 年第 4 期。

⑤ 陶明报：《科技伦理问题研究》，北京大学出版社 2005 年版。

⑥ 韩东屏等：《疑难与前沿：科技伦理问题研究》，人民出版社 2010 年版。

⑦ 薛孚、陈红兵：《大数据隐私伦理问题探究》，《自然辩证法研究》2015 年第 2 期。

⑧ 潘建红：《现代科技与伦理互动论》，人民出版社 2015 年版。

隐私保护伦理困境的形成机理及其治理》[①] 中对隐私保护机制的思考、《人工智能发展对伦理的挑战及其治理对策》[②]对机器人引发的伦理危机作出回应、《现代科技发展的法伦理思考》[③]中对科技异化带来的法伦理困境予以审视，旨在寻求危机背后的解决方案。

纵观科技伦理研究史，我们始终要回归人之主体，技术的运用、革新与其产生的问题，源头还是归结于人类自身，故对科技伦理的研究要回归主体，寻视主体在科技伦理场域中所遭遇的当代难题，力图构建良性的伦理共同体规范，才能使人类与科技实现"诗意地栖居"。具体而言，主要表现为三大难题：其一，道德规约在代理媒介中失范。其二，隐私数据在共享交互中降阈。其三，伦理秩序在技术逻辑中被挑战。相应的，三个难题也是构建当代科技伦理规范所必须考虑的向度。

一、道德代理——主体行为规范失约

由主观理念到科技产品再到衍生资源，科技充当中介角色，科技将作为工具与手段参与并影响社会分工。当科技的发展足以影响到人类生存，处于支配工具地位的人则沦为被工具支配的人。海德格尔预判了科技的中介危机，他将科技视作人类存在的决定方式，阐明科技限制了定义生命并赋予生命意义的真实性。[④] 故科技只能作为连接人与本质的手段，如果发生错位、越位，就会"摆

① 杨建国：《大数据时代隐私保护伦理困境的形成机理及其治理》，《江苏社会科学》2021 年第 1 期。

② 杨博文等：《人工智能发展对伦理的挑战及其治理对策》，《科技智囊》2021 年第 1 期。

③ 何士青：《现代科技发展的法伦理思考》，《求索》2020 年第 2 期。

④ [德]海德格尔：《海德格尔选集（下）》，孙周兴编译，上海三联书店 1996 年版，第 941—946 页。

弄”人，使主体处于被迫“解蔽”[1]而不自知的状态。而当代科技伪装成糖衣炮弹，导致主体有意赋予科技中介支配功能，在代理中实现了角色置换而触发道德失约。人工智能似乎是人类的第二自我，但科技本身并不具备代理能力，强行赋予“道德代理”[2]能力就会促使原本具备道德理性的正常人有意转向非理性行为，而代理功能的实现则转移了归责评估与风险承担，失去约束则失德犯法接踵而至。这一功能的实现往往采取归责转移与履责稀释两种手段，诱导主体“享受”代理功能实现后的风险规避。

（一）归责转移

科技以面具形式为道德主体提供遮蔽，在考量主体行为是否逾越道德与法律界限时掩盖可能产生的越界行为，将行为后果的承担者由主体转移至中介，导致回归责任判断时无法准确归责，无人驾驶便是典型。无人驾驶的实现表面上是通过安全测试，以智能系统分析路况并相应做出系统选择，但汽车行驶必须要根据实际路况灵活改变方案，智能系统并非“全能”，在关乎生命安全的问题上有多少人愿意手离方向盘，把生命交托给智能系统？无人驾驶背后的隐性逻辑是“无人＝具备支配能力”，默许人工智能具备行为能力。那么智能系统作为中介载体连接了行为主体与行为后果，完成了非人与人的嫁接，也就完成了责任转移，其最大的隐患就是谁为意外买单？2018 年 3 月 20 日全球首例因无人驾驶车辆导致死亡的交通事故载入史册，[3] 当时工程师并不在驾驶席上，难道我们要向智能系统追责？科技无法承担道德主体的刑事责任，这起意外属于无为之过，倘若假借研发、巧用漏洞而在归责不

① ［德］海德格尔：《海德格尔选集（下）》，孙周兴编译，上海三联书店 1996 年版，第 941 页。

② 姚晓娜：《“Moral Agent”是“道德代理人”吗？——一个伦理学概念辨析》，《道德与文明》2010 年第 1 期。

③ https://www.sohu.com/a/225900131_207528[EB/OL]2018.3.20，2021.5.8.

甚清晰的边缘地带犯法，而实际用于遮蔽犯罪动机、逃避刑事责任，不免令人不寒而栗。

（二）履责稀释

道德代理的实现在归责问题上难以量化，即使能做到量化也难以维系履责过程中的法令强度，即主体的遵德守法意识被稀释，表现为道德规范、法律界限的强令约束感被削弱。人类似乎无须对机器负责，负面情绪对外发泄要负责，可如果面对机器呢？如果人将机器当作道德失范的发泄工具，能否保证不会在现实中“变现”呢？在卡夫卡的小说《在流刑营》[①]（或名《在流放地》）中，军官与机器形成了难以脱离的虐恋关系，行刑机器代替军官处决犯人，军官愈发离不开机器，机器的杀戮殊不知已成为人自身贪欲的杀戮，而罪责似乎转移至机器。在机器异化的幌子中，军官作为施暴者俨然成了受害者，履责意识被削弱，展现了人被机器所异化而不自知的反讽。人与机器的虐恋在当代被替换为人类与人工智能的纠葛，在电影《黑客帝国》中“矩阵”封锁了人类族群的协作基础，展现了以机器为主宰的母体组织与人类幸存者的对立母题，人类不得不为了生存而遵守新的机器秩序。我们在惊诧于人工智能背叛主体时忽略了一个重要问题，那就是人类所斗争的对象是自己创造的产品。在电影中“矩阵”属于未来世界制造的超级AI，因“偶然获得”自主程序而叛变，这种“偶然获得”归根到底是人类默许了智能产品的道德代理，作为掩盖欲望、躲避履责的面具，殊不知道德代理功能的实现，机器也将同样的遭遇“转移”给人类。科技背后还未形成稳定的共同体规范，对未完成之物越依赖，就越要承担可能存在的风险。

当人的社会属性被稀释，科技中介越位至行为主体的时候，人

① ［奥］弗兰兹·卡夫卡：《在流刑营》，叶廷芳主编，洪天福、叶廷芳译，《卡夫卡全集》（第1卷），中央编译出版社2015年版，第65—87页。

类原有的道德空间就会被挤压甚至被奴役，社会就要承担道德失范的风险。从道德代理入手，更能明确作为中介的科技产品是绝不允许被拔高至行为主体的地位，一旦越位，新的机器规范将不再是主体对象化的约定俗成，而是主体被奴役的通行证。道德代理会削弱道德主体的过失，将风险留给无从追究的非道德主体。借助面具的嫁接形式，使主体在面对道德拷问时发挥稀释功能，最终使得责任主体与归责履责之间产生缝隙，造成的后果终究回归主体，可能会出现严重违反道德规约甚至违法犯罪的问题，我们绝不允许科技媒介以道德代理的方式为道德规范与法律约束披上遮羞布。

二、隐私共享——主体权力保障失当

"隐私"权是公民基本权利之一："公民对其私生活的秘密享有不受无端窥察和非法公开的权利。"① 但隐私保护却在大科技、数据化时代中成为梦中的象牙塔，科技驱动人类对隐私权的高度关注。关于"隐私"，最早可追溯到亚里士多德，在对城邦与个人、家庭与个人进行区别时，②就已凸显了隐私的内化、封闭与独享属性。作为系统化概念自 Samuel Warren 和 Louis Brandeis 的论文"The Right to Privacy"起，认定隐私权指公民享有的私人生活安宁与私人信息依法受保护，不被他人非法侵扰、知悉、搜集、利用和公开的一种人格权。③ 而当下的"隐私"已成为科技时代的半成品，与隐私本义形成强烈反讽，甚至被当作数据进行贩卖，现代人

① 中国大百科全书总编委会：《中国大百科全书（第二版）26》，中国大百科全书出版社 2009 年版，第 489 页。
② [古希腊]亚里士多德：《政治学》，吴寿彭译，商务印书馆 1965 年版，第 3—42 页。
③ S. D. Warren & L. D. Brandeis, "The Right to Privacy," *Harvard Law Review*, 1890, 4(5), pp.193 - 220.

如同“裸奔”一般穿梭在大数据时代，原属于个体正当权利的保障正在技术裹挟中逐渐抹去，极大降低了隐私阈值，隐私成了不隐匿、不私密的共享型产品，形成对隐私保护的格外警惕与放弃抵抗两种极端态度。如何处理隐私保护的问题，需要从源头上认清隐私是如何从不公开到公开的发生路径，主要表现为以下两种模式：

（一）透射化与身体隐私展示

我们在定义隐私的时候，强调与公共利益无关的个人范畴才属于隐私，如遇公共政治安全、社会群体利益，我们须尊法亦酌情。在不触犯公共利益前提下，身体隐私的非公开便利成为不法分子的犯罪容器，比如毒品会藏在体内以蒙混检查，X 光的发明解决了这一问题，却也触发了深层次的透射焦虑。X 射线最初由德国维尔兹堡大学物理学院威廉·康拉德·伦琴（Wilhelm Conrad Röntgen）教授偶然发现，[①] 不经解剖便能透射骨骼架构，在便捷检查的同时，隐私焦虑由此而来：技术能透射不愿展示的身体？如果得到被检查者的许可，便不在隐私讨论的框架之内，可如果不经允许对被检查者进行扫描，那由此带来的隐私焦虑便无可消解，比如旅行者对身体及物品隐私的忧虑随着安检技术的革新也与日俱增。2021 年 5 月 7 日广州地铁安检员散播安检照片，对身穿 JK 制服的女生及其用品予以无情嘲讽，原主人遭遇网络暴力引发众怒，[②] 故透视技术的运用一定要尊重公民身体的隐私权利，合法使用、提前沟通，否则在“探照灯”下行走难免如履薄冰。因为身体防线一经崩塌，身体作为隐私遮蔽、缓冲容器的功能就会被击破。

不愿意分享身体除了潜意识没有被主体认可之外，就是身体能为隐私提供伪装。如果想保护隐私，身体就能为心理活动提供

---

① George I. Manes & M. D, “The Discovery of X-Ray,” *History of Science Society*, Chicago: The University of Chicago Press, 1956, 47(3), pp.236 - 238.

② http://jzshengedu.com/gaokao/32758.html, 2021.5.8.

外部屏障,不至于内心隐私被窥探。未来科技是否能穿越身体屏障直击内心隐私？科幻电影预设了这种直面式恐慌。德国科幻电影《匿名者》讲述了2030年出现了名为“心灵之眼”的科技产品,装备后可将眼睛看到的画面实时同步、上传到云端,可以实现购物、开门、记忆等生活功能。如果得到主体授权,他者也能看到自己云端系统的内容。而官方则拥有最高权限,可不经授权随时随地查看所有公民,问题亦随之而来:其一,他者请求授权时,是否授权？其二,官方监控下能否实现隐私保护？这两个问题也是对当今隐私保护无法保障的反映,GPS技术的出现与应用,已初步实现随时随地定位目标的功能,故科技越发展,人类越恐慌,恐慌的并不是技术本身,而是对技术的放权与滥用。衣物能遮挡身体,而科技却能穿透身体,身体隐私无法保障,那么心理隐私又从何谈起？

（二）数据化与信息隐私焦虑

心理隐私与身体隐私不同,心理隐私的发现与泄露途径主要与信息化时代的数据处理有关,这是值得肯定又贩卖焦虑的双刃剑。信息隐私与人类偏好相关,日常活动中我们经常被大数据侵袭偏好自留地,比如今天搜索了某关键词,马上就会收到与关键词相关的全方位推荐,数据的追踪、共享与针对功能令人不寒而栗,故数据时代下心理隐私逐步演化为信息隐私,似乎保护好信息,就保护住了内心的秘密。大数据下的信息隐私共享有利也有弊:其利在于以公共性排除隐私的个人性,对公共安全防护具有重要意义。其弊端也显而易见,大数据的偏好搜集给人类留下痕迹恐惧效应,且易被引导、诱导而非出自个人意愿陷入信息控制圈套。对隐私的数据化处理是把双刃剑。

1. 以公共性排除个人性,隐私共享与群体利益挂钩

数据只有在公共利益面前可以越位个人之上,比如政治安全在数据面前不存在个人与集体之分,过于强调个人隐私反而给不

法分子可乘之机,个人隐私也会成为挡箭牌而无法做到信息的及时公开。故隐私权是人权的一部分,但前提是不损害公共利益。如果信息隐私与公共事务、公共利益相关,那么个人隐私就要让位于公共事务,该语境下的隐私共享不存在损害个人利益之说,比如新冠疫情的追踪,扫码本身也是以信息搜集的方式用大数据保障公民安全,并非强调追踪个人痕迹,且对目标对象实行不公开处理,中国在世界疫情防控、追踪上的隐私保护措施堪称模范。大数据存在的问题表现为无法权衡公共与个人领地,拥有隐私权限者能否过滤与公共事务无关的个人隐私?利用追踪技术保障公共利益似乎无可厚非,但追踪条件必须假以时限、有所选择、和平沟通、合理透明,不能越位。

2. 循环型超链接代替输入型文本,借大数据实现"交互共享"

数据存档经历了纸质化向编码化的演变,记录与保存演变为数据处理的问题。数据以信息编码的方式存于服务器中,原本纸质文字的单程线性输入,改变为云端数据的多口互通,所有信息都以符号形式被程序编码,搜集信息即搜集符号,且具有超链接性,即点击符号能直接跳跃至另一信息系统,实现数据信息的多端交互。在这一过程中,公民隐私也被信息科技予以数据化处理,每个人的隐私都是数据符号,以编码的形式在云服务器中实现交互共享,你的所作所为只要在智能产品中留下痕迹,那么服务器就能根据关键词搜索、频率、领域分布等特定选项进行偏好搜集、整理与引导,逼迫大数据时代中的人类产生"痕迹恐惧"效应,不敢轻易在科技工具面前留下痕迹,比如身份证、手机号码、家庭住址等私密信息,一经记录很可能被非法共享,而这些私密信息与人身安全保障具有重大关系,泄露这些信息如同古代悬赏通告一般被"通缉"。数据化处理出发点是为了便捷管理,但一经储存至云端、上传至大数据平台,每一个人内心不想与别人分享的隐私,便被大数据平台精准定位与呈现。无论是文字还是语音,背后都可能存在着如"心灵之眼”般的超级权限者，在互联网大门的猫眼中将人类隐私窥探得一清二楚。

隐私问题必须杜绝被无边界的群体概念凌驾于个人之上。隐私权属人权，受法律保障，但科技凿出了法律坚墙的缝隙，其本质不在于技术更新迭代与主体接受程度之间的落差，而在于对技术操守的担忧。守住公共道德底线，厘清隐私问题在公共与个人的边界，有选择地处理好数据隐私的共享问题，才不会将当代人类的身体隐私与信息隐私暴露于科技面前，否则不愿展示的隐私沦为公共交互产品岂不荒谬？

三、伦理挑战——主体伦理规约失序

在道德代理与隐私共享之外，科技伦理抛给主体最大的难题或许是对伦理规约的冲击，新事物的非约定俗成性成为瓦解现有伦理规范的助推器，因为人类的生存命题便是在满足物质条件外遵守社会伦理规范而进行交互活动。以往我们把“科技伦理”理解为概念、标尺或规范：“科技伦理是一种跨学科研究……狭义的科技伦理主要指科学研究与技术探索过程中的伦理，广义的科技伦理则将科技应用、传播及其社会文化影响也纳入其问题域，前者更凸显专业伦理，后者则拓展至社会伦理层面。”[①] 而当今却成为问题与危机。约束科学共同体的标尺随技术革新周期的无限缩短，其规约性也愈发薄弱，以人工智能为代表的技术力量愈发使人类感到恐慌，思考解决方案、化解危机成为重中之重，我们应居安思危，聚焦科技发展过程中的伦理挑战，具体表现在观念与秩序两个层面。

（一）伦理观念的“马赛克”处理

伦理认知主要针对关系型场域，比如性别关系、家庭关系，而

---

① 钱振华：《现代科技伦理意识探析与养成》，知识产权出版社 2017 年版，第 15—16 页。

科技却在无形中动摇原有伦理观念，这一过程表现为静态、稳固、没有选择的原生伦理关系，逐渐转变为动态、斗争与科学选择的伦理纠葛。科技之“新”对传统规范而言，已愈发成为伦理场域中有力的竞争对手，比如怎样确保机器人遵守伦理规范？人类现行伦理规范要不要因机器人而改变？纵使科学家们努力呼吁科学共同体的建立，但还是无法阻挡人类欲望的膨胀，新旧拉扯之中伦理观念被进行了“马赛克式”处理，即主体伦理认知愈发不稳定甚至重构。我们以机器人为切入点，从情感认知、家庭契约与生存空间三方面来看清马赛克背后的清晰面目：

1. 模糊情感认知边界

科技在改变人类对情感的需求，不再以男女互补、实体恋爱与现实活动作为实现要素。科技实现角色扮演，扮演理想性别气质，满足异己情感需求，比如机器恋人/虚拟恋人，完成了皮格马利翁情结的当代转换——人机之恋。[①] 机器可男可女，可人可兽，可仙可妖，那么男女间的恋爱活动变成人与机器的活动，对异性的情感需求移至机器，情感认知的边界开始扩张，性别、实体与实践活动成为可选项，成为情感认知的附加而非必要，其影响有利有弊，利在于缓和女权主义语境中的紧张关系，但弊大于利，情感认知边界的扩张会动摇伦理观念，破坏主体的异己认知而难以对他者与世界形成理性判断。

2. 淡化家庭结构契约

婚姻有法律保障，也践行契约精神，但机器人进入家庭会打破家庭结构、破坏契约精神。假如男性给予机器人妻子身份，而又产生婚外恋情，相比真实存在的人物与婚姻法律的保障，家庭与婚姻所贯彻的契约精神被大打折扣。假如机器伴侣被广泛认同，人类繁衍、代际传承的问题该如何解决？身份的置换与越位直接危及

---

① 程林：《“皮格马利翁情结”与人机之恋》，《浙江学刊》2019 年第 4 期。

家庭男女双方的主体地位，既定婚姻法律保障被重新划定、分配，人与机器的关系开始进入家庭关系的领域，人与社会的关系联结开始不再稳定。目前法律还无法完全适配机器，但机器终究不能代替人，不能完成人的社会活动，稳固的家庭结构与双向的契约精神是社会组织稳定运行的保障条件。

3. 挤压公民生存空间

著名机器人索菲亚（Sophia[①]）于2017年10月被沙特阿拉伯王国赋予公民身份，[②]这是第一个获得国家公民身份的机器人，授予理由是有助于推进沙特阿拉伯的妇女运动，但讽刺的是索菲亚在一次亮相中"扬言"消灭人类。[③] 机器人背后是程序在"助力"，那么索菲亚是人类欲望的传声筒？我们要不要承认机器人的公民身份？如果机器人的公民身份在未来得到广泛认同，直接影响便是挤压现有公民权益空间，以分母式占比增加社会风险调控压力，比如政府还要投入资金去维护机器。故是否赋予机器人法律实体或"法人"地位的问题，还不足以上升至立法的高度，能确定的是原有公民法定生存空间势必遭受挤压。

（二）伦理秩序的"技术式"恐慌

伦理观念一经动摇，蝴蝶效应直指伦理秩序。科技伦理至今未达成共识或效果远不如企盼，科技催生了人类对技术逻辑的崇拜，似乎技术能解决所有难题。但技术与技术逻辑之间存在裂缝，发明者是人，人既受显性法律的强令管控，也受道德伦理的隐性约束。一旦跳出约束，就会破坏人类与科技所建立的良性规约。科

---

① Michael Greshko, "Meet Sophia, the Robot That Looks Almost Human," *National Geographic*, May 18, 2018.

② Chris Weller, "Meet the first-ever robot citizen-a humanoid named Sophia that once said it would 'destroy humans'," *Business Insider*, October 27, 2017.

③ Chris Weller, "Meet the first-ever robot citizen-a humanoid named Sophia that once said it would 'destroy humans'," *Business Insider*, October 27, 2017.

技最先动摇伦理观念，伦理观念挑战伦理规范，伦理规范受损背后折射出对技术逻辑的恐慌。我们可以从技术歧视、身份恐惧与解体威胁三方面来剖析伦理秩序在科技面前的“技术式”恐慌。

1. 科学技术存在主观歧视

科学可以摈弃人为偏见么？答案是否定的，比如算法内置的“编码凝视”：“外界固有偏见被嵌入到代码系统中，成为算法天生所有的偏见。”① 即算法设计存在预设偏见，毕竟算法是由开发者设计，所以技术看似客观但实际差强人意，算法歧视一直存在，比如种族歧视与性别歧视的问题。Google 智能把黑人识别为猩猩、iPhone 系统无法识别两个不同的亚裔人、Google 翻译存在鲜明的男性主义色彩……② 诸种算法偏差所透射出的歧视都属于“前偏见”，即开发者先入为主的预设贮存，所以科技“未必是中立的，我们身边已经出现太多被性别化的科技和人工智能，比如，男性机器人往往扮演探索外太空、救助人类、从事科研等角色，而女性机器人往往扮演着服务角色。由此，探讨谁在从事科技活动/研发、科技发展为谁服务、谁的利益引导着科技发展进程和谁从中获利等问题就显得尤为必要”③。

2. 身份认知存在“山谷”恐惧

以索菲亚为代表的机器人，包括洋娃娃、人形玩偶等产品易引起心理不适，“机器人的外观和行为跟人类越是接近，人们越容易产生积极的正面情感；但是，这种正面的情感到达一个峰值之后，随着相似度的提高，人们会对机器人产生恐怖的感觉，形成所谓的

---

① 张莉莉、朱子升：《算法歧视的法律规制：动因、路径和制度完善》，载《科技与法律（中英文）》2021 年第 2 期。

② Marcelo O. R. Prates, Pedro H. C. Avelar & Luis Lamb, “Assessing Gender Bias in Machine Translation-A Case Study with Google Translate,” *Neural Computing and Applications*, 2020.

③ 姜佳将：《科技与性别：性别平等研究新议题》，《中国社会科学报》，2019 年 5 月 17 日，第 6 版。

'恐怖谷';当相似度持续上升到与人类更为接近的程度时,人们对机器人又会重新产生正面的情感"①。这是著名的"恐怖谷"理论,为何人在仿生产品面前会产生恐惧、排斥的反应?这与身份认知的参照有关。主体确认须在类同性与差异性中进行,类同性保证稳定,差异性提供多元,人在稳定性与多元性中确认自我,而仿生机器人则有意驱逐差异,让人类在一个看似与自己类同的物体上陷入认知泥沼。因为人类从出生起便具备两重伦理身份,一重生理,一重社会。两重伦理身份最终使主体得到自我确认,而仿生机器人既不具备生理基础,也无法获得准确的社会定位,这就导致人在面对仿生机器人时既无法将其视为自己,也无法将其视为他者,这种认知障碍会回馈主体,若不加引导,容易形成严重的人格缺陷,将仿生产品当作人类的替代品,无法建立稳固的自我认知,甚至触发犯罪。

3. 伦理规范存在解体威胁

科技的伦理挑战在医学与生物学领域尤为猛烈。克隆羊问世后,"克隆人"也进入人类视野,但欣喜于科技的重大突破之外,生物技术对伦理规范的挑战也逐步落在肩头。石黑一雄 2005 年出版的小说《别让我走》②就展现了克隆人所引发的伦理焦虑。小说中英国利用克隆技术制造出了一批与人类相似的克隆人,目的是为了培养器官以移植给病患,从而达到治疗与延寿的目的,但小说中的克隆人与正常人类一样,拥有类同的生理机制与正常的人类情感,在经过几次捐赠后就随着器官的损耗而"被"结束生命,最终活下来的露西"总是疲惫不堪,孤身一人"③,表达了石黑一雄对克隆人命题的伦理焦虑。而医学科技的迅猛发展使这

① Mori, Masahiro, "The Uncanny Valley," *IEEE Robotics & Automation Magazine*, 2012, 19(2), pp.98 - 100.

② [英]石黑一雄:《莫失莫忘》,张坤译,上海译文出版社 2018 年版。

③ [英]石黑一雄:《莫失莫忘》,张坤译,上海译文出版社 2018 年版,第 317 页。

种伦理焦虑愈发显明。2018 年 11 月 26 日，一对名为露露和娜娜的基因编辑婴儿“被”诞生，迅速轰动世界，也彻底触发了人类对科技的恐惧与焦虑情绪。[①] 基因编辑下的婴儿如何养育？倘若基因变异，人类正常繁衍程序被打破，转以“批量生产”，这是否如《黑客帝国》中母体对人类的控制？2021 年 1 月 18 日，女星郑某代孕事件曝光，[②]代孕不合法、不合道德更不合伦理规约，资本是否会胁迫女性沦为生育机器还未可断言。生育牵涉个体生存、家庭组织与社会架构，生育出现问题会直接挑战人类伦理，伦理规范一旦解体整个人类社会就会沦为技术胁迫的机器时代，这并非危言耸听。

科技绝不能沦为助力伦理规范解体的黑手，当下我们又该如何审视人类与科技的关系？阿西莫夫针对机器人所设定的“三原则”或许能带来启发：第一条，机器人不得伤害人类，或看到人类受到伤害而袖手旁观；第二条，机器人必须服从人类的命令，除非这条命令与第一条相矛盾；第三条，机器人必须保护自己，除非这种保护与以上两条相矛盾。[③] 或许我们可以拟定出新三条：第一条，科技为人类服务，不得伤害人类；第二条，科技必须遵守法律、道德与伦理规范；第三条，科技须持有科学共同体的技术操守。这三条对于重新思考科技伦理的当代建成或许会有方法论意义。

结语

科技伦理在工具理性与价值理性的缠绕中愈发激荡着我们对科学技术的新思考，主体是对象化活动的中心，人类对技术逻辑的

---

① https://baijiahao.baidu.com/s? id=1654345626611353181&wfr=spider&for=pc, 2019.12.30, 2021.5.8.

② https://baike.baidu.com/item/%E9%83%91%E7%88%BD%E4%BB%A3%E5%AD%95%E4%BA%8B%E4%BB%B6/55915937? fr=aladdin, 2019.12.30, 2021.5.8.

③ Asimov, Isaac, “Runaround,” *I, Robot*, New York City: Doubleday, p.40.

担忧究其本质是危及了自身利益，道德失范、隐私共享与伦理挑战都直逼人类生存的本质命题。对新事物的未知忧虑与对传统的解体忧虑困扰着人类前进的脚步，自启蒙运动时代起的科学崇拜到当代双刃剑的角色转变，更催促我们思考如何解决这三大难题。人类是一切活动的中心，寻求答案就是寻求人类自省。对科技伦理的关注已走过四十载春秋，本文也无法将其成果与问题详尽囊括，对科技伦理的关注终究要回归本体，即对人类主体的关注，故对于这三大难题的解决之法，还是要对主体循德、赋权与轨范。首先，针对道德失范的问题，循德守法，加强主体道德建设。科学技术必须遵守人类行为规范，故我们要时刻加强科技从业人员的道德规范建设。习近平同志在科技创新大会上曾发出"要营造良好学术环境，弘扬学术道德和科研伦理，在全社会营造鼓励创新、宽容失败的氛围"[①] 的号召，2019、2020 年政府报告中也反复强调加强科研伦理与学风建设。其次，针对隐私共享的问题，权衡边界，不越位公共事务与个人隐私的双向边界，同时加强立法。数据化时代要扬长避短，有选择性地对隐私数据实施合理共享，保障公共利益基础之上对主体赋权，体现隐私权作为人权的合法保障。在关涉个人隐私安全的科技市场亟待加强立法，对贩卖隐私、泄露信息的违法人员进行严肃处理。最后，针对伦理挑战的问题，我们应辩证看待科技对伦理规范的新阐释，加强伦理治理制度建设。我们应杜绝预设偏见的人为注入，发扬尊重客观事实的理性精神，在不破坏伦理规约前提下重新思考伦理场域的微观问题，比如科技面前能否实现人人平等？科技对传统伦理观念、伦理秩序的发问是否也有可取之处？故重新审视伦理治理制度，从制度上束以标尺之外，我们也理应以包容性的眼光辩证吸收，才能保证伦理规范

---

① 习近平：《为建设世界科技强国而奋斗——在全国科技创新大会、两院院士大会、中国科协第九次全国代表大会上的讲话》，http://www.xinhuanet.com/politics/2016-05/31/c_1118965169.htm，2021-2-22。

的稳定性与现实性。科技伦理的规范养成终究回归主体本身，科技最终要为人类服务，我们应坚守道德是行为底线，法律是权力保障，伦理是生存本质的契约精神，才能为科技伦理中的主体难题寻找到出路。科技伦理并不仅仅是伦理学上的问题，人类与科技的关系也不应总以工具、价值理性来衡定，如果说“将实际的现实生活与艺术真实相统一，才可能从伦理学的角度得到艺术的真谛”[①]，那么只有人类与科技互相尊重才能双向统一，科技共同体亦是世界科学领域理应认同的技术操守，相信人类与科技在未来也能实现“诗意的栖居”。

---

① 邹建军:《文学伦理学批评的三维指向》,《外国文学研究》2005 年第 1 期。

论中国幻想小说叙事主题的道教文化渊源

黄　杨

（苏州大学 文学院，苏州 215123）

内容摘要：由古至今，道教文化为中国小说提供了多样化的幻想叙事主题。从道经到古代幻想小说，道教文化主题呈现多元化叙事；在现当代武侠小说中，道教文化主题遭到了降格式改造；在黄易新武侠中，道教文化主题复归并改变了作品叙事；在网络玄幻小说中，道教文化为了符合网络连载的需求变成了玄幻小说的单一核心，使玄幻小说的文化内涵纯粹化。玄幻小说是传统文化在新时代的继承者，它以新颖的方式传播了传统文化。

关键词：幻想小说　玄幻小说　网络小说　道教文化

宗教与文学本就有姻亲关系，每个民族的宗教也总是为这个民族的幻想文学提供丰富的素材。道教是中国土生土长的宗教，它在历史发展的进程中，留下了大量的神仙故事，也将其思想理念深入中国人意识的底层，对中国幻想文学产生了极大的影响。鲁迅曾说，"中国文化的根底全在道教……以此读史，有多种问题可以迎刃而解"①。从道教文化的角度来研究中国幻想文学，同样能够取得迎刃而解的效果。纵观由古至今的中国幻想小说创作，可以看出道教叙事主题的一条明显的传承路线。自道经、古代幻想

作者简介：黄杨，苏州大学文学院博士研究生。研究方向为通俗文学与大众文化。

基金项目：本文为国家社科基金基础类重点项目"中国当代通俗小说史与大事记整理研究"（批准号：20AZW019）阶段性成果。

① 鲁迅：《致许寿裳》，见《鲁迅全集》（第 11 卷），人民文学出版社 2005 年版，第 365 页。

小说始，历经现代、当代的发展，再到网络玄幻小说，道教叙事主题经历了四个时代的变迁，最终在网络文学中达成了叙事主题的创新与哲学高度的复归。

本文从研究幻想小说叙事主题的文化传承着手，研究传统文化在不同时期所呈现的不同形式，找出当代“玄幻小说”的文化渊源，对于研究中国文学史、中国文学思潮、道教文化影响都有帮助，还能从历史的角度解析当今的玄幻小说何以如此广受欢迎，辨明其内在逻辑，发现诸多文学现象的深层次原因，更有助于研究传统文化在现代社会中的存在方式，以及民族心理与通俗小说之间的关系。

一、古代道教小说：叙事主题的多元化

道教不是中国最大的宗教，却深入了中国文化的底层，并留下了大量的相关文学作品。按万晴川在《宗教信仰与中国古代小说叙事》中的研究，道教与小说的关系主要体现在道经与道教概念上，其中，为了宣教，道经的撰写使用了讲故事的方法，描写修道人通过修炼以长生得道成仙的故事，这种叙事方式成了古代小说的模仿对象，为其提供了大量的叙事主题与意象原型。同时，道教的修炼方法也影响了民众的思维方式，修炼情节成为古代道教小说的重要组成部分。[①]

道教信仰在古代传播广泛，影响深入，融入了整个古代社会的生活，很多作者甚至是以“信以为真”的态度来创作，因此，古代小说中的道教叙事主题呈现三种特征：其一是与当时的道教思想高度一致，其二是多元化的主题，其三是对神仙崇拜的宣扬。

---

① 万晴川：《宗教信仰与中国古代小说叙事》，浙江大学出版社 2013 年版，第 76—118 页。

古代小说中的道教叙事主题以修炼积德、长生成仙为主，这与道教信仰的主旨有关。道教的神仙信仰不同于其他宗教的神灵信仰。世界上大部分宗教，包括中国的民间信仰将神视为神秘高远的存在，而道教的仙却不同，道教认为人可以修炼成为神仙。这一幻想是道教信仰赖以成立的基础，因而当道教文化进入中国古代小说时，通过修炼、积德以长生成仙也就成了道教小说中最主要的叙事主题。道教强调两个方面的修持，其一是修炼身体与精神，其二是积累德行。前者在道教中有“性命双修”[①]的说法，既要养护身体，又要修持精神，这一点在诸多古代小说中都有体现，修道者的师长往往要求其不但修炼肉身，也要经历众多磨难以提升心灵的修行，因此在古代小说中经常出现“考验”情节。如《韩湘子全传》中，为了测试韩湘子的向道之心，钟离权、吕洞宾两位仙师就屡次用美女、猛兽、毁道之人等来试探他，最终韩湘子一一看破这些迷惑心灵的障碍，成功踏上修道之路。而积累德行则是道教的道德要求，历代的道教教派都会提出许多道德修养上的标准，且认为修道人应该济世为怀。“道教强调内以治身，外以救世，即内修真功，超凡度世，外行善德，济贫扶危，所以它对社会生活是关心的。”[②] 这一点在小说中就体现为济世主题。古代小说中的济世主题既包括修道人或仙人施展法术救济凡人的危难，也包括法力强大的仙神通过斩妖除魔、移山倒海，救济世俗的大灾难。如《八仙得道传》中兼有两种济世主题：孝子平和被人欺压，获得仙人帮助；恶龙作乱危害人间，仙界便派仙人下凡收服。又以炼丹为例，道教有外丹派，也有内丹派，而明清时期的小说往往同时取两者之学，如《绿野仙踪》中既要开炉炼丹服食，又要修炼内丹派功法，两法并用，方才得道成仙。古代小说中的道教叙事主题总是尽力去

---

① 牟钟鉴、张践：《中国宗教通史》，中国社会科学出版社 2007 年版，第 197 页。
② 牟钟鉴、张践：《中国宗教通史》，中国社会科学出版社 2007 年版，第 196 页。

贴近道教文化的原貌,不会轻易自行变动。

道教思想对古代社会的影响是多方位的,也是潜移默化的,因此为古代小说提供了多元化的叙事主题。如道教典籍中为修道者与神仙做传记时,会描绘他们的神通法术,还会描写洞天福地的仙境世界,以及天庭地府的三界体系等。当古代小说向道经借鉴写法时,这些叙事主题就进入了小说。这些叙事主题包含在道教小说如《绿野仙踪》、《封神演义》之中,也包含在以佛教文化为主的《西游记》中,孙悟空访问海外,拜师学道,修炼道法,学会神通,倏忽便能来去万里,战天斗地无所不能,这些成长经历正是道教修炼成仙主题、斗法主题、仙境主题等的体现。《绿野仙踪》是一部讲述冷于冰寻仙访道终成神仙的小说,它也包含了传道主题、考验主题、济世主题、修炼主题等。《封神演义》中通过对商周战争的幻想,抒写了神仙与妖魔之间的斗法,其中涉及了大量的神通、法宝、巫术对决,都是道教法术文化的体现。志怪笔记小说中也包含了大量的道教叙事主题,如《聊斋志异》、《阅微草堂笔记》中就有许多草木禽兽修炼成精,以及神仙度化凡人得道的故事。还有如《洞冥记》、《十洲记》这类与地理有关的著作,体现了仙境世界的主题,与道教中洞天福地的仙境传说相一致。还有一些并非宗教题材的小说也含有道教文化主题,如《水浒传》中妖邪祸世主题与神仙降凡济世主题,就源自道教的鬼神观念与道德追求。又如《红楼梦》中的爱情故事也包含了仙人思凡谪降主题,等等。

古代道教小说中的道教主题模仿自道经,源于道教在民间的传播影响,因此自觉或不自觉地会对道教神仙信仰进行宣扬。这就使得道教小说中的叙事主题,无论是修炼、长生、成仙、谪降、济世、仙境、斗法、考验等主题,都体现了神仙远比凡人强大,与凡人有着生命层次上的本质差距的思想,人间的权财美色、种种追求,在神仙面前毫无意义。如《韩湘子全传》中,让历史名人韩愈在经历权势富贵之后幡然醒悟,明白凡间追求远不如自身长生成仙。

又如《西游记》、《封神演义》中会着力描绘仙境胜景，为读者塑造出神仙居所远胜人间的印象。

古代小说中道教叙事主题的呈现方式与当时的社会生活与思想文化有关，那么当社会思潮发生了变化，文学现象也必然随之改变。当古代宗教的神秘外衣被剥去，人们认识到了宗教是人类的幻想之后，文学幻想赖以生存的社会生活就会发生改变，皮之不存，毛将焉附，幻想小说也会发生巨大变化。因此，就有了现当代时期武侠小说的崛起。

二、现当代武侠小说：道教叙事主题的降格式改造

在现当代时期，由于现代文明与科学技术思想大量进入中国，社会思潮发生了大幅度转变，也让传统幻想小说变得尴尬起来。当时的小说大多斥幻想为迷信，强调现代文明与科学知识，哪怕是幻想题材的小说也尽可能将自己与古代神魔小说划清界限。现代武侠作家平江不肖生在《江湖异人传》的序言中斥西游封神为“思造的神话”，他的这部作品虽是讲述“巫术”、“神鬼搬运法”的幻想小说，却又强调并非“荒唐神怪”之言，将其伪装成来源可信的真事。由此可见，当时幻想题材受到怎样的压抑。

但是，文学的传承不可能彻底抛弃，必然以另一种形式重新展现。现当代武侠小说就在这样的氛围中崛起。武侠小说有选择地继承了古代小说中的道教叙事主题，并对其进行了降格与改造，使得道教叙事主题失去了它在古代小说中呈现的三大特征，变得朴实与平庸。

侠义文化、江湖文化原本就广泛地存在于古代侠客小说中。现当代武侠小说在此基础上对古老的侠客小说进行了改造，在里面添加了道教文化与儒家文化、世俗文化的成分，让它的文化底蕴更加丰富的同时，也增添了现代性与通俗性。现当代武侠小说对

道教叙事主题的继承主要体现在对道教"修炼"主题的降格式改造上,这种改造赋予武侠小说一种独特的吸引力。在古代侠客小说中,侠客往往出场时即已拥有神奇的武功,而不会详细描写他们获得武功的过程。但现当代武侠小说会详细描写侠客们练武成长,终成大侠的过程,而这一过程又是从古代道教小说中借用过来的。如当代武侠小说中常见的"内功"概念,正是源自道教气功。道教的气功是道教修炼方法的一种,属于命功,不但有诸多典籍,还有许多相对应的实际操练动作。武侠小说中与内功有关的大量概念与具体动作都来自道教文化。如武侠小说通常认为内功习练出的内力储存在"丹田",如果丹田被破,人就会失去内力。丹田这个概念正是道教典籍《黄庭经》所首创,《黄庭经》认为人体结构中有上、中、下三丹田,其中最重要的是下丹田即脐下三寸,是真气的运行与调动的关键,这与大部分武侠小说里的描述几乎一致。又如武侠小说中的"招式"借鉴了道教的"屈伸导引"健身之术与神通法术,灵药则借鉴了道教的"外丹"派理论,武侠门派驻地描写借鉴了道教仙境叙事,等等。但这些叙事主题的借用都经过了降格式改造,让道教幻想的因素减弱。

从现代武侠小说到当代新武侠,我们可以看出,武侠小说对道教叙事主题的改造是越来越深入的。现代武侠小说如《卧虎藏龙》、《七杀碑》、《江湖奇侠传》等,与古代侠客小说的亲缘更近,而《蜀山剑侠传》系列与古代道教小说亲缘更近,前者不会详细描绘修炼的过程,而后者尽可能保持了道教幻想的面貌,没有进行大幅度修改,仅仅是做了一些限制。当代武侠小说,以金庸、古龙、梁羽生为代表,不但将练功习武的过程作为叙事重点,而且还大量借鉴道教思想作为其幻想基础,又进行了降格处理。道教的修炼主题充满了幻想因素,当代武侠的练功习武叙事则更为朴实,武侠小说中"内功"的修炼过程与道教的导引术非常相似,通常仅有强身健体的效果,偶尔也能让人益寿延年,完全不可能让人长生与得道成仙。道教外丹派的丹药可以让人成仙，武侠小说中的丹药则仅能解毒、疗伤、增添功力等。武侠小说也继承了一部分道教的济世主题。如《蜀山剑侠传》中就写世间要遭逢大难，因此需要修道练武之人救世。

"修炼"主题是古代道教小说最重要的主题，也是武侠小说向其借来的最重要的叙事主题。武侠小说的"练功"主题与道教的"修炼"主题有一个极为明显的区别：道教的修炼讲究"性命双修"，因此古代小说中也时常强调这一点，书中角色经常要经历心灵的磨难，并淡出红尘俗世，修养精神。武侠小说却只重视肉身的锻炼，轻视心灵的磨练，不关注人的精神世界提升。在武侠小说中，主人公从前中期到后期，心灵上几乎没有什么成长，就算有所改变，也是向着世俗的方向改变，如变得更为成熟与富有责任感，陷入爱情渴望结成婚姻，等等。

武侠小说改造并继承道教叙事主题有两个原因：首先，在当时的文学界，古代幻想小说几乎没有直接继承者，武侠小说可以通过吸收古代幻想小说的叙事主题来继承其优点，丰富侠客小说的内涵。其次，当时的文化氛围又不允许小说中出现离奇的幻想因素，所以武侠小说只能选择道教幻想中最主要的"修炼"主题，与少量其他主题，把道教叙事降格，改造为幻想因素较弱的武侠叙事。通过这一番改造，武侠小说的叙事风格就与古代道教小说大异其趣。古代道教小说虽然也涉及世俗叙事，但它的叙事重点是放在对于凡世的否定与超脱上。武侠小说却把重点放在凡尘俗世之中，不但书写侠义与江湖主题，还增加了反映儒家文化的家国与反映世俗文化的爱情婚姻主题，反映政治文化的战争主题，等等。武侠小说的主题也是多元的，但不是古代道教小说的那种泛道教文化的多元，而是多文化交融的多元，是走向世俗化的多元主题。

在现当代文学的幻想小说门类里，武侠小说几乎占据了统治性的地位，科幻小说与奇幻小说进入现当代文学的时间较晚，影响也远不如武侠小说。武侠小说看似继承了道教叙事主题，却是降格式改造，把原本的主题改造得面目全非，使得有着数千年积累的古代小说宝库如同空设，难以被武侠小说充分借鉴。这一情况直到黄易的“异侠”与“玄幻”系列小说的出现才得以改善。

三、黄易新武侠：还原叙事主题，打破桎梏

黄易出山的时候正值八十年代末，港台新武侠已经逐渐出现颓势。这正是由武侠小说自身的局限性导致的，武侠小说的叙事主题过于世俗化，幻想因素被大幅度弱化，没有能够继承中国传统幻想文学的遗产，发展前途不佳。当时不少武侠小说家都试图求新求变。如温瑞安将武侠与悬疑推理结合，倪匡将武侠与科幻结合，等等。这都是将武侠小说与现代流行的通俗文类相结合。但黄易反其道而行之，上溯武侠中道教主题的源头，对其进行了拔升，试图还原为道教文化的本来面貌。黄易将他的作品分出“异侠”系列与“玄幻”系列，前者大体还是武侠小说，但与传统武侠已经有了一些区别。后者则还使用武侠的叙事结构，但叙事主题与幻想设定都大幅度超出了武侠的范围。我们可以从这两种作品中看出黄易作品对武侠的变革，这两类作品刚好体现了两种程度深浅不同的变革。

以黄易“异侠”系列的代表作品《覆雨翻云》为例，这部作品表面上看是将背景放在明代的历史武侠小说，但书中的高明武功并不是单纯的体育技巧，武林高手们也会同时注重心灵的修炼与身体的锻炼，甚至前者比后者对一个真正的高手来说更为重要。书中几位顶尖角色，包括浪翻云、庞斑等人，都想方设法地磨练自己的心灵，力求在心灵上得到感悟，才能在武学上更上一层楼。书中第一高手剑客浪翻云经历丧妻之痛后，在对亡妻的思念中感悟了剑道，这一事件在小说中被形容为“唯有极于情，故能极于剑”。另

一位顶级高手魔师庞斑也因为心灵出现漏洞而导致武功出现破绽。书中人物比拼武功，不仅仅是招式的对决，还包括了心灵的对决，甚至是情感的比拼。《覆雨翻云》中这种武功与心灵双重修炼的最终目的也与同时期别的武侠小说不一样，书中高手，无论是浪翻云还是庞斑，都试图追求在武学上更上一层，达到所谓道的境界，这两人也最终得偿所愿，在大战之后双双悟透，“破碎虚空”而去。书中对于“破碎虚空”是说一个人可以凭借自身力量打破现实空间，去往空间之外的未知所在，这已经超越了正常武侠的范畴，更像是道教幻想中的得道成仙。黄易的“异侠”系列一大半都会有类似的写法，尽管大部分篇幅还使用武侠的叙事方法，但在具体的修炼过程中都讲究心灵的修行，最终目标也往往是破碎虚空，超越凡世，去往另一个世界。

黄易的“异侠”系列为武侠小说打破了它在诞生之初的人为局限，将其从“不敢幻想”的桎梏中解救出来，而黄易找到的打破桎梏的有力武器，正是道教文化。黄易通过将武侠小说中的“练功”主题还原为道教“修炼”主题，削弱了其余非道教文化主题，让他的“异侠”小说超出了普通武侠的范畴，向着古代道教小说靠拢。而这一现象的发生，正与当时社会思潮逐渐走向思想解放有关，六七十年代的港台武侠所看重的家国、婚姻等价值在八九十年代已经没有那么重要。可以说，“异侠”系列是黄易强化了武侠小说中的道教主题，使其向古代道教小说靠拢，同时又符合当时文化思潮的革新武侠作品。

黄易还有一种“玄幻”系列的小说，比起“异侠”系列，他的“玄幻”系列离武侠小说更加遥远，与奇幻小说、科幻小说、修仙小说更为接近。过去的研究者认为，所谓玄幻就是科幻、奇幻、玄学的大杂烩，但从叙事主题来看，玄幻系列作品并不是科幻、奇幻叙事主题的混合，而更接近于古代道教小说，应该被归类为一种新的类型文学。以《星际浪子》为例，这部作品表面上是科幻，有飞船，有外星人，但从书中的正邪对战、生命进化等主题，以及阴阳转化、元神肉身等概念来看，又具有鲜明的道教文化特征。主人公方舟是一个典型的“道教”式人物，他具有蓬勃旺盛的生命力，并可以不断进化，不断令生命升华，与书中依靠科技而停滞不前的现代文明人类形成鲜明对比。这部作品可以说是黄易站在道教生命哲学的立场上对现代文明中人的异化进行了反思，他主张人类应该挣脱外物对自己的异化，还原到注重人类生命本身的道教生存状态。黄易不单单继承了古代小说中的道教叙事，还对主题进行了进一步的开拓，将道教的生命哲学思想用更具想象力的方式表现出来。

黄易的“玄幻”系列作品不多，篇幅不长，也不如他的“异侠”系列出名，但勇于向传统文化的领域探索，并创造了新类型文学的萌芽，开启了“玄幻小说”这一新文类。可惜，黄易的玄幻小说在他成名的时代鲜有继承者，只有莫仁、苏逸平等人写过类似的作品。但在随后的网络文学时代，玄幻小说作为一个崭新的网络类型文学发扬光大，并在黄易的基础上走得更远。

四、网络玄幻小说：从多元到单一，道教主题的纯粹化

网络玄幻小说的诞生比网络上的武侠、科幻、奇幻、都市等旧文类略晚，当时的网络原创武侠面临实体武侠同样的困境，它的幻想色彩被压抑以符合武侠文类的风格，这种压抑与二十世纪的文化氛围相适应，却与二十一世纪快速发展且自由的社会思潮格格不入。网络小说市场呼唤着能够肆意展现想象力的幻想小说作品，除了外来的科幻、奇幻文类之外，还需要一种可以展现中国文化自身魅力，尤其是能够继承数千年来幻想文学宝库的新文类，玄幻小说就这样应运而生。网络玄幻小说并不是唯一的网络新文类，却是新文类中规模最大，发展最好，佳作最多的。作为一个网络新文类，它并非一开始就有着鲜明的特色与成熟的模式，而是经

历了一个较为漫长的演变过程，通过历代作者的不断探索、完善，才最终形成了一套极为独特的叙事方式，成为足以代表中文网络小说的崭新文学类型。

早期的网络玄幻小说往往呈现为“兼类文学”模式，意为兼有两种类型文学的特征，这正是新文类从旧文类中艰难诞生的证据。不少早期的网络玄幻小说与武侠小说的叙事模式非常相似。如树下野狐的《搜神记》，这部作品于 2001 年左右连载于网络上，包含了许多与武侠小说极为类似的设计：有真气与经脉，有江湖侠义，有王朝争霸，有儿女情长。但同时，它也在向外来文化与古代幻想小说借鉴，在里面添加了大量的幻想元素，如念力与法术、精怪异族、神话传说、五行阴阳等。《搜神记》是一部极为典型的处于网络玄幻初生期的转型作品，它有多元化的文化来源，并形成了多元的叙事主题：从故事背景来看，它有“重写神话”的神话叙事主题；从书中展现的历史变迁与王国兴衰来看，它又有“王朝争霸”的历史叙事主题；从主人公个人经历与书中冲突对立来看，它又是很典型的武侠江湖、正邪对抗主题；除此之外，它还有爱情婚姻主题、异族文化主题等。这部作品的主题如此众多，文化来源驳杂，实际上是不利于其市场化运作的，这也显得它在商业方面还不够成熟。当时的网络原创文学的付费制度还不太成熟，作者也很生涩，对通俗作品的商业性把控不足。同一时期的作品大多如此，如《诛仙》，虽然是一部修仙题材的作品，但它的情节设计与武侠小说实在太相似了，少年成长、江湖儿女、正邪对抗、家国大义等叙事主题仍未脱离武侠小说的窠臼。主人公最后的结局仍然如武侠小说那样落到世俗情爱之中。这一时期的网络玄幻小说其实还不能说是正统的玄幻小说，它的叙事主题混杂，过多模仿旧文类，没有形成原创的独特的叙事主题。

只有在叙事主题上发生革命性的新变化，才说明了新文类的真正诞生，而玄幻小说的发展正是朝着这个方向而去。2004 年的玄幻小说重量级作品《佛本是道》就是这样一部堪称真正新文类的代表作。《佛本是道》在许多方面对旧文类乃至于模仿旧文类的早期玄幻小说有了重大突破。首先，这部作品的主人公彻底背离了传统武侠小说与类武侠型玄幻小说的“侠客”形象，《佛本是道》的主人公周青是一个阴险狡诈，为达目的不择手段，无利不起早的所谓“小人”。周青并不是奸恶之徒，只是将现代人所崇尚的利己主义发挥到了极致。其次，正因为设置了这样一个主人公，书中也就没有了不求回报的正义行为，取而代之的是利益的算计，这样一来，武侠叙事主题中的侠义主题、家国主题、正邪对立主题等也就没有了容身之处，被彻底抛弃。再次，主人公不但利己，而且目标明确，执着地追求长生成仙，掌握自己的命运，最终超越凡俗，成为仙神。除了成仙得道之外的任何世俗追求对主人公也就没有了吸引力，在叙事中变得不重要。如此一来，情爱、婚姻家庭、亲情友情等世俗文化主题也被淡化甚至抛弃。《佛本是道》的这种写法在当时就引起了极大的争议，尤其是主人公的狡诈自利的小人形象让不少读者无法接受。确实，《佛本是道》主人公的形象是对传统侠客主人公形象的矫枉过正，但也是这部作品力求革新的明证，新事物诞生之初难免阵痛，《佛本是道》正是用种种偏激的手法，大刀阔斧地斩掉玄幻小说中那些守旧的、自我局限的、驳杂的多文化主题，而用一个纯粹的道教主题贯穿全书，这一主题可以概括为主人公通过不断努力，追求自我生命的升华与超脱。崭新叙事主题的诞生才是玄幻小说真正诞生的标志，它并非《佛本是道》首创，而是当时玄幻小说的共同特征，是这一新文类在经历数年发展后，水到渠成地形成了它独特的叙事方式。它并不是当时的玄幻小说作者凭空捏造出来的，它也曾在黄易的经典作品中多次出现过，甚至能在古代仙话故事、古代道教小说中看到痕迹。但归根结底，它其实是道教生命哲学思想“追求生命的超越”的文学性想象，只不过在不同的时代有不同的呈现方式。

道教生命哲学的实现方式就是“生命的自我超越”,“生命的自我超越指向了对生命实存状态的超越和终极性超越两个维度”,[①] 前者指向道教信仰中的长生不死,是对世俗生命的超越,后者指向道教信仰中的飞升成仙,是对生命形式本身的超越。玄幻小说正是这两个维度合一的产物。武侠小说无论是叙事主题还是最终结局都指向世俗,而玄幻小说指向的却是超越:在叙事过程中体现对世俗的超越,在最终结局体现对生命本身的超越。玄幻小说正是通过删掉多余的杂乱主题,从道教文化中提炼出新的叙事主题,完成了它的商业化演变,使它既能广泛利用所有由道教文化衍生出来的文学作品,又符合当今读者的审美趣味。

玄幻小说的变化与整个网络文学市场的变化息息相关。当中国原创网络小说在2003—2005年左右完成了它的商业化,网络玄幻小说也同时走向了成熟的市场写作模式。新的网络小说市场对玄幻小说提出了新的要求:一部成熟的商业作品,应该前后风格统一,主题明确,篇幅尽可能长,并且还维持对读者持续的吸引力。为了做到这些要点,玄幻小说就必须抛弃价值不大的杂乱多元主题,找出符合这个文类的专一主题,而这一主题既要符合现代人的思想,又要符合民族深层心理,也就要求作家从传统文化中寻找素材与思想内核。中国传统文化中,儒家重实务而少幻想,佛教讲空无而无实利,都不适合幻想小说的创作,只有道教文化在数千年的传承中深入国民意识底层,不但留下了大量的文学作品,还对历史与神话进行了道教式改编,创作了许多神仙故事,为今天的幻想小说准备了大量的素材。

玄幻小说中的道教叙事主题与过去的小说中出现的道教主题有一定联系,但同时又是崭新的创造。古代文学中,无论是在道教

① 赖平:《论中国生命伦理学的本土化建构及其与道教生命伦理思想的融合》,《伦理学研究》2016年第1期。

典籍里，还是在古代小说中，道教主题都是以近似于迷信的方式进入作品的，作者往往信以为真，在作品中力证神仙信仰，试图让读者相信神仙的存在。这种创作态度多少影响了作品的文学性，古代小说里的道教叙事主题常被道教教派本身的细枝末节束缚住，不敢也无力进行再创造。这就让古代道教小说往往沦为宣教工具或是作者本人思想的传声筒，缺乏了幻想作品应有的自由。现当代武侠小说着力强调真情实感，虽然继承了传统文化中的许多优秀主题，但它作为一种幻想文类，始终压抑了其幻想因素，把作品主旨指向世俗追求，如家国情怀、婚姻爱情、地位名声等。武侠小说中的道教叙事主题完全丧失了原貌，幻想文学的传承一度中断。黄易的玄幻小说为中国幻想小说的发展找到一条新路，而网络玄幻小说将其发扬光大。网络玄幻小说实则直指道教哲学的本质，将道教影响中国国民性中最深刻的本质提炼出来，是为"凡人通过修炼以长生成仙"，这才是中国人古往今来深层心理中的生命追求，既不同于西方宗教的神灵信仰，也不同于东方佛教的心灵修行，而是追求自我在身体与精神方面的双重升华，最终实现生命的超越。这种心理诉求在玄幻小说中体现为一个贯穿全部玄幻小说的叙事语句，可以简要概括为：

"人可以通过修炼成为仙神。"

在不同题材的玄幻小说中，这一叙事语句可以有多种呈现方式，"人"指的是处于常态的人，"修炼"这一词汇也泛指所有通过某种途径不断努力提升自我生命的过程，"仙神"这一词汇代表的是所有超越了普通人，上升到另一个生命层次的超凡存在，突出的是对人的常态的全方位超越。在这一叙事语句中，主语、谓语、宾语都具有特殊意蕴，缺一不可。

之前也有研究者探讨过玄幻小说的叙事语句，如黎杨全在《中国网络玄幻小说的叙事语法》中总结玄幻小说叙事语句为"主角成为强者”，并将叙事过程总结为“升级”。[1] 然而，升级这一词汇源自现代电子游戏文化，强者这一概念指代模糊，也是游戏文化中的常用说法。这实则是把玄幻小说归结为以游戏文化为内核了。欧美奇幻文学、电子游戏与桌面游戏不但符合这种叙事语句，而且远比玄幻小说更适合，因为这类艺术作品中的“升级”与“变强”只是线性的量变，而无从凡人到仙神的质变。玄幻小说并不是游戏小说，也不是奇幻文学，而是一种基于道教文化的，具有鲜明中华民族特色的幻想文类，它的核心主题符合道教生命哲学，如若偏离这一点，它也就不成其为玄幻小说了。

“人可以通过修炼成为仙神。”这一叙事语句是玄幻小说的真正内核，不论玄幻小说采用何种文化“外壳”，只要不更改这个最基本的道教文化内核，它就会呈现玄幻小说的特征。如若不是概念的等价替换，而是进行本质改变，都会让它不再是玄幻小说，而变为另一种文类。例如我们把修炼替换掉，改为科技相关“人可以通过高科技装置成为神”，这个语句就符合了科幻小说的叙事结构，《美国队长》正是这一叙事语句的代表，一个普通人通过超级士兵血清获得了生命层次的提升，成为超级战士。剧中主人公实现了生命提升，但修炼被替换成了科技装置，他也未经自身努力达到生命超越，因此这个作品是科幻，不是玄幻。又如把修炼与仙神替换成没有超自然因素的词汇“人可以通过练功成为强大的人”，这个叙事语句又符合了武侠小说的叙事结构，如《射雕》三部曲中主人公郭靖与黄蓉修炼武功，成为武林最强者，但作为个体的人，他们依然无法抗衡集体的力量，两人最终死在金国大军的侵略战中。可见两人在生命层次上与常人没有本质性区别，这仍然只能是武侠小说，而非玄幻。又如把修炼与仙神换成游戏文化的概念，“人可以通过战斗升级成为高等级强者”，把个人修炼换成与外部事物

---

① 黎杨全:《中国网络玄幻小说的叙事语法》,《中国文学批评》2018 年第 3 期。

战斗以提升等级，把仙神替换为高等级的人，这就又变成游戏小说或奇幻小说了。如《龙枪传奇》系列，主人公通过不断磨练战斗技巧与获得装备来完善自己的战斗能力，但仍然与书中的神灵有着本质差距，这依然不是玄幻小说。玄幻小说的真正内核在于它的叙事主题一定是人通过自身修炼成为仙神这类超越常人的新生命形式，仙神与常人有着巨大差别，主人公必须自立自强，不依赖外在赐予。这些基本要点，与道教思想几乎一致。不敬鬼神，而是通过修炼与积善以长生成仙，不视道与仙神为顶礼膜拜的对象，而视为自身可以努力达到的目标，道教的终极追求就是"得道"，即让自身成为道一样的存在。玄幻小说就是通过从传统文化中发掘了道教文化积极向上、自立自强的一面，符合了新时代读者自身不断进步的要求，也满足了他们长生不死、超越凡俗的文学幻想。

虽然玄幻小说的叙事主题来自道教文化，但它并不一定要在文化外延上完全符合道教特征。只要保持道教叙事语句的核心主题位置不变，它就会显现出鲜明的玄幻文类特征，而且一部小说越清晰体现这一叙事语句，这一叙事语句的核心性越强，它就越受读者欢迎。

以 2010 年开始连载的《吞噬星空》为例，这部作品看起来像一部科幻小说，它有虚拟网络空间，有宇宙飞船、超光速旅行、激光炮、外星人、人工智能生命等科幻元素，与国外的流行科幻作品似乎并无二致。但它与科幻有着本质差别，因为书中核心叙事主题是讲述主人公罗峰通过不断的修炼来进化自己的生命形式，最终成为宇宙最强者的故事，这符合玄幻小说的叙事语句，因此是典型的玄幻小说。书中也有一些次要主题，如保卫地球、为人族而战、亲情爱情等，但《吞噬星空》作为玄幻小说成熟期集大成的作品，对这些次要主题做了简化处理，减少它们出现的篇幅，并让主人公通过修炼变强来解决所有矛盾，将这些次要主题统统收束于核心主题之内，让它们无法喧宾夺主，无法撼动道教叙事主题的核心地位。这种主题的收束方式在《吞噬星空》中比比皆是，例如主人公家境贫困，弟弟身患残疾，需要治疗。如果是都市小说，这里就会被处理成一个有关财富的叙事主题。但在这部玄幻小说里，主人公并没有试图用常规方式挣钱，而是通过修炼成为强大的武者，武者能够以一敌万，这种超越集体力量的能力为他带来了地位与财富，并最终有条件治好弟弟的残疾。如此一来，属于世俗文化的财富主题就被淡化，并统摄到修炼主题之中，成为修炼带来的好处之一。其他主题的收束也类似于此，玄幻小说正是通过这种主题收束的方式，淡化其他文化主题，强化道教主题，令小说的幻想因素不再受到世俗文化的束缚，想象力获得了充分的自由。

正是因为网络玄幻小说在道教生命哲学这一高度上利用了传统文化资源，而不是简单照搬古代小说的叙事主题，带给了中国通俗小说与传统文化走向世界的可能性。在此之前，凡是蕴含了大量传统文化要素的中国通俗小说，在海外的读者群都以华人群体为主，哪怕是金庸作品这样的集大成之作，也难为外国读者广泛接受。虽然中国的科幻小说如《三体》系列在海外获奖并广受好评，但它的成名有着历史原因，且叙事方法也是外国人熟悉的科幻叙事，对中国传统文化涉及不多。中国网络小说开始向海外传播时，却有不少作品受到了广泛好评，起点海外版销量年年攀升。仔细观察中国网络小说在海外走红的作品，会发现其中的幻想小说只是采用了科幻、奇幻、都市这些外国读者喜闻乐见的文化外壳，而其内核依然是中国道教文化，因此外国读者读来有亲切感，潜移默化地接受了中国的传统文化思想。中国网络小说通过在哲学高度上对道教叙事主题的复归，打破了国与国之间的文化阻隔，将传统文化的影响力拓展到海外，为提高中国文化的国际影响力做出了重大贡献。

伊藤虎丸《鲁迅与终末论》的逻辑图示

周　琪

（南京大学 中国新文学研究中心，南京 210023）

内容摘要：伊藤虎丸的《鲁迅与终末论》一书以日本战后民主主义为讨论背景、以基督教终末论为切入点，试图阐明获得了“终末论式的体验”以及“个”的思想的鲁迅对于战后日本的启示。在伊藤虎丸的鲁迅研究中，作者更多地着力于对鲁迅形象的宏观描摹而非细部考证，并且旨在将鲁迅作为战后日本的参照系、以期实现对明治维新以来日本现代化模式的反思。《鲁迅与终末论》的写作是伊藤虎丸将学术研究与实践需求统筹于一体的尝试，然而在“以鲁迅为方法”的研究框架下，作者或许面临着两难处境：以纯学术的评判标准来看，《鲁迅与终末论》存在着选择性使用材料、以譬喻和自由联想取代逻辑论证等现象；此外，若想使学术研究产生实际的社会变革动力，则需要进一步将抽象的形而上激情落实到具体的物质及制度层面。

关键词：伊藤虎丸　鲁迅　战后民主主义　终末论　个人主义

伊藤虎丸（1927—2003）是“二战”后日本鲁迅研究领域的代表性学者之一，其著作有《鲁迅与终末论》、《鲁迅、创造社与日本文学》以及《鲁迅与日本人》等。从伊藤虎丸的治学理路来看，他与竹内好、丸山昇等人同声相应，共同塑造了战后日本鲁迅研究的一种独特传统，即试图将强烈的忧患意识、现实关怀注入学术研究中，进而打破学术与现实之间的隔阂。他们更多地着力于对鲁迅形象的宏观描摹而非细部考证，并且旨在将鲁迅作为战后日本的参照系、

作者简介：周琪，南京大学中国新文学研究中心博士研究生。

以期实现对明治维新以来日本现代化模式的反思。在伊藤虎丸最具影响力的鲁迅研究著作中，他曾提出“原鲁迅”、“终末论”以及“个”的思想等命题，这些独具只眼的判断不仅奠定了伊藤虎丸的学术声誉，而且对今后的鲁迅研究产生了长远的影响。

从个人履历、学术特色来看，伊藤虎丸与竹内好等人又有所区别。伊藤虎丸是一个虔诚的基督徒，加上他多年投身于大学教育事业，所以他的鲁迅研究兼具宗教色彩以及对于日本社会现实尤其是大学教育制度改革的关切。最能体现伊藤虎丸以上特点的研究成果是《鲁迅与终末论》一书，其中作者以日本战后民主主义为讨论背景、以基督教终末论为切入点，试图阐明获得了“终末论式的体验”以及“个”的思想的鲁迅对于战后日本的启示。然而，当伊藤虎丸试图将学术研究与实践需求统筹于《鲁迅与终末论》一书时，前者的逻辑构架是否合理、二者如何实现和谐共生等便成了亟待作者回答的问题。

一、作为前提的终末论

《鲁迅与终末论》一书的正文由三部分组成，分别是第一部《初期鲁迅中的欧洲》、第二部《鲁迅的进化论与终末论》以及第三部《显现于鲁迅论中的“政治与文学”》。此书的各个章节由伊藤虎丸数年间(1973—1975)分散发表于不同刊物的文章组装而成，因此严格来说，这部被冠以《鲁迅与终末论》之题的书籍更像一部文集而非体例完备的专著。表面上看，此书的每个章节之间并无十分严谨的逻辑关系，且由于不同篇目的写作时间不尽相同，或者说伊藤虎丸起初并没有把《鲁迅与终末论》当成一本完整的书来写的想法，故而书中还出现了一些如今看来或许会被视为学术专著写作所忌讳的现象，譬如对竹内好《近代的超克》、《现代中国论》里面的关键性文字材料进行反复引用,[①] 以及对某个问题零散且构成重复行为的阐释等。

基于文本的以上面貌,作者曾自认这些文章“都杂芜得很”[②],且在“代序”中,伊藤虎丸便开宗明义地承认比起鲁迅研究专著,这本书更像是他以一个大学教师身份去对应日本 1960 年代“大学斗争”的副产品,因此尽管此书各个篇章之间缺乏一部专著所必要的起承转合关系,但这些篇目均服务于作者预先所设的意图,或者说它们都试图回答同一个问题,即伊藤虎丸所关心的日本大学生运动及其背后所暴露的战后民主主义危机等状况。

作者的现实关怀、成书过程以及文本结构等诸种因素无不表明,“鲁迅与终末论”这一题目似乎并不具备统摄全书之力。伊藤虎丸在“后记”中披露,书名是遵从龙溪书舍的船桥先生的建议而来,他本人则曾属意于《鲁迅与大学改革》、《鲁迅与近代》等。[③] 实际上,《鲁迅与终末论》一书所涉问题颇多,譬如对日本大学制度弊病的揭示、对日本近代化道路的反思以及对真正的个人主义(“个”的自觉)的展望等,其中“终末论”只是此书的关键词之一,加上伊藤虎丸曾明确认同鲁迅是无神论者,因此更多时候作者赋予鲁迅的其实是“终末论式的体验”而非终末论本身,故而乍看之下“终末论”更像一个被挪用的神学词汇,其原本内涵似乎已被悬空。

---

① 伊藤虎丸在书中多次以竹内好的追随者自居,《鲁迅与终末论》一书的某些核心设想也与竹内好的《鲁迅》、《现代中国论》中的思路较为契合,其中,竹内好“他喜欢使用的‘挣扎’这个词所表现的强烈而凄怆的活法,如果从中抛开自由意志的死,我是很难理解的”这段描述曾被伊藤虎丸多次引用,详见[日]伊藤虎丸:《鲁迅与终末论》,李冬木译,生活·读书·新知三联书店 2008 年版,第 178 页、185 页、第 279 页。

② [日]伊藤虎丸:《“战后民主主义”与大学改革(代序)》,《鲁迅与终末论》,李冬木译,生活·读书·新知三联书店 2008 年版,第 1 页。

③ [日]伊藤虎丸:《鲁迅与终末论(后记)》,李冬木译,生活·读书·新知三联书店 2008 年版,第 294 页。

一方面伊藤虎丸本人并未对思想史上的终末论进行详细的溯源，而是以“终末景象”以及“终末之心像”① 等表述来代替对终末论的知识考古，另一方面在国内有关伊藤虎丸的研究成果中也鲜见对基督教终末论的梳理考证②，因此本该作为此书关键性思想来源的终末论似乎遭到了冷落。然而，倘若不加过渡和辨析地将终末论置换成终末论式的体验，则要么默认了作为宗教思想的终末论无关紧要，要么暗示着“终末论式的体验”这一比喻性的用法并非不可替代而是能够找到很多相似的同类项（譬如“死亡意识”），如此一来则可能削弱伊藤虎丸“战后民主主义缺少终末论”③ 这一核心结论的说服力，且将更进一步忽略作者学术思路的运行轨迹。因此，回归基督教终末论的语境、廓清现代终末思想的蔓衍流变，是分析《鲁迅与终末论》一书逻辑架构的前提。

“终末论”（Eschatology）的又一通用中译名为“末世论”，指代有关人的历史及现实世界的终结景况。犹太-基督教传统中的终末思想发端于《圣经》，其经典文本是《启示录》，其中使徒保罗预告了末日审判的来临以及新天新地的降生。终末论是一个非常复杂的神学问题，它不仅涉及《新约》和《旧约》的内在差异，且不同教派对终末论的阐释也不尽相同，加上现代历史哲学对终末论的世俗化挪用，④ 这便进一步造成了神学终末论与哲学终末论之间的差异。综合国内外现存的关于终末论的学术成果，可大致将终末论

① ［日］伊藤虎丸：《鲁迅与终末论》，李冬木译，生活·读书·新知三联书店 2008 年版，第 325 页。

② 本论文在写作过程中曾参考了涉及伊藤虎丸、终末论等内容的部分学术成果，譬如李松：《近代性、“个”的自觉及终末论：“伊藤鲁迅”的思想命题》，《长江学术》2021 年第 1 期。此文对伊藤虎丸其人其文进行了较为扎实的考据，但对终末论的阐释较为简略。

③ ［日］伊藤虎丸：《鲁迅与终末论》，李冬木译，生活·读书·新知三联书店 2008 年版，第 326 页。

④ 譬如马克思主义关于阶级的消失、人类进入共产主义阶段等历史目标的设计便内蕴着终末论的因素。

的要素归结为三点：世界历史的终结、神恩再临[①]以及救赎的实现。此外，关于终末的思考实际上广泛地存在于世界上其他的宗教流派之中，譬如佛教的“末法思想”认为，“佛陀在世时，是佛法纯正的理想世代；佛陀灭度后，僧团逐渐堕落，佛法渐趋衰败，到最后佛教也会消亡”[②]，这便是一种典型的历史衰退论。荷兰汉学家田海通过对天地会仪式的考察，总结出存在于诸多民间教门内部的神灵救劫范式，此范式由妖魔乱世、众人举行祈祷仪式、神灵救劫三要素构成[③]，但与基督教终末论相比，此类救劫范式的末世背景不足，亦缺乏强烈的道德动机，故而它在催发伦理主体的紧张感方面的驱动力十分有限。整体而言，基督教终末论仍是其中对现代文明影响最为深远的终末思想来源。

尽管关于人类遭劫的设想内置于犹太-基督教传统的终末论之中，但终末论并不等同于渲染恐怖氛围的末日主义，其根源在于终末论的主题并非世界的倾覆，而是万物的崭新创造以及永恒王国的莅临，相较于伴随着救世主而来的新天新地，人类现居的世界从根本上来说是短暂、不完美的造物，而千年王国在结束人类历史、取消了易朽的时间之后，便也步入了静穆的永恒境况。由于基督教终末论是对基督复活的祈盼，因此“在个人的、历史的和宇宙的一切层面中，基督教终末论都遵循这种终末的模式：终末——开始”[④]，亦即希望本身就内嵌于终末论的结构之中。

自尼采以来，西方现代思想史早已完成了弑神的任务，但试图将宗教因素从中剔除几乎是不可能的，这不仅是由于那些在思想

---

① 耶稣基督的第一次降临拉开了世界历史的帷幕（同时也是公元纪年的起点），其第二次降临则伴随着人类历史的终结以及千年王国的诞生。

② 刘屹：《佛灭之后：中国佛教末法思想的兴起》，荣新江主编《唐研究》（第23卷），北京大学出版社2017年版，第493页。

③ 参见［荷］田海：《天地会的仪式与神话》，李恭忠译，商务印书馆2018年版。

④ ［德］莫尔特曼：《来临中的上帝——基督教的终末论》，曾念粤译，上海三联书店2006年版，第2页。

史抑或科技史上熠熠生辉的巨人很多都是上帝虔敬的子民，更因为世俗化的神学思想业已渗透了现代文明的各个领域，譬如政治哲学、伦理学以及文学等。正因如此，倘若试图严格区分神学以及哲学语境中的终末论，即使不是无法完成，也有做无用功之虞了。粗略来说，神学语境中的终末论更关心得赎的条件、人与上帝的关系等问题，而世俗化的终末论将关注重心从全知全善的超越者上帝转移到人本身，与此同时，后者并不那么热衷推算救世主降临的具体日期或者展望新天新地的美好图景，而是更重视在随时会来临的终末境况面前人应如何自赎。终末境况一定会来临，但人囿于自身的有限性而无从得知它何时会来，故而对于人这一存在者而言，棘手的是在过去与未来的罅隙之中，立足于此刻或曰"现在的时间"，承担起死亡意识所引发的恐惧以及忍受它对灵魂的侵扰，并在一种峻切的时间感的驱使下恢复对于生的责任感，凭借拼死的努力将自身锻造成伦理意志上的主体，以此夺取生存的希望——这既是被海德格尔命名为"向死而生"的哲学行动，也是竹内好以"死的自觉"和伊藤虎丸以"终末论式的自觉"[①]所称呼的死亡意识。

在《鲁迅与终末论》中，伊藤虎丸对"终末论"、"终末"、"终末论式的"等词汇的用法繁杂，其中作者对"终末论"较为规范的定义是"从拼死的努力当中诞生的思想，它力图确保乃至恢复历史，以作为主体'个'的爱与决断之场"[②]，此外在第二章《〈狂人日记〉——"狂人"的治愈记录》中，作者揭示出鲁迅《狂人日记》中"狂人"对于死的恐惧，且更进一步将"死的自觉的思考"等同于"终末论思考"，[③]加上伊藤虎丸承认自己所说的"终末论式的自觉"其实与

① [日]伊藤虎丸：《鲁迅与终末论》，李冬木译，生活·读书·新知三联书店2008年版，第325页。

② [日]伊藤虎丸：《鲁迅与终末论》，李冬木译，生活·读书·新知三联书店2008年版，第136页。

③ [日]伊藤虎丸：《鲁迅与终末论》，李冬木译，生活·读书·新知三联书店2008年版，第164页。

竹内好的“死的自觉”并非两回事，可见伊藤虎丸所谓的“终末论”，首先便是一种死亡哲学，它包括人这一终有一死者对于死的自觉，以及随之而来的反抗性或者说生之激情。从这一维度上看，伊藤虎丸从鲁迅身上所观测到的终末论首要地体现为莫尔特曼总结出的“个人的终末论”①，其中死亡并非只是个体生命的终点，而是整个生命中的一桩事件，对于死的知觉唤醒了存在者的智慧，促使其以承担者的卓绝姿态超越忧惧、拥抱生存。

为了论证鲁迅的死亡意识，伊藤虎丸列举的关键材料主要有两处：一是《写在〈坟〉后面》中的“我只很确切地知道一个终点，就是：坟。然而这是大家都知道的，无须谁指引。问题是在从此到那的道路”②；二是《狂人日记》中狂人所感受到的“被吃的恐怖”。伊藤虎丸对于鲁迅作品及其人世羁旅所秉承的死亡哲学的阐释自有其精当之处，他认为鲁迅“一方面认识到现实世界几乎不可能变革，一方面又将自己投放到其中，面对眼前零散琐屑的现实付出极为踏实的、科学的，而且不知疲倦的持续不断的努力（有责任的参与）；同时，令这种活法成为可能的，是与终极意义上的绝对否定者的相遇”③，这种对于鲁迅身上激烈的爱憎意志的剖析十分恰切，结合鲁迅在《过客》中对于“坟”这一意象的钟爱以及杂文《死》中“但要赶快做”④这一信条，足以佐证伊藤虎丸的判断绝非空穴来风，而是在某种程度上很得其神髓的洞见。

然而，尽管伊藤虎丸的见解大体上堪称恰切，但在具体论述过程中依然存在一些值得推敲之处，譬如他将狂人所感知到的“被吃

① 莫尔特曼在《来临中的上帝》中将终末论划分为个人、历史、宇宙的终末论，借助莫尔特曼的梳理整合，可将伊藤虎丸所采纳的终末论定义为“个人的终末论”。

② 鲁迅：《写在〈坟〉后面》，《鲁迅全集》（第1卷），人民文学出版社2005年版，第300页。

③ ［日］伊藤虎丸：《鲁迅与终末论》，李冬木译，生活·读书·新知三联书店2008年版，第185页。

④ 鲁迅：《死》，《鲁迅全集》（第6卷），人民文学出版社2005年版，第633页。

的恐惧”等同于“死的恐惧”，进而将狂人(同时也是鲁迅)的体验归结为终末论，这一过程则失之急切粗率，“被吃”势必会导致死亡，但“被吃的恐惧”远非“死亡的恐惧”所能概括的，因为前者象征着封建礼教世界的同类相残，是千百年来生活在中国的人之子们相互戕害甚而不自知的伦理悲剧，被同类食肉寝皮，则象征着吃与被吃者都失去了人的基本尊严，亦即他们已脱离了人性的范畴，成为不会被理解的怪物及畸零者，因此被人吃比被野兽食更惨烈百倍。狂人意识到自己将被同类所吃，这种恐惧和悲怆的心境是与二十世纪初中国社会现实紧密相关的写照，所以《狂人日记》是现实的寓言，狂人“被吃的恐惧”也并非形而上层面死亡意识的等价物，因此伊藤虎丸对文本的解说有着高度的选择性，或者说他把鲁迅的精神意志从中国历史中孤立了出来，将其命名为“终末论”的同时过滤掉了对于鲁迅及中国近代史而言至关重要的细节及具体情境，故而《鲁迅与终末论》所呈现的鲁迅形象更纯粹、锋利，有时却也稍显简略。

此外，除却对终末论的正面描述之外，《鲁迅与终末论》一书中还大量出现了“终末论式的”、“终末式的”等给“终末”一词加后缀的用法，譬如“终末式的个的自觉”①、“终末式的体验”②以及“终末论式的思考”③等，可见伊藤虎丸内心对于终末论是否能成立或者说将鲁迅的死亡意识定义为终末论等问题颇为犹豫不决，给“终末”加后缀的行为，实际上避免了斩钉截铁的判断。作者一方面承认“罪的意识”、“终末论”等带有浓厚基督教色彩的用法并不符合无神论者鲁迅的原意，另一方面称鲁迅那种不知疲倦的战斗性格

① [日]伊藤虎丸:《鲁迅与终末论》，李冬木译，生活·读书·新知三联书店2008年版，第321页。

② [日]伊藤虎丸:《鲁迅与终末论》，李冬木译，生活·读书·新知三联书店2008年版，第326页。

③ [日]伊藤虎丸:《鲁迅与终末论》，李冬木译，生活·读书·新知三联书店2008年版，第27页。

和坚韧意志与“某种宗教性有着相通的一面”①，且在并无过多考据的情况下将鲁迅的文学风格与《旧约》相提并论，将鲁迅的思想特质指认为“犹太式的意志的偏激”②，其间伊藤虎丸对鲁迅的认识实则更偏重于一种印象式的描述，它不仅缺乏实证③，感性成分居多，而且由于上述成书动机，作者在论述过程中可能有意省略了对鲁迅与终末论之间更为翔实的考证，而是多以比喻性的用法或者说自由联想取代了逻辑论证。

二、战后民主主义、终末论与“个”的思想

根据上文的分析可知，《鲁迅与终末论》中提及的终末论，主要指死亡意识以及由此衍生出的诸种体验。虽然伊藤虎丸在立论过程中有选择性地使用材料、以自由联想和譬喻来取代严密的逻辑论证之虞，但他的观点自有其生命力。当伊藤虎丸指出鲁迅的傲岸意志和“激烈而又充满静谧的强韧”④时，不得不承认作者对于贯穿于鲁迅生命内部之搏斗感的刻画很有感染力。其实对于本书而言，“宗教性”、“终末论式的”这一类印象式的描述倒并非最大的硬伤——虽然它们缺乏严谨的实证，但整体上并无大碍，反倒成就了另一种片面的深刻，更值得关注的是，作者在鲁迅身上寄托了过多要素，其中鲁迅不仅获得了“终末论式的自觉”，还是一个真正的个人主义者(即有着“个”的自觉)，他凭借“清醒的现实主义”从整

---

① [日]伊藤虎丸:《鲁迅与终末论》,李冬木译,生活·读书·新知三联书店 2008 年版,第 108 页。

② [日]伊藤虎丸:《鲁迅与终末论》,李冬木译,生活·读书·新知三联书店 2008 年版,第 314 页。

③ 伊藤虎丸曾在“代序”中自称《鲁迅与终末论》一书收录的文章是“缺乏实证性的杂文”。

④ [日]伊藤虎丸:《鲁迅与终末论》,李冬木译,生活·读书·新知三联书店 2008 年版,第 294 页。

体上把握到了西方近代文明的根柢，因此日本若想克服战后民主主义的危机，则须将鲁迅奉为先师——当这些描述汇聚一堂时，不仅可能触发学理上的疑问，还面临着彼此之间相互抵牾的隐患。

虽然这本书题目为《鲁迅与终末论》，但至少有两个概念与“终末论”处于同等重要的位置，那便是“战后民主主义”和“个”的自觉，以上三者共同支撑起了本书的框架。此书虽可被视为鲁迅研究专著，但在“代序”和“后记”中，作者念兹在兹的其实是战后日本的思想状况，且伊藤虎丸毫不忌讳吐露自己“真正要在这本书里写的甚至不是中国的问题”①，与此同时，作者也隐晦地承认自己思考的问题及结论早在面对鲁迅的文本之前便已有了，因此，“鲁迅”所扮演的角色其实是将作者思考的问题及结论勾连起来的黏合剂。“六经注我”这一治学传统由来已久，我们暂且搁置围绕治学理念可能引发的争议，并且回到伊藤虎丸的思考脉络中，以细察“战后民主主义”是如何与“终末论”以及“个”的自觉之间建立逻辑关系的。

“二战”后，相当一部分日本知识分子对日本的侵略扩张乃至明治维新以来日本的近代化之路进行了反思，其中代表性人物有丸山真男、竹内好等。“日本的战后民主主义是建立在日本战后初期颁布的和平宪法、教育基本法及其所阐发的和平主义、自由主义、个人主义理念基础上的民主主义”②，其核心是以个人主义、自由主义等近代西方思想去批判、清理日本的封建残余，以促使日本走向符合自身国情的近代化之路。丸山真男曾敏锐地指出，以家族主义而非真正的个人主义为基础的日本传统中的“和”，它并非意味着人人平等的和平友爱，“而是以随处都有的纵向权威关系为

① ［日］伊藤虎丸：《鲁迅与终末论》，李冬木译，生活·读书·新知三联书店 2008 年版，第 292 页。

② 陈都伟：《从丸山真男的自由主义看日本战后民主主义的理论困局与时代危机》，《哲学研究》2013 年第 12 期。

根本前提的'和'"[①]。丸山真男不仅对日本文化中的威权主义进行了反思，还指出日本政治思想界的弊病之一在于外来的意识形态与日本社会实际行动之间存在着鸿沟，因而明治维新以来的"近代"只是西方的复刻品，而并未使自由主义、个人主义等近代思维在日本扎根；对于本书作者伊藤虎丸而言，"战后民主主义"并不是一个具有特定内涵的术语，毋宁说伊藤虎丸是借用"战后民主主义"这一用法表达自己对于日本改革之路的整体看法：日本应当克服"内在的天皇制"，建立起真正的个人主义；在"个"的自觉这一基础之上，培育有着强韧意志、健全主体性的国民，克服对外来意识形态的僵化崇拜，从根柢上激活本民族的生机；打破高等教育中各门学科的分化状态，恢复对文化的整体性把握等。伊藤虎丸对战后民主主义的希求，即是对日本近代化之路的重审，故而它包括对大学教育、政治文明等全方位的省思，尽管作者的思虑极广，但他的核心企图仍在于召唤真正的个人，在他看来，顽强地捍卫着自身主体性的"个"是使得一切改革成为可能的先决条件。

其实，伊藤虎丸对战后民主主义、终末论以及"个"的思考不仅见诸1975年初版的《鲁迅与终末论》，这一学术思路还被之后的《鲁迅与日本人——亚洲的近代与"个"的思想》忠实地延续了下来，在此书的"结束语"《鲁迅对现代的启示》中，伊藤虎丸称赞真正的个人主义者鲁迅"在'精神'和'个性'(即主体性＝自由)那里把握到了西方近代的本质"[②]。将鲁迅视为觉醒的个人主义者，并以此反省日本的近代这一倾向在《鲁迅与日本人——亚洲的近代与"个"的思想》中得到了进一步呈现，因此二十世纪八十年代出版的《鲁迅与日本人——亚洲的近代与"个"的思想》实际上构成了对

① ［日］丸山真男：《现代政治的思想与行动》，陈力卫译，商务印书馆2018年版，第141页。

② ［日］伊藤虎丸：《鲁迅对现代的启示(结束语)》，《鲁迅与日本人——亚洲的近代与"个"的思想》，李冬木译，河北教育出版社2000年版，第171页。

《鲁迅与终末论》的呼应，二者试图解决的问题和结论也堪称一致，即“战后民主主义缺少终末论意义上的思考”[①]。只不过此二者各有侧重，如果说《鲁迅与日本人——亚洲的近代与“个”的思想》的要旨是战后日本需要“个”的自觉，《鲁迅与终末论》则还旁涉到另一个问题，那便是真正的个人主义何以成为可能，对此，伊藤虎丸的回答是“终末论”。

前文业已指出伊藤虎丸所理解的终末论很多时候是一种死亡意识及向死而生的行动，此外，“通过终末式的体验，人才第一次成为‘不是处在集团的一部分这一关系位置上’的真正的‘个人’”[②]。也就是说，为了克服《鲁迅与终末论》一书中“终末论”与“个”的自觉之间可能形成的割裂状况（或者说一本书中同时出现两个主题、两个重心的现象），伊藤虎丸试图在前者与后者之间建立因果关系，亦即他认为真正的个人主义来源于终末论，如此一来，终末论与“个”的自觉这两种主张之间便顺理成章地达成了联姻，且至少从表面上消弭了《鲁迅与终末论》内部的理论分歧。

由于文学研究的性质不同于自然科学研究，其内部难以确立严格的术语使用规范，故而将“终末论”置换成“终末论式的体验”或许只是一种无伤大雅的修辞游戏，但将终末论与个人主义的关系表述为上述因果关系，则需要更坚实的学理支撑，这势必涉及西方现代个人主义思想的渊源。首先，“个人主义”是一个语义极其芜杂的词汇，如同英国史学家卢克斯所说，“个人主义”这一表述既混乱又令人困惑，它的疆域横贯罗马法和基督教伦理，所涉范围“从卢梭和康德到边沁”[③]。粗略来讲，个人主义是一个信仰体系，

---

① [日]伊藤虎丸:《鲁迅对现代的启示(结束语)》,《鲁迅与日本人——亚洲的近代与“个”的思想》,李冬木译,河北教育出版社 2000 年版,第 175 页。

② [日]伊藤虎丸:《鲁迅与终末论》,李冬木译,生活·读书·新知三联书店 2008 年版,第 326 页。

③ [英]史蒂文·卢克斯:《个人主义:分析与批判》,朱红文等译,中国广播电视出版社 1993 年版,第 1 页。

它肯定每个独立个体的尊严及价值,“个人不仅被赋予了直接的地位和价值,而且也成为了真理的最终裁断者”[①],这也就意味着个人获得了独立于各式团体的地位,个人成为第一性的存在,而“社会、国家以及其他各个层面的共同体只是个人的集合、复合,因而是从属性的或工具性的”[②]。试图脱离西方近现代史来孤立地谈论个人主义是非常困难的,因为基督教传统、文艺复兴、宗教改革以及此后的启蒙运动等均对个人主义的兴盛起到了不容小觑的作用。其中,基督教伦理虽然推动了个人主义的萌蘖,但在基督教教义及其变体之中,与个人主义思潮关联最为密切的当属“一神论”传统,亦即主张人人都是上帝的子民,人只须对唯一的神而非其他权威负责[③],而人与人之间是平等的,故而基督教秉持的一神论既哺育了个人主义,也呈现出一种朴素的世界主义思想形态。因此,基督教终末论与个人主义之间的因果关联并没有伊藤虎丸所表述的那般确凿,虽然能够勉强自圆成在终末论的压力面前,人势必迸发出对于生存的激情,进而将自己锻造成刚健的伦理主体——一个觉醒的个人,但为什么在终末的压力面前,人不会选择归顺于某个既定的权威团体,以谋求更多温情及安全感呢?由此观之,从终末论出发未必会通向个人主义,前者与后者之间依然更像是平行关系而非因果关系,从“终末论”横跨到“个”的思想这一过程中,伊藤虎丸似乎仍旧选择了借力于自由联想来完成逻辑关系上的危险一跃。

分析至此,《鲁迅与终末论》一书的思维导图已呼之欲出了。

---

① [捷]丹尼尔·沙拉汉:《个人主义的谱系》,储智勇译,吉林出版集团有限责任公司2009年版,第28页。

② 张建宝:《析自由主义之为个人主义的意涵》,《南昌大学学报(人文社会科学版)》2014年第3期。

③ 《圣经·出埃及记》所载的“十诫”中有除上帝之外不可有其他的神、不可跪拜偶像等律令,故而基督教教义客观上有将个人从权威制家庭、社会团体中解放出来的潜能。此外,由于基督教禁止崇拜其他的神,因此它与中国人的祭祖习俗及其背后的宗法信条是相悖的,这也是早期基督教来华传播屡屡受挫的原因之一。

由于一切社会变革的根柢在于具备强健意志（主体性）的个人，因此伊藤虎丸认为战后日本的改革重心应在于反抗封建威权主义残余，使真正的个人主义在日本生根发芽，而在伊藤虎丸的论域中，使真正的“个”成为可能的，是被称之为“终末论式的体验”。至于伊藤虎丸对日本大学教育制度的抨击、对分数所形成的等级以及学科分化等现状的不满，均是为了培育健全的国民或曰伦理意志上的主体而服务的。作为日本参照系的鲁迅，则被伊藤虎丸塑造为真正的个人主义者，具备终末式体验的主体，故而日本在反思明治维新以来的近代化之路时，应当从鲁迅身上获得灵感。通过上文所述的选择性解说材料、以譬喻和联想取代论证、在终末论与个人主义之间架构因果关系等一系列措施，伊藤虎丸的诸种设想终于被全部包裹在了《鲁迅与终末论》中。

三、问题意识、现实导向与“以鲁迅为方法”

伊藤虎丸曾在《鲁迅与终末论》的“后记”中毫不避讳地承认此书是出于他自身的实践需求而来，像作者这样以强烈的现实关怀为导向的治学方式，在日本鲁迅研究史上绝非孤例。将鲁迅视为日本的参照系，以鲁迅为切入点反思近代日本发展模式的弊病这一研究思路广泛地存在于“二战”后的日本汉学界，其主要代表人物有竹内好、丸山昇、伊藤虎丸等。曾有学者将竹内好直至伊藤虎丸时期的日本鲁迅研究称为“鲁迅像”时期，并指出这一时期“最重要的鲁迅研究者们每人都有一个自己独创的‘鲁迅形象论’”[①]，譬如竹内好的“文学者”鲁迅、丸山昇创造的“革命人”鲁迅以及伊藤虎丸的“终末论者”鲁迅等。无论是“文学者”、“革命人”还是“真正的个人主义者”等诸种形象，对于日本鲁迅研究者而言，比起通过实证来

① 李明晖：《百年日本鲁迅研究的生机与偏至》，《文学评论》2016 年第 5 期。

接近真实历史时空中的鲁迅，更重要的是以鲁迅形象为武器抨击明治维新以来日本社会的怪状，其中包括日本的优等生文化[①]、等级意识、文化整体性的丧失等。

伊藤虎丸在《鲁迅与终末论》、《鲁迅与日本人》等论著中所体现的方法论自觉，显然并非意在纯粹的知识生产，而是"以鲁迅为方法"[②]介入日本社会现实的尝试。某种程度上来看，伊藤虎丸对于鲁迅形象的辨析别具只眼，其中他对于鲁迅偏激又静谧的意志、宗教式的性格以及死亡意识的剖析都自出机杼。应当说，伊藤虎丸自身的忧患意识、入世情怀以及具有高度感染力和投入性的学术写作对于后人都颇有裨益，此外他的观点亦有很多可圈可点之处，这些都拓展了鲁迅研究的空间。然而，由于结论先于研究而存在，再加上为了增强对日本现实的批判力度，"伊藤鲁迅"必得全方位地站在日本文明弊病的对立面：日本大学教育中存在着学科之间彼此隔绝的现象，那么"伊藤鲁迅"便是从整体或根柢层面接受西方现代文明的；明治维新以来的日本在西方文明面前丧失了主体性，外来的意识形态逐渐沦为宰制人们的教条，相应的"伊藤鲁迅"势必是个严峻巍峨的精神战士；战后日本并未实现对个性的肯定以及对主体的尊重，故而"伊藤鲁迅"一定是一个真正觉醒的个人主义者。以上种种二元对立项在《鲁迅与终末论》中不胜枚举。

在伊藤虎丸绘制的"鲁迅 VS 近代日本"图示中，作者对于鲁

---

① 指在亚洲国家中，日本由于率先学习西方现代文明而一跃成为最先进的国家，但在此过程中，日本一方面忽视了对弱小民族的尊重，另一方面明治维新时期日本对于西方现代文明的模仿更多地止于物质文明层面，而在精神文明上仍残留着诸多前现代意识；同时日本的近代化是以丧失了自身主体性为前提的，而这一点进一步被竹内好表述为"转向型"文化——与鲁迅所代表的面对西方现代文化时"回心型"的接受方式相对立，它意味着一种缺乏抵抗性的全盘接受。

② 本文的这一用法参考了吴述桥：《伊藤虎丸与战后日本的鲁迅研究传统》，《浙江海洋大学学报(人文科学版)》2017 年第 5 期。

迅的见解大体上倒仍算精当，然而这一鲜明的二元对立模式同时也造成了对某些真实问题的遮蔽，譬如在鲁迅那里，个人主义与民族主义的关系、传统与反传统之间的关系显然并非那么简单。一个深爱着自己的民族、甘愿充当历史中间物并竭力肩住黑暗闸门的重量的那个鲁迅，与“彻底批判和否定了被当做中国文化传统的所谓‘国粹’”①的“伊藤鲁迅”，可能并非同一个人，这个黑白分明的“伊藤鲁迅”提炼出了鲁迅意志中最纯粹的成分，却忽略了具体历史时空中那个荷戟独彷徨者的丰满血肉。正因如此，狂人所感知到的“被吃的恐惧”只能被等同于“死亡的恐惧”（“终末论式的体验”），至于其他更加微妙的细节，则无法被容纳在本文事先设定的框架之内。“伊藤鲁迅”是一个只有精神而无肉身的形象，然而鲁迅身上的犹豫和对于古旧之物的眷恋，实际上与他道德上的勇气、他憎恶的激烈程度同样强烈。归根结底，伊藤虎丸选择了忠实于日本的社会现实，而非靠近真实的鲁迅。

其实，伊藤虎丸写作《鲁迅与终末论》时，其抱负本身并不在于为鲁迅研究添砖加瓦，因此他在学术研究上的纰漏至少有一部分是有意而为的。不过，除却在概念的辨析、材料的选择和逻辑关系上的疏忽之外，对于《鲁迅与终末论》及其作者而言，更为紧迫的问题其实是：如何从学术走向现实行动。伊藤虎丸摒弃了从文本到文本的知识生产模式，并试图在学术研究与社会变革之间搭建起一座桥梁，这种古道热肠以及对于现世的殷切瞩目何尝不是鲁迅精神意志中至为赤诚的一面。然而，如果试图使人文学科的学术研究变成改造社会现实的真切动力，那将牵涉两个领域的转换，亦即将“语言”兑现成“行为”。所以，对于以伊藤虎丸为代表的日本鲁迅研究者而言，问题的关键并非比较“我注六经”及“六经注我”

① [日]伊藤虎丸：《鲁迅对现代的启示（结束语）》，《鲁迅与日本人——亚洲的近代与“个”的思想》，李冬木译，河北教育出版社 2000 年版，第 171 页。

这两种治学主张的优劣，而是如何以语言行事。[①]

在《鲁迅与终末论》、《鲁迅与日本人》等著作中，伊藤虎丸将战后日本改革的希望寄托于"终末式的体验"与真正觉醒的个人之上。面对日本复杂的社会现状及某些因袭而来的陈年弊症，伊藤虎丸选择了一种十分抽象的应对方式。有着强健意志的伦理主体诚然是社会步入良性发展轨道的基石，但其中唯意志论的色彩未免有些浓厚。换言之，既然觉醒的"个"以及"终末式的体验"是所有重大变革的根本性前提，那么它们必将同时适用于日本社会以外的更多国家和地区。如此一来，这一普泛性的结论便可能失去面对日本具体现实的针对性。此外，"终末式的体验"与真正的个人主义作为某类思潮，它们恐怕难以生产直接有效的社会行动，这也正如同先前有学者所指出的那样，伊藤虎丸的阐释只"在精神逻辑上展开，忽略物质性的社会和自然环境"[②]；与此同时，"个人主义立场越彻底，'他者'对个人的挑战就越尖锐"[③]，如何避免真正的个人主义精神退化成极端功利主义同样是一个值得深思的问题。因此，伊藤虎丸便无形中遭遇了两难的处境：以纯学术的评判标准来看，《鲁迅与终末论》内部不无值得进一步商榷之处；作为以变革社会现实为宗旨的热情产物，若想从"终末论式的体验"过渡到切实可行的改革方案，则需要更多物质及具体制度层面的精密设计——然而，这自然不只是伊藤虎丸及《鲁迅与终末论》可能会面临的诘问，更是众多竭尽毕生所学，辗转于象牙之塔及十字街头者们的共同命运。

① 英国分析哲学家奥斯汀的代表作《如何以言行事》提出了言语行为理论，即通过分析日常生活中的语言现象及交往行为，发掘出二者之间的关联。在一些场合中，语言具备使行为成真的能力，而语言与行动的这种关系也被表述为"述行性"。参见[英]奥斯汀：《如何以言行事》，杨玉成等译，商务印书馆2012年版。

② 吴述桥：《伊藤虎丸与战后日本的鲁迅研究传统》，《浙江海洋大学学报(人文科学版)》2017年第5期。

③ 李永刚：《西方主流经济学的极端个人主义与极端功利主义辨析》，《南昌大学学报(人文社会科学版)》2020年第5期。

“五四”落潮期反抗绝望的心灵求索

——论未名社俄国文学译介出版

汪　琳　王达敏

（安徽教育出版社，合肥 230061；安徽大学 文学院，合肥 230601）

内容摘要：中国现代史上的俄国文学译介出版注重黄金时代文学和新俄文学，而未名社的俄国文学译介却以白银时代文学为特色。这与“五四”落潮期的时代氛围相关，也反映了这个时期一批知识分子的精神苦闷和他们心灵深处对理想的执着追求。未名社的译介出版在一定程度上还原了俄国文学的整体面目，帮助一批中国知识分子在时代低潮的精神苦闷中寻找到了出路，给了他们反抗绝望的精神力量，丰富了中国现代主义文学传统的内涵。

关键词：未名社　俄国文学译介　白银时代　“五四”落潮期　反抗绝望

因李霁野翻译的《往星中》迟迟不能出版，鲁迅深感年轻人译稿出版困难，建议李霁野、韦素园、韦丛芜等一群有志于外国文学译介的青年，仿照日本丸善书店成立一个同人社团，自筹资金译介、出版外国文学。这个同人社团就是未名社。未名社是鲁迅牵头成立的第一个出版社，以文学译介出版为主要目的。未名社得名于《未名丛刊》，这是鲁迅主编的专门出版年轻人译著的丛书，开始由北新书局出版，后来由北新书局和未名社共同出版。由于未名社规模较小，活跃期不长，所以一直以来学界对它的关注不多，现有研究大多停留在史料和人事层面，专门性研究很少，且深度不够，尤其对它主要的功绩——俄国文学译介出版缺乏更深入的探

作者简介：汪琳，文学博士，副编审；王达敏，安徽大学文学院教授，博士生导师。

讨,甚至存在一些误解。① 未名社于 1925 年 8 月 10 日成立于北京,1931 年后基本停止活动,1933 年登报宣布终结,未名社的活跃期处于“五四”退潮和革命方兴未艾之时。研究未名社的俄国文学译介出版有助于了解特定时期一部分中国知识分子的思想走向,有助于研究中国现代文学传统的形成及其内涵,是俄苏文学译介出版研究不可或缺的重要环节。“未名社的主要贡献在于外国文学——特别是苏俄文学——的译介,开创之功已经记入了新文学史册。”②

一、俄国文学译介的“开创之功”

除鲁迅外,未名社的主要成员有韦素园、李霁野、台静农、韦丛芜、曹靖华。韦素园、韦丛芜是兄弟,他们和李霁野、台静农都是安徽六安叶集人,自小一起长大,非常团结,素有“未名四杰”之

① 在已有研究成果中,李霁野的《鲁迅先生与未名社》、方锡九等人编写的《未名春秋》以回忆性文章汇编为主;黄开发主编的《未名社作品选》,安徽文艺出版社“现代皖籍名作家丛书”的《韦素园选集》《韦丛芜选集》,上海社会科学院出版社的《李霁野文集》则以作品选录、汇编为主;耿传明的《鲁迅与鲁门弟子》、陈离的《在“我”与“世界”之间:语丝社研究》专章研究了未名社成立、兴盛和衰落的始末,梳理了其中的人事纠葛;黄艳芬《无名的泥土》是目前已出版的唯一研究未名社的专著,对未名社进行了系统客观的史料评述,但却未涉猎未名社的主要活动——文学译介。而未名社在俄国文学译介上的功绩是有共识的,孙郁在《鲁迅与俄国》、《在民国》等书中曾多次提及,谢天振、查明建的《中国现代翻译文学史(1898—1949)》为未名社设立了专节,并认为未名社的出现“标志着中国翻译文学发展的一个新趋势”。但总体而言,目前有关未名社译介的研究较少,多以个案为主,相关论文有陈福宇的《韦素园在 20 世纪早期的文学译介》、谷峰的《皖籍翻译家李霁野的翻译历史考察》等。专门研究未名社俄国文学译介整体特色的学术成果极少,有些资料在进行相关介绍时还存在一定偏差。例如,《中国现代翻译文学史(1898—1949)》在体例上将未名社译介归入“五四”时期的外国文学译介范畴,并认为未名社“在介绍外国进步文学,尤其是十月革命后的苏联文学方面,做出了很大的贡献”。但我们以为,从未名社的成立时间来看,此时“五四”早已落潮,未名社译介属于“五四”时期译介的归类未必合理;从作品来看,未名社的代表性译著大多是陀思妥耶夫斯基、安特列夫、索洛古勃等人的作品,这些作家及其作品显然不属于苏联文学范畴。

② 黄开发:《未名社作品选》,人民文学出版社 2011 年版,第 5 页。

称。除台静农不事翻译，未名社其他成员都曾大量译介俄国文学，韦素园、曹靖华曾留学俄国，是当时为数不多能直接翻译俄文的译者。

未名社的译介出版成果主要体现为它编印的丛书《未名丛刊》17 种，以及刊发在《莽原》半月刊（共 48 期）和《未名》半月刊（24 期）上的译介作品。未名社编印的《未名丛刊》17 种图书包括鲁迅翻译的《出了象牙之塔》、《小约翰》，李霁野翻译的《往星中》、《黑假面人》、《不幸的一群》、《近代文艺批评断片》，韦素园翻译的《外套》、《黄花集》，李霁野和韦素园合译的《文学与革命》，韦丛芜翻译的《穷人》、《罪与罚》、《英国文学——拜伦时代》、《格列佛游记》，曹靖华翻译的《烟袋》、《第四十一》、《蠢货》、《白茶》。其中 13 种均是俄国文学译著或收录了俄国文学作品的译著。在北新书局印制的《未名丛刊》中还有鲁迅翻译的阿尔志跋绥夫的《工人绥惠略夫》（第二版）和胡斅翻译的勃洛克的《十二个》。《十二个》在出版过程中也得到了未名社成员的帮助和支持，鲁迅为之撰写后记，韦素园为之校改。[①]

《莽原》周刊原本致力于“社会批评”和“文明批评”，未名社接手后改为半月刊，后又改名为《未名》，在文学译介的路上渐行渐远。《莽原》半月刊第一卷共发文 133 篇（包括画像），外国文学译介 53 篇；《莽原》半月刊第二卷共发文 106 篇（包括漫画和画像），外国文学译介 59 篇；《未名》半月刊第一卷共发文 48 篇，外国文学译介 28 篇；《未名》半月刊第二卷共发文 39 篇，外国文学译介 20 篇。从统计数据看，尽管期刊发文的总量在减少，但外国文学译介的发文比重却在不断增加。韦素园主持的《莽原》半月刊第一卷在俄国文学译介上最为用力，奠定了期刊的译介出版倾向，发表各种形式的苏俄文学译介共 18 篇，其中包括画室（冯雪峰）转译日本昇

① 鲁迅：《鲁迅全集》（第 7 卷），人民文学出版社 2005 年版，第 312 页。

曙梦的《无产阶级诗人和农民诗人》，该译作中的论断多取材于俄文论家黎沃夫·罗加契夫斯基之《最新俄国文学史》[①] 第十六章。

在李霁野主持的《莽原》半月刊第二卷和《未名》半月刊中，英、法等国的文学译介逐渐增多。《莽原》半月刊第二卷中苏俄文学译介共16篇，其他国家的文学译介43篇；《未名》半月刊第一卷苏俄文学译介共4篇，其他国家文学译介24篇；《未名》半月刊第二卷苏俄文学译介共2篇，其他国家文学译介18篇。其他国家文学译介比重增加，与此时主持社务的李霁野和韦素园所掌握的外国语言有关，也与他们对俄国文学译介和理解的深入有关。十九世纪俄国文学原本就是在西方文学和哲学的影响下发展起来的，俄国白银时代文学尤其深受西方非理性哲学、现代主义文学、古希腊和古罗马传统的影响。以韦丛芜翻译的《英国文学——拜伦时代》而言，拜伦对俄国文学的影响是毋庸置疑的，俄国白银时代的现代主义思潮与西方的浪漫主义传统更有着密不可分的关系。随着对文学译介和了解的深入，未名社获得了更为广阔的世界文学视野。

未名社期间，社团成员在商务印书馆、北新书局等其他出版社也有译著零星出版，这包括李霁野和韦素园合译的《被侮辱与被损害的》，韦丛芜翻译的小说集《张的梦》，韦素园翻译的诗歌小品集《最后的光芒》，曹靖华翻译的小说《铁流》。

译介不仅指翻译介绍外国文学作品，还包括翻译介绍外国文学理论、文学史和文学批评，为了使本国读者更好地理解和接受外国文学，译介也包括本国译者或评论者对外国文学所做的诠释、解读和评论。未名社人是极其自觉的译介者，他们不仅翻译文学作品，还翻译相关的文学理论、文学批评和作家传记，为译著撰写引

---

① 在《序〈外套〉》《序〈往星中〉》等文中，韦素园将黎沃夫·罗加契夫斯基译为黎和夫·洛加契夫斯基、黎戈夫·洛加契夫斯基等，将《最新俄国文学史》译为《最新俄国文学史略》；在《人性的天才——迦尔洵》中，鲁迅将《最新俄国文学史》译为《最新俄国文学梗概》。

言和后记,甚至注释。即使翻译短篇作品,他们也常为作品中的一些词语进行注释,并且在篇后附上作者简介和译者对作家作品的理解。这种做法可以使中国读者从一篇作品管窥到作家的整体创作风格,更深入地理解和接受作品。这些翻译过来的文学理论、文学批评和作家传记成为现代中国文学史上研究俄国文学的第一手资料,他们做的注释、撰写的前言和后记也为中国读者接受俄国文学起到了导向性作用,是民国时期外国文学批评史和译介史不可或缺的重要部分。未名社的俄国文学理论译著有韦素园和李霁野合译的托洛茨基的《文学与革命》,正是在这部著作中,托洛茨基提出"同路人"的概念。作家回忆录有韦丛芜翻译的陀思妥耶夫斯基夫人的《回忆陀思妥耶夫斯基》、韦素园翻译的契里珂夫的《献花的女郎——回忆契诃夫》、勃洛克的《孤寂的海湾——回忆安特列夫》。《莽原》半月刊和《未名》半月刊零星译介的俄国文艺批评和理论文章还有:韦丛芜翻译的 Thomas Seltzer 的《穷人译本引言》;韦素园翻译的卢那察尔斯基的《托尔斯泰底死与少年欧罗巴》、普罗特尼珂夫的《现代俄国文学底共通性》;曹靖华翻译的鲍里斯·拉甫列涅夫的《为〈第四十一〉中译本写的序及自传》,等等。未名社同人为译著所写的前言和后记独具特色,兼具理论深度、艺术感悟和生命体验,显示出广阔的文化视角、深沉的思想内涵和敏锐的艺术感受,如鲁迅的《〈穷人〉小引》、《〈十二个〉后记》、《〈争自由的波浪〉小引》;韦素园的《序〈往星中〉》、《校了稿后》、《〈外套〉的序》、《〈最后的光芒〉小序》、《〈黄花集〉序》、《〈罪与罚〉前记》;李霁野的《序〈黑假面人〉》、《〈文学与革命〉后记》,等等。值得一提的是未名社成员深受黎和夫·洛加契夫斯基的《最新俄国文学史略》的影响,该书于 1925 年出版于列宁格勒[①],对果戈理、陀思妥耶夫斯基、迦尔洵、契诃夫、安特列夫等作家都进行了专题评论和解读,

---

① 韦素园:《序〈外套〉》,《韦素园选集》,安徽文艺出版社 1985 年版,第 98 页。

文笔生动，神采飞扬，表现出文学上的非凡感受力。韦素园在为《往星中》、《外套》、《罪与罚》写序时，都曾参考过这本书，鲁迅亦选译过书中的两篇文章《人性的天才——迦尔洵》、《契诃夫与新文艺》。

未名社同人的翻译有两个特点：一是团队作战，二是反复修订。他们掌握的外语不同：鲁迅精通日文，能够翻译德文；韦素园、曹靖华精通俄文；李霁野、韦丛芜翻译英文。未名社译介遵从直译原则，为了力保译文准确，译作在出版前往往经过多人对照多个国家的版本进行校改。韦丛芜翻译《穷人》时用的是Constance Garnett 的英译本，同时参考 Modern Library 的英译本。之后，鲁迅对照原白光的日译本进行修改，韦素园又对照俄文原文进行校定。正如鲁迅所写的那样，"在陀思妥夫斯基全集十二巨册中，这虽然不过是一小分，但在我们这样只有微力的人，却很用去许多工作了"[①]。在二十世纪四十年代邵荃麟的译本出来前，韦素园与李霁野合译的《被侮辱与被损害的》是最流行的中译本。韦丛芜翻译的《罪与罚》也是当时广为流传的一个版本，到 1946 年 12 月文光书店出版时已经是第 6 版。从 1946 年到 1953 年期间，文光书店推出《陀思妥耶夫斯基选集》，韦丛芜翻译的《罪与罚》、《穷人》、《西伯利亚的囚犯》、《卡拉玛卓夫兄弟》、《地下室手记》先后入选，是入选作品最多的一位译者。未名社的译作不仅不少在当时反复再版，有些译作甚至沿用到今天，成为经典，如曹靖华的《第四十一》。未名社人的译作再版时往往都会反复修订，精益求精，与时俱进。以曹靖华翻译的《第四十一》为例，2015 年的黄山书社版和 1929 年的未名社版完全不同，经过几十年与时俱进的修订，译本已"面目全非"。

① 鲁迅：《鲁迅全集》(第 7 卷)，人民文学出版社 2005 年版，第 108 页。

二、白银时代文学译介的倾力者

俄国文学起步较晚，十八世纪后才在西方影响下逐渐步入正轨，之后历经以批判现实主义为主潮的黄金时代，以现代主义为主潮的白银时代，以无产阶级革命文学为主潮的十月革命文学和苏维埃文学。中国现代史上的俄国文学译介出版出于主体建构幻想的需要，带有明显的选择性。

俄国文学译介在中国现代文学史上主要经历了清末民初时期、"五四"时期、二十世纪三四十年代三个阶段。[①] 清末民初，一方面，市民阶层的兴起导致游戏和消遣的通俗文学需求量大增，喜欢以社会历史、人类命运、灵魂救赎等严肃话题为主题的俄国文学显然不在这个范畴；另一方面，"师夷长技"的主张和对科学技术的重视促进了科学小说译介的繁荣，梁启超"欲新一国之民，不可不先新一国之小说"则催生了政治小说的译介。彼时俄国没有像西欧国家一样经历过工业革命，不具备滋生科学小说的土壤，君主统治下的农奴制也被智识阶层所诟病，显然难以成为中国师夷长技的对象。

到"五四"时期，中国的智识阶层从俄国道路中看到了希望，俄国文学译介兴起。但启蒙主义的文学氛围使得当时中国的俄国文学译介更多地倾向十九世纪黄金时代的批判现实主义思潮，激赏其对现实黑暗的揭露和对被损害被侮辱者的同情，凸显这些作品中所蕴含的批判性和平民性。二十世纪三四十年代，不断高涨的革命热情使这一时期的俄国文学译介注重作家作品的革命性和阶级性，左联是俄国文学译介的主力，专注于无产阶级革命文学的译

---

① 谢天振、查明建：《中国现代翻译文学史（1898—1949）》，上海外语教育出版社 2004 年版，第 115—127 页。

介。林精华认为,民族救亡和启蒙意识的迫切使当时中国多数知识分子无暇全面分析俄国文化,视野中只有被认同的对象,这导致俄国当时重要的主流文化白银时代文化没有被重视,只有鲁迅等极少数知识分子意识到了俄国这一文化的重要性。然而,白银时代文学所传递的人文主义又"正是中国知识分子改造国民性特别需要的,是真正能提高国民素质的精神源泉之一……是恢复知识分子主体性意识的重要资源"①。

与主流不同,深受鲁迅影响的未名社同人在俄国文学译介上钟情于俄国白银时代文学。他们译介出版涉及的作家有果戈理、陀思妥耶夫斯基、安特列夫(安德烈耶夫)、索洛古勃(梭罗古勃)、蒲宁、阿尔志跋绥夫、勃洛克、契里珂夫、爱伦堡、戈理奇(高尔基)、契诃夫、叶赛宁、科罗连珂(柯罗连科)、色尔格夫·专司基、扎伊采夫、珂陀诺夫斯奇等,作品有《外套》、《穷人》、《罪与罚》、《被侮辱与被损害的》、《往星中》、《黑假面人》、《十二个》、《第四十一》、《张的梦》、《文学与革命》等。

俄国白银时代文学以现代主义为特征,兴盛于十九世纪末二十世纪初,这是危机与兴盛交织的时代。一方面,随着 1861 年农奴制改革的失败和民粹派运动的落潮,世纪末的俄国在社会风气、思想文化上都显得阴郁消沉,弥漫的世纪末情绪造成了俄国社会的危机,理想的缥缈、社会的黑暗、无路可走的迷茫加重了人们对理性的怀疑和对现实的失望;另一方面,社会危机成为文化转向和复兴的肥沃土壤。在不堪的现实和失败的抗争面前,人们放弃对生活表象的执着,着力于建构精神家园,以心灵创造为目的。白银时代的俄国思想继承了以果戈理、陀思妥耶夫斯基为代表的俄国"非和谐"一派。"后普希金时期的果戈理、莱蒙托夫、丘特切夫、陀

---

① 林精华:《论"五四"时期对俄国文学的接受》,《中国现代文学研究丛刊》2001 年第 1 期。

思妥耶夫斯基则成为与他们精神上相近的作家,因为这些作家感到了和谐被破坏的悲剧,但是渴望并寄希望于未来恢复这种和谐。"① 尤其是陀思妥耶夫斯基,他对白银时代的影响是普遍和巨大的,索洛维约夫、别尔嘉耶夫等人都对他有过深入的研究。世纪末思潮与俄国独有的斯拉夫传统结合在一起,促成了文学、音乐、美术、哲学等领域的活跃和整个白银时代的兴起,思想激荡,派别林立。白银时代的文学以象征主义诗歌为开端,不仅有以象征主义、阿克梅主义、未来主义为代表的现代诗歌和小说,出现了梅列日科夫斯基、勃留索夫、索洛古勃、勃洛克、别雷等现代派大师,也有熔铸了现代主义文学特征的以蒲宁、安特列夫等为代表的新写实主义文学和以叶赛宁为代表的新农民诗歌。尽管白银时代的主张和观点足够驳杂,但这并不影响整体的时代氛围。它独有的特点便是"对高、远、深的追求,这追求只是要远离令人厌恶的平淡无味、单调平凡的无所作为"②。俄国白银时代文学的活跃期并不长,十月革命后基本结束,但深刻地影响了之后的俄国本土文学和侨民文学。梅列日科夫斯基、安特列夫、蒲宁、别雷等流亡海外的作家,在异域他乡坚持创作,形成"侨民文学"。1933 年蒲宁在流亡期间获得了诺贝尔文学奖,成为俄国历史上第一个获此殊荣的作家。勃洛克、叶赛宁、马雅可夫斯基等人选择留下,迎接新生活,他们成为托洛茨基所谓的"同路人"。

鲁迅一生翻译俄国文学和苏联文学达 160 多万字,对俄国白银时代作家的喜爱是显而易见的,收录在《域外小说集》中的三篇译作均为白银时代作家作品:安特列夫的短篇小说《谩》、《默》和迦尔洵的《四日》。此后,他又翻译了安特列夫的《黯淡的烟霭里》、

① [俄]弗·阿格诺索夫:《白银时代俄国文学》,石国雄、王加兴译,译林出版社 2001 年版,第 3 页。

② [俄]弗·阿格诺索夫:《白银时代俄国文学》,石国雄、王加兴译,译林出版社 2001 年版,第 2 页。

《书籍》，契里珂夫的短篇小说《连翘》、《省会》，阿尔志跋绥夫的短篇《幸福》、《医生》和长篇小说《工人绥惠略夫》，等等。晚年，鲁迅还翻译了果戈理的《死魂灵》。他引以为豪的译著——"成人的童话"《小约翰》，虽然是波兰作家望·蔼覃的作品，却与俄国白银时代文学同属世纪末文学的范畴。

韦素园喜爱俄国老一代象征主义代表诗人和小说家——梭罗古勃(索洛古勃)，除选译了他的《蛇睛集》，还翻译了他的《往绮玛忤斯去的路》、《邂逅》等短篇小说。韦素园还翻译了果戈理的《外套》，就阴沉晦暗的风格而言，索洛古勃无疑是与果戈理同出一脉的。

李霁野钟情安特列夫，不仅翻译出版了他的长篇小说《往星中》、《黑假面人》，还翻译了他的《小天使》、《笑》、《马赛曲》等短篇小说作品。

倾力于陀思妥耶夫斯基译介的是韦丛芜，在未名社期间他翻译出版了《穷人》、《罪与罚》以及陀思妥耶夫斯基夫人的《回忆陀思妥耶夫斯基》。韦丛芜是翻译陀思妥耶夫斯基作品时间最早、数量最多的作家。虽然"五四"时期陀思妥耶夫斯基的小说就作为描写小人物的"为人生"的文学被介绍到中国来，但因其作品并不是"啜末加加啡，吸埃及烟卷之后所写的"[①]，所以中译文并不多，只有少量短篇小说和长篇小说节选发表。韦丛芜翻译的《穷人》是陀氏第一部被全本翻译成中文并以单行本形式出版发行的小说。韦丛芜一生都未停止对陀思妥耶夫斯基的译介，在穷困潦倒的后半生凭借惊人毅力完成了浩大的陀思妥耶夫斯基全集的翻译。

曹靖华在未名社出版了拉甫列涅夫的《第四十一》、爱伦堡的短篇小说集《烟袋》、契诃夫和屠格涅夫的俄国独幕剧集《蠢货》、斑珂等人的苏联独幕剧集《白茶》。爱伦堡是在白银时代起步的一位

① 鲁迅：《鲁迅全集》(第7卷)，人民文学出版社2005年版，第160页。

作家，他的诗歌曾得到象征主义代表作家勃留索夫、阿克梅派诗人古米廖夫和曼德尔什塔姆的高度赞扬。拉甫列涅夫曾是白银时代未来主义一员，小说《第四十一》蕴含着的人性内涵有着白银时代文学的独特印记。

俄国白银时代文学的译介出版自二十世纪初以来一直存在，鲁迅、周作人、耿济之等都曾从事过相关译介，但总体而言译介的作家作品不多，未能形成气候。较为集中专注地译介出版俄国白银时代文学，并正视它的特殊价值和意义的是未名社。

三、反抗绝望的心灵出路

深受东正教传统影响的斯拉夫文学具有鲜明的二元性特征，注重非理性和神秘，它与世纪末思潮结合产生了白银时代文学，开出一朵现代主义文学的奇葩。未名社同人长期浸淫在俄国文学中，他们结合自己的生命体验对俄国白银时代文学进行选译和解读，不仅还原了俄国文学的整体面目，而且体现了一部分中国知识分子在特殊时期的心灵探索。

未名社成员对白银时代文学的偏好受时代氛围和个人际遇两个因素的影响。在时代氛围上，未名社成立时的北京正处于“五四”落潮后的低沉徘徊期，在社会氛围上与白银时代俄国极为相似。在个人际遇上，未名社成员在寻求理想的道路上屡屡受挫，不断遭遇退学、疾病、贫困、死亡威胁，陷入巨大的心灵困境和经济困境。艰苦的生活、繁重的工作、对国家命运和个人未来的担忧，沉重地压在未名社人身上，严重损害着他们的健康，他们中的大多数人都患有肺病，韦素园三十岁就早早离世。未名社人的境况让人想起陀思妥耶夫斯基小说中在圣彼得堡贫民区破旧公寓里住着的那些穷学生。他们在经济上捉襟见肘，精神上也走投无路。他们激越地抗争着旧传统和新弊端，时代和生活回馈给这些“战士”的却是无处不在的黑暗和绝望。

未名社人感到凭借己力难以对抗命运的碾压和时代的黑暗，他们一面渴望着理想的将来，一面感到无法入手的悲哀，因此难免消沉和厌世，但他们又不甘于人生颓废和无意义的生命消磨，于是他们的译介便带有解决自我心灵问题的强烈意图。理想和现实、激愤与消沉的反差，使他们在陀思妥耶夫斯基、索洛古勃、安特列夫等作家那里寻到了强烈共鸣。孙郁认为，“未名社作为一个文学团体，他们的翻译俄国文学的工作，在现代文学史上有标本的意义。但一个有趣的事实是，这些青年，对俄罗斯文学的认识多从悦己的目的出发，关注的是自我的修养问题”①。这“自我的修养”实是未名社人在内外交困中心灵的挣扎和不屈服。“人类在看似无路的绝境里还有攀援之径，则善矣无憾也。”② 在对白银时代文学的理解中，未名社同人找到了反抗绝望的两种精神出路。

一是在二元冲突中寻找苏生的路。在出版鲁迅《出了象牙之塔》得到资金后，未名社出版的第一本译作是李霁野翻译的安特列夫的剧本《往星中》。围绕着“星空”和“人世”，剧中人做出了不一样的选择。天文学家塞尔该长期居住在高山上，将毕生精力都投入研究星空上。而他的大儿子尼古拉选择了山下世界，成为一名革命者，被抓获后受折磨至疯。鲁迅认为《往星中》探讨了理想与现实“两个相反的世界”的问题。

我以为人们大抵住于这两个相反的世界中，各以自己为是，但从我听来，觉得天文学家的声音虽然远大，却有些空虚的。这大约因为作者以“理想为虚妄”之故罢。然而人间之黑暗，则自然更不待言。③

① 孙郁：《鲁迅与俄国》，人民文学出版社 2015 年版，第 20 页。

② 孙郁：《鲁迅与俄国》，人民文学出版社 2015 年版，第 138 页。

③ 鲁迅：《鲁迅全集》(第 11 卷)，人民文学出版社 2005 年版，第 517—518 页。

韦素园为《往星中》写的序则从“两重真理的冲突”方面深刻地解读了安特列夫：

> 安特列夫的著作对于生活发现两种真理：“心”对于生活的执着，“理智”对于生活的厌弃；因之有两种不同的人生态度：坚信与怀疑，绝望与革命。两重真理的冲突——大概可以算作安特列夫全部著作的题词吧。这或者是几种影响融合的结果，在这种融合的进程中便渐渐地现出安特列夫的真自我。[①]

不管是“两个相反的世界”，还是“两种真理”，都基于对安特列夫作品二元性特征的认识。这种二元冲突和矛盾是白银时代作品的普遍特征，不仅体现在现实世界和心灵世界的冲突上，更体现在心灵世界自身的冲突和争战上。而这种更高意义上的写实主义——心灵世界的冲突和分裂，是现代主义思潮与传统现实主义思潮的显著区别之一。

安特列夫认为艺术家意识中“事实的形象”要比现实中“事实的真相”更加感人。如果说《往星中》还带有现实主义戏剧的痕迹，剧中的二元性冲突更多地体现在高远精神世界与黑暗现实世界的冲突上，那么《黑假面人》却是一部典型的象征剧。剧中的城堡是心灵世界的象征，所有戏剧冲突都发生在城堡里，表现出心灵内部冲突。生活其中的“黑假面人”意味着人的两重性——真正的自我和带着假面的“我”。在假面舞会上，每个人都变身成了多个假面人，有的美丽有的丑陋，有的邪恶有的善良；甚至连音乐也具有多重性，有时聒噪有时和谐，有时纯洁有时凶恶。

对于这种心灵世界的冲突和矛盾，我们并不陌生。阿尔志跋绥夫创作的文学形象——绥惠略夫就是一个极度矛盾的典型人物：既同情被侮辱和被损害的人们，又憎恨他们的麻木；既痛恨暴

① 韦素园：《序〈往星中〉》，《韦素园选集》，安徽文艺出版社1985年版，第88页。

虐，却又困惑于是否应该以暴制暴；既期待未来，又不能接受将未来建立在死骸之上。在小说第十章中，由于极度的困惑、矛盾和不安，绥惠略夫心中的另一个声音化身幽灵，来与他论辩。作为小说译者，鲁迅在《野草》中曾多次使用这种表现内心世界二元冲突和矛盾的手法。

顺着这条线索往前追溯，我们可以找到拉斯科尔尼科夫、伊万卡拉马佐夫——这种深究疑惑的精神显然遗传自陀思妥耶夫斯基。《〈穷人〉小引》可以被看作鲁迅对陀思妥耶夫斯基整体创作的评价。鲁迅认为，陀氏是善于给人施用精神苦行的残酷天才，在显示人的灵魂的深上，他的所有作品都始终一致。[①] 韦素园则认为“早年的短篇作品《两面人》可以作他全部著作的题辞”[②]。

在西方现代主义文学的二元对立中，温暖、善良、光明常被寒冷、罪恶、黑暗所吞噬，死亡和毁灭总是结语。但陀思妥耶夫斯基和俄国白银时代作家深受毁灭与重生的末日论思想及牺牲与拯救的弥赛亚精神的影响。他们的作品即使带着死亡的阴冷和恐怖，内里也不乏新生的努力和希翼；即使叙写末日的毁灭与崩溃，也蕴藏着新的精神和世界的开始。鲁迅在陀思妥耶夫斯基的作品中看到了“苏生的路”，韦素园看到了安特列夫作品中“生命力的飞腾”。

这也可以说：穿掘着灵魂的深处，使人受了精神底苦刑而得到创伤，又即从这得伤和养伤和愈合中，得到苦的涤除，而上了苏生的路。[③]

虽然安特列夫是生着黑的羽翼的“战败的先知”，在他的著作中我们还不断地遇到勇猛的、闯入生活的底里的人物，在这些人物中我们还可以看出他们的生命力的飞腾，虽然他们代表的是死亡

① 鲁迅：《鲁迅全集》(第7卷)，人民文学出版社2005年版，第105页。
② 韦素园：《〈罪与罚〉前记》，《韦素园选集》，安徽文艺出版社1985年版，第101—103页。
③ 鲁迅：《鲁迅全集》(第7卷)，人民文学出版社2005年版，第107页。

与绝望的威吓和恐怖。《在耶拉撒尔》中，作者把死的毁灭和恐怖具体地表现出来了，但是同样热烈的是这底里的对于生的企求。在《暗淡的远方》给与我们的是绝望的重压，主人公是森严冷酷的人物，但是在这里面我们不是可以看出那在生命的烈火中燃烧过了的斑痕玛？《马赛曲》的主人公是一个卑微无用的人，他有"野兔和负重的牲口的驱体"，但是也有"人的伟大的灵魂"。他要死的时候还要求他的同伴们为他唱《马赛曲》——革命的口号。①

尽管有形之物毁灭了，但心灵却在争战中胜利。也正是在这个意义上，未名社同人看到白银时代作家隐藏在消沉与颓废之后的反抗与力量。

二是在个体生命的孤独中进行精神革新。现代主义文学的最大功绩是发现了个体生命的价值，每个人都是与众不同的、个性化的，同时每个生命都是孤独的，孤独是现代主义文学永恒的主题。在俄国文学译介中，未名社人敏锐地感受到了白银时代作家身上这种入骨的孤独感。

在扎伊采夫那里，人生来便是孤独的。短篇小说《极乐世界》中的主人公孤独地长大、学习、写作、工作，甚至孤独地恋爱——他偷偷地爱恋自己的家庭女教师，又一厢情愿地恋上四处留情的歌女，他在孤独中渐渐老去，最终又孤独地死去。韦素园认为扎伊采夫的所有著作"在精神方面，可以用已死的 19 世纪俄诗人鸠特契夫一句诗——'模糊静寂的穹窿笼罩着忧伤孤苦的大地'，当作题词"②。

在阿尔志跋绥夫那里，孤独的表现是厌世。鲁迅翻译的《幸福》写了人们的麻木和残忍，表现出对黑暗现实的厌弃。《工人绥惠略夫》中已经觉醒的先驱者在蛮荒的精神原野中，孤独感越发强

① 韦素园：《序〈往星中〉》，《韦素园选集》，安徽文艺出版社 1985 年版，第 87 页。
② [俄]扎伊采夫：《极乐世界》，《韦素园选集》，韦素园译，安徽文艺出版社 1985 年版，第 231 页。

烈,最终演变成对社会的仇恨。

而安特列夫"全然是一个绝望厌世的作家","他那思想的根柢是:一、人生是可怕的(对于人生的悲观);二、理性是虚妄的(对于思想的悲观);三、黑暗是有大威力的(对于道德的悲观)"。[①] 在《域外小说集》中,鲁迅翻译了安特列夫的《谩》和《默》。《谩》写了一个充满欺瞒、缺乏真诚的世界,《默》写的是寻求知音而不得。在《往星中》中,无论是探索遥远星空的天文学家,还是投身现实黑暗而被囚禁发疯的革命者,都是孤独的。

对陀思妥耶夫斯基的作品,韦素园的评价是"任谁读了他的任何著作之后,都难免要感到一种难言的阴凄的寂寞"[②]。

孤独具有两种现代性——在社会学层面上的资产阶级现代性和在思想文化层面上的反资产阶级现代性:在强大的工具理性面前,人成为分子式的存在,孤独造成了个体生命的隔阂,导致了人的异化;孤独又意味着生命的多样性和心灵的自由独立,而这又恰恰是创造力的源泉,抵制了一般性和必然性所造成的平庸。西方的现代主义作家更倾向于叙写孤独中人的异化,但俄国白银时代作家看到了孤独所具有的创造力。《孤寂的海湾》是韦素园翻译的勃洛克回忆安特列夫的文章。勃洛克描绘了身处人群之中的安特列夫的刻骨孤独。

屋里面有些人,几乎全是著作家,有许多是著名的;但他们谈论些什么,却不明白,彼此也没有紧密关联,在所有的人们中间深渊漆黑的闪着,好像隔在窗户的背面,并且有一位极和众人隔离的,——极孤独的,——安特列夫:他愈显亲密,愈显和爱,好像主人似的,却愈形孤独。[③]

① 鲁迅:《鲁迅全集》(第11卷),人民文学出版社2005年版,第517页。

② 韦素园:《〈罪与罚〉前记》,《韦素园选集》,安徽文艺出版社1985年版,第102页。

③ [俄]勃洛克:《孤寂的海湾(回忆安特列夫)》,《韦素园选集》,韦素园译,安徽文艺出版社1985年版,第239页。

但勃洛克却认为正是这种孤独带来了“真正的果实”[①]。鲁迅在《译了“工人绥惠略夫”之后》一文中提到，十九世纪末的俄国，思潮最为勃兴，中心是个人主义，正是这股思潮酿成了1905年的革命。[②]

俄国个人主义的独特之处在于，由于斯拉夫文化的影响，个人主义与共同性这对看似矛盾的主张并行不悖。白银时代的思想家们主张精神上的革新可以使差异的个体共存并相互沟通，无须通过暴力消除个体差异以达到和谐，而这种精神革新的基础是爱。这种具有浪漫主义乌托邦性质的爱的伦理是独特的俄国思想。正是它使陀思妥耶夫斯基和俄国白银时代文学显示出与西方现代主义文学的不同：西方现代主义文学的孤独走向了人的异化和死循环，而陀氏和俄国白银时代文学最终走向灵魂革新。韦素园在《〈外套〉的序》中提到了这种“伟大的斯拉夫民族性”，他认为在思想价值上《穷人》高于《外套》，原因正是马加尔具有阿卡基所没有的爱的力量。[③]

四、俄国白银时代文学的中国回响

相对于现实主义文学和浪漫主义文学，现代主义文学虽然在中国一直隐而不彰，但从清末民初开始，世纪末思潮就潜伏在中国现代思想和中国现代文学的基因中，不管是梁启超的种族意识，还是“五四”时期的国民性话题都带有世纪末思潮的影子。“五四”落潮后，中国的现代主义文学开始崭露头角，从李金发到早期的创造社，从新月派到新感觉派，都努力地学习过西方的现代主义文学。

① [俄]勃洛克：《孤寂的海湾(回忆安特列夫)》，《韦素园选集》，韦素园译，安徽文艺出版社1985年版，第237页。

② 鲁迅：《鲁迅全集》(第11卷)，人民文学出版社2005年版，第322页。

③ 韦素园：《序〈外套〉》，《韦素园选集》，安徽文艺出版社1985年版，第94—95页。

然而,西方现代主义在进入中国的同时,也在现代中国特殊的诉求中遭到了本土化的改造。首先,西方现代主义文学在反拨十九世纪现实主义文学中形成,具有反现实主义的特点,但它与中国救亡图存的民族主义话语结合后,增加了明确的现实要求和指向,群氓思想变种为改造国民性,反思理性和反抗平庸成为对民众和民族的拯救。其次,西方现代主义思潮是对所谓现代化的反思,反抗庸俗和物化,追逐心灵和精神,但并不排斥传统,对古希腊和古罗马的追溯是西方世纪末文艺思潮的一大特点。而中国的现代主义却是在反叛传统的时代背景中逐渐发展起来,清末民初,中国知识分子更多的是希望从传统和乡土社会中挣脱出来,去追逐现代和都市。他们在对西方现代主义文学的吸收和借鉴中更偏重技巧和形式,对其实质了解得并不够透彻。正因为如此,不管是李金发还是新感觉派,对西方现代主义文学的模仿流于表面,他们或陷入支离破碎的意识和直觉难以自拔,或在对现代都市纸醉金迷的描述中迷失了自我。"在批判城市中迷失而缺失了真正的批判能力,差不多是他这一派的共同的限制。"①

在对俄国文学的借鉴中,中国知识分子发现了从人道主义出发的三种思想特质:一是对弱小者的同情和怜悯,二是对专制暴力的批判和反抗,三是个体心灵的忏悔和挣扎。在对俄国批判现实主义文学和无产阶级革命文学的吸收借鉴中,中国知识分子更多地领悟了人道主义的前两种特质,第三种特质则更多地体现在具有现代主义文学特质的俄国白银时代文学中。西方的现代主义文学揭示了现实的荒诞、人生的无望,控诉了工具理性对生命力的扼杀,但最终只是表现了个体生命的困境和虚无,没有为心灵找到出路。俄国白银时代文学深受斯拉夫文化的影响,批判现实黑暗,却又始终持有绝地重生的希望,既表现出对"高、远、深"的精神世界

① 钱理群、温儒敏等:《中国现代文学三十年》,北京大学出版社1998年版,第326页。

的追求，但又没有丧失面对现实的勇气。这样的作家作品消沉阴冷却不绝望，拒绝平庸而又闪耀着人性之光，返躬自省却也直面现实，赞美死亡却又期待新生。未名社对俄国白银时代文学的译介出版引导了一批中国知识分子将对外在生命的关注转向对内在生命的探索，让特殊时期的中国知识分子体悟到精神的力量，有了反抗绝望的勇气。

孙郁认为，“如果不是这些青年热情的刺激，鲁迅也许不会接触那么驳杂的东西……鲁迅和那几个青年都未料到，彼此的合作都改变了精神的轨迹”[①]。据《鲁迅与俄国》一书所提供的鲁迅藏书目录统计：鲁迅收藏的俄国文学中译本共七十七本，其中十九本是未名社成员翻译，十一本是未名社出版。鲁迅认为“可以勉强称为创作的”[②]五种书，除《呐喊》、《故事新编》外，其中三种——《彷徨》、《野草》、《朝花夕拾》中的多数文章都创作于与未名社成员往来密切期间。《彷徨》一共十一篇，前四篇写于 1924 年，后七篇均写于 1925 年。《野草》是他最具个体生命意识的散文诗集，创作时间是从 1924 年 9 月至 1926 年 4 月。除“题辞”外，《野草》中的二十三篇散文诗都写于北京时期，前六篇写于 1924 年，其他十七篇皆写于 1925 年离开北京去厦门之前。《朝花夕拾》写于 1926 年，在结集出版之前，通过连载的形式，以“旧事重提”为总题发表在当年的《莽原》半月刊上，1928 年作为《未名新集》丛书的一种出版，是鲁迅整个创作生涯中少见的怀着温情回忆个人早年生活的作品集。从《彷徨》到《野草》，再到《朝花夕拾》，我们能清晰地看到鲁迅从孤独彷徨到反抗绝望，再到通过回忆反顾汲取力量继续前行的心路历程。

戴望舒 1927 年左右来到北京，认识了冯雪峰、李霁野等人，先

---

① 孙郁：《在民国》，中国人民大学出版社 2014 年版，第 134 页。

② 鲁迅：《鲁迅全集》(第 4 卷)，人民文学出版社 2005 年版，第 469 页。

后在未名社主编发行的期刊上发表多篇作品，其中包括他的代表作《我底记忆》。“要是追溯起来，戴望舒的思想转机大概自一九二七年七八月间漫游北京时开始的。”[①] 这群热爱白银时代文学、译介了《文学与革命》的朋友无疑影响了戴望舒在现代主义诗歌道路上的探索。在二十世纪二十年代末期到三十年代初，戴望舒对苏俄文学有过热烈的关注，主要关注点在十月革命后的同路人文学。他尤其喜欢叶赛宁，翻译了他的不少诗歌。戴望舒创作的《我用残损的手掌》等杰出诗篇，用个体生命的敏锐感受触摸到集体情感，为流于形式的中国现代主义文学一脉增添了别样的底蕴和光彩。

在对以俄国白银时代文学为主的外国文学的理解和吸收上，未名社同人表现出对文学、社会、人生的独特理解和深入思考，他们在“五四”落潮这段特殊时期的译介出版活动不仅弥补了彼时俄国文学译介的不足，其对心灵世界的探索也丰富了中国现代主义文学的内涵，为中国文学留下了一笔宝贵的精神财富。

---

① 郑择魁、王文彬：《戴望舒评传》，百花文艺出版社 1987 年版，第 43 页。

恋爱空间的开创

——中国新文学恋爱话语的产生

庄　申

（南京大学 中国新文学研究中心，南京 210023）

内容摘要：随着“恋爱”一词在二十世纪初进入现代汉语，中国新文学的恋爱话语也在新开创的恋爱空间中产生。发轫于传统情感空间的新文学恋爱空间，由才子佳人相逢的后花园转向了广阔的社会空间，而以爱和牺牲为精神的鸳蝴派小说将爱情与爱国主义相连，为“五四”“神圣爱情”的出场奠定了基础；“恋爱”一词传入中国后含义变化，爱情发生的空间也从家的范围，向外拓展到学校、旅途、车厢等，恋爱空间从私人空间转移到公共空间；恋爱空间开创后，随之而来的自由结婚到自由恋爱的思潮变迁，则是“五四”启蒙者们对新的观念的分歧与思考。

关键词：中国新文学　恋爱话语　恋爱空间

1925年，章锡琛在《驳陈百年教授“一夫多妻的新护符”》中说：“在中国的文字上，一向没有相当于英语‘love’的意义的字，近来虽然勉强从日本的翻译，用‘恋爱’这字来代替，然而一般人却仍然没有关于这字的概念。”[①] 他的这个说法，已被日本学者的研究证实。[②] 此前的中国小说家在描绘动人爱情故事时，主要大量使

作者简介：庄申，南京大学中国新文学研究中心博士研究生。

① 章锡琛：《驳陈百年教授“一夫多妻的新护符”》，《莽原》1925年第4期。

② 参见曹一帆：《五四时期“恋爱自由”讨论的伦理困境——以“第一次爱情大讨论”为中心》，硕士论文，北京师范大学，2013年4月，第23—24页。日本相关研究成果认为，“恋爱”作为对应于英文love的新词，产生于明治初期，十九世纪末在日本流行并传入中国。

用名词“爱情”，如林纾的翻译小说在表达恋爱时，使用最多的动词是“爱”、“爱慕”，名词则还有“情爱”、“慕恋”、“眷恋”等，并没有“恋爱”一词。在之前传统中国文学的叙述与想象中，“恋爱”，或者说“爱情”这个词汇，[①]并没有以男女相爱意义进入汉语，在民国之前更是鲜有国内小说家使用“恋爱”一词。

新文学的恋爱话语空间发轫于传统的情感空间向恋爱空间的过渡，恋爱空间开创后，文学中的恋爱情感话语，从传统的才子佳人后花园相逢的佳话，变成了“五四”时期浪漫热烈的自由恋爱，新文学的浪漫爱情也由此产生。

那么，在这样的背景下，中国现代新文学中的浪漫爱情是如何产生的？恋爱的情感话语是怎样从传统的才子佳人式后花园相遇的“儿女之情”，逐渐过渡到“五四”时期的浪漫自由恋爱的？本文试图从原有的晚清民初鸳鸯蝴蝶派小说所代表与描绘的传统文学情感话语空间入手，通过《玉梨魂》等作品的分析，试图考察鸳蝴小说营造的传统情感空间与恋爱话语，与以后的“五四”浪漫恋爱话语的关系；从“恋爱”这个概念在中国的传入发展史入手，梳理晚清民初的爱情话语，构建与反思现代中国的激进文化与社会文学思潮的新维度。

一、走出后花园：恋爱空间的出现

钱杏邨曾对晚清小说进行过先驱性的系统研究，他认为晚清时期，出版人越来越排斥印行关于两性的男女情爱小说，“杂志《新小说》、《绣像小说》所刊载作品，几无不与社会有关。直至吴趼人

① 注：“恋爱”一词作为一个新词，在晚清民初由日本传入，在此之前，中国文学对男女恋爱的称呼，主要是“情”及其所衍生的“儿女之情”、“男女之情”等。学者杨联芬在《“恋爱”之发生与现代文学观念变迁》一文中认为，“19世纪末20世纪初，‘恋爱’一词在日本普及，正值戊戌变法失败后，流亡或留学的中国学者学生渐渐云集日本之时，因此，男女相爱意义上的‘恋爱’，就主要是由他们率先使用并传入国内”。

创'写情小说',此类作品始复抬头,为后来鸳鸯蝴蝶派小说开了先路"[1]。诚然,晚清小说在文学史上留下的最浓墨重彩的一笔,正是众多尖酸刻薄的政治讽刺小说,当时的作家有意识地以小说为武器,不断对政府和一切社会恶现象抨击,这就是鲁迅所说的"谴责小说"[2]。这些"新小说"常被人以小说形式,从事新思想新学识灌输,作启蒙运动,因此政治性主题占据绝对统治地位。然而,到了晚清最后十年,情感小说却迎来了一次史无前例的生长与繁衍,情感也第一次成为文学类型自觉使用的标签,后来这批小说被称为鸳鸯蝴蝶派小说。鸳蝴小说通常以连载的方式刊发于娱乐杂志和报纸副刊,随着大众传媒的兴起与迅速发展,它很快成为一种文化套餐,并精准契合了一大部分具有一定教育程度的城市人口的文化品位。鸳蝴小说的命名由来带有贬义,最早由周作人与钱玄同提出来,讽刺此类小说不断地用鸳鸯与蝴蝶这两种意象作为忠贞爱情的象征。周作人于 1918 年 4 月 19 日在北京大学演讲时说:"现代的中国小说,还是多用旧形式者,就是作者对于文学和人生,还是旧思想;同旧形式,不相抵触的缘故。"他在举例时,就用到了"《玉梨魂》派的鸳鸯蝴蝶体"[3]。顾名思义,"鸳鸯蝴蝶"是以形象化的名称来指晚清民初这些才子佳人的言情小说。可是后来,这一流派的作家却不仅仅写才子佳人的情感小说,金戈铁马的武侠小说、扑朔迷离的侦探小说、猎奇黑幕的公案小说甚至内容前卫的科幻小说等,都是他们擅长的题材。但是"《礼拜六》派"这个名称远没有"鸳鸯蝴蝶派"这个名称深入人心,他们中的各种文类,也终究是以民初的哀情小说最为成功。[4]

---

① 阿英:《晚清小说史》,江苏凤凰文艺出版社 2017 年版,第 5—6 页。

② 鲁迅:《中国小说史略》,《鲁迅全集》(第 9 卷),人民文学出版社 2005 年版,第 291 页。

③ 周作人:《日本近三十年小说之发达》,《中国新文学大系·建设理论集》,上海良友图书印刷公司 1935 年版,第 292—293 页。

④ 因此,本文仍沿用"鸳鸯蝴蝶派"这个名称代指当时的"鸳鸯蝴蝶派"以及此后的"《礼拜六》派"等通俗小说的总称。

鸳蝴派小说作为晚清民初最流行的文学作品，成功地继承并营造了一种传统的情感空间。在这个空间里，才子佳人的后花园私会是爱情发生的缘起，中国古代言情小说的“私订终身后花园，落难公子中状元”的传统模式，有了进一步的升华，社会历史背景不再被淡化甚至影响与决定着才子佳人之间的情感交流。从吴趼人的《恨海》开始，到民国初年徐枕亚的《玉梨魂》，主人公们都是同在一个屋顶之下围墙之中完成其缠绵的恋情，但是他们的爱情观不再仅仅是单纯的男女之爱，哀情小说中的“情”，逐渐升华为一种专一且富有牺牲精神的特质，爱与牺牲成为这一时期文学情感话语的中心思想。鸳蝴派本身的特殊性，也促使鸳蝴小说反而具有一种历史真实性，逐渐代表了底层民众的真实需求与想法，率先在爱与民族主义、爱国主义之间建立了独特的连接体。

情感话语一直在文学与通俗文化的领域中占据着支配地位。晚清的哀情小说、林译小说以及后来的鸳蝴派言情小说的浪漫派作品中，情感话语一直在主题和意识形态两方面起到重要作用。被频繁追认为鸳蝴派言情小说鼻祖的吴趼人，在谈到“情”为何物时，如是说：

“我提起笔来，要叙一段故事。未下笔之先，先把这件事从头至尾想了一遍。这段故事叙将出来，可以叫做写情小说，我素常立过一个议论，说人之有情，系与生俱来，未解人事以前，便有了情。大抵婴儿一啼一笑，都是情，并不是那俗人说的‘情窦初开’那个‘情’字。要知道俗人说的情，单知道儿女私情是情；我说那与生俱来的情，是说先天种在心里，将来长大，没有一处用不着这个‘情’字，但看他如何施展罢了。对于国君施展起来，便是忠；对于父母施展起来，便是孝；对于子女施展起来，便是慈；对于朋友施展起来，便是义。可见忠孝大节，无不是从‘情’字生出来的。至于那儿女私情，只可叫做‘痴’。更有那不必用情、不应用情，他却滥用其情的，那个只可叫做'魔'。还有一说，前人说的那守节之妇，心如槁木死灰，如枯井之无澜，绝不动情的了。我说并不然，她那绝不动情之处，正是第一情长之处。俗人但知儿女之情是情，未免把这个'情'字看得太轻了……"①

吴趼人的初意，固非写魔，如《恨海》与《劫余灰》，鲁迅评价他说："吴沃尧之所撰著，惟《恨海》、《劫余灰》，及演述译本之《电术奇谈》等三种，自云是写情小说。"② 但是他的写情小说，最终还是成了写魔的结果。阿英说："晚清小说中，又有名为'写情'者，亦始自吴趼人。此类小说之最初一种，即《恨海》。"③《恨海》一开始是以庚子事变作为社会历史背景，但这个故事显然还是围绕男女之间的"儿女之情"或者说"痴"展开的，吴趼人为了区分守节之妇的情，与"魔"性和"痴"或者肉欲之情，颇费了一番力气，但是评论家们均认为他的自我论述不够坦率，阿英直言："即此也可以知吴趼人之所谓写情，实际上不外是旧的才子佳人小说的变相，反映的仍旧是一派旧的封建思想。"④ 王德威对于吴趼人的这种态度，也感到无所适从，他为了还原晚清小说中"被压抑的现代性"，将文学史重新推翻重构，却找不到地方来安置吴趼人的这本小说。王德威认为，吴趼人把个人、感官的情感转化为政治之哀感的过程加以理想化，扩张了"情"的范畴，而又建立了一个人类情感的优先次序，以对人性与民族国家的关怀为浪漫情怀的终极表现。⑤ 这个讽刺现象的吊诡在于，吴趼人在他的言情小说中，将情感与情欲完全区分开，把情感渲染成一种贞节与美德，这使得鸳蝴派作者对情感的专一

① 吴趼人：《恨海》第1—2页，《恨海劫余灰发财秘诀情变等》，江西人民出版社1988年版。
② 鲁迅：《中国小说史略》，《鲁迅全集》（第9卷），人民文学出版社2005年版，第300页。
③ 阿英：《晚清小说史》，江苏凤凰文艺出版社2017年版，第236页。
④ 阿英：《晚清小说史》，江苏凤凰文艺出版社2017年版，第240页。
⑤ 王德威：《被压抑的现代性——晚清小说的重新评价》，王晓明主编《批评空间的开创：二十世纪中国文学研究》，东方出版中心1998年版，第142页。

的理解，反而成为对贞节的反现代性追求，这与后来“五四”作家与知识分子所追求与宣扬的自由恋爱成了鲜明对比。“五四”一代将爱情视为自由、平等、独立的象征，新文化阵营对鸳蝴派哀情小说的这种不反抗、空悲切的妥协、逆来顺受态度，十分鄙视，并视为旧道德、旧伦理而摒弃。事实上，造成这种现象的原因，与“恋爱”一词在民初的概念内涵变化有关，鸳蝴派言情小说仍在某种程度上具有相当的现代性：代表底层需求，他们的“保守”才是真实的；在情感上，他们将爱情与爱国主义相联系，因为他们的“情”是指含有牺牲精神的爱情。

1904年，陈独秀在《安徽俗话报》发表长文《恶俗篇》，向普通民众普及“恋爱”观念的启蒙。他抨击了寡妇守节的陋习，并认为对于那些因夫妻感情深厚而不愿意改嫁的女人来说，“这也是他的恋爱自由，旁人要逼他嫁人，这本是不通的话。”[①] 陈独秀对恋爱自由的理解是，不仅有恋爱的自由，也有不恋爱的自由。“恋爱”这个不同于以往的“男女之情”的先锋概念，就这样被引入中国人的日常生活中。但是，新概念的引入与本土化结合，是需要过渡的。正如章锡琛理解的那样，“在中国的书籍上，历史上，道德上，习惯上，法律和制度上，都没有所谓恋爱”，因此“在中国人的脑筋中盘踞着的，只有‘奸淫’，所以说到‘恋爱’，便和‘奸淫’的概念混杂了”。[②] 直到1920年代，新文化阵营将“恋爱”奉为新道德时，文学作品中也不乏将婚外情和狎妓行为认为是“恋爱”的现象。张爱玲对《海上花列传》评价，认为《海》是一部有着很多爱情篇章的小说，说它是“禁果的果园”，“直到民初也还是这样。北伐后，婚姻自主、废妾、离婚才有法律上的保障。恋爱婚姻流行了，写妓院的小说忽然过了时，一扫而空，该不是偶然的巧合”。[③] 而“《海上

① 陈独秀：《恶俗篇·第三篇 婚姻下》，《安徽俗话报》1904年第6期。
② 章锡琛：《通信·恋爱问题的讨论》，《妇女杂志》1922年8卷9号。
③ 范伯群：《中国近现代通俗文学史》，江苏教育出版社2010年版，第28页。

花》第一个专写妓院，主题其实是禁果的果园，填写了百年前人生的一个重要的空白”①。鲁迅 1921 年作《阿 Q 正传》，将阿 Q 想跟吴妈“困觉”而被打的故事，戏称为“恋爱的悲剧”，也是对民初的“恋爱”一词内涵误用的滑稽讽刺。

在这样的背景之下，鸳蝴派小说，尤其是哀情小说，所代表与传播的一种情感观念话语，仍旧是一种传统的“情”。正如吴趼人极力将他的言情与肉欲之情区分开来，他们想渲染与奉行的“情”，披着旧道德的外衣，却旨在高举爱情神圣高洁的大旗，主人公对爱情都忠贞无比，为了心爱之人与纯洁的爱情，心甘情愿牺牲自己。爱情与牺牲精神由此相结合，与《红楼梦》所开启的打破大团圆结局的趋势一样，开启了新的非传统的中国文学特质，被视为鸳蝴小说巅峰之作的《玉梨魂》就把这样的特点展现得淋漓尽致。

徐枕亚的《玉梨魂》自 1912 年发行以来，便洛阳纸贵，该书影响巨大，有人说《玉梨魂》和《雪鸿泪史》“再版数十次，销数在几十万以上，连得香港和新加坡等处都翻版不绝。中国近代名人著作中没有比这两部书销场再大的了”②。风行一时的《玉梨魂》，同时在故事情节的叙事层面与作者的创作观层面，首创性地将爱情与爱国贯穿起来，爱国情感的元素被注入纯洁忠贞的爱情故事中，主人公何梦霞和白梨影深挚却无望的爱情悲剧与悲惨结局，深深地打动了广大读者。《玉梨魂》的故事非常简单，讲述了教书先生何梦霞与寡妇白梨影（即梨娘）之间缠绵悱恻的爱情故事。何梦霞客居寡妇白梨影家中，成为白梨影儿子鹏朗的家庭教师。在相处中，两人日久生情，情投意合。但两人还是碍于礼法，不敢僭越，何梦霞不敢背负自由恋爱与娶寡妇的“污名”，最终白梨影将小姑筠倩

① 张爱玲：《国语本〈海上花〉译后记》，《张爱玲文集》（第 4 卷），安徽文艺出版社 1992 年版，第 343—345 页。

② 严芙孙：《徐枕亚》，见《中国近代文学论文集（1919—1949）》（小说卷），王俊年编，中国社会科学出版社 1988 年版，第 643 页。

介绍给何梦霞。筠倩是新女性，倡导婚姻自由，何梦霞与筠倩都误解白梨影，故梨娘投死明志。白梨影死后，何梦霞投身革命军，最终在1911年的武昌起义中战死沙场，壮烈牺牲。为情所困的一对有情人，因现实问题不能在一起，但是主人公双方对爱情的态度，仍然是坚贞不屈的。男主人公何梦霞尽管最后与白梨影的小姑筠倩成婚，却不能给予这个姑娘爱情，他坚信"大凡人之富于爱情，其情既专属于一人，断不能再分属他人"。而女主人公白梨影，也无法漠视对何梦霞的炙热感情，为了结束痛苦，只能选择死亡。这样的殉情式结局，甚至带有宗教情感的色彩，将《红楼梦》所开启的悲剧精神发展到新的阶段。

男主人公何梦霞的结局相比之下，更具有英雄主义的悲剧色彩。何梦霞最后倒在战场，手中却紧握着一札情书与日记，这样的形象与传统的爱国战斗英雄有着天壤之别。主人公何梦霞并不是征战沙场的英勇军人，他只是一个从不舞刀弄棒的教书先生，他还是选择义无反顾地投身战场，为国效力。尽管描写何梦霞沙场征战的篇幅占全书的篇幅比重很小，全书大部分情节都围绕着两人的爱情故事展开，但小说对何梦霞的英雄身份的强调还是十分充分的，作者徐枕亚对于何梦霞的一纸血书诉衷肠之事，发出了这样的感叹：

"呜呼，男儿流血自有价值，今梦霞仍用之于儿女之爱情，毋乃不值欤！虽然，天地一情窟也，英雄皆情种也。血者，制情之要素也，流血者，即爱情之作用也。情之为用大矣，可放可卷，能屈能伸。下之极于男女恋爱之私，上之极于国家存亡之大……故能流血者，必多情人。……能为儿女之爱情而流血者，必能为国家之爱情而流血，为儿女之爱情而惜其血者，安望其能为国家之爱情而拼其血乎？"①

① 徐枕亚：《玉梨魂　血鸿泪史》，燕山出版社1994年版，第142页。

徐枕亚使用了一种空间上的隐喻，将情感描述为可“上”可“下”地流动，从而含蓄地把“殉国”的地位抬到了“殉情”之上，小说人物结局的设置，便是把“殉情”与“殉国”联系在一起，这也和之前以《红楼梦》为代表的殉情的言情小说区分开来。范伯群认为《玉梨魂》“在‘发乎情’方面已经写到了极限，他一定要在‘止乎礼’方面取得一种‘平衡’，才能使他的书公之于世”①。陈平原也注意到《玉梨魂》中言情与政治的关系，他说：“早期政治小说的影响也渗透到辛亥革命后的言情小说中，同是殉情，何梦霞只能战死武昌城下而不能服毒闺房。”② 作者徐枕亚这样的叙事处理，正是一种巧妙的平衡。同样遭遇爱情的磨灭打击，何梦霞没有选择像贾宝玉那种皈依宗教、弃世“殉情”之举，而是目光长远，不沉溺于恋人之死的悲伤中，也没有追随恋人共赴黄泉，把个人的痛苦转投于国家的革命事业中，这种为了国家而非个人之爱的牺牲，为他在民族主义的话语中挣得了一席之地。何梦霞若是简单地死情而非死国，便“不过为茫茫情海添了一个鬼魂”③，而书中的结局，则让我们看到了爱情话语在爱与爱国主义之间建立的一次成功尝试，这样，鸳蝴小说的爱情故事，便在日常生活的展现中，宣扬了爱国之情与具有现代性的民族精神。除此之外，鸳蝴派小说还有众多直接描述爱国故事、关注时事政治的作品，始终关注底层民众，关注国家与人民最真实、切身的情感渴望与精神需求，将他们的国家理想下移到实际作品中，将现代性与市民经验完美地融合在一起，在某种程度上，更好地代表了时代潮流与先锋。

由此可见，鸳蝴派与鸳蝴派小说所代表的传统情感空间与恋爱话语中，爱与牺牲成为这一阶段文学情感的主题，尽管没有直接使用“恋爱”一词，但其作品中所表现的爱情，在歌颂爱情与传递更

① 范伯群：《中国现代通俗文学史》，北京大学出版社 2007 年版，第 143 页。
② 陈平原：《中国小说叙述模式的转变》，北京大学出版社 2003 年版，第 7 页。
③ 徐枕亚：《玉梨魂　血鸿泪史》，燕山出版社 1994 年版，第 142 页。

高的情感之间，做了平衡与努力。言情小说在日常化的叙事中，融入了社会评判的倾向，哀情小说中的男女主人公最终殉情或殉国的结局选择，尽管被“五四”学人所抨击，他们的保守·体现的正是与社会现实最接近的“真实”。爱情的理解与恋爱的话语，在《红楼梦》的悲剧殉情精神基础上，融汇了新的时代元素，为“五四”“神圣爱情”的出场开拓了空间，共同构成了“五四”恋爱话语的基础。爱情由此与爱国主义、民族主义相勾连，恋爱空间也由后花园转向广阔的社会大空间。

二、月老与丘比特:爱情象征的转移

1918 年 5 月 15 日的《新青年》第四卷第五号上刊登的鲁迅新诗《爱之神》，引起了读者们的注意。鲁迅的白话新诗大多是以写事为主，情节简单，托事寄情，以事寓理。《爱之神》则是通过一首小诗，赋予西方古老神话以东方现代意识，更重要的是，鲁迅将“爱之神”丘比特这个新鲜外来词汇与意象，引入了中国普通读者的视野。这个象征着西方现代爱情的神话形象，与中国传统象征婚姻爱情的意象月老相对应。不同的是，在“五四”新文化阵营的成员看来，月老是传统姻缘的代表，背后是父母之命、媒妁之言，是陈旧而教条的旧道德；爱神丘比特则年轻有活力，象征着自愿自主地凭心而爱，甚至违背父母之命媒妁之言，神圣的爱情至上，是自由恋爱的新道德。爱神丘比特这个概念在现代中国的引入与传播，正如“恋爱”一词在现代中国社会的传播与使用，“爱神丘比特之箭”的射入，正是指的“恋爱”这个词的真正含义在中国社会的接受过程。任何新词汇，尤其是外来词汇，往往不是对固有现象变换称呼，而是对新的现象进行命名。“恋爱”这个词汇作为男女相爱的意义来使用，主要集中在留学日本的中国学者学生这里。[1]“恋爱”与“爱神丘比特”的引进,更是标志着一种新的道德观的产生。日本明治初期发明的“恋爱”一词,“代表了一种与传统截然不同的情感态度和生活方式”,“恋爱”中指涉的男女双方,是“像朋友一般的交往”的爱人。[2] 这样的定义,包含着恋爱的男女双方地位平等且自由,自主决定自己意愿的含义,这就与中国传统的儒家礼法中讲究男尊女卑、礼教严格,男女婚前授受不亲、婚后女子三从四德的传统道德观念彻底相悖。由此可见,当留日的学者学生决定接受并使用“恋爱”这个新词时,也就接受与认同了这个词语背后包含的个人意志与男女平等的现代意识。

随着“丘比特之箭”的传入,“恋爱”这个概念逐渐被人们接受,丘比特这个张弓搭箭的挥着翅膀的小天使形象,也出现在了人们的日常生活中。民国的婚书里,甚至同时出现了月老和丘比特的图像,东方与西方爱情的象征,在此处产生了神奇的交汇,两种爱情观与道德观,在现代中国也产生了奇妙的碰撞。前文提到,晚清民初的情感空间与爱情话语,经由鸳蝴派小说的作用,发生了改变,民初的言情小说中的爱情,在《红楼梦》的悲剧爱情精神基础上,融入了爱国元素与民族精神,牺牲精神成为爱情的升华,爱与牺牲,在一定程度上为“五四”的神圣自由恋爱的观念,奠定了情感基础。

厨川白村曾在《近代的恋爱观》中,引用了西方学者的理论,把人类的两性关系概括为三个阶段,分别是:古代的“肉欲时代”、中世纪的“禁欲主义”和近代的“灵肉一致”时代。而近代的“灵肉一致”的恋爱观,便是以牺牲精神为基础的:

两性间的牺牲精神,往往为了恋人的关系,虽赴汤蹈火,亦所

---

① 杨联芬:《“恋爱”之发生与现代文学观念变迁》,《中国社会科学》2014 年第 1 期。

② 曹一帆:《五四时期“恋爱自由”讨论的伦理困境——以“第一次爱情大讨论”为中心》,硕士论文,北京师范大学,2013 年 4 月,第 24 页。

不辞。这种不可思议精神，决不是学校里边几位说教似的教员们体验而得的内容，可以做比拟的。所以这种热烈的自己牺牲的至高的道德性之花，只有恋爱里面，才可能很鲜艳的产生。所以恋爱决不单是为性欲的满足，也不是为子孙私有财产的让渡，也不是像拆白党的追逐妇女的恶劣行为，完全是自然的崇高的最净化的一种现象。①

这种对于“恋爱”的理解，在“五四”新文化运动之后，随着一大批日本和西方理论家的著述与译介，而被“五四”新文化所接纳。“恋爱”话题一度成为青年人最关注的人生问题，新文化作家们也注意到这两个外来词汇对中国社会不容小觑的影响力。1924年《语丝》第一期上发表了左联成员章衣萍的文章《月老与爱神》，文章虽然不长，却借助寓言的形式，对现实进行了辛辣的嘲谑。作者假托寓言的形式，将现代中国社会比作情感干涸的“沙漠国”，在爱神丘比特来到中国之前，中国的男女姻缘一直被月老和其象征的传统儒家婚姻制度所掌控着，所有男女都必须服从月老的命令，恋爱与婚姻完全无法自主，并且“几千年以来，全是如此”②。而象征着自由恋爱、自由结婚的爱神丘比特来到“沙漠国”后，启蒙了一部分青年人反抗旧道德与旧制度，高举自由恋爱、自由结婚的大旗。故事的结尾，却笔锋一转，直指一些新文化运动家用“道德之绳”反对爱神及其背后代表的“恋爱神圣”、“恋爱至上”观。这篇滑稽文章，巧妙地利用比喻，描述了月老与爱神在现代中国的地位变化，这也正是“恋爱”一词，由外来词逐渐变为现代中国的时代关键词的过程。可以看出，“恋爱”的含义的变化，代表着二十世纪初中国新的道德观念的变化，情感空间与恋爱话语从文学文本中走入人们的日常生活，日常生活与行为习惯的变化，反过来也影响了文学

① 厨川白村：《近代的恋爱观》，Y.D.译，《妇女杂志》1922年8卷2号，第10页。
② 章衣萍：《月老与爱神》，《语丝》1924年第1期。

作品中的文学话语与情感空间。

十九世纪末以降,以鸳蝴派哀情小说为代表的传统文学作品中的恋爱空间,是才子佳人"私订终身后花园,落难公子中状元",男女主人公的相遇、相爱、相许,大都发生在"家"的范围,屋檐之下围墙之中,由于儒家礼法对女性的制约与束缚,佳人无法轻易迈出家门,因此只有公子"中状元"这条出路能够打破樊篱,跳出传统礼法制约,从而实现文本故事意义上的大团圆结局。例如徐枕亚笔下的男女主人公,何梦霞和白梨影的相爱定情,便是在"家"的局限内;而到了吴双热《孽冤镜》中,男女主人公的相爱空间有了开拓,他们在徜徉山水中相知相许,当男主人公回家后,其父却不接受也不承认他的所谓"自由恋爱",他只得奉旨成婚,而女主人公则为情自杀。可见,恋爱空间向外拓展的过程中,"家"这个意象,成为阻碍自由恋爱自由结婚的最大禁锢。"从民初哀情小说到五四恋爱文学,空间隐喻的转换,象征着个人和家族及世界关系的改变。"[①] 到了"五四"时期的自由恋爱,作家们则索性让主人公离家出走,从空间上试图彻底摆脱禁锢,追求自由。女作家庐隐的小说《一个著作家》,故事情节看似延续了之前鸳蝴派哀情小说的套路,但是主人公的恋爱空间,却基本脱离了"家",转移到了学校、公园等公共场所,这些场所本身带有的公共性与开放性,让主人公的恋爱行为,增添了自由、文明等现代性元素。冯沅君的小说《旅行》,则直接将主人公的恋爱空间从学校搬到了旅行途中,旅途中的车厢和旅馆,既有公共空间的公开性,又相对远离了人群,让主人公的恋爱具有私密性,提供了爱情自由生产的空间,作家的匠心独具一格。

"恋爱"一词的内涵与外延,与"丘比特之箭"一起逐渐改变了现代中国社会的思考方式与行为方式。爱情发生的空间,从"家"的范围,逐渐向外拓展,到了"五四",离家出走,到学校,然后是旅

① 杨联芬:《"恋爱"之发生与现代文学观念变迁》,《中国社会科学》2014年第1期。

途和车厢，从私人空间到公共空间，恋爱空间的转变，与恋爱话语互相影响，互相作用，共同反映了当时的激荡思潮。

三、结婚与恋爱：情感观念的革命

《新青年》作为现代中国历史上最重要的刊物之一，它的组织结构与内容构成，很大程度上反映了当时的时代潮流与热点。从1918年的《新青年》四卷一号起，其通讯栏目的每则通信都被编者加上了标题，而这一期的主题则是：论小说及白话韵文、新文学与今韵问题和自由恋爱。有研究者指出，《新青年》编者给"通信"栏目加上标题的命名行为"并非只是为了醒目，更重要的，它是《新青年》同人为了进一步整饬'通信'栏目而使用的一种策略"[①]。正如布尔迪厄所说，"命名一个事物，也就意味着赋予这一事物存在的权力"[②]。《新青年》通过对来信进行分类取舍，并选择认为重要的问题和观念进行回复甚至辩论，这样的有编者引导的讨论，基本围绕文学革命、文字改革、世界语等有限的话题展开，更多反映了当时《新青年》编者同人，作为新文化运动的倡导力量的问题意识与价值取向。而《新青年》"自由恋爱"话题的选取，既表明了这是社会大众的热点话题，也表明了这些编者兼新文学运动的倡导者，对此话题的价值关注与取向引导。

那么，这则被命名为"自由恋爱"的通讯对话，反映了编者怎样的价值取向呢？这还要从《新青年》的读者刘延陵对编者陈独秀的回信说起：

独秀先生，接到手示后，即有挂号信作复；惟闻天津水汛，交通

---

① 刘震：《一个空间的历程：以〈新青年〉"通信"为中心》，程光炜编《中国名校优秀硕士论文·中国人民大学卷》，山东友谊出版社2006年版，第21页。

② [法]布尔迪厄：《社会学危机与争夺词语的斗争》，见《文化资本与社会炼金术——布尔迪厄访谈录》，包亚明译，上海人民出版社1997年版，第138页。

断绝，不审该信已至京否？今晨得新青年六号，先生于敝文评语，固有未合鄙意，今不欲赘；惟开首一语，“刘君此文，在反对自由恋爱及独身生活两种思潮”，甚掩著者之心。敝文主旨：在述婚制进化之迹，而附陈各种制度之得失，文中亦既言之；而文中只反对“极端之自由恋爱”与独身主义，未尝反对无极端二字之“自由恋爱”。文中可以复案也。“极端之自由恋爱”一语，为弟自创，详明言之，即反对“堕胎”、“溺儿”与“独身主义”，而未尝反对“自由恋爱”。盖吾个人不通之定义：极端之自由恋爱，即指但顾夫妇个人之逸乐而为堕胎溺儿之事，此吾意中所谓婚后之不德。至于无极端二字之自由恋爱，则关于婚前，固毫无可以反对之理，而弟实亦未有一字反对。或者定名不精，致使先生看时误会。惟弟极不愿得罪自由之神，或因此而致世界青年骂我为古冢骷髅。敢请将此函登于通信栏，以明著者之心。不胜盼祷。千千万万。[①]

从读者的这封回信中可以看出，他的态度是小心且谨慎的。作者反复强调了自己的立场，不敢和“自由恋爱”的观点站在彻底对立面，但是从作者一再试图自己定义和区分“自由恋爱”与“极端自由恋爱”，可以看出作者内心对于当时的潮流思想“自由恋爱”，并不是完全理解和赞同的。这一方面与“恋爱”这个词的真正含义，并没有彻底为大众所理解和接受有关，另一方面，正如丘比特和爱神之争，是任何一个外来词汇和思想，进入传统东方大陆所产生的碰撞一样，新概念与新观点的融入过程中，必然也会有反对的声音。《新青年》作为新文化阵营的代表刊物，其编者同人的价值取向，也正是新文化运动的主潮思想，“恋爱神圣”，主张“自由恋爱”，宣扬新道德反对旧道德与旧制度伦理，在这样的潮流裹挟下，普通读者的观点多少在耳濡目染中动摇和改变，也是出于对编者陈独秀的敬仰和尊重，在提出反对意见时，态度也是小心翼翼和礼

① 刘延陵：《自由恋爱》（通讯），《新青年》1918年第4卷第1号。

貌谦卑的。

在这封读者通信之后，编者陈独秀随即附上了自己对这篇通信的回复，陈独秀的态度是显而易见的：

尊意分“自由恋爱”与“极端自由恋爱”为二，且赞成其一而反对其一，愚诚不解。恐看时误会者，不只愚一人也。盖既已赞成恋爱，又复赞成自由恋爱，尚有何种限制之可言，而不谓为极端主义乎？“自由恋爱”与无论何种婚姻制度皆不能并立；即足下所谓论理的婚姻，又何独不然。盖恋爱是一事，结婚又是一事，自由恋爱是一事，自由结婚又是一事；不可并为一谈也。结婚者未必恋爱，恋爱者未必结婚，就吾人闻见所及，此事岂抽象之玄想？堕胎溺儿诸事，诚即足下所谓“婚后之不德”，其主因乃在避贫与苦耳，字之以极端自由恋爱，殊不伦也。西方堕胎溺儿，多避贫畏苦，东方溺儿，且因轻女，于恋爱何涉焉，数获受教，恕不一一作复。[①]

尽管读者的来信在讨论自由恋爱问题上，措辞谨慎且委婉地表达了不一样的意见，但是陈独秀的立场十分坚定：赞成就是赞成，反对就是反对，用极端主义来区分和定义“自由恋爱”，是一种借口。所谓的堕胎、溺儿等不道德行为，并不是因为“自由恋爱”而导致，在东方，主要是因为腐朽的重男轻女思想。读者的来信，之所以会创出“极端自由恋爱”这个概念，就是将“自由结婚”和“自由恋爱”这两个概念混淆了。那么，同样是冠以“自由”之名，“自由结婚”和“自由恋爱”又有何不同？

十九世纪末，严复将西方的“自由”概念（liberty）翻译并引入中国，[②]但让严复没有料到的是，“自由”在中国的有效实践，直接作用在日常生活及社会习俗的“自由结婚”上。“自由结婚的倡导者，最初是光绪年间西方来华的传教士，十九世纪末为维新人士所

① 陈独秀：《自由恋爱》（通讯），《新青年》1918 年第 4 卷第 1 号。

② 参见严复《群己权界论·译凡例》，商务印书馆 1930 年版。

支持。庚子事变之后，逐渐成为革新派‘家庭革命’的具体行动。”[①] 从晚清开始的“自由结婚”的新潮，到了民国初年，经过“五四”运动的发酵，已经成为一般知识分子和社会精英阶层所认可的合理的结婚形式，“中西合璧”的婚礼在民国时期更是风靡于城市的中产阶层。“五四”新文化运动的先驱蔡元培，在原配夫人病故后，于1902年元旦，与志同道合的黄世振女士举行了婚礼。蔡元培的征婚条件，在当时算是惊世骇俗的：“（一）女子须不缠足；（二）须识字者；（三）男子不娶妾；（四）男死后，女可再嫁；（五）夫妇不合时，可以解约。”[②] 婚礼时，蔡元培不拜天地父母，而拜孔子，并用演说代替闹洞房，开了晚清自由结婚与文明婚礼的先例。然而，“自由结婚”的理想是丰满的，但对于一般人的实践，并不是都如蔡元培一般顺利。而现实生活中，男女交际的空间与机会少，自由恋爱与自由结婚的尝试，最后很有可能变成女学生失足的失败案例，反而男性更容易在自由结婚与自由恋爱的风向下，寻觅到真爱。因此，当时著名的新派女性、办女学的吕碧城，对自由结婚这件事，持有相对保守的态度：

> 至今日自由结婚之人，往往皆少年无学问、无知识之男女。当其相亲相爱，切定婚嫁之时，虽旁人冷眼明明见其不对，然如此之事何人敢相参预，于是苟合，谓之自由结婚。转眼不出三年，情境毕见，此时无可委过，连命字也不许言。至于此时，其悔恨烦恼，比之父兄主婚者尤深，并且无人为之怜悯，此时除自杀之外，几无路走。[③]

“自由结婚”的理想先行，其实践的成功，则需要时间的沉淀与

① 杨联芬：《“恋爱”之发生与现代文学观念变迁》，《中国社会科学》2014年第1期。

② 王世儒编：《蔡元培先生年谱》（上册），北京大学出版社1998年版，第54页。

③ 严复：《与甥女何纫兰书（三十封）》，王栻主编《严复集》（第3册）（书信），中华书局1986年版，第839页。

相应制度的完善，再追究下去，需要彻底的思想变革与社会制度变革，因此，尽管晚清起便有了“自由结婚”的新潮与尝试，很多理性的启蒙者还是主张同时宣传女学，提高女子的受教育程度与女性的主体地位。林纾便是其中一位，他赞成自由结婚，并说：“婚姻自由，仁政也。苟从之，女子终身无菀枯之叹矣。”但是实践起来，还是要“先济之以学”，“凡有学之女，必能核计终身之利害，知苟且之事，无利于己，唾而不为”。[①] 最终，清末的自由结婚思潮，在现实中更多的是呈现出一种调和：男女自愿、父母主婚。[②]

“自由结婚”与“自由恋爱”，两个词组，不仅是两字之差，背后更隐含着不同的意识形态的根本性差异。从晚清的“自由结婚”的实践可以看出，“自由结婚”的观念，重点针对传统封建专制婚姻的彻底否定与背弃，强调男女双方的个人意愿以及对于自己终身大事的决定权。而“自由恋爱”的观念则不然，从陈独秀的回信中就可以看到，信奉“自由恋爱”者认为“结婚者未必恋爱，恋爱者未必结婚，就吾人闻见所及，此事岂抽象之玄想?”[③] 恋爱成为两性关系的主体，恋爱是前提更是结果，男女相恋不一定结婚，即使结婚，若两人不再相爱，仍可以离婚，这样看来，个人的意志与自由被推崇至首要位置，这也是个人自由主义者与无政府主义者提倡“自由恋爱”的原因。“自由恋爱”隐含着对婚姻制度的忽视与否定，浪漫爱情成为决定一切事物的前提与衡量标准。

四、结语

随着“五四”新文化运动的发生，新的观念与思潮冲击着原有

---

① 林纾：《〈红礁画桨录〉序》，陈平原、夏晓虹编《二十世纪中国小说理论资料》(第1卷)，北京大学出版社1989年版，第165页。

② 夏晓虹：《从父母专婚到父母主婚——晚清的婚姻自由》，《读书》1999年第1期。

③ 陈独秀：《自由恋爱》(通讯)，《新青年》1918年第4卷第1号。

的中国传统文化与传统叙事、抒情小说。二十世纪初，随着通俗出版物崛起，情感第一次成为一种文学类型自觉使用的标签，鸳蝴派小说将爱情、恋爱的情感，渲染为一种美德，鸳蝴派小说的爱情故事，则在爱与爱国主义之间，建立了连续体。此后的礼拜六派也继续发扬了这一特长，在贴近读者阅读趣味的同时，关注时事，将恋爱故事与第一次世界大战的影响相结合，恋爱空间由才子佳人的后花园转向了广阔的社会，由此，传统的情感空间向恋爱空间过渡。

从《红楼梦》打破大团圆结局，到《恨海》等哀情小说的爱与牺牲精神，再到《玉梨魂》上升到死情与死国之争，清末民初的文人通过林译小说体验了西方爱情的“出世”情感，与《红楼梦》的悲剧精神融会贯通，将中国文学的爱情表现产生质变，在相当程度上为“五四”恋爱神圣的出场奠定了情感和美学基础。而“自由结婚”到“自由恋爱”思潮与理论的变迁，是“五四”新文化启蒙者们对理想的尝试与挑战，启蒙者们在成功引进“恋爱”的浪漫思想和自由平等观念后，又对“自由恋爱”和“恋爱自由”产生了微妙的分歧，并引发了婚姻与两性道德之间的激荡革命。但正是因为他们的自由辩论与积极思考，新文学的恋爱话语才得以在论战中产生与完善，新的恋爱空间也得以顺利从传统的情感空间中过渡并创立。在开创的恋爱空间中，近代中国人尝试着用“恋爱”的话语构建身份、道德、权利乃至国家与世界。

悲惨世相·国民批判·觉醒形象

——鲍雨现代小说创作论

董卉川　张婷婷

（青岛大学 国际教育学院，青岛 266075；

山东大学 文学院，济南 250100）

内容摘要：鲍雨创作了多部现代小说，长、中、短篇兼具，长期以来一直为学界所遗忘。鲍雨以严肃深刻的现实主义笔调，描绘悲惨的社会世相，暴露病态的国民精神，塑造觉醒者的形象，体现出深厚的现实关怀。他的小说创作，渗透着真挚赤诚的情感、强烈的人文关怀精神，以及对美好未来和理想世界的企盼。通过对鲍雨现代小说创作的深入研究，回溯其对江苏文学、中国现代文学发展的重要贡献，由此钩沉鲍雨完整的创作生涯。

关键词：鲍雨　悲惨世相　国民批判　觉醒形象

引言

鲍雨，1913 年生，江苏宜兴人，原名钦鲍雨、钦国祥、钦国贤。长期以来，鲍雨的现代小说创作并没有得到学界充分的重视，他成了文学史上的“失踪者”。以往的研究中，鲍雨的小说多是作为史料存目收录著作中，专门的研究极为少见。仅有张泽贤主编的《三十作家与现代文学丛书》、《中国现代文学戏剧版本闻见录续集

作者简介：董卉川，文学博士，青岛大学国际教育学院副教授，南京大学中国新文学研究中心博士后。张婷婷，山东大学文学院汉语言文字学博士研究生。

基金项目：本文系教育部人文社会科学重点研究基地重大项目“中国宗法社会的解体与乡土文学互动关系研究”（项目批准号：16JJD750018）中期成果。

1908—1949》，彭放主编的《中国沦陷区文学研究·资料总汇》，以及刘勇、李怡主编的《中国现代文学编年史 1945—1949》等资料丛书涉及鲍雨的作品，钦萍、钦佩、钦群的《“要作不朽文，先做清白人”——悼念我们的父亲鲍雨》，对于鲍雨的生平进行了简要的回顾与梳理。可见，当前鲍雨的研究特别是小说研究极为匮乏，单篇的研究论文更是罕见。本文即试图全面打捞、回溯鲍雨的现代小说，还原呈现鲍雨的创作面貌。

1934 年 8 月，鲍雨首次以“鲍雨”之名，在《新中华》第 2 卷第 15 期上发表短篇小说《盐》。还有笔名钦吻鹃、吻鹃等。除《盐》外，鲍雨还有短篇小说《夜半》、《卖菜女》、《小光蛋》、《小陈》、《没有米》、《绿草荡畔》，中篇小说《飞机场》，长篇小说《活跃在敌人后方》。鲍雨的现代小说虽然数量不多，却涵盖了长、中、短篇三种形式，以强烈的使命感责任感、真挚赤诚的感情、严肃深刻的现实主义笔端，构建了一个悲惨的现实世界。这个世界里，有残酷悲情的人间惨剧、有愚昧无知的冷漠庸众。同时，还有一类正待启蒙、正在觉醒的人群，通过描写这类人群的转变、成长，在悲惨和绝望中迸发出了希望和理想，在无尽的黑暗中闪现出一丝曙光。

一、悲惨世相的摹写

鲍雨现代小说的时代背景虽与抗战紧密相连，但并未囿于时代的局限，而是承继了“五四”学人“为人生”的文学观念，“以为必须是‘为人生’，而且要改良这人生”[①]。以严肃深刻的现实主义笔端，在其现代小说中描摹“病态社会的不幸的人们”[②]的悲惨凄凉

① 鲁迅：《我怎么做起小说来》，《鲁迅全集》(第 4 卷)，人民文学出版社 2005 年版，第 526 页。

② 鲁迅：《我怎么做起小说来》，《鲁迅全集》(第 4 卷)，人民文学出版社 2005 年版，第 526 页。

的现实人生,“现实主义的基本原则,概括地说,不外是真实地描写现实……描写了现实生活的真实”[①]。因此,鲍雨的现代小说真实记录了现实社会中最易被侮辱被损害的群体——难民的种种苦难——饥饿、死亡。

“难民”是鲍雨大力描写的被侮辱被损害的群体。区别于同时代另一位江苏籍作家程造之小说中的战争难民,鲍雨小说中难民身份的形成,多与战争无关,而是由黑暗的社会、腐败的统治所致。中篇小说《飞机场》中,建设飞机场的工人与他们的家属本是飞机场周边的穷苦农民,政府要修建飞机场,强行征收了他们的土地和房屋,补偿款却被政府贪没,令他们成为无家可归、无田可种的难民,“他们的田地和房子都被飞机场占去了,现在都在大悲庵里过着难民的生活”[②]。由农民变身工人后,被工头、官员压榨剥削,过着生不如死的悲惨生活。《飞机场》是由短篇小说《小陈》改编而来,人物、剧情略有改动。两部作品共同展现了这群失去土地的难民,艰难地适应全新的身份,卑微地苟活。《小光蛋》中的难民则是一群从乡下到城市的逃荒人,“从乡里来了许多逃荒人。内中有好多男人挑着担子,担子里,锅子,家具,还有小孩子;有的推着土车子上面坐着女人。有多少数目?没有数清”[③]。当他们来到市镇的城门前时,却被城市中的暴力机关拒之门外,揭示了他们如浮萍般无处安身的悲惨命运。《卖菜女》中的卖菜女们均是由江北来到江南的贫苦农民,“他们都是江北苦人,因为苦,同时他们憧憬着江南的繁华富饶,他们是连袂着过江来了”[④]。现实却无比残酷,卖菜女巧女一家来到江南后,艰难度日,甚至要卖掉巧女的妹妹才能凑钱给去世的祖父置办棺材,巧女卖菜时要忍受警察、官员的殴打辱骂、欺

① 蔡仪:《论现实主义问题》,作家出版社 1961 年版,第 39 页。
② 鲍雨:《飞机场》,上海杂志公司 1936 年版,第 7 页。
③ 鲍雨:《小光蛋》,《水星》1935 年 4 月,第 2 卷第 1 期。
④ 鲍雨:《卖菜女》,《中华月报》1935 年 1 月,第 3 卷第 1 期。

侮压迫，屡次流露出自杀的念头，这些苟活于江南的江北苦人成为名副其实的难民。

《活跃在敌人后方》中虽然没有出现难民，但本地百姓的命运同其他作品中的难民相比，更加凄惨和绝望。鲍雨在作品中力图探究的是造成他们悲惨命运的根源所在——与抗战的时代背景无关，而是一个贯穿千年的历史问题——兵匪、帮会、劣官对民众的侵扰。“辛亥革命后，民国已然建立，但国家政权并未统一，地方势力强大，形成分裂割据局面，群雄群贼并起，政治权力涣散，国家为军阀土匪所祸。各地闹匪厉害，县邑乡村均有匪徒聚集，公然抢夺，与正式部队分庭抗礼，民众受其骚扰，出门行走或在家，所享取的不是安稳，而是处处提防是否有匪。”①留守当地的人们没有毁灭于敌人的铁蹄之下，却惨死在“不肖的‘本国队伍’”② 的魔掌之中。某庄居民只因不肯收购“马金標”领导的“抗日队伍”强卖的私盐，便惨遭蹂躏与屠戮，“红红的火光，照着这群野兽的洗劫和淫奸。从此，窑场又多加了一批断墙残垣和瓦砾，许多妇女被摧残，尤其是金子善的媳妇被轮奸致死，许多人失踪，而金子善失踪后七天，浸泡了的尸体在临近的河里找到了”③，剩下的民众只能离开被毁灭的家园，最后也将沦落为难民。“马金標”即为兵匪、帮会、劣官的集合体，他原是贩卖私盐的帮会头目，是一个心狠手辣、毫无底线的土匪流氓。抗战爆发后，他的队伍被国民政府收编，摇身一变成为地方抗日武装的领导人。唯一出现战争难民形象的作品是《没有米》。印刷工人“子福”在家门前碰到乞讨的“叫化”，详细询问得知乞讨的两位老人并非乞丐，而是难民，“我并不是叫化，我是一个难民，我家是在靖江，几个孩子都给鬼子抓去当了兵，只剩

① 邹千江：《民族振兴与知识分子的全球观：余天休学术释义》，中国传媒大学出版社2019年版，第29页。

② 鲍雨：《活跃在敌人后方》，正中书局1943年版，第59页。

③ 鲍雨：《活跃在敌人后方》，正中书局1943年版，第63页。

我们两个老的,家里没得吃"[1]。

饥饿是难民也是身处悲惨命运旋涡中的民众们面临的最大苦难和首要的生存问题。长篇小说《活跃在敌人后方》第二卷第四章的部分情节源于短篇小说《没有米》,呈现了某镇民众在泰丰米行排队购米的世相。米价高涨,每人仅能购买少量食粮,根本无法填饱肚子,而苍老乏力的老人、稚气未脱的少年则无力挤入那汹涌的人潮。《没有米》中的兆富原本想帮一位孩童去抢购大米,家中几日无米下锅的现状令他将抢购的大米偷携回家,可以预见那位儿童与其家人饥饿致死的结局。兆富将大米带回家后,却不敢食用这带血的食粮,陷入了苦痛的精神困境。鲍雨笔下的民众,均处于精神困境和现实困境之中,"人的脸都是干瘪、焦黄、皱着眉、合着泪、流着汗。在惨黯的恐怖的浓云映照下,他们的脸非常难看"[2]。《飞机场》和《小陈》伊始,就展现了婴儿"小狗"饥饿的状态,他的母亲为了维持生计需要外出做工补贴家用,只得狠心断奶,"小狗"因吃不饱终日在寻找母亲的乳头,最终因营养不良患上疾病不幸夭折。飞机场的工人们不仅面临着饥饿的问题——官员和工头克扣他们的口粮和薪金;还面临着种种生存的困境——瘟疫的传播、工头组织的斗殴。工人的性命如蝼蚁草芥一般,随风而逝。死亡是鲍雨现代小说恒久的主题。《绿草荡畔》谱写了一出中国江南水乡版的"罗密欧与朱丽叶",相爱的男女主人公昌生、荷花最后以死明志。《小光蛋》中的主人公小光蛋的好友,一条名叫来富的小狗,被饥民烹杀果腹。《没有米》中的主人公子福、兆富为反抗不公的社会而不幸惨死。《活跃在敌人后方》中的主人公,抗日队长耀东英勇就义。

"写实"是现实主义文学的典型创作理念,因此,在创作小说的

---

① 鲍雨:《没有米》,《文学新潮》1940 年第 2 卷第 9 期。

② 鲍雨:《活跃在敌人后方》,正中书局 1943 年版,第 64 页。

过程中，鲍雨客观真实地呈现悲惨世相，“我曾看到了许许多多我所惊异的事件；最深刻地印在我脑海里的是关于飞机场上的事情。现在我把这事的印象大胆地毫不粉饰地写下来了”①。因此，他将笔触集中于描摹真实黑暗的社会现实，致力于社会问题的探讨剖析，力图从各个角度深入反映底层民众尤其是难民阶层的困苦生活与悲惨命运。

二、病态国民性的暴露

国民性话语自晚清生成之日起就是作家关注的重点，“所谓的中国国民性便是‘国民劣根性’”②，鲁迅笔下的阿Q就是“国民性”的集中体现。“国民性”批判的启蒙主义传统也被现代作家接续，成为现代文学的重要母题。鲍雨的现代小说十分注重暴露与呈现中国国民精神的病态和缺陷——麻木愚昧、自私冷漠、奴性十足、好勇斗狠，这些国民性的弱点，“不仅使他们成为‘毫无意义的示众的材料和看客’，而且常常成为‘吃人’者无意识的‘帮凶’”③。病态的国民性是造成底层民众悲惨命运的重要缘由，“‘吃人’的封建思想已经深深地渗透到民族意识和文化心理结构之中……大量的受害者往往并不是直接死于层层统治者的屠刀之下，而是死于无数麻木者所构成的强大的‘杀人团’不见血的精神虐杀之中”④。

麻木愚昧、自私冷漠的看客群体，在鲍雨的现代小说中俯拾即是。病态的“初级”看客们最喜欢观赏同胞被杀头、被枪毙的场面，并以此为乐。《活跃在敌人后方》中，耀东召开民众大会，准备在民

① 鲍雨：《飞机场·后记》，上海杂志公司1936年版，第145页。

② 吕周聚：《论鲁迅的现代国民性建构》，《山东师范大学学报（社会科学版）》2020年第3期。

③ 张光芒：《中国近现代启蒙文学思潮论》，山东文艺出版社2002年版，第272页。

④ 张光芒：《中国近现代启蒙文学思潮论》，山东文艺出版社2002年版，第272页。

众面前枪毙抗日队伍中的七个败类士兵。乡民们没有去关注思考这七个人的罪行，反因有热闹可看而感动无比兴奋。“‘去看毙人呀！’‘一下子毙七个，才好看呢！’”[1]《飞机场》中，无辜的犯人（工人）被枪毙时，庚申的妻子被工头老王欺骗玩弄怀孕后，自杀投河，尸身浮出河面时，看客们没有丝毫的同情、伤感、怜悯，反而激动地吼叫，争相要去看“弹人”、要去看“浮尸”。飞机场的某些工人被迫犯罪被逮捕游街时，看客们——一群儿童竟以此为乐。一个孩子十分惋惜妓院的老鸨“英姑娘”没有看到这出“好戏”，竟为她摆出犯人被缚游街的样子，逗彼此开心，“孩子把手反背着，在街中走两步，他摆着一个犯人样给英姑娘看”[2]。孩童成为看客是最为可怖的象征，暗示着病态的国民精神已深入国人的骨髓和神经之中。孩童正处于懵懂的阶段，是国家和民族的未来，但《飞机场》中的他们已然开始变得麻木愚昧、自私冷漠，价值观和人生观念被彻底扭曲，这是最令人痛心与惋惜的。鲍雨对喜好围观的看客的描写，恰如鲁迅在《药》中的描述，“却只见一堆人的后背；颈项都伸得很长，仿佛许多鸭，被无形的手捏住了的，向上提着”[3]。

病态的“高级”看客们不但喜欢围观同胞被侮辱被损害，还要亲身去欺侮弱者，做统治阶层的帮凶。《盐》中，小顺儿和其他妇女一道，每天都要去码头，用扫帚将搬运工人搬运盐包时洒落在地的盐粒扫到簸箕之中，带回家中用沸水煮泡，从而提取食盐。小顺儿因年幼矮小，不但很难扫到盐粒，还常常被其他妇女讥笑咒骂欺辱，“许多许多的妇人孩子们都在讥笑她……有人在讥骂她”[4]。《卖菜女》中，当卖菜女们被警察驱赶辱骂殴打时，看客们以此为乐，并无耻冷血地偷取她们的蔬菜，“有很多观客都在笑。还有观

① 鲍雨：《活跃在敌人后方》，正中书局 1943 年版，第 118 页。

② 鲍雨：《飞机场·后记》，上海杂志公司 1936 年版，第 81 页。

③ 鲁迅：《药》，《鲁迅全集》（第 1 卷），人民文学出版社 2005 年版，第 464 页。

④ 鲍雨：《盐》，《新中华》1934 年 8 月第 2 卷第 15 期。

客在偷取篮里的菜儿”[①]。《飞机场》中，当工头老王、小梅将工人们的血汗工钱席卷一空后，工人们只能来到城镇找县长和公司代表理论，面对寻求正义的工人们，城镇的居民——看客们，唯恐避之不及，害怕和鄙视这些可怜的同胞，“东街上的几家人家，都把门加了闩，并且加了撑。差不多都没有吃得下晚饭。他们都把窗帷挂起，灯火拧得很小，蹑手蹑脚地把他们的重要的物件都安藏在他们以为最秘密的地方。‘这般人都不是好人呀！’他们都这样地想。偶尔小孩哭起来了，随即大人会轻轻的恐吓着说：‘不要作声，外面的夸子要来抓你去！’他们不敢脱衣服上床去睡，他们都围坐在一起。朦胧的灯光射在他们的惊惶的脸上”[②]。看客的所作所为印证了统治者帮凶的身份，使飞机场讨薪的工人们孤立无援，工人们的反抗以失败告终。被侮辱被损害的群体与看客本是同一阶层，面对同胞不幸和悲惨的遭遇，看客们没有丝毫的同情与怜悯，甚至成为刽子手的帮凶，这是社会悲剧的根源之一，也是鲍雨在其现代小说中力图呈现与揭示的。

奴性十足、好勇斗狠的庸众，也是鲍雨竭力暴露与批判的群体。《绿草荡畔》中，昌生和荷花的爱情悲剧，恰恰是好勇斗狠的国民劣根性所致。二人所在的金家庄和叶家庄为了利益，常常发生“惨酷的，野蛮的”[③]械斗，成为世仇。鲍雨借荷花爷爷老发之口，道破了国民精神病态的一面，“绿草荡畔的人都是牛变的，不斗不成的”[④]，发人深省。《飞机场》中，工人们向县长和公司代表讨薪，病态的国民精神——奴性，已然深入庸众的骨髓和神经之中，使他们忘记如何站立，“另有一部分工人，跑到公司的代表的前面跪下

---

① 鲍雨：《卖菜女》，《中华月报》，1935 年 1 月第 3 卷第 1 期。

② 鲍雨：《飞机场》，上海杂志公司 1936 年版，第 72 页。

③ 鲍雨：《绿草荡畔》，《文潮月刊》1947 年 4 月第 2 卷第 6 期。

④ 鲍雨：《绿草荡畔》，《文潮月刊》1947 年 4 月第 2 卷第 6 期。

了:'求求大人,多付一点吧,我们路远,这点钱不够呀!'"[①]看客们的自私冷漠、统治阶层的血腥镇压,尤其是工人内部庸众的奴性举动,最终导致工人群体的讨薪失败,印证了现实中的庸众"极容易变成奴隶,而且变了之后,还万分喜欢"[②]。工人们被统治阶层的暴力机关用刀枪押送到卡车上,一些原本具有反抗意识的工人也变得和庸众一样麻木,"每辆车上像乱叠着数十头的畜牲一样"[③]。《活跃在敌人后方》中,当人们在泰丰米行前排队购米时,鲍雨将庸众之间的好勇斗狠暴露得淋漓尽致,"他们用力挤着,谁都想挤到人前去;而谁都防范得后面的人挤上前来。他们紧紧地胶着,他们的背贴胸,脚跟接着脚尖,妇人的发髻贴在后面的一个鼻子上,小孩子的嘴巴啃着前面大人的屁股……买到米的人,用力挤出,胶着的一堆,不免又涌动起来,有许多人,就趁着这机会拼命挤上前去。有的衣裳被撕破,有的脚被踏痛,有的筲箕被轧破,有的米被挤翻,他们悲惨的哭,嘶声的叫"[④]。庸众之间没有丝毫的同情、怜悯、礼让、谦卑之心,对待彼此就似饿狼一般,只知好勇斗狠、欺负弱小,展现了庸众"吃人"的特性。可当面对米行外那些背着枪维持秩序的士兵,庸众们又如同绵羊一样,心甘情愿地被打骂被羞辱,不敢做出任何反抗。

鲍雨的现代小说,承继了"五四"学人改造国民性的殷切期望与历史使命,十分注重描写暴露病态的、有缺陷的国民性,以超越历史和时代的眼光去审视暴露国民性。国民性的呈现与外部的社会关系、社会现实紧密相连,鲍雨试图通过对病态国民性的暴露,去揭示黑暗的社会现实,去剖析复杂的社会关系,反思造成人性异化的社会问题。

---

① 鲍雨:《飞机场》,上海杂志公司 1936 年版,第 75 页。
② 鲁迅:《灯下漫笔》,《鲁迅全集》(第 1 卷),人民文学出版社 2005 年版,第 223 页。
③ 鲍雨:《飞机场》,上海杂志公司 1936 年版,第 76 页。
④ 鲍雨:《活跃在敌人后方》,正中书局 1943 年版,第 64 页。

三、觉醒者形象的塑造

鲍雨的现代小说在描摹悲惨的社会现实、暴露病态的国民性的同时，还注重塑造一类典型的人物形象——正待启蒙、正在觉醒的“人”，“真实地描写出典型环境中的典型性格，这种作品是充分现实主义的，它的形象也就是充分典型的”①。通过对典型形象——觉醒者形象的塑造刻画，通过描写呈现他们的转变、成长、觉醒，使他的创作在悲惨和绝望中迸发出希望和理想，在无尽的黑暗中闪现出一丝曙光。

在鲍雨的现代小说中，“人”的启蒙与觉醒，主要分为两类情况，第一类是“人”在某个启蒙者的指引、启迪下，开始觉醒与成长。另一类是“人”在外部动因——恶劣的社会环境的刺激下，自我的转变与觉醒。第一类觉醒者的形象主要包括《活跃在敌人后方》中的有富、《绿草荡畔》中的荷花、《没有米》中的子福。《活跃在敌人后方》中的启蒙者是耀东，觉醒者（被启蒙者）是有富。有富原本是一个小自耕农，抗战爆发后，因痛恨侵略者，加入了耀东组织的联庄会。但表现出了典型的阶级局限性，最初耀东邀请他加入联庄会时，有富还有所顾虑，惦念着家里的妻儿老母，特别是家里的一猪一鸡。加入联庄会的初衷除了打击侵略者外，也有配枪、穿军装、出风头的狭隘愿望。联庄会迅速发展，转为地方的正规抗日武装，但不再在本地驻防，有富对此十分不解和抵触，甚至有了离开队伍的想法。耀东、有富领导的队伍同其他几路抗日武装合并成了一个大的支队，他俩管理的队伍一心抗日，与群众关系融洽。马金標领导的队伍，平素奸淫掳掠无恶不作，有富对此十分不满，便劝耀东一起脱离支队，独立抗日。《活跃在敌人后方》在呈现复杂

① 蔡仪：《论现实主义问题》，作家出版社1961年版，第108页。

艰难的斗争形势的同时，也展现了有富曲折的成长过程。耀东始终以启蒙者的身份陪伴在他的身边，对他进行启蒙指引。在小说结尾，耀东的英勇就义标志着有富的彻底蜕变升华，他已经由一个自私狭隘的小农民，成长为顾全大局、作战英勇、指挥有方的合格的抗日武装队长，有富实现了彻底的觉醒。

《没有米》中的启蒙者是兆富，觉醒者（被启蒙者）是子福。子福始终不明白米到底去了哪里——世道为何如此艰辛、生活为何充满苦难。兆富以启蒙者的身份揭开了谜团——腐败的统治阶层表面抗日，实则与侵略者暗渡陈仓，压榨盘剥民众，导致“没有米”的人间惨剧。子福因此受了“一个大刺激”[①]，开始觉醒，两人决定去反抗这不公的社会——从汉奸手中抢米，最终壮烈牺牲。《绿草荡畔》中的启蒙者是昌生，觉醒者（被启蒙者）是荷花。昌生与耀东类似，虽是农民出身，但都接受过教育、上过学堂，因此与周围其他人相比，有着更为广阔的视野和更高层次的追求。在昌生的指引启迪下，荷花逐渐觉醒，开始意识到金家庄和叶家庄矛盾的根源所在，开始明白解决问题的方法——两个庄子一起成立运销合作社，避免恶性竞争、共同致富。但势单力弱的二人终究敌不过病态的国民劣根性，最后只能以死明志。他们的死终于唤醒了各自的家人以及庄民，“他们并不是白死的！一场大的械斗，非但因此停止了；并且还促成了荡畔的运销合作社的产生”[②]。在黑暗中闪现出曙光，在绝望中迸发出希望。第二类觉醒者的形象主要包括《卖菜女》中的巧女、《小光蛋》中的小光蛋、《飞机场》中的庚申。巧女来到江南后，并没有过上期望中的好日子，与其他卖菜女们一道，终日被看客们讥笑辱骂、被警察驱赶殴打、被政府官员压榨盘剥。在家庭和社会的双重困境中，以巧女为代表的底层民众终

---

① 鲍雨：《没有米》，《文学新潮》1940年第2卷第9期。

② 鲍雨：《绿草荡畔》，《文潮月刊》1947年4月第2卷第6期。

于觉醒并勇敢反抗，她们团结一致、不再软弱，要向压榨剥削她们的统治阶层讨回公道，“爸爸，你回去吧……我们要打赢了才回来！”[①] 这是巧女觉醒的宣言与标志。

小光蛋是一个无父无母的小乞丐，为了生存，他逐渐变得没有底线，学会了骂人，学会了偷盗，学会了欺骗，也学会了欺负比自己更为弱小的同胞。他似乎要成为下一个“阿 Q”、“罗大斗”。好友小兰子和小狗来富的死对他触动极大，他开始反思、转变，他明白：“自己做错了事，过去，他是自私的，自利的，为了个人，他不断地在暗伤着‘自家人’(也可说他到现在方才认识的一方面)。但过去的事情追不回来了，他现在躺着在哭。”[②]当逃荒的人群被警察和保安团拒之城外时，小光蛋同乞丐、难民一起奋力地去推动城门，反抗暴政和不公的社会，“小光蛋也尖叫着喉咙和着他们喊：推呀！肉和肉的贴紧，汗和汗的合流。在火伞高张的下面，这里的一堆也正在喷着炽烈的火”[③]，高举的“火伞”是希望的象征，标志着小光蛋的转变与觉醒。庚申与周边村庄的一众乡民逆来顺受，被统治者强征了赖以生存的土地和房产后，成为无家可归的难民。他典当了母亲的“下材衣”去贿赂工头老汤，做了飞机场的工人，终日苦干，依然难以维持生计。在飞机场做工后发生的几件事情，对他影响触动极大：一是他们的口粮总是被工头克扣；二是工头老王、小梅卷走了手下工人的血汗薪水后不知所踪，他们手下的工人们去城镇跟县长和公司代表理论，非但没有讨回薪水，反被开除并强制赶走；三是庚申的妻子和妹妹分别被老王和小梅欺骗玩弄，妻子自杀身亡，妹妹自杀时被工友凤祥救下，二人后来成婚；四是工头周老大和老杜因私人恩怨竟组织手下的工人展开械斗，工人们死伤惨重，刚刚成为自己妹夫的凤祥不幸身亡；五是自己的好友老马因反抗监工

① 鲍雨：《卖菜女》，《中华月报》1935 年 1 月第 3 卷第 1 期。
② 鲍雨：《小光蛋》，《水星》1935 年 4 月第 2 卷第 1 期。
③ 鲍雨：《小光蛋》，《水星》1935 年 4 月第 2 卷第 1 期。

的殴打，失手杀死监工被处以极刑；六是飞机场发生瘟疫后，统治者不闻不问，视工人的性命如草芥。这一幕幕的惨剧令庚申不再逆来顺受，他开始觉醒、反抗，他带领工人们不去参加老汤为了揽财而举办的生日会，而是为了工人的利益带领大家罢工示威。小说最后，飞机场的工人们已然觉醒，发起暴动，决心推翻黑暗的统治。

“深入现实生活。敢于揭露社会黑暗、关注下层无产阶级生活、充满人性关怀”[①]，是中国左翼文学在世界左翼文学影响下生成的重要品格。鲍雨的现代小说同样如此。虽然呈现了种种黑暗悲惨凄凉的社会世相，但通过对觉醒者形象的塑造刻画，在绝望中迸发出希望，孕育了美好的理想，企盼着光明的明天，恰如《飞机场》第十五章的题名——“光明”，“东边的天空，格外亮起来，格外红起来”[②]，从而给读者、给自己以热切的鼓舞和无尽的力量，表达出对理想世界的向往。

结语

由于种种原因，长期以来，鲍雨的现代小说一直被学界忽视。他的文学创作，以真挚深厚的情感、严肃深刻的笔端，描写悲惨的社会现实，暴露病态的国民精神，塑造觉醒者的典型形象，呈现出了鲜明的现实主义风格。他尤为注重反映以难民阶层为代表的社会最底层民众的生活状态、精神状态，表现出了强烈的人文关怀精神。鲍雨除了小说写作，还创作了诸多戏剧作品，为中国现代文学尤其是江苏文学的发展做出了重要贡献，他的创作实属一座有待开掘的文学富矿。通过对鲍雨现代小说创作的综合阐释，钩沉鲍雨的现代小说，不仅能还原他的文学创作风貌，重审他的文学史地位，对于中国现代文学来说，鲍雨的重新“发现”亦是一种有益的补充。

---

① 吕周聚：《中国左翼文学中的美国因素》，《文学评论》2016 年第 6 期。

② 鲍雨：《飞机场》，上海杂志公司 1936 年版，第 143 页。

民国侦探小说中的“舞女”书写

战玉冰
（复旦大学 中文系，上海 200433）

内容摘要：“舞厅”和“舞女”作为民国时期上海都市现代化的重要空间表征和女性主体身份，一方面交织着职业女性、摩登先锋、公众娱乐、物质消费与男性欲望等多重现代思考维度，另一方面又是享乐、颓废、沉沦、堕落，甚至于罪案频发的场所和对象。而这种欲望与犯罪的交织，从公共场所“舞厅”一直延续到“舞女的卧室”这一私密空间之中。程小青等民国侦探小说作家在准确地抓住了围绕“舞女”所展开的现代欲望与都市犯罪内在关联的基础上，对这一新兴职业形成了与同一时期“新感觉派”小说家所不同的兼具现代向往、道德批判与底层同情的复杂态度。

关键词：民国侦探小说　舞女　舞厅　程小青　孙了红

1927 年被称作“上海舞厅史上的骤盛之点”，从“巴黎饭店经理葛建时在店内设置黑猫舞厅（Black Cat）”开始，新新、爵禄、大东、好莱坞、皇宫等华资舞厅陆续崛起，“不到一年时间，遍布全市的舞场已达 33 家，舞风如火如荼”。[①] 而当时的报刊新闻与随笔文章，也都对这一时期上海兴起的“跳舞热”有所记录。比如 1928 年

作者简介：战玉冰，文学博士，复旦大学中文系博士后。

基金项目：上海市社科青年课题项目“类型文学与数字人文视角下的百年中国间谍小说研究”（项目编号：2021EWY001）；2020 年上海市“超级博士后”激励计划（项目编号：2020075）

① 参见马军、白华山：《两界三方管理下的上海舞厅业——以 1927 至 1943 年为主要时段的考察》，《社会科学》2007 年第 8 期。

3 月 17 日的天津《大公报》上有一篇题为《上海之跳舞热》的文章，就专门写道：“数月以来，跳舞之风盛行海上。自沪西曹家渡而东以及于沪北，试一计之，舞场殆不下数十。”① 而王定九在《上海门径》中也曾感叹：“上海的跳舞，是继电影潮而兴的。近年以来，风起云涌，不可抑制。”② 甚至于朱自清作于 1927 年 7 月的散文名篇《荷塘月色》中，在面对“出水很高”的荷叶时，也难免将其联想为“像亭亭的舞女的裙”③。由此观之，伴随着这股“跳舞热”，“舞厅”与“舞女”俨然已经成为都市人群不再陌生的公共消费空间与新兴职业群体，甚至可以说其已经化入了当时人们的日常性表达与想象之中。

跳舞与罪案

正值 1927—1928 年上海的“跳舞热”方兴未艾之际，当时在牯岭养病的茅盾产生了“要做一篇小说的意思”，后来他于 1927 年“八月底回到上海”，陆续写下了“《蚀》三部曲”(《幻灭》、《动摇》、《追求》)，其中《追求》一篇是“在一九二八年的四月至六月间”④写成的。

在小说《追求》中，作为报刊编辑的王仲昭对“舞场”新闻有着格外的注意，并且他已经初步认识到作为新兴娱乐场所的“舞场”所引发的社会关注和讨论：“目下跳舞场风起云涌，赞成的人以为是上海日益欧化，不赞成的人以为乱世人心好淫，其实这只表示了烦闷的现代人需要强烈的刺激而已。所以打算多注意舞

① 微尘：《上海之跳舞热》，《大公报》1928 年 3 月 17 日。
② 王定九：《上海门径》，上海中央书店 1936 年版，第 9 页。
③ 朱自清：《荷塘月色》，收录于《朱自清文集》，燕山出版社 2018 年版，第 74—76 页。
④ 茅盾：《从牯岭到东京》，《小说月报》1928 年第 19 卷第 10 期。

场新闻。”[1] 小说人物的“新闻敏感”显然和作者本人对当时上海正在兴起的“跳舞热”的“敏感”有关。而小说中王仲昭在计划改革报纸第四版时，更是特别注意两方面的内容：“一是社会的动乱，包括绑票，抢劫，奸杀，罢工，离婚，等等；一是社会的娱乐，包括电影，戏剧，跳舞场等等。这相反的两方面都反映着现代生活的迷狂，是诊断社会健康与否的脉搏。”[2] 茅盾在这里不仅已经注意到了以“跳舞场”为代表的新兴都市娱乐业的兴起，更是将其和都市犯罪一并上升为上海这座现代都市的生活革命方向和时代症候特征（“是诊断社会健康与否的脉搏”）来加以认知和把握。

以茅盾小说中的这处细节为起点，我们来看程小青等民国侦探小说作家有关于“舞场”和“舞女”的罪案（主要是凶杀案）书写，其完全可以视为《追求》中所说的“社会的娱乐”（跳舞）与“社会的动乱”（罪案）两种都市生活症候的结合。比如在程小青的小说《舞后的归宿》中，在得知舞后王丽兰被杀后，“霍桑的脸色越发庄重了。他瞧着那舞女点点头。他说：‘真可惜，近来舞女被人打死的已有好几个。上月里光明舞厅的胡玲玲，不是也被人打死在汽车中的吗？’”[3] 而在小说《白衣怪》中，包朗对于舞女被杀的新闻甚至已经感到习以为常、见怪不怪了：

> 我依着他所指的那节新闻瞧去，当真使我失望。新闻纸上载着东大旅馆中，有一个舞女，被伊的一个熟识的舞客开枪打死。那凶手姓诸，是个大学毕业生，当场被人捕住，已送交警署。据他自供，行凶的动机，就因为争风。

---

① 茅盾：《追求》，收录于《茅盾精选集》，燕山出版社 2015 年版，第 206 页。
② 茅盾：《追求》，收录于《茅盾精选集》，燕山出版社 2015 年版，第 201—202 页。
③ 程小青：《舞后的归宿》，收录于《程小青文集 3——霍桑探案选》，中国文联出版公司 1986 年版，第 75 页。

我疑惑地问道：“究竟那一节？可是枪杀舞女的一回事？”

“是！”

“奇了！这样的新闻报纸上天天找得到，真是司空见惯。值得你这样大惊小怪？”①

对于民国侦探小说家而言，“舞场”与“舞女”是颇为常见的案件发生场所和被害人物形象。比如程小青曾在《舞宫魔影》与《舞后的归宿》中都把“广寒宫舞厅”作为故事发生和展开的重要空间，而在其另一篇侦探小说《活尸》中，又有对“紫霞路明月舞场”的详细描写。此外，在其创作的小说《舞场中》②、电影剧本《舞女血》③，和其翻译的小说《舞场奇遇记》④等作品中，也都将“舞女”这一人物形象和犯罪案件联系在了一起。而在当时，把“舞厅”当作侦探小说故事发生的主要空间，让“舞女”成为都市罪案被害人的侦探小说作家绝不止程小青一人。与其并称为民国侦探小说“一青一红”的作家孙了红的《窃齿记》⑤、《真假之间》⑥、《张丽的丝袜》⑦等侦探小说，或者故事发生在舞厅，或者以舞女为主角；而陆澹盦“李飞探案”系列中的《合浦还珠》⑧，张碧梧“家庭侦探宋悟奇探案”系列中的《舞衣》⑨和《歌残舞歇》⑩两篇，朱㦬的“杨芷芳探案”系列中

① 程小青：《白衣怪》，收录于《程小青文集2——霍桑探案选》，中国文联出版公司1986年版，第121页。

② 程小青：《舞场中》，《红玫瑰》1930年第6卷第1期。

③ 《舞女血》，上海友联影片公司，程小青编剧，姜起凤导演，徐琴芳、林雪怀主演，1931年上映。此外，程小青创作的同名为《舞女血》的小说也收录于上海文华美术图书公司1933年出版的“霍桑探案汇刊第二集”之中。

④ 程小青译：《舞场奇遇记》，《侦探世界》1924年第22—24期。

⑤ 孙了红：《窃齿记》，《万象》1941年第1卷第3期。

⑥ 孙了红：《真假之间》，收录于孙了红小说集《蓝色响尾蛇》，上海大地出版社1948年版。

⑦ 孙了红：《张丽的丝袜》，《海晶小说周报》第3卷第1—5期，1948年至1949年。

⑧ 陆澹盦：《合浦还珠》，《红杂志》1924年第2卷第28—30期。

⑨ 张碧梧：《舞衣》，《紫罗兰》1927年第2卷第18期。

⑩ 张碧梧：《歌残舞歇》，《紫罗兰》1927年第2卷第14期。

的《歌舞场中》[①]、《情海风波》[②]、《自杀之人》[③]等几篇小说，也都和“舞厅”这一空间场所密不可分；甚至于四十年代介于新闻纪实与小说虚构之间的特殊文体——“事实侦探案”中，也有不少关于舞女与罪案的故事，比如陈娟娟《香岛艳尸》就记录了舞女管筱霞之死以及其与失业徘徊的男子唐文浩之间的复杂纠葛[④]等。

如果我们将阅读视野进一步拓展开去，会发现当时描写舞女与罪案的文学作品不仅是侦探小说一类。在上海“新感觉派”小说中，“舞女”也常常沦为社会暴力与司法不公的受害者，以穆时英的小说为例：《本埠新闻栏编辑室里一札废稿上的故事》讲述了“今晨三时许”，皇宫舞场中的舞女林八妹被流氓“象牙筷”殴打，“至遍体鳞伤”，舞场场主却反过来“呵斥八妹，不应得罪贵客，当即将八妹解雇”，最后警察“欲入场拘捕凶手”，“因敲诈不遂，故来捣乱”，反将八妹拘捕关押这样一个荒诞且悲惨的故事。更可悲的是，“法律，警察，老板，流氓……一层层地把这许多舞女压榨着，像林八妹那么的并不止一个呢！”[⑤] 果然，小说《黑牡丹》中，男主角第二次见到舞女黑牡丹，就看见了其刚刚摆脱了暴力侵犯后的惨状：“一个衣服给撕破了几块的女子，在黑暗里，大理石像似的，闭着眼珠子，长睫毛的影子遮着下眼皮，头发委在地上，鬓脚那儿还有朵白色的康乃馨，脸上、身上，在那白肌肉上淌着红的血，一只手按着胸脯儿，血从手下淌出来。”[⑥] 甚至于小说《上海的狐步舞》直接就是以一起抢劫案开篇，作为这个最终未完成故事的起点。

---

① 朱戬：《歌舞场中》，《紫罗兰》1927年第2卷第18期。

② 朱戬：《情海风波》，《紫罗兰》1927年第2卷第12期。

③ 朱戬：《自杀之人》，《紫罗兰》1928年第3卷第12期。

④ 陈娟娟：《香岛艳尸》，《大侦探》1947年第12期。

⑤ 穆时英：《本埠新闻栏编辑室里一札废稿上的故事》，收录于《白金的女体塑像》，江苏文艺出版社2009年版，第47—59页。

⑥ 穆时英：《黑牡丹》，收录于《白金的女体塑像》，江苏文艺出版社2009年版，第301—309页。

相比于穆时英，刘呐鸥关于舞女与罪案题材的小说并不算多，但内容令人唏嘘，比如在《永远的微笑》中，歌女虞玉华先是被程照污辱，又遭罗匡抢劫，她在愤怒之下杀了程照，最后却被判了无期徒刑。[①] 而这些小说中的欲望与罪恶、命运与不公最终都指向了《上海的狐步舞》中的那句著名的概括：“上海。造在地狱上面的天堂！”[②]

一方面，在民国时期的上海，舞女们的确常常陷入都市犯罪或社会动乱等事件之中，与此相关的社会新闻更是不绝如缕，其中较为著名的就有1930年的“舞女黄白英服毒案”[③]和1948年轰动上海的“舞潮案”[④]等；另一方面，身处于罪恶都市、浮华舞场、欲望中心与弱者地位的都市舞女，也往往沦为罪案的受害者。尤其是舞场空间的公共性加强了人员的流动性与匿名性，进一步造成了案件的频发，即正如刘易斯·芒福德所说：“大都市的匿名性，它的非人格化，对于非社会甚至反社会的行为是一种积极的鼓励。”[⑤] 此外，舞场中身体与金钱交易的灰色属性以及两性之间地位的不平等，也都是造成舞女与罪案在现实与文学中总是密切交织在一起的重要原因。而这种金钱与欲望之间的交换关系本质上正是现代资本主义社会得以建构的最重要机制，舞女也因此成为我们把握现代资本主义消费文化和内在运作逻辑的文学与文化形象表征。

---

① 刘呐鸥：《永远的微笑》，收录于《都市风景线》，浙江文艺出版社2004年版，第155—162页。

② 穆时英：《上海的狐步舞》，收录于《白金的女体塑像》，江苏文艺出版社2009年版，第291—300页。

③ 参见郦千明：《1930：轰动上海滩的舞女服毒案》，《检察风云》2017年第12期。

④ 参见高铮：《“舞潮”案》，见《近代上海娱乐文化探微》，中国文联出版社2007年版，第176—188页。

⑤ [美]刘易斯·芒福德：《城市文化》，宋俊岭、李翔宁、周鸣浩译，中国建筑工业出版社2013年版，第306页。

程小青的“舞厅”书写

在程小青的侦探小说中，构成其整个“霍桑探案”系列小说最大的“中国背景”是当时中国国力贫弱、教育不兴、青年颓废以及社会上重物质的风气流行，程小青对此抱有深切的不满和批判。而他的这种批判立场与价值取向，最集中体现于其通过小说所表露出的对于“舞场”空间与“舞女”形象的批评与同情这组并存的情感矛盾之中。在小说《活尸》中，包朗就曾对“跳舞”进行过批判：“我们的国家正在这样生产落后千疮百孔的地位，这种迷人丧志斫伤青年男女的娱乐，实在没有提倡的必要。”① 并认为“舞场”就是一个销魂荡魄的魔窟所在：“现在的所谓舞场，实在是一种吞噬我们青年的魔窟，也是那些‘活尸’们的逍遥所在。”“舞场老板大多是些恶霸流氓之类的‘阔人’，他们用金钱诱骗的手段，勾引一些穷困家庭里美貌姑娘，来舞场充当舞女，专供那班凭搜刮剥削发了财的大亨和他们的子侄玩弄和泄欲，舞场老板便从这些变相妓女身上挣钱发财。”② 而小说《舞宫魔影》则直接称“开舞场”为“戕害青年，斫丧风化的营业”③。

在程小青看来，“跳舞的生活是以昼作夜的，和平常人恰正相反”④。因而其更加隐喻性地成了现代都市中罪恶的集中出现与潜滋暗长的场所。其小说人物杨一鸣就曾说过：“在我们这个千疮

---

① 程小青：《活尸》，收录于《程小青文集 4——霍桑探案选》，中国文联出版公司 1986 年版，第 178 页。

② 程小青：《活尸》，收录于《程小青文集 4——霍桑探案选》，中国文联出版公司 1986 年版，第 292 页。

③ 程小青：《舞宫魔影》，收录于《程小青文集 2——霍桑探案选》，中国文联出版公司 1986 年版，第 393 页。

④ 程小青：《舞宫魔影》，收录于《程小青文集 2——霍桑探案选》，中国文联出版公司 1986 年版，第 333 页。

百孔一切落后的时代,舞场不但不能做一般人的娱乐场所,简直还是制造罪恶的中心。”[①] 在霍桑与包朗的眼中,“舞场”本身就是一个充满了浮华迷乱与光怪陆离,而与整个正处于贫弱之中的国家格格不入的“索多玛之地”(The land of Sodom):

人们如果在浪花路的转角经过,最先接触眼帘的,定是那一宅巍峨而气势宏壮的华屋。那屋子的大门是罗马式的,四根花岗石的柱子既粗又高;从街面到那门口有八九层石级,都琢磨得光滑异常;又因着侍役们的勤加拂拭和洒扫,真是纤尘不染——人们看见了,自然而然会感觉得若使足上不曾穿着高价漂亮的鞋子,决不敢冒昧地践踏上去,在大门的上端的一只大钟下面,有五颗小电灯缀成的凸出的五角星,每一颗星中嵌一个字,合拢来就是“广寒宫舞场”。每天晚上八九点钟以后,这舞场门首形形色色的电灯,在相隔五十码外已足使人目迷。那时候的景状,若把“华灯既张”、“车水马龙”两句成语来形容,可算得确切不移。[②]

小说里所描述的舞场外观虽然称得上是金碧辉煌,却给人一种不可亲近的距离感与拒斥感——比如小说中写舞厅门口的台阶令人“感觉得若使足上不曾穿着高价漂亮的鞋子,决不敢冒昧地践踏上去”,而舞厅的名字“广寒宫舞场”本身也给人一种冰冷、神秘和遥远的感觉,仿佛其是异质于普通人日常生活之外的空间所在。而当霍桑与包朗身处“舞场”之中时,也完全不能有一点舒适或美好的享受,反而只能感觉到一种“精神上的闷损难受”:“舞场的全部虽布满了冷气,我坐着身体上固然不致出汗,但令人欲醉欲眠的爵士乐声,半明半灭的迷人灯光,和那眼花缭乱的装点,舞女们假

① 程小青:《舞宫魔影》,收录于《程小青文集 2——霍桑探案选》,中国文联出版公司 1986 年版,第 394 页。

② 程小青:《舞宫魔影》,收录于《程小青文集 2——霍桑探案选》,中国文联出版公司 1986 年版,第 303—304 页。

意殷勤的笑语媚态，不但不足以引起我丝毫兴趣，却反使我感到精神上的闷损难受。”①

此外，小说《舞后的归宿》还借助包朗之眼来“看”舞女，认为其形象都不脱“人造”或“过分矫饰”的特点，不仅不能让人感受到真正的、天然的美，反而使人觉得“刺目”、“凛然”和难以判断其年龄：

那女客约有五呎二吋高度，在我国东南一带普遍低矮的女性中，已可算得“长身玉立”，上身披着一件淡青色细哔叽的短帔，下面露着红白相间条子绸的旗袍，一直盖到伊的银皮镂孔的鞋背上面。伊有一个瓜子形的脸儿，颊骨部分红得刺目，一双灵活乌黑的眼睛，罩着两条细长的人工眉——原来伊的天然眉毛，时时遭受理发匠的摧毁，已不留丝毫影踪！那鼻子的部位生得很恰当，鼻梁也细直而并不低陷，这也是构成伊的美的重要因素。那张小嘴本来是伊的美的主因之一，可是因着涂了过量的口红，使我见了觉得有些儿“凛然”。伊脸上的皮肤固然是白嫩细腻到了最高度，可是我不敢相信，大半定是借重了“铅粉”的力。因此伊的芳龄究竟是十八九，还是二十三四，也不容易判断。②

另一方面，包朗也对“舞女”这一表面形象之下的经历投诸“可怜”却又无可奈何的复杂情愫：“伊是个舞女，伊的这种装扮也许是被迫而然的，平心说来，那只有可怜的成分。可是我不懂社会上尽多那些并没有‘可怜’因素，而自甘‘可怜’的密司们，究竟又为着什么呢？”③

程小青对于“舞女”感情的复杂性，更为直接且强烈地体现

---

① 程小青：《活尸》，收录于《程小青文集 4——霍桑探案选》，中国文联出版公司 1986 年版，第 178 页。

② 程小青：《舞后的归宿》，收录于《程小青文集 3——霍桑探案选》，中国文联出版公司 1986 年版，第 71 页。

③ 程小青：《舞后的归宿》，收录于《程小青文集 3——霍桑探案选》，中国文联出版公司 1986 年版，第 74 页。

在小说《舞宫魔影》中舞女柯秋心自杀前所写的一封“自白信”中：

一鸣先生，我是一个奴隶！我过的简直不是人的生活！但除了你以外，我还没有听得过一句真正同情的话。那自称我的表兄的王百喜，实在是我命运中的魔鬼！我的年纪太轻，没有受充分的教育，又迷恋着盲目的自由，不听我的父母的劝告，一时错误，受了这魔鬼的诱惑，便丧失了贞操，抛弃了家庭，跟他到了这万恶的都市，沦落到这非人生活的地位！三年来，我已给他挣了不少卖命钱，但他还不肯放松我，我的堕落的生活和强支的病体，实在再不能忍受了。幸亏我的灵魂还是纯洁的，现在我已决心脱离这恶浊的世界了！……①

在这封“自白信”中，作者对于“舞女”底层与弱者命运的同情、对于其失足与堕落的愤怒、对于这充满了罪恶的都市与“恶浊的世界”的憎恶，以及对于舞女仍怀有“纯洁的心灵”的渺茫期望等诸般复杂的感情集中呈现出来并且交织在了一起，最终形成一种“爱之愈深，责之愈切”的矛盾心理。

除程小青外，不同侦探小说作家笔下对“舞厅”与“舞女”的描写手法与情感态度并不一致。比如朱戬在小说《自杀之人》中对待“舞厅”与“跳舞”，就表现出和程小青相类似的态度——认为“跳舞是堕落的媒介”②。而在吴佐良的小说《白色的康乃馨》中，则着重描写了善良的舞女为了帮助憨厚的水手而四处奔走，不辞劳苦地寻找线索，传递出了一种破恶求净的力量，③这篇小说中的“舞女”形象既带有中国传统戏曲《苏三起解》中苏三的坚韧抗争，又有几

① 程小青：《舞宫魔影》，收录于《程小青文集 2——霍桑探案选》，中国文联出版公司 1986 年版，第 386—387 页。

② 朱戬：《自杀之人》，《紫罗兰》1928 年第 3 卷第 12 期。

③ 吴佐良：《白色的康乃馨》，《大侦探》1947 年第 14 期。

分沈从文湘西小说里在船上谋生的妓女们人性的自然与美好。而在长川的“叶黄夫妇侦探案”系列中的《尾随的人》[①]一篇里，小说更多只是单纯地呈现了叶黄夫妇伪装成舞厅的宾客调查案件的过程，因而对这一空间本身并未做出褒贬评判。即在这篇小说里，“舞厅”无疑只是象征着现代都市“人群中的人”(The Man of the Crowd)高密度聚集的一处公共场所，是侦探得以“匿名性”地展开调查的现代场域而已。

舞女的卧室

民国侦探小说中凡涉及“舞女”的生活空间，除了“舞厅”之外，舞女的“卧室”也是经常被写到的案发场所。和程小青小说中“舞厅”给人的感受是充满了“奢靡”与“浪费”相一致，在他的笔下，“舞女”们被杀害的卧室里也往往透露出这种“奢靡”与“浪费”的气味。比如小说《舞后的归宿》中就对舞女王丽兰的房间布置进行了一番详细的描写：

我开始向这室中作一番迅速的巡礼，涂蜡的狭条麻栗地板上，铺着一大方蓝底白花高价的厚地毯，那室外的泥足印就接到这地毯为止。在死者座位背后的右边，有一张白石面的小圆桌，围着四只精致的皮垫短背椅子。圆桌上除了一个舶来品的铜花瓶以外，有一只银质盘花的烟灰盆，盆中有好几个烟尾，还有两只玻璃杯，一只在杯里，还剩着些残余的香槟酒。在这小圆桌的更右，靠壁放着一只紫色丝绒的长椅，椅上有三个圆形的锦垫，也并不例外地都是舶来品，长椅一端的靠手上，放着一件浅蓝色丝绒的短大衣，分明是死者身上脱下来的。

霍桑所说的那只铁箱，就在这长椅的左手里。这箱形是长方

① 长川：《尾随的人》，《大侦探》1949 年第 29 期。

的，外面的喷漆是浅蓝色，就式样和色泽方面说，很象是一架落地收音机，靠窗的一角，有一个书架，其实称它书架，未免犯着"砌词诬陷"的语病，因为架上并没有书，除了几本象书桌面上一类的图画刊物和报纸以外，大半是虚空的。靠后面壁上，另有一张立体式的镜台，台上的杯碟酒瓶等类，也一律是外国货。镜台东边的壁上，挂一幅镶阔金框的油画，约有三尺长，二尺高，画的也是外国风景。总之，这室中一切器物所给予我的印象，只能忘了时代忘了国家的极端的"奢靡"与"浪费"！①

小说中舞女王丽兰房间的布置风格俨然就是本雅明所说的"只有尸首才会真正对奢华而死气沉沉的室内布置感到舒适"的"资产阶级魔窟"。② 具体来说，民国侦探小说中的舞女卧室空间一方面给人过分浮华与奢侈的感觉，而这种感觉很大程度上是由于卧室内"物的堆积"所导致，民国侦探小说往往不厌其烦地铺陈舞女卧室里的地板、沙发、桌椅、床单、窗帘与梳妆台，进而形成一种物的拥塞与窒闷的感觉效果，而这些物品中也有不少很容易让人产生关于消费乃至享乐、放纵的生活方式的联想，比如烟尾、酒杯和杯碟等；另一方面，这些卧室里的"物品"多半会被设定为来自西方，比如"舶来品的铜花瓶"、"进口的香槟酒"、"画着外国风景的油画"，这似乎是在暗讽舞女生活方式上的某种"崇洋"态度，同时小说也借助这些"舶来之物"强化舞女卧室空间本身的异国性特征，使其一定程度上成为上海这座中国城市里的"异质空间"（有趣的是，本雅明所描述的西方侦探小说里的"死者的房间"中也同样堆满了来自东方的物品，比如波斯地毯、高加索短剑和可汗国的胡床等，并被他概括为"东方显贵、奢华的室内摆设"，我们或许可以

① 程小青：《舞后的归宿》，收录于《程小青文集 3——霍桑探案选》，中国文联出版公司 1986 年版，第 85—86 页。

② ［德］瓦尔特·本雅明：《摆有豪华家具的十居室住宅》，收录于《单行道》，王涌译，译林出版社 2014 年版，第 10—11 页。

理解为这些欧美侦探小说是想借助东方的神秘性来增强谋杀的悬疑感)。此外,缺乏必要的知识和学习也是程小青笔下"舞女"房间的普遍性特点,其具体体现为舞女的卧室里通常都会有书架,但书架上一般并没有什么书,这背后"哀其不幸,怒其不争"的人道主义同情与启蒙主义批判立场则是不言而喻的。

总体上来看,民国侦探小说里"舞女的卧室"——也通常作为"死者的房间"——其室内装潢与布置在某种程度上可以视为现代都市浮华富丽与罪恶丛生的缩影,同时也是舞女个体内心欲望不断膨胀的外在物质化与空间化呈现。而民国侦探小说作家们在表现这些"卧室空间"时,所采取的颇有些自然主义细节呈现的书写方式,也在不经意间暴露出作者本人内在价值的某种分裂倾向:一方面,民国侦探小说作家不厌其烦地书写"死者卧室"中的"物"的丰富性甚至堆积感,并刻意强调这些物品的西方来源,流露出作者本人对于这些西方现代物质符号的某种想像性心理情结;另一方面,作者对于拥有这些"物"的主人,即作为死者的舞女的生活方式与生活命运又抱有批评和同情并存的复杂情感态度。而这其中的内在情感与价值分裂,似乎可以理解为史书美所说的二十世纪三十年代身处上海的中国知识分子所普遍具有的世界主义、现代主义与殖民主义并存的半殖民地文化及心理结构特征。①

另外一个需要特别注意的地方,在于"卧室"本应该是一个用于休息的"个人私密空间",但在现代通讯媒介相对发达的民国上海,对于"舞女"这种带有一定社交属性的职业人群来说,其"卧室"常常呈现出一些公共性特征。比如在"新感觉派"作家施蛰存的小说《薄暮的舞女》中,就较为集中地表现了舞女素雯的卧室空间与生活:

① 可参见史书美:《现代的诱惑——书写半殖民地中国的现代主义(1917—1937)》一书第9—11章中的相关内容,江苏人民出版社2007年版。

一方面，素雯的“卧室”在某种程度上象征着她的私人生活空间，甚至可以说是她内心世界的客观外显，在这个意义上来重新看待素雯打扫房间的行为实践，无疑有着一种追求“洗心革面，重新做人”的意味：

正在她改变室内陈设的辛勤的三小时之后，她四面顾盼着新样式的房间，感觉到满心的愉快。几乎是同时的，她又诧异着自己，为什么自从迁入这个房间以来，永没有想到过一次把房内的家具移动一个地位呢？①

她的眼睛却忏悔似地凝住在新换上去的纯白无垢的床巾上。贞洁代替了淫邪，在那里初次地辉耀着庄严的光芒。②

另一方面，这种有几分“自省”意味的打扫房间，被突如其来的电话铃声所打断：“床头茶桌上的电话机急促地鸣响起来了。”③而电话在小说中更为重要的意义在于，它的存在和突兀使得原本应该属于素雯私人空间的“卧室”变得不再私密，而在一定程度上变成了某种公共空间的延伸。也正是因此，素雯渴求通过改变房间的式样来完成自己生活方式的改变，乃至新生活的开始，被事实证明是不切实际的。即小说里素雯多次念兹在兹的“我现在很想过一点家常的生活，我把我这个房间变成一个家庭”“我就希望能改变一种生活的样式，我要让我的房间变成一个家庭啊”等内心夙愿，④因为其房间/卧室/私密空间/私密生活根本就不具有真正的私密性和自主性，因而也就不可能转化为她自己所期待的“家庭”。而在现

① 施蛰存：《薄暮的舞女》，收录于《施蛰存小说精选》，吉林文史出版社2018年版，第241页。

② 施蛰存：《薄暮的舞女》，收录于《施蛰存小说精选》，吉林文史出版社2018年版，第241页。

③ 施蛰存：《薄暮的舞女》，收录于《施蛰存小说精选》，吉林文史出版社2018年版，第242页。

④ 施蛰存：《薄暮的舞女》，收录于《施蛰存小说精选》，吉林文史出版社2018年版，第249、254页。

实中,我们也经常能在民国报刊的角落里看到《舞星香巢调查录》一类的文章,即一些"包打听"在报纸上披露一些当红"舞女"的家宅地址与电话,使其原本私密的个人住所与联系方式成为"被公开的秘密",进而让"舞女"们即使在"回家"后也不得不面临着被偷窥的安全隐患,随时可能遭遇到潜伏在"隐秘的角落"里的未知罪案。

现代与底层

在民国侦探小说作家对待"舞女"所呈现出的各种表现角度与态度中,以程小青与朱䝙为代表的同情与批判并存的态度可以说是最具有典型意义的一种表达立场和书写方式。而我们如果将民国侦探小说作家对于"舞厅"与"舞女"的描写和同一时期上海"新感觉派"作家以及四十年代孙了红的《窃齿记》等侦探小说对同一类题材的描写比较来看,就会发现其中有趣的差异。在"新感觉派"作家生活中或笔下的"舞厅"与"舞女"——无论是穆时英现实生活中迷恋并追求一名舞女的爱情传奇,还是刘呐鸥笔下的"探戈宫"(舞厅)——都呈现出一种更加令人心醉神迷的现代气息与欲望之味。

比如刘呐鸥《游戏》中的"舞厅":

在这"探戈宫"里的一切都在一种旋律的动摇中——男女的肢体,五彩的灯光,和光亮的酒杯,红绿的液体以及纤细的指头,石榴色的嘴唇,发焰的眼光。中央一片光滑的地板反映着四周的椅桌和人们错杂的光景,使人觉得,好像入了魔宫一样,心神都在一种魔力的势力下。在这中间最精细又最敏捷的可算是那白衣的仆欧的动作,他们活泼泼地,正像穿花的蛱蝶一样,由这一边飞到那一边,由那一边又飞到别的一边,而且一点也不露着粗鲁的样子。[1]

① 刘呐鸥:《游戏》,收录于《都市风景线》,浙江文艺出版社 2004 年版,第 3 页。

或者是刘呐鸥笔下的"舞女"形象：

觉得一阵暖温的香气从他们的下体直扑上他的鼻孔来的时候，他已经耽醉在麻痹性的音乐迷梦中了。迷朦的眼睛只望见一只挂在一个雪白可爱的耳朵上的翡翠的耳坠儿在他鼻头上跳动。他直挺起身子玩看着她，这一对很容易受惊的明眸，这个理智的前额，和在它上面随风飘动的短发，这个瘦小而隆直的希腊式的鼻子，这一个圆形的嘴型和它上下若离若合的丰腻的嘴唇。这不是近代的产物是什么？他想起她在街上行走时的全身的运动和腰段以下的敏捷的动作。她那高耸起来的胸脯，那柔滑的鳗鱼式的下节……但是，当他想起这些都不是为他存在的，不久就要归于别人的所有的时候，他巴不得把这一团的肉体即刻吞下去，急忙把她紧抱了一下。①

抑或穆时英《上海的狐步舞》中的"跳舞"场面：

蔚蓝的黄昏笼罩着全场，一只 Saxophone 正伸长了脖子，张着大嘴，呜呜地冲着他们嚷，当中那片光滑的地板上，飘动的裙子，飘动的袍角，精致的鞋跟，鞋跟，鞋跟，鞋跟，鞋跟。蓬松的头发和男子的脸。男子衬衫的白领和女子的笑脸。伸着的胳膊，翡翠坠子拖到肩上，整齐的圆桌子的队伍，椅子却是零乱的。暗角上站着白衣侍者。酒味，香水味，英腿蛋的气味，烟味……独身者坐在角隅里拿黑咖啡刺激着自家儿的神经。②

在"新感觉派"作家笔下，"舞厅"是令人心驰神往的优雅场所，"舞女"是男性欲望投射的迷醉对象，"跳舞"更是触觉、声音、色彩与气味相互交织的综合性身体感受。这与前文中程小青笔下的舞厅"是一种吞噬我们青年的魔窟"、"使我感到精神上的闷损难受"，

① 刘呐鸥：《游戏》，收录于《都市风景线》，浙江文艺出版社 2004 年版，第 5—6 页。
② 穆时英：《上海的狐步舞》，收录于《白金的女体塑像》，江苏文艺出版社 2009 年版，第 294 页。

舞女是值得“可怜”的“人造”与“矫饰”，跳舞更是“迷人丧志斫伤青年男女的娱乐，实在没有提倡的必要”的书写态度和立场截然不同。恰如戴维·弗里斯比所说：“现代性的本质是心理主义的，即根据我们内在生活（实际上是作为一个内在世界）的反应来体验和解释这个世界。”① 而对于上海这座现代都市中的“舞场”这一新生空间、“跳舞”这一娱乐事业以及“舞女”这一类新的都市人物形象，以程小青为代表的民国侦探小说作家和以穆时英、刘呐鸥为代表的“新感觉派”作家的心理感受和文学表现竟然完全不同。难怪李欧梵教授会对鸳鸯蝴蝶派笔下的都市上海与“新感觉派”笔下的都市上海做出区分，并且认为程小青等人侦探小说中的都市上海是处在介于这两者之间的某种暧昧状态：

他有一部分时间住在苏州，是一个苏州文人，和其他“鸳鸯蝴蝶派”作家的背景相似。所以我认为，他对于上海都市文化的看法和“新感觉派”的刘呐鸥和穆时英很不同，更没有施蛰存对于西方现代文学的学养。这又牵涉到另一个值得探讨的问题：通俗文学中的上海文化到底是什么？和“新感觉派”笔下的上海有何不同？一个很明显的区别是：“鸳鸯蝴蝶派”的作家所写的大多是城隍庙和四马路、福州路附近的旅馆、妓院和餐馆的世界。而“新感觉派”和其他新派作家则洋化得多，以租界里的咖啡馆、大饭店和舞厅为背景。相形之下，程小青笔下的世界似乎在两者之间，霍桑住的爱文路应在英租界，他破案的地方则到处都有，而以里弄房子或较偏僻的小洋房居多，而且罪犯完全是华人，这就和施蛰存的小说《凶宅》大异其趣（内中人物全是英国人）。在霍桑故事中，有时还有一些旧式的江湖侠客——如江南燕——出现，和霍桑惺惺相惜。②

① ［英］戴维·弗里斯比：《现代性的碎片——齐美尔、克拉考尔和本雅明作品中的现代性理论》，卢晖临等译，商务印书馆 2003 年版，第 51 页。

② 李欧梵：《福尔摩斯在中国》，《当代作家评论》2004 年第 2 期。

李欧梵教授指出，鸳鸯蝴蝶派笔下的上海更多充满了传统中国文人的审美趣味；"新感觉派"作家笔下的上海则更为洋气、现代，写法也更加时尚、先锋；而程小青等民国侦探小说作家笔下的上海则介于两者之间，这实是一种敏锐的观察。的确，程小青等民国侦探小说作家一方面较之一般的鸳鸯蝴蝶派作者来说，其通过侦探小说这一种诞生于现代都市之中，且天然带有现代都市气质的小说类型，更能够感受到上海这座都市的现代气息。另一方面，较之无论是从书写内容还是写作手法上都充满了探索与实验精神的"新感觉派"作家，民国侦探小说家们又相应地呈现出传统性与保守性的一面。当然，这种认知上的传统与现代、写法上的保守与先锋、态度上的批判与赞扬之间的差异并不带有高低之别。但本文认为民国侦探小说作家们实际上非常难能可贵地找到了一个平衡并思考中与西、旧与新的立足点和观察点。他们一方面和"新感觉派"作家一样感受到了最新潮的都市物质气象和生活节奏脉搏，并对其有一定程度的理解和接受，另一方面又能尽力保持住一名传统中国文人的家国情怀与道德操守，对这些新现象进行本土性反思和批判性接纳，为我们理解民国时期中国现代化进程与状况提供了一个兼具中国特色和现代视野的切入点。

如果将民国侦探小说家笔下的"舞女"与"舞厅"与"新感觉派"作家笔下的同类题材书写相区分，一言以蔽之，即新感觉派作家着重写的是欲望，"舞女"是男性欲望与凝视的对象，"舞厅"则是这种内心欲望的空间化外显。而侦探小说作家们更多是将"舞女"、"舞厅"与"底层"书写相结合。在这个意义上，"舞女"是被倾轧、蹂躏的弱势阶层，"舞厅"则是罪恶与欲望聚集的魔窟。此外，民国侦探小说作家对于"舞厅"与"舞女"等现代都市娱乐文化现象的批评又不完全等同于传统中国士大夫的眼光和立场，而是带有某种"五四"启蒙知识分子的家国情怀和民族视角（他们反对"舞厅"与"跳舞"的最常见理由之一，就是国家依然贫困落后，青年们应该有志于建设国家，而非将时间、金钱与精力投放在舞厅之中）。也正是在这个意义上，恰如学者魏艳所评断的那样："程小青成功地将他的侦探小说创作安置于严肃文学与大众娱乐的平衡点上。"①

最后，我们或许还可以再引几个例证作为参照，来进一步说明围绕"舞女"形象所展开的中国现代文学书写的复杂性：

一是回到茅盾《追求》中的王仲昭那里："仲昭本要在舞场中找到一些特殊的氛围气：含泪的狂笑，颓废的苦闷，从刺激中领略生存意识的那种亢昂，突破灰色生活的绝叫。他是把上海舞场的勃兴，看作大战后失败的柏林人的表现主义的狂飙，是幻灭动摇的人心在阴沉麻木的圈子里的本能的爆发；他往常每到舞场，便起了这种感想，然而昨夜特意去搜求，却反而没有了，却只见卑劣的色情狂，丑化的金钱和肉欲的交换了。"② 在这里，王仲昭在追寻"跳舞"究竟"给你的是肉感的狂欢呢，抑是心灵的战栗?"这种娱乐形式的流行究竟是"下品的性欲冲动"，还是"神圣的求生存意识的刺激"时，③他亲身体验后的答案显然是让人沮丧的前者。即对于王仲昭而言，"舞场"本可以是一个积极的场所，"跳舞"或许可以让人爆发出某种生命本能的力量，甚至于最后达到类似德国"表现主义的狂飙"的艺术境界，但最后他所感受到的东西显然并非如此，"却只见卑劣的色情狂，丑化的金钱和肉欲的交换了"。而这种矛盾性也正是小说中章秋柳所面临的人生道路选择的内在难题，也是"跳舞"这种原本兼具艺术属性、社交属性与商业属性的活动在资本主义消费文化体系的裹挟下迅速沦为"下品"，堕落成欲望与金钱交换手段的必然结局。

---

① 翻译自 Yan Wei(魏艳)，*Sherlock Holmes Comes to China*，David Der-wei Wang(王德威)，*A New Literary History of Modern China*，Belknap Press: An Imprint of Harvard University Press，2017，p.183.

② 茅盾：《追求》，收录于《茅盾精选集》，燕山出版社 2015 年版，第 211 页。

③ 茅盾：《追求》，收录于《茅盾精选集》，燕山出版社 2015 年版，第 253 页。

二是与茅盾同为左翼作家阵营的蒋光慈的小说《丽莎的哀怨》,小说写一个俄国贵妇丽莎,逃到中国上海,最后沦为一名裸体舞女,命运相当悲惨。根据相关史料,早期的上海舞女从业者,的确以白俄和日本女性居多,蒋光慈的小说应该有这么一层现实生活的故事根源。而更重要的是,小说借女主角丽莎之口极力控诉"跳舞"、"金钱"与"中国舞客":"面包的魔力比什么都要伟大,在它的面前,可以失去一切的尊严与纯洁。只要肚子饿了,什么事情都可以做出来。""金钱是万恶的东西,世界上所以有一些黑暗的现象,都是由于它在作祟。""中国人的呼哨声、笑语声、鼓掌声。我的眼睛里闪动着那些中国人的无数的恶俗而又奇异的眼睛。……那些中国人,那些恶俗而可恨的中国人,他们是看我的跳舞么?我们是在满足他们的变态的兽欲啊。"① 在这里,我们完全可以把丽莎的控诉和前文所引程小青《舞宫魔影》中舞女柯秋心自杀前所写的"自白信"并置来看:在这里我们看到的不再是"左翼作家"与"通俗小说家"之间的所谓雅俗之别,而是在基本正义伦理普遍缺位的社会现实中,"诗学正义"的补偿性呐喊和文学最起码的社会责任担当。

三是在前文中被我有意略过的另一位民国侦探小说作家孙了红。让我们来看看四十年代孙了红《窃齿记》中的"舞厅"描写:

> 轩敞的广厅中,乐队奏者诱人的节拍,电灯放射着惺忪的光线,许多对"池以内"的鸳鸯,浮泳在舞池中央,推泳着人工的浪涛。那些艳丽的羽片,在波光一般的打蜡的地板上,错综地,组成许多流动的线条。舞池四周,每一个桌子上的每一杯流汁里,都映射出了各个不同的兴奋的脸色。②

在描写完这样现代、热闹、光怪陆离的舞厅之后,孙了红将笔

---

① 蒋光慈:《丽莎的哀怨》,见《蒋光慈文集》(第3卷),上海文艺出版社1982年版,第47页。

② 孙了红:《窃齿记》,《万象》1941年第1卷第3期。

锋一转,开始关注起舞厅角落里的一名年轻舞女:

这是一块天真无邪的碧玉,新被生活的浊流,卷进了这金色的火坑。同时,她也是这所舞场里,生涯最落寞的一个。她的芳名,叫作张绮。

音乐又响了,这少女的心弦,随着洋琴台上的节奏,起了一种激越的波动。如果有人能观察内心的话,就可以见到她的心理,是那样的矛盾:在没有人走近她的座前时,她似乎感到空虚,失望。但,如果有人站立到了她的身前,她的稚弱的心灵,立刻又会引起一种害怕的感觉。①

不难看出,孙了红笔下的"舞厅"和"舞女"书写,一方面继承了穆时英、刘呐鸥等新感觉派作家的"现代气息"②,另一方面又延续了鸳鸯蝴蝶派作家的"传统情怀"和程小青的"底层批判"视角,进而呈现出了与二十年代民国侦探小说不一样的新的时代特征与面貌。我们甚至于可以透过孙了红四十年代"别具多格"的侦探小说创作,初步窥视到这一时期所谓"新浪漫主义"③小说对于之前诸如"鸳鸯蝴蝶派"、"新感觉派"等各种文学流派和小说风格的继承与融合。当然,那将是另外一个有趣的文学史话题,而那些小说中的女主角,也将从"舞女"演变为身份更为神秘且复杂的"女间谍"形象。

---

① 孙了红:《窃齿记》,《万象》1941 年第 1 卷第 3 期。

② 其中诸如"一瓶冷而黄的流液,随着一张热而红的面孔,一同送到这位赖斯朋的幻影之前。"(孙了红:《乌鸦之画》,《大众》1943 年第 11 期)一类的描写已经完全可以放在新感觉派小说中"以假乱真"。

③ 一般文学史所说的"新浪漫主义"小说以二十世纪四十年代徐訏的《风萧萧》等作品为代表,而孙了红创作于这一时期的侦探小说,很多都可以归入"新浪漫主义"小说的行列之中,尤其是其代表作《蓝色响尾蛇》,更是可以视为"新浪漫小说"的典型之作。

主题、形象、类型：中国青春片创作的三大审美嬗变

马立新　杨利萍

（山东师范大学，济南 250014）

内容摘要：近年的青春片较之传统的青春片在审美格局上发生了三大嬗变：一是对青春主题的挖掘既广且深，远远超越了“青春＋爱情”式的单一模式，具有了更强烈的现实主义色彩；二是打造了一大批多样化、立体化、励志化的新型青春形象，尤其是其中的一些女性形象甚至达到了典型化的高度；三是将喜剧、科幻、惊悚、犯罪等类型元素和二次元、穿越、饭圈文化等众多青春物语元素相融合，极大推动了当代青春片审美风格嬗变。

关键词：中国青春片　青春主题　青春形象　类型创新

近年来，一批新型中国青春电影在中国影坛强势崛起，分外吸睛。今年的暑期档，《燃野少年的天空》以其独树一帜的歌舞形式和“咸鱼翻身”的励志故事，再次吹响了中国青春电影转型的集结号。较之《致青春》系列、《小时代》系列等前期同类作品，新型青春片不仅极大拓展了“青春”主题的广度与深度，更以一系列个性鲜明的青春形象和多元化的类型探索推动了中国青春片的美学嬗变。

作者简介：马立新，山东师范大学数字艺术哲学研究中心主任、教授、博导，研究方向为数字艺术哲学。杨利萍，山东师范大学硕士研究生，研究方向为戏剧与电影文学创作。

基金项目：本文为国家社科基金艺术学项目《数字艺术非义行为及其对抗机理研究》（课题号：20BC043）阶段性成果之一。

一、对青春主题的深度挖掘

比较和审视以《致青春》系列、《小时代》系列为代表的前期青春片和近年以《燃野少年的天空》、《我的姐姐》、《送你一朵小红花》、《一点就到家》、《少年的你》、《闪光少女》、《狗十三》、《过春天》、《踏雪寻梅》等为代表的青春片，一个强烈的反差是，它们虽同为青春现实题材，但后者对青春的理解和诠释、对青春主题的表现和再现已经焕然一新。

早期的青春片对"青春"的抒写一般囿于爱情＋亲情、以爱情为主的主题范式。这一范式可追溯到中国最早的青春片《阳光灿烂的日子》，它所展现的是一种"维特之烦恼"式的青春，是荷尔蒙和力比多支配下的朦朦胧胧的情与爱。本质上讲，2001 年的《十七岁的单车》所刻画的也是这种意义上的青春，只不过在这里，在身处社会底层的十七岁少年小坚身上，我们看到了较之马小军更加压抑的青春之火。自《致我们终将逝去的青春》伊始，中国青春片对爱情的表现不再是懵懂、羞涩、交困式的风格，而呈现为狂飙突进甚至无厘头式的爱情模式，郑薇对陈孝正的爱(《致我们终将逝去的青春》)、程铮对苏韵锦的爱(《致青春：原来你还在这里》)、陈寻对方茴的爱(《匆匆那年》)、黎吧啦对张漾的爱(《左耳》)，彰显的都是这种青春气质。对真实的爱情有过切身生活体验的人们，乍一看到这类青春片，的确会为这种白日梦幻般的青春描写感到新奇和过瘾，但看多了则不免感觉单调、同质、苍白和虚假，因此有人也将这种无厘头式的爱情称为"悬浮的青春"。① 另一方面，以《小时代》系列为标志的青春片，或许是不满足于上述作品中的"悬

① 李胜利、苏也菲：《爱情至死：论当前国产青春剧的"悬浮风"》，《现代传播(中国传媒大学学报)》2019 年第 11 期。

浮”的青春,直接将社会和时代发展中集聚和滋长起来的颜值、时尚、拜金、享乐等奢靡庸俗追求与爱情和亲情混搭包装,凭空制造出一种更加虚妄的青春想象。这些作品展现的“顾里式的青春”,与其说是完全脱离现实的享乐的青春,不如说是赤裸裸的感官欲望,它们在某种程度上已经沦为文化市场的奴隶。

相比之下,近年出现的青春片则把镜头伸向了广阔的现实领域,开拓出更为丰富的青春内涵。曹保平的《狗十三》最震撼人心的不是其模糊的爱情和友情表达,而是由一只名叫“爱因斯坦”的狗的丢失,所引发的十三岁的少女李玩与父亲、继母、弟弟、奶奶、爷爷之间的一系列尖锐冲突。正是从这些尖锐冲突中,我们看到了一个青春主体自我意识、人格意识、性别意识、权利意识的逐渐觉醒,看到了青春在逆境中的顽强成长,也看到了青春与外力搏斗中的累累伤痕和斑斑血迹。这里也有朦胧的性爱,但它不再是甜蜜和浪漫,而是茫然、无助和挣扎;李玩与李堂姐妹俩的友情也不再像“小贵与小坚”那般单纯和无瑕,两人既情同手足又争风吃醋的复杂关系让我们仿佛目睹了现实中友情的真实面貌。或许,我们可以将《狗十三》所诠释的这种青春称为叛逆的青春。

从某种程度上说,十三岁的李玩虽是叛逆的却也是幸运的,因为她始终有一个包容她、呵护她的家庭,可对于《少年的你》中,同为优等生的高三女生陈念来说,青春则完全是一副备受欺凌、惊恐不安和伤痕累累的光景。同学胡小蝶不堪校园欺凌,在大庭广众之下跳楼自杀。感同身受的陈念用自己的衣服为她遮住惨不忍睹的身体,为此同样的噩梦开始降临在自己的身上:座椅被恶意地注满污水,体育课上遭到同学的孤立,放学路上被魏莱等同学打得头破血流,教室里被恣意侮辱,美丽的青春就像霜打的花儿一样面目全非,无助的她不得不将自己的青春托付给街头小混混刘小北来保护和捍卫。这无疑是一幅充满创伤的青春图像,是一出青春的悲剧。同为悲剧,《过春天》独辟蹊径,以“双城记”式的叙事空间,呈现了一段完全不同于陈念命运的青春轨迹。主人公佩佩家境贫寒，为了实现与同学闺蜜 JO 一道去日本看雪山的心愿，她利用在香港上学、在深圳生活的特殊身份，在阿豪的帮助下当起了偷运 IPhone 手机的“水客”，由此开启了一段既惊心动魄又耐人寻味的冒险的青春。虽然这样的青春从一开始就注定以悲剧而告终，但电影借此对犯罪青春的美学探索却有着特别的价值。

如果说，《少年的你》和《过春天》所展现的青春带给人们的主要是一种发人深省的警示，那么韩延的《送你一朵小红花》所表达的则是一种浴火重生、更具励志价值的青春。这是一个患癌男孩与患癌女孩的爱情故事——因病自暴自弃、自闭自卑的男孩韦一航，在病友群偶然认识了直播女孩马小远，后者用她的乐观、善良、坚强和坚持慢慢融化了韦一航冰冷的世界，两人从隔膜到熟悉、从冤家到相爱。坦率地说，这样的爱情叙事略显俗套，本质上没有脱离“王子与灰姑娘故事”的窠臼。然而，作品借助一个爱情故事对病患青春凤凰涅槃的生动刻画堪称中国青春片主题开掘中的一大突破。从主人公韦一航身上，我们起初看到的是被病魔折磨得奄奄一息的青春，是坚硬和孤僻的青春，是索然无味、痛苦不堪的青春；可是随着马小远的出现，韦一航身上的青春活力在几经怀疑和挣扎中渐次复苏，这是乐观青春与悲观青春的较量，是坚强青春与懦弱青春的对决，当然，只有一个必然的结果，那就是前者必将战胜后者，但这绝不是爱的决胜，而是健康青春对于病态青春的治愈，爱只是这一结果的副产品。这也恰是这部电影不同于一般的青春叙事的独特之处。

沿着《送你一朵小红花》所开辟的积极进取的青春之路，《我的姐姐》借助于广受社会关注的重男轻女现实问题，将“责任和义务”这一崭新内涵赋予青春主题，进一步拓展了中国青春片的审美空间。“重男轻女”作为一种社会传统陋习的确值得批判，但这部电影的可贵之处在于巧妙地放弃了这一俗套视角，而将审美重心移向主人公安然的复杂人性,在其对爱情与亲情、事业与爱情、事业与亲情、责任与事业诸对“两难选择”中最大限度地彰显她的真实人性,最终凸显出主人公青春沉思中的责任意识与意志,填补了青春主题中的一项空白。在同样的意义上,《燃野少年的天空》以强烈的人文关怀介入“落后”高中生的精神世界,悉心感受他们的复杂情感,着力刻画其渴望成功、实现成功的心路历程,唱响了一曲“虽是小草,迎风不倒”的逆袭青春。

当然,在表现和再现励志青春方面走得更远的当属许宏宇的《一点就到家》。这是一个不折不扣的新时代青春创业故事。魏晋北、彭秀兵、李绍群三个性格迥异的年轻人从打拼多年的大城市回到故乡千年古寨,机缘巧合下合伙干电商。几经坎坷与失败后,再度携手开启创业之旅,他们明白了电商下乡,不仅仅是把城里面的东西卖到农村来,也是要把农村的东西卖出去。与古寨“格格不入”的他们用真诚、睿智、胆识、奋斗和执着,开启了一段纯真、艰辛但成功的创业旅程,谱写了一曲生动的新时代青春之歌。

综上所述,近年的青春片已经走出了前期青春片以“爱情+友情”为主导的褊狭审美空间,抒写出的是更加多元的青春,更加广阔的青春,更加积极进取的青春。

不仅如此,在对青春主题的再现和表现深度上,近年的青春片也较前期青春片取得了长足的进步。爱情是所有青春片屡屡诠释的主题,但正如前面所指出的那样,《致我们终将逝去的青春》、《栀子花开》、《匆匆那年》、《左耳》中的男女主人公们的爱情,几乎无一例外的都是基于荷尔蒙或力比多的游戏,所演绎的也不外乎是“王子与灰姑娘”外加第三者的俗套。这些作品从不把学习当回事,甚至也不曾交代他们如此谈情说爱的条件和资本源于何处。这样的爱情叙事的确看上去很是浪漫,却因为缺乏生活的根基而显得极其清浅和虚幻。但看过《少年的你》之后,我们则对校园爱情有了截然不同的感受。优等生陈念与小混混刘小北的爱不是惯常和老套的一见钟情，更不是媚俗的三角恋，而是从被霸凌、被侮辱、被摧残的共同命运中逐渐滋生出来的，甚至由这种共同的命运所支撑的爱本身也是在二人互为冷对、提防、冲突、试探、互助、疗伤、救赎中生根发芽的，这就赋予了青春和爱情强烈的现实色彩。基于同样的逻辑，我们可以说《送你一朵小红花》所演绎的也是这种有深度、有质感的爱情。这样的爱情之所以更能获得观众的共鸣，就是因为它能让人们看到现实人生的真实模样，说得更直白一点，更能让人们看到现实中自己的影子、自己的命运。

除了爱情，近年的青春片对其他青春主题的揭示同样深刻。事实上，在近年大部分的青春片中，爱情已经不再是主要的表现对象，《燃野少年的天空》着力渲染落后生逆袭的青春风貌，《我的姐姐》将镜头对准性别歧视与青春责任，《少年的你》聚焦校园欺凌，《过春天》演绎“犯罪的青春”，《踏雪寻梅》以罗生门方式诠释“校园贷”，《狗十三》揭示原生家庭教育规训对青春的戕害，《一点就到家》展现青春创业与新农村建设，这些青春片在不断地开拓青春主题的审美空间的同时，更重要的是普遍彰显出强烈的问题意识、社会责任和时代精神，正是这些对青春内涵的深度表现和再现，赋予了它们浓烈的现实主义色彩，也借此与前期的青春片在审美风格上拉开了距离。

至此，我们就不能不进一步说明现实题材青春片与现实主义青春片的重大而本质的差异。马克思主义经典作家视域中的现实主义的核心要义乃是“塑造典型环境中的典型人物”①，以揭示出带有普遍性和典型性的社会规律、历史规律和人性规律，这样的艺术作品才能具有亚里士多德在《诗学》中所阐述的那种“哲学意味”，因此，作为一种创作原则和美学理念，现实主义从一开始就是

① 恩格斯认为，“现实主义的意思是，除细节的真实外，还要真实地再现典型环境中的典型人物”。只有这样的作品才有可能展现出历史的必然性。参见北京大学中文系文艺理论教研室编《马克思 恩格斯 列宁 斯大林论文艺》，人民文学出版社 1980 年版，第 135 页。

与高度的艺术真实一脉相承的。不过,艺术真实又分为直观真实、主观真实、超现实真实和客观真实等多种类型,其中前三种是基于艺术形式的真实,后一种即客观真实则是建立在三者之上的内容的真实、内蕴的真实,尤其是人性的真实。[①] 现实主义创作原则所要求实现的艺术真实不是任何别的真实,正是客观真实,正是人性的真实再现与表现。我们将《送你一朵小红花》、《我的姐姐》、《少年的你》、《一点就到家》、《过春天》、《狗十三》等青春片称为带有一定现实主义意味的作品,正是因为它们都在某一层面、某一角度、某一领域表现和再现了现实青春的真实面貌,都在一定程度上带给了人们关于青春的深刻思考,都在一定程度上达到了客观真实,这也是这些作品之所以具有启迪思想、震撼人心、陶冶情操的独特艺术魅力的根本原因。

正是从同样的意义上,我们只能将《致青春》、《匆匆那年》、《栀子花开》、《小时代》等青春片定义为现实题材的作品,因为这些电影所再现和表现的固然是现实生活中的人物、事件和社会环境,是现实中的青春岁月,但这些人物性格、这些青春事件、这些社会环境都普遍脱离社会现实,与真实的青春生活有很大的距离,它们具有太多的偶然性、特殊性、主观性,甚至违背基本的人性逻辑,更与现实主义美学所要求、所恪守的客观真实相差甚远。我们看这类电影,如同喝白开水一样乏味,如同做白日梦一样虚幻,其原因正在于此。

二、青春形象的嬗变

如果说对青春主题广度与深度的开掘乃是近年中国青春片创作中的一大突出亮点,那么青春形象的多样化、立体化与励志化就

① 马立新:《低碳人》,山东人民出版社 2015 年版,第 128 页。

是其第二个重要审美嬗变。

近年的青春片在人物形象塑造上出现了百花齐放、各领风骚的新气象。众所周知，一切文艺作品的主题都需要艺术形象来传达。事实上，近年青春片之所以在青春主题的广度与深度上有了巨大开拓，其主要原因就得益于塑造了一系列性格鲜明、气质迥异、颇具创新性的新时代青春形象。《燃野少年的天空》所塑造的“咸鱼翻身少年”、“老狗”和“杂草不倒少女”小黄，以其鲜明的性格特征丰富了青春形象的画廊；在《少年的你》中，作为优等生和校园被欺凌者的陈念与作为优等生和校园欺凌者的魏莱同样令人印象深刻；在《狗十三》中，虽深受原生家庭规训羁绊却始终桀骜不驯、勇敢抗争的李玩在众多青春形象中独树一帜；在《我的姐姐》中，傲然走出重男轻女家庭困境并在激烈的自我追求与家庭责任担当冲突与搏斗中蝶变成长的安然让观众为之动容；在《过青春》中，因为天真善良、不谙世事而为社会大潮裹挟为一名在刀尖上跳舞的“水客”的十三岁初中生佩佩是青春片打造出来的一朵靓丽的奇葩；在同样的意义上，《闪光少女》中神经兮兮、不修边幅，却古灵精怪、敢爱敢恨的民乐系扬琴少女陈惊和三位造型各异的二次元民乐少女，《一点就到家》中的从大城市回到云南千年古寨，合伙干电商而性格迥异的三个年轻创业者，《踏雪寻梅》中深陷校园贷陷阱而苦苦挣扎的杜小梅，都是性格迥然不同于前期青春片的人物形象，这些人物形象极大突破了前期青春片“维特之烦恼”式的类型化、公式化、单一化的青春形象。

需要特别指出的是，近年青春片所塑造的不少崭新青春形象在立体性、真实性或典型性方面同样取得了明显进步。《致青春》、《栀子花开》、《同桌的你》、《那些年》等前期青春片中的主人公形象相对而言比较扁平，而且同质化现象比较严重。他们多出身于中产阶层，她们的故事发展很少受到家庭教育、社会地位和物质环境的影响，这些故事所满足的主要是特定受众对于小资情调的幻想和消费。男主人公基本定位是不学无术的痞子帅哥或打架斗殴的中二少年，多与女主人公一见钟情，于是奋发图强和女主人公考上同一所大学。而女主人公多是男性视角下的女神校花形象，她们多是善良活泼爱好学习。显然，这些人物形象带有比较强烈的刻板印象味道。反观近年的青春片，人物的设定更具现实主义精神，人物所处的社会环境、家庭背景、生活境遇都相对窘迫，多数处于社会的底层，而在人物性格上，增加了更加复杂的情感纠葛和内心变化，以此来塑造立体化的典型个体。像李玩、陈念、刘小北、佩佩、安然这几个人物性格的塑造都立足于高度典型化的家庭环境、校园环境和社会环境，扎根于鲜活生动的现实生活，他们的言谈举止无一例外地彰显着各自的身份、出身、性格和现实情势的压迫，而演员的表演从台词、表情到动作细节都力求自然、质朴、本色，在直观真实的基础上达到了一定程度的客观真实，散发出丰富隽永的青春况味，堪称典型环境中的典型人物。他们打破了“悬浮”青春片中同质化严重的俊男美女的扁平形象，不仅有利于缓解同质化现象所带来的审美疲劳，给观众以视觉上的新体验和情感上的新洗礼，而且能够最大限度地引起观众的反思，陶冶人们的情操。

更值得称道的是近年的青春形象中出现了励志者和奋斗者的身影。《一点就到家》中的三个规范创业青年无疑是最好的范例。魏晋北的电商梦，彭秀兵的快递梦，李绍群的咖啡梦，所表征的都是当代无数年轻人的青春创业梦想。他们三个的创业故事是底层有志青年在成长的路上不断试错、不断失败、不断探索直到成功的生动缩影。他们的逆袭人生深刻地揭示了处在快速城镇化进程中的农村年轻人不甘沉沦，抓住政策机遇，成就自我、成就青春梦想的现实命运，对众多当代同龄人具有巨大的感召和鞭策。另一方面，身处逆境的安然不屈不挠，用自己充满斗志和挣扎的青春热血抒写了同样鼓舞人心的奋斗篇章；闪光少女陈惊以其铿锵有力的扬琴乐章唤起了人们对保护和传承民族音乐的责任和使命；还有浴火重生的癌症患者韦一航和他乐观善良、积极向上的病友马小远。这些在逆境中顽强成长的青春形象为青春片的审美嬗变同样增添了一抹亮色。

在近年的青春形象中，我们还注意到一个特别的现象，就是涌现出不少迥然不同于传统“温婉神女”的新女性形象，她们可能在外在性格上相差甚远，但都展现出比较一致的在逆境中抗争与奋斗的性格特征，我们将这类新女性形象定义为“逆境强女”。前期青春片中的女性形象大都是些扁平化、同质化的“神女”。2011 年的《那些年，我们一起追过的女孩》中的美丽、懵懂、纯洁的沈佳宜从某种意义上说是神女形象的始作俑者。自此以后很长一段时间内，温婉神女形象主宰了青春片，《致我们逝去的青春》中的阮莞、《匆匆那年》中的方茴、《我的少女时代》中的陶敏敏、《同桌的你》中的周小栀、《夏洛特烦恼》中的秋雅、《致青春 2》中的苏韵锦，这些影片中的女性形象都是男生眼中的“沈佳宜”。她们都长着一张初恋脸，清纯美丽，性格乖巧却不失倔强，学习成绩好或学习态度佳。这些校园女神的出场通常是伴随着逆光镜头下的惊鸿一瞥或回眸一笑。在这类青春片中，另一种与神女形象对立的女性则是上房揭瓦的“悍妇”性格。这里悍妇形象多是长相平平、工于心计并钟情于男主人公的设定，主要用于衬托女神性格，营造喜剧色彩，编织“二女与一男”的三角恋情节。以《夏洛特烦恼》为例，秋雅的校园女神人设和马冬梅的糟糠之妻人设形成巨大反差。马冬梅身上带着天然的爷们儿气息，她学习差、脾气暴，喜欢以暴力制胜。悍妇与女神之间的冲突有助于在叙事中形成一定的喜感。故事的结局总是女神跌落神坛，光环尽失，成了男性主人公可遇而不可求的白月光。这些女性形象游离于时代、社会和现实生活之外，没有更深层次的心理动因和欲望诉求，只是为了迎合青春男性对青春女性的符号化想象，因而是些扁平化、虚假化、同质化的青春女性形象。

不同于以上这类女性形象，近年青春片着力塑造的主要是一些“逆境强女”，这里所说的“强女”是一种极具抗争意识和进取精神的青春少女，如《燃野少年的天空》中的小黄、《狗十三》中的李玩，《我的姐姐》中的安然，《少年的你》中的陈念，《闪光少女》中的陈惊，《送你一朵小红花》中的马小远，《悲伤逆流成河》中的易瑶，《七月与安生》中的李安生，她们试图冲破传统社会和家庭建构的世界观，在困境中保持着对个人权利和自我命运的积极抗争。主人公多面临家庭生活中父母的缺失、校园生活中被孤立和霸凌的困境、初入社会的茫然与恐惧，或其他种种逆境。影片在这些险象环生的现实境遇中，刻画青春少女的内心世界和复杂性格。以影片《狗十三》为例，主人公李玩生活在单亲家庭之中，母亲的缺失和父亲的再婚让她处于孤立的境地，而弟弟的出现，则直接排除了她在家中的特殊性，李玩就是在这样的现实逆境中艰难地做着各种妥协与抗争。李玩在成长路上经历了三次重要阵痛。第一次，父亲强行把她喜欢的物理兴趣更改成英语，剥夺了她对于未来的选择权；第二次是丢狗事件，狗与李玩是双生一体的象征，大人对于丢狗事件的冷漠和暴力直接激发了李玩的叛逆和反抗；第三次，替身狗因为弟弟的缘故被送到狗肉店，这一事件代表着新生命的到来，让她孤立于家庭之外，成为家庭的局外人。每一次她都不甘于现实的压力与强暴，都做着坚决的抗争，也正是因为这些顽强的抗争，她最终获得了家庭的认可，实现了精神蜕变。从同样的意义上，安然、陈念、李安生等也都具有类似的内在性格特征。这些崭新的青春女性形象构成了近年青春片中的一道分外亮丽的风景线。

三、青春审美元素的融合创新

除了青春主题的开拓和青春形象的嬗变，近年青春片的另一个重要变化乃是类型风格与多重审美元素的融合创新，主要体现在两个维度：

其一，作为一种类型片，近年的青春片逐渐打破了传统类型片之间的森严壁垒，并持续在电影类型融合创新方面勇敢探索。类型电影创作的基本特点就是模式化，即在同一类型中保持相对模式化的主题、模式化的人物、模式化的叙事结构及模式化的影像风格。显然，类型上的模式化容易导致审美风格的同质化和审美趣味的疲劳化。为此，国产类型片近年出现了类型融合趋势，这种趋势在近年的青春片中尤其明显。早期《致青春》等一系列的青春片都以“青春＋爱情”为基本的叙事模式，当下的《你的婚礼》、《我要我们在一起》等青春片也尝试了青春与爱情的融合，区别在于《你的婚礼》和《我要我们在一起》没有渣男恶女的俗套剧情，有的只是主人公为了爱情想要变成更好的自己，他们为了配得上闪闪发光的爱人，努力奋斗成为更加优秀的自己，去考好的大学，去凭借自己的努力赚钱，提高自己的社会地位、个人技能和教育背景。他们的爱情是互相欣赏的共同进步，而不是把对方拖入堕胎、退学的深渊。也就是说，影片以主流价值观去赋能少年少女的爱情。

青春片与喜剧片的融合也有了新开拓。传统青春片也会融入某些轻喜剧元素，但这些影片的喜剧元素较少，多发生于某些特定的配角和男性主人公身上，如《匆匆那年》、《那些年，我们一起追过的女孩》等作品。但新型青春片《夏洛特烦恼》则最大化地将喜剧元素融合到青春片中，并加入了具有科幻色彩的穿越元素。在人物的选角上，选择开心麻花团队耳熟能详的喜剧演员扮演年轻的高中生，更增加了影片的喜剧效果。而在主题上，影片以喜剧形式诉说了糟糠之妻不可弃，人生没有从头再来的人生哲理。这部电影打破了类型影片对于主题、叙事、人物形象的模式化的禁锢，真正实现了多重类型元素的有机融合，提升了作品的审美张力。

在类型融合创新方面走得更远的是《一点就到家》和《燃野少年的天空》。前者融合了青春、悬疑恐怖、喜剧、科幻等类型元素，进一步推动了青春片的转型与创新发展。在片中，送快递的情节用恐怖片的拍摄手法、喜剧化的表演风格，配上悬疑意蕴很强的音乐，营造出强烈的荒诞感。梦境坠崖的情节采用超现实的表现手法。与此同时，影片运用跳切和快速剪辑技术，配合创业三人组幽默滑稽的创业过程，极大增加了作品的审美感染力。值得一提的还有影片中频繁出现的会说话的动物，这显然是将科幻悬疑元素融入其中。《燃野少年的天空》则在青春、歌舞、喜剧、爱情等类型元素融合创新方面大胆探索，尤其是对歌舞元素的开掘为国产青春片的多元发展注入了新的活力。这样的影片还有《快把我哥带走》、《送你一朵小红花》等作品。类型的多元融合发展塑造了青春片的新格局。

其二，近年青春片在新型青春审美元素的开掘创新方面也走在前列。首先，二次元元素的融入改造了青春片的青春气质。"二次元"是对以 ACGNC[Animation(动画)、Comic(漫画)、Game(游戏)、Novel(小说)、Cosplay(角色扮演)的首写字母缩写]为主体所承载和构建的二维虚拟世界的统称。[①] 二次元本身乃是一种典型的青春文化元素，二次元文化具有庞大而稳定的青少年粉丝圈层，将二次元元素有机融合于青春电影创作中无疑是对青春片的顺势审美探索，在此方面，《闪光少女》、《快把我哥带走》等影片做出了大胆而有益的尝试。以前者为例，作品巧妙地将二次元元素与民族音乐文化融合为一体，以此来对抗西方音乐文化的霸权，并取得了空前的胜利。影片中所展现的二次元式的民族古风音乐、二次元式的爱情、二次元式的生活，本身就是一道独特的视觉奇观，它冲刷了怀旧青春片的悬浮之气，荡涤了炫富青春片的铜臭之气，并将底蕴深厚的民族文化和刚健进取的青春动力有机融合，赋予了当代青春片崭新的气质。

① 叶凯：《二次元文化对当下中国电影审美倾向的影响》，《当代电影》2016 年第 8 期。

其三是诸如“平行时空”、“穿越”等青春物语元素的巧妙植入。影片《送你一朵小红花》中一个特别富有象征意味的叙事元素就是表征着健康、爱情、美好的乌托邦世界的平行空间的设置，它以主人公韦一航梦境的方式多次出现在作品中，那里没有病痛，没有死亡，没有离别，没有物质生活的担忧和父母的辛劳；那里有爸爸妈妈，最重要的是那里还有马小远，平行时空是韦一航向往的朝圣之地，是他对于生命和世界的寄寓。另一部青春片《快把我哥带走》则融入了穿越和时光倒流元素来打造“换哥”叙事，目的是借此推动故事的发展。无论是平行时空的设置，抑或穿越等元素的融合运用，其目的主要在于建构标志性的青春物语，为青春片开拓崭新的审美空间。

最后，饭圈文化元素的适度吸纳也在一定程度上提升了当代青春片的时尚指数。以漫改影片《快把我哥带走》为例，影片中少女追星、饭圈应援文化、动漫手办收集、稀有卡收集、cosplay 变装都是 2000 年代二次元少年少女群体的真实写照。苗妙妙为了给偶像冲销量同样的杂志买三本，为了给偶像应援亲手做了大量应援餐，这些都是当代饭圈文化中追星少女的典范；时分收集浪味仙薯片只为了收集稀有卡，他喜欢买 cosplay 的变装，喜欢收集各种玩具手办，收藏各种漫画书。这些小众文化的展示是当下 2000 后的最鲜活、最时尚的青春记忆。所有这些新型青春物语元素的融入，除了辅佐剧情发展之外，还是相应青春片的重要美点、亮点和卖点，它们与其他类型元素一道共同推动了近年青春片的多样化审美转型。

矛盾的现代性：左翼电影的“憧憬式”城市批判

董　广

（西南交通大学 人文学院，成都 610031；

重庆师范大学 文学院，重庆 401331）

内容摘要：城市及城乡关系是现代性研究的重要一翼。左翼之前的国片复兴流露出明显的厌城崇乡倾向，认为乡村是电影自我指涉的城市模式的理想他者。左翼电影的阶级叙事将乡村作为城市空间的延伸而加以怜悯，对城市现代性抱有压抑、批判、憧憬和暧昧的复杂心态，这实际上是左翼电影对城市的人民性和社会主义城市的“憧憬式”建构。对城市的祛魅与附魅其实是现代性与反现代性的互动对话，也是左翼影人对现代性的矛盾接纳，体现着电影叙事与城市现代化进程之间的同音共律。

关键词：现代性　左翼电影　城市　乡村　上海

根据亨利·列斐伏尔对城市空间属性的划分，城市不仅仅是整体空间与功能意义上的“物理容器”，更多的是一种经济、权力等要素资本与社会关系融合的空间场域。近代以来，各类媒介均以其特有的方式对城市空间场域进行了展现，电影通过“影像的修辞”对城市形象进行塑造与传播，使不同的城市形象交汇于流光溢彩的银幕光影。从 1920 年代到 1930 年代，中国电影史中的上海城市形象大体呈现为从“繁华都会”到“国际摩登”，这其实是对上海城市表层空间的附魅。受“上海中心”的惯性思维影响，目前学

作者简介：董广，西南交通大学人文学院博士研究生，重庆师范大学文学院讲师。

基金项目：国家社科基金艺术学项目“中国电影思想史（1905—1949）”（20BC035）、重庆市抗战文史研究基地开放性课题（19KZY09）的阶段成果。

界对中国早期电影史中的上海都市现代性批判研究成果颇丰。然而，这些成果在表达左翼电影对城市的祛魅上表现出惊人的一致，却几乎忽略了对城市附魅背后的动机。其实，这种批判实质上是左翼电影对城市的人民性与社会主义城市的一种憧憬和想象，只是这种想象是无力的，只能呈现为一种否定性批判。附魅与祛魅的二律背反使1930年代的中国电影对城乡及其关系的表述成为中国电影史上一种奇特的景观存在。

一、压抑的现代性：左翼电影前的"厌城崇乡"

"现代性是一场人类社会实践场域的结构转型的历史事件，其核心内涵是结构的分解、场域自主性的建构和交互主体性结构的塑形。"① 而城市与乡村是人类社会实践场域的载体、对象和结果。因此，在某种程度上讲，城市可以视为现代性的途径之一，也是现代性研究不可或缺的一翼，城乡关系理应也必须成为城市现代性研究的重要切入点。古典时期中国的城市与乡村在价值观念和生活方式上并无较大差异。然而，晚清以来的西风东渐宣告了"古典社会"的终结并触发了"现代性"的滥觞。古典社会的同一性秩序被打破，城市与乡村原有的共同价值观念体系瞬间土崩瓦解，直至大相径庭。以至于在现代中国人的意识中，城市与乡村的形象和价值体系几乎完全是一种对立的存在。在提及城乡关系时，往往会无意识地陷入"城乡二元"思维的漩涡。城乡叙事也理所当然地成了电影与文学的常见叙事母题。"由于城市将它的对立面竖立为乡村，那么，城市之间的差异，甚至是城市内部的差异——无论是城市和其他城市之间的差异，还是一个城市自身的历史差

---

① 武汉大学文学院文艺学专业"纯粹现代性"课题组：《现代何以成性？（上篇）——关于纯粹现代性的研究报告》，《江汉论坛》2020年第2期。

异——就可以忽略不计,城市在这里获得了自己的共同属性。似乎只有一个城市,也只有一个乡村。在此,城市通常被看做是现代性的一个载体,甚至有时候,它就是现代性本身。"①

城乡关系之变为城市现代性研究提供了一种具有较强说服力的视角。如果说中国电影在1910年代和1920年代对城市与乡村及其关系的表述尚持漫不经心与另眼相待之态,那么在1930年代则可是刿鉥心腑了。左翼之前的1930年代初期电影对城乡及其关系的表述在很大程度上是对1920年代的延续,均呈现为一种"厌城崇乡"倾向,因此,探讨这一话题不妨也必须从1920年代的电影说起。其实,城乡叙事在中国电影中的滥觞应追溯至1910年代。1913年,亚细亚影戏公司摄制的滑稽短片《二百五白相城隍庙》开创了"乡下人进城"模式的先河。在影片中,城市是一个与传统乡村有天渊之别的"异域",乡下人成为被市民嘲弄的对象,而作为城市对立面的乡村则成为愚昧、落后的代名词。然而到了1920年代,中国电影中的上海形象却迅速逆转,中国电影对城乡关系的表述由"崇城厌乡"转向"厌城崇乡"。若从城市物质层面而言,"1920年代的上海,凡是西方大都会兴建的近代化市政建设,上海租界已全部仿行"②。可为何物质的丰裕与"漫游者"对城市的认同之间却呈反向关系?贫穷的乡村又为何成为1920年代和1930年代初电影自我指涉的城市模式的理想"他者"?这两个问题的答案虽在同期的文学作品中有迹可循,但鉴于影像的力量与突出优势,回到中国电影史现场和相关电影文本中去找寻显然会更贴切、更严谨。以第一次世界大战为分水岭,"一战"后美国取代法国几乎霸占了中国的电影放映市场,并利用电影,尤以侦探片擅长,对中国进行意识形态输出与文化侵略,成为城市社会世风日下,罄竹

① 汪民安:《如何体验和研究城市?》,载汪民安、陈永国、马海良《城市文化读本》,北京大学出版社2008年版,第5页。

② 费成康:《中国租界史》,上海社会科学院出版社1991年版,第271页。

难书的缘起。“上海租界内白昼行劫、开枪拒捕、绑架肉票，也多半是学了《铁手》、《黑衣盗》、《蒙面人》、《红圈》等美国影片中的手法和动作。”① 但鉴于民族影业的先天不足，尤其是体制、技术与人才的严重局限，利用电影“改良社会、教化民众”无奈成为中国电影人的乌托邦想象。直到1920年代“明星”、“神州”、“天一”等民族电影企业的出现才使中国影人有了抵制劣片、打破美影垄断的本事。于是，美国电影在某种程度上所造成的城市的“堕落”与“罪恶”便成为中国早期电影人诛罚的重要对象。作为城市的“漫游者”，张石川、郑正秋、但杜宇、侯曜、任彭年等中国早期电影人大都将他们对城市与乡村的体悟融入作品中，呈现了一个个不同版本的“城乡故事”。在但杜宇1923年执导的《弃儿》中，富家公子金子昌贪图卜奇之新婚妻子邢珍之色而将其诱骗进城，吴惠贪图金子昌的钱财而将其杀害，卜奇进城寻妻无果无奈而沦为贼党。金子昌的骄奢淫逸、吴惠的贪财贱义与卜奇的进善惩奸形成了鲜明对照，金子昌、吴惠与卜奇实际上可分别视为对赃盈恶贯的城市与恬静朴实的乡村的隐喻。但这并非意味着城市一无是处，金子昌通过对城市的“附魅”，便能引诱邢珍进城其实恰能说明乡村对城市的尊崇与憧憬，而“弃儿”则暗喻着城乡之间的巧妙连接关系。几乎同样的模式在张石川导演、郑正秋编剧的《上海一妇人》(1925年)中上演。从上海回乡探亲的林氏携贵全之妻吴爱宝返回上海后将其诱为娼，爱宝后被官场恶少李叔香纳为妾，生性懦弱的贵全进城寻妻却被汽车撞伤。如郑正秋在《上海一妇人本事》“编剧者言”中所说“骄奢淫逸之上海，每能变更人之生活，破坏人之佳偶”②。吴父、爱宝、贵全与林氏、李叔香分别隐喻着乡村与城市，吴父羡慕林氏富有、爱宝随林氏进城均可视为乡村对城市的膜拜，

---

① 程季华:《中国电影发展史(第一卷)》，中国电影出版社1981年版，第13页。
② 郑正秋:《上海一妇人本事编剧者言》，《明星特刊》1925年第3期。

贵全进城被撞后跛足致残又回乡娶妻置田可以理解为乡村被城市侵害后反而对城市进行的“救赎”。但杜宇 1925 年编导的《重返故乡》堪称 1920 年代城市与乡村关系的经典影像寓言。影片描述了素女、贞节、虚荣、青年、美丽五姊妹进城后的不同命运，素女与金钱相恋却被虚荣和引诱抢走包裹，贞节与诚恳相见恨晚却被金钱囚禁，青年被谄媚所惑，美丽因酗酒而亡，被“城市”伤害的素女、贞节、青年最终离城返乡，明显流露出对城市的厌恶和对乡村的尊崇。此后上映的《上海花》、《乡姑娘》、《儿孙福》、《透明的上海》、《还金记》、《上海之夜》等均从某种角度反映了城市的“罪恶”和对乡村的尊崇。

1930 年代初期的“国片复兴运动”延续了 1920 年代电影对城乡及其关系的表述。在孙瑜 1930 年导演的《野草闲花》中，乡民丽莲天性聪慧且有一副好嗓音，音乐学院毕业的黄云因反对包办婚姻来到乡下创作并帮助丽莲成了一名歌唱家，黄家的阻遏使丽莲被迫放弃与黄云的感情，而黄云仍毅然选择与丽莲共同面对未来生活。丽莲与黄云分别是乡村与城市的隐喻，乡村犹如从未被城市“污染”的世外桃源。南京路的繁华与丽莲向行人卖花、游乐场的飞轮与病妇手摇纺纱轮交相辉映，上演着城市与乡村的巨大差异，但两人的结合不就是城市对乡村的“反哺”和乡村对城市的“救赎”吗？卜万苍 1931 年导演的《恋爱与义务》、《桃花泣血记》和史东山导演的《银汉双星》同样将乡村置于城市的对立面，使城市的消费性、诱惑力和罪恶感与乡村的物质贫瘠、淳朴自然形成鲜明对比，在对城市“附魅”的同时又对城市进行“祛魅”，整体上呈现为一种“厌城崇乡”表述倾向。在这些影片中，城市逐渐成为被异化的空间异域，乡村则成为城市的救赎之地，“乡下人进城反被城市所伤害，最终又在乡村得到救赎”成为电影中的常用叙事模式，正如李欧梵所言“在这种新的叙事结构中，影射上海的城市越来越染上灰暗的色调，成为反面形象；而同时乡村则日益成为电影自我指涉的城市模式的理想'他者'"。[①] 1930 年代初期的电影人塑造出来的这种乡村不再是"五四"时期前现代的"铁屋子",而是将其逐渐打造为一种"反都市、反摩登"且充斥着现代性的新伦理空间。通过对这种景观进一步溯源便会发现,左翼之前的电影其实仍在不同程度上承袭了"晚清文学中被压抑的现代性"传统。按照王德威的观点,以"五四"为代表的革命话语扼杀了西学东渐以来近代中国业已形成的多重现代性方案,对于"好像一触可及但是又遥不可及的现代性的想象,不管是在物质的层面,或是在思考的层面,我们觉得欠了一些什么"[②],现代性被压抑,由此导致作为现代性本身和途径的城市成为被批判的对象便成为一种必然。

二、憧憬的现代性:左翼电影的"悲城悯乡"

如果说中国电影对城乡及其关系的表述在左翼电影之前尚且是"厌城崇乡",那么在左翼电影的表述中可谓"悲城悯乡"了。左翼之前的中国电影通过"厌城崇乡"呈现了一种被革命话语所压抑的现代性,而左翼电影则通过"悲城悯乡"在表象上流露出对城市现代性的严重批判,这种批判实质上是对现代性的憧憬与想象。

1930 年代的上海已是号称"东方巴黎"的世界第五大城市,物质的高度繁荣、城市景观的西方化和现代性使其与传统中国的其他城市、乡村大相径庭,已然成为一个具有现代魅力的"西方镜像摹本"、带有隐喻和象征色彩的异域空间。如果说"通俗小说帮助公众了解电影里的角色安排、情节设计、叙事套路,消除观众对电

① 李欧梵:《上海摩登:一种新都市文化在中国(1930—1945)》,浙江大学出版社 2017 年版,第 135—136 页。

② 王德威:《被压抑的现代性》,《社会科学论坛》2006 年第 2 期。

影的陌生感"[1],那么1920年代末以武侠神怪片为代表的"通俗电影"又将上海这种单薄的、附魅后的形象卷席而葬,成为留给左翼电影鬻矛誉楯的遗产。但与1920年代不同,受左翼思潮和苏联电影的影响,1930年代初社会各界对电影的认识已不再囿于娱乐消遣、教化与改良之工具,而是赋予其鼓动性与政治性色彩。尤其是"九一八事变"和"一·二八事变"导致的民族危机使中国电影人更加认识到,电影简直是天造地设的"反帝反资反封建"的"武器"。1933年2月,苏联电影《生路》在上海公映。影片以苏联由落后的封建国家逐渐转入社会主义初期为时代背景,展现了社会主义环境下的小人物的变化,引发了电影界的强烈反响。夏衍、郑伯奇、王尘无、洪深、张石川、陈鲤庭、史东山、沈西苓、张石川、程步高、黎民伟、蒋君超[2]、王启煦等以不同形式发表了对影片的见解。在影片中,满街全市地充塞了流离失所的失业者和无处栖归的孩童,这些孩童为了生存被迫成了小流氓。但经过社会主义的改造,这批小流氓慢慢地自然地成为制鞋匠、木匠等的小工人。"墨黑的面孔,疲弱的病态,凶顽的习性与散漫的集体一改成为整齐的制服、健壮的体魄、决毅的操劳与集体的组织。"[3] 上海城市文化颓废、殖民压榨、政治黑暗与阶级压迫等所混杂的"摩登"形象就如社会主义的"废墟",但这是否就意味着中国的城市与乡村几乎没有任何像苏联一样接受社会主义改造的可能?因此,左翼影人将这种思考融入电影中,在对城市与乡村及其关系的呈现中表达了对现代性和未来社会主义的憧憬。

---

① 李斌:《鸳鸯蝴蝶派与早期中国电影的本土化接受》,《重庆邮电大学学报(社会科学版)》2020年第4期。

② 蒋君超为中国早期电影演员、导演,影星白杨的丈夫,《文艺研究》2020年第5期所载《反响、影响与历史回响——苏联电影〈生路〉在中国》一文将其误写为"蒋军超"。

③ 中国电影从业员的《生路》观后感,《晨报》"每日电影"1933年2月16—17日。陈播主编的《中国左翼电影运动》一书收录了此文,但将时间写为1932年2月16—17日,应为误写。

1933年，以农村破产为题材的影片《春蚕》、《狂流》、《铁板红泪录》、《盐潮》、《丰年》等相继上映，强烈地表达了左翼影人对乡村的悲悯。如果说1920年代和1930年代初电影对城乡及其关系的表述是基于伦理道德之教化、资产阶级人道主义和改良主义乌托邦，那么左翼电影的“悲城悯乡”则是基于对民族命运的关注和对社会主义城市与未来中国的想象。在左翼电影中，城乡关系的表述往往被预置于一种殖民主义与帝国主义的历史框架中。在左翼影人看来，城市是一切罪恶的渊薮，帝国主义列强治外法权下的上海是一个被西方资本主义统治的骄奢淫逸、祸稔恶盈的异域，对城市嫉恶若仇是理之当然。但与1920年代和1930年代初中国电影对城市的厌恶表述不同，左翼电影在对城市的批判中融入了强烈的民族意识与阶级观念，在对城乡关系的表述上抛却了挽救伦理道德于危境的象征性救赎模式，代之以阶级的视角重新审视。于是，城市对乡村的入侵导致的农村经济破产使作为城市空间延伸的乡村也被纳入了左翼电影的驳斥范围，底层劳苦大众的悲惨命运和落魄的城市小资产阶级市民的艰难处境均成为左翼电影的呈现对象。在夏衍编剧、沈西苓导演的《上海二十四小时》中，导演运用平行蒙太奇展现了城市买办资产阶级与无产阶级劳动者截然不同的命运：买办太太给宠物看病且生活骄奢淫逸，童工被机器轧伤却因无钱医治而亡。这种对比暴露了资产阶级对工人与城市贫民的剥削、压迫，而失业的老赵为挽救童工去盗窃却被关进监狱，更加揭示了资产阶级的为富不仁与冷漠无情。在左翼电影的开山之作《狂流》中，乡民齐心抗洪，而乡村地主傅柏仁则贪赃赈灾款，还坐船体验洪水肆虐，终被狂流淹没。被帝国主义的金融渗入和城市入侵的乡村早已不再是静穆、生产的代名词，而成为被罪恶裹入的漩涡空间。《渔光曲》呈现了“徐家”和“何家”两个不同阶级家庭的命运沉浮，并将何仁斋置于乡村与城市两种空间中，通过在两种空间中的身份地位变化控诉了城市的罪恶。乡村空间中的何仁斋是富家大室的执掌者,是一个冷酷对待渔民"徐家"的渔霸;而城市空间中的何仁斋却优越感全无,反被美色迷惑、被人算计。何仁斋的儿子何子英却在对"徐家"的态度上与何仁斋迥异,他对"徐家"抱有人道主义关怀,并因改良主义幻想破灭而最终选择与"徐家"同去劳动,带有一定的阶级调和色彩。由此可知,左翼电影对阶级的认识在某种程度上还停留于贫富、善恶的表象,这在《都会的早晨》、《压岁钱》、《脂粉市场》、《民族生存》等影片中可明显感知,富者一定是城中冷漠无情、贪财迷色、卖国求荣的恶者,贫者必然是进善惩奸、正气凛然、于家为国的善者。

左翼电影的"悲城悯乡"从根本上还是落脚于对城市的批判,乡村在左翼电影中大多是作为城市空间的延伸而遭受驳斥的。当然,这种祛魅揭示了城市、乡村、阶级与社会现代化的进程之间的一种权力关系。在表象上,这种祛魅虽止步于纯粹的批判,但背地里是一种"有意味的批判"。这种"有意味的批判"实质上是左翼电影对现代性的一种憧憬,对城市的人民性的渴望,对社会主义城市和未来中国的反向建构,是"人民史观"的直接展现,如陈荒煤所言"从根本上说,解放区的人民电影,解放后的社会主义电影,都仍然是三十年左翼电影运动的继续"[①]。然而,左翼力量何曾不想"通过科学和工业化来改造社会和社会关系,并创造一个理想的共产主义世界秩序"?[②] 何曾不想像《生路》中所描述的那样,将乡间小镇的小工厂发展为大工厂,通过铁道将乡村与城市联结,使乡村社会转变为一个有影响力的城市社会?如沈西苓在观看苏联电影《生路》后所言"要是中国有这样影片产生的时候,或许是沙西孟的社会主义的表现吧",并希望中国电影能在内容与技巧上多向苏联借鉴。但赤裸的现实与自身的局限甚至连形成一个"被憧憬和想

① 程季华:《中国电影发展史(第一卷)》,中国电影出版社1981年版,第11页。

② [美]布赖恩·贝利:《比较城市化——20世纪的不同道路》,顾朝林译,商务印书馆2008年版,第176—178页。

象的共同体”都一筹莫展，又何谈政治现实的实现？于是，在左翼电影中，乡村虽作为城市空间的延展而遭受驳斥，但仍是暧昧的对象，恰是因为乡村是社会主义城市的“试验田”。在电影《天明》中，涉世未深的乡下姑娘菱菱来到上海被纱厂少东家诱骗失身，后又被卖入妓院，经历城市黑暗的她常怀念昔日和表哥在乡下采菱的欢乐时光。在《小玩意》中，乡村仍被刻画为“世外桃源”而被赋予了肯定价值。这些都是左翼影人对乡村、间接对城市的附魅。但不可否认的是，左翼影人因其自身的局限，在电影中过于从阶级批判的视角切入对现代性的憧憬和对未来的想象，只虚构了一个没有阶级压迫的、社会主义的抽象愿景，而未提供消灭阶级压迫的路径，这种停留于批判层面的想象和憧憬注定是匮乏无力的。

三、暧昧的现代性：左翼漫游者的城市想象

城市是一种以权力关系为基础的空间话语，识别并建构这种话语的方式则是“居住其中、游荡其中、观览其中”①。按照本雅明的观点，十九世纪资本主义时代的城市中产生了“城市漫游者”，他们不满于资本主义现代性，并由此激发了对前现代价值的肯定和眷恋。在他们看来，“游荡”或“漫游”便是对这种不满的挑战，也是一种不断解构原有城市空间话语并形成新的城市空间话语的过程，是城市不同权力话语的动态博弈过程。电影的普及使电影成为城市生活中不可或缺的存在，“它已握住了民众的灵魂，而成了民众生活中不可缺少的心灵底食粮了。要是在现代人的生活中，夺去了他们的电影，或许会和夺去了他们的爱人一样地，使他们的生活寂寞到如死囚一般的田地，而感到人生的苦闷”②，并由此导

---

① ［澳］史蒂文森：《城市与城市文化》，李东航译，北京大学出版社2015年版，第76页。

② 易英：《电影的爸爸：电影通俗谈之一》，《电影艺术》1932年第3期。

致城市漫游者与电影观众的角色转变与融合。"游荡的城市观众已历史性地被大都会的生活所凌驾，所以他们被改换、重造或寄生在电影观众的身上。现代的都市漫游者就是电影观众。最完美的都市漫游者就是最热情的电影观众。"① 城市漫游者就这样与电影观众相遇，并开启了改写和重构"城市"的按钮，城市电影与电影城市即应运而生。

不同的城市漫游者因所持观念与立场的区别，对城市的表述亦不尽相同。科林·麦克阿瑟曾言"城市亦即所有都市空间，甚至是'自然'景观总是关乎社会心态与意识形态，它深受叙事的影响，不断在定义乌托邦或反乌托邦 dystopia 的游戏中，调整自己的定位。因此，城市在不同的言说中摆荡，它不具绝对、固定的意义，而只是暂时的定位之一而已"②。也就是说，对城市的想象其实就是一个不断对城市进行赋义、形塑的过程。在 1930 年代的电影中，城市漫游者塑成了殖民的现代性与革命的现代性两种不同的城市生产与想象空间。前者如以"新感觉派"为代表的"软性电影"，后者则如以左翼电影为代表的"硬性电影"。在"新感觉派"的中坚力量刘呐鸥看来，电影最能"性格"地描写社会环境，对城市进行"全景式观察"，记录城市生活的新变化并对其做出及时反应。他们擅于呈现乱伦、卖淫、谋杀等殖民城市生活的病态与畸形，在他们的"漫游"下，搔首弄姿的女性、灯红酒绿的生活、颓废淫荡的歌舞、斑驳陆离的场景、快速凌乱的节奏似乎充斥着城市生活的全部，形成了光暗交织的城市风景线。这种漫游其实也是对城市同时进行"附魅"与"祛魅"的过程，它在一定程度上真实再现了半殖民城市

① [美]裘里安娜·布儒娜：《漫步废地图：文化理论和 Elvira Notari 的城市电影》，普林斯顿大学出版社 1993 年版，第 48—49 页。

② [英]科林·麦克阿瑟：《中国盒子与俄罗斯玩偶——寻找无形的电影城市》，载大卫·克拉克编《电影城市》，林心如等译，桂冠图书股份有限公司 2004 年版，第 24—25 页。

的场景空间，对资本主义的罪戾亦进行了有限的揭示。与左翼电影相比，“新感觉派”的初衷显然并非纯粹地对资本主义的批判，其批判力度极其薄弱。而左翼电影鲜明的阶级性和民族意识与“软性电影”扞格难通，由此引发了1930年代长达三年的“软硬电影之争”。左翼影人试图通过“漫游”在上海这座城市殖民的现代性中思索民族独立与人民解放的新路径。在左翼电影中，乡下人进城之初对城市的第一感受往往是极度繁华，如《体育皇后》中的林璎进城看到的便是由万国建筑群构成的城市天际线，《都市风光》中的四个乡下人进城第一眼看到的是林立的高楼、闪烁的霓虹灯、豪华的汽车。乡下人进城之后则往往会颠覆进城之初所认为的城市的优越与高贵，反而认为城市是一个遍布歌舞场与妓院，到处是阶级压迫、逼良为娼的罪恶之地。《上海二十四小时》描绘了妓院、舞厅、按摩院、影院里的情侣、热闹的跑马场与垂危的童工、饥寒交迫的小商贩、疲惫不堪的女工两种千差万别的城市夜景，是对城市贫富悬殊的强烈谴责。在《新女性》中，时钟表盘下的上层社会花天酒地、底层劳动人民却因生存而彻夜劳动，批判了资本家对工人的剥削和压迫。

在革命、殖民、民族等观念殽杂的上海，囿于这些观念的左翼知识分子通过城市漫游将对革命前景、民族命运和未来中国的想象纳入了城市书写的框架中。城市现代性也在各种纷繁驳杂的观念的碰撞中被不断释义，而左翼电影则成为城市现代性破碎与聚合的新场域。在左翼漫游者眼中，殖民城市尽管是罪恶与堕落的代名词，但对其仍抱有想象。在左翼电影中，城市物质的丰富与繁荣、资本主义的机器化工业生产被左翼知识分子在否定的同时又进行了肯定。《大路》中的罗明因困于修路难而梦想有朝一日能开上压路机，《小玩意》中的珠儿充满了对小玩具生产机器化的渴望。除了呈现城市的物质现代化外，左翼电影还对以资产阶级现代都市生活为内容的精神现代化进行了暧昧的呈现。《野玫瑰》中的小凤模仿江波喝咖啡、当掉裙装却留下了装饰衣服的塑料玫瑰花,流露出了左翼影人对城市现代性的欲拒还迎。恰是左翼影人对城市现代性的这种暧昧,才导致“尽管他们在西方列强的殖民统治下也满怀‘羞辱和愤怒’,但都不愿离开,因为他们同时也享受着上海的种种物质便利和通商口岸的租界庇护。殖民主义、现代性和民族主义这些东西的形貌,远比一个富同情心的研究者在近表层处所看到的事物要复杂得多”①。1930 年代帝国主义侵略下的贫弱中国正处在民族生死存亡的关键时刻,加速实现以城市化和工业化为内容的现代化,进而推动社会全面变革,显然对于挽救当下的民族危亡、建设社会主义城市具有重要意义。因此,左翼影人在批判资产阶级剥削本质的同时,又普遍流露出对机器工业化生产的肯定。但上海的半殖民地性质在左翼看来又是一种民族耻辱,如孙绍谊先生所言“左翼文化运动反帝反封建和建立社会主义国家的双重政治使命及意识形态立场,决定了上海这座城市在其彻底政治变革的吁求中只能处于负面的位置”②。也正因为如此,城市在左翼影人看来既是资本主义的“繁荣”,又是社会主义的“废墟”。但左翼影人对在资本主义的“废墟”上建构社会主义的“繁荣”仍心存想象,《桃李劫》中陶建平的“西装”与“工作之变”即可视为左翼影人对城市现代性的爱恨纠缠,《野玫瑰》、《天明》、《十字街头》中的“弄堂”则绘制了未来或许形成的无产阶级革命同盟理想图景。

结语

电影因城市而生,城市因电影而变。在 1930 年代,王尘无、严

① 李欧梵:《上海摩登——一种新都市文化在中国》,毛尖译,上海三联书店 2008 年版,第 306 页。

② 孙绍谊:《想象的城市——文学、电影和视觉上海(1927—1937)》,复旦大学出版社 2009 年版,第 34 页。

独鹤等曾就电影与都市之关系撰文讨论。但毋庸置疑，电影是城市的艺术，而“电影的普及与发展又在很大程度上改变了中国城市文化的结构，改变了中国人传统的城市观念”[①]，成为丰富城市现代性内涵的重要力量来源。将城市现代性想象摆脱性别与身体的观照，代之以城乡关系之变的视角进行考察，更能突出左翼电影的阶级性，隐喻左翼电影对社会主义城市和民族国家的未来想象。在《新女性》中，交际、跳舞在韦明看来是一种极其正常的生活娱乐方式，而余海涛却认为这是一种糜烂的资产阶级生活方式，明显呈现出了左翼电影的阶级意识。然而，半殖民地的上海又是左翼文艺的滥觞地，软硬电影之争、文艺自由论辩、大众语文论争等论战频发，不同意识观念的冲撞造成左翼影人对城市现代性持有了压抑与批判、憧憬与想象、含混与暧昧的矛盾心态。如陈晓云所言：“在中国电影史上，意指 20 世纪二三十年代的‘上海电影’构成了一个特定的电影文化和城市文化能指。”[②] 纵观 1930 年代左翼电影对城市及城乡关系的表述，其实是一种现代性与反现代性的互动对话，实质是对现代性的矛盾接纳。同时，这种表述也是对阶级压迫与民族危亡下城市空间话语的不断解构与重构，明显呈现出一种对城市进行附魅又祛魅的二律背反关系，其背后则体现着电影叙事与城市现代化进程之间的同音共律。

---

① 张英进：《电影的世纪末怀旧——好莱坞、老上海、新台北》，湖南美术出版社 2006 年版，第 156 页。

② 陈晓云：《电影城市：中国电影与城市文化(1990—2007)》，中国电影出版社 2008 年版，第 2 页。

“彷徨呐喊两悠悠——纪念鲁迅 140 周年诞辰学术研讨会”综述

蒋洪利　李玫琦

（南京大学 中国新文学研究中心，南京 210023）

一、会议概况

为纪念鲁迅先生 140 周年诞辰、逝世 85 周年，进一步整理、总结百余年来鲁迅及鲁迅研究的丰厚遗泽，在新的历史时期重新认识鲁迅的跨时代价值，教育部人文社会科学重点研究基地南京大学中国新文学研究中心主办的“彷徨呐喊两悠悠——纪念鲁迅 140 周年诞辰学术研讨会”于 2021 年 11 月 13—15 日在南京大学仙林校区隆重召开，来自全国各地的 90 余位鲁迅研究专家与学者参加了此次学术盛会。开幕式由南京大学中国新文学研究中心张光芒教授主持。他以鲁迅的诗句“曾惊秋肃临天下，敢遣春温上笔端。尘海苍茫沉百感，金风萧瑟走千官”起兴，对诸位专家学者莅临会场表示欢迎。张光芒指出，本次会议的宗旨是为了继承与发扬以鲁迅为旗手的中国现代文化运动的遗产，弘扬鲁迅精神，深化鲁迅研究及中国现当代文学研究，同时也是重新体验“春温”与“秋肃”之间的鲁迅式存在。

作者简介：蒋洪利，南京大学中国新文学研究中心博士研究生，主要研究方向：中国现当代文学思潮，中国现当代文化与文学。李玫琦，南京大学中国新文学研究中心博士研究生。

中国作家协会党组成员、副主席、书记处书记阎晶明教授在致辞中指出，在今年各式各样的鲁迅诞辰140周年纪念活动中，南京大学中国新文学研究中心借此名义举办学术研讨会，真正让学界对鲁迅的纪念成为一场年度性的盛会。对于鲁迅研究的未来发展，阎晶明建议应该立足于更宏大的时代背景，考察鲁迅对整个中国社会生活的深刻影响而不局限于文学生活。当下社会对鲁迅的多元阐释与演绎提供了鲁迅形象的不同侧面，此类思想性大于真实性的设定在很大程度上推动了鲁迅地位的新建构。

中国人民大学文学院孙郁教授肯定了中心在鲁迅研究方面的学术生命力和丰硕成果，并指出当下的鲁迅研究领域不断拓展，成果不断增多，研究队伍也在逐步壮大及年轻化，这种整体水准的提升值得庆贺，但同时也面临着诸多难题。在攀缘鲁迅研究精神高峰的道路上，学者们仍须不断努力。《当代文坛》主编杨青编审阐发了作为一种精神资源的鲁迅之于自己人生的方法论意义，以及古都南京之于青年鲁迅的特殊意义。她相信在南京举办相关的学术研讨会，可以为“鲁迅”这一常说常新的话题带来更多启发。江苏省作家协会主席、南京大学教授毕飞宇回忆了自己阅读鲁迅的少年经历，同时也指出在精神层面上鲁迅从未离开过自己，希望鲁迅伟大的灵魂能够永远伴随自己的人生。主办方南京大学中国新文学研究中心王彬彬教授致辞，代表中心对与会嘉宾学者表示热烈欢迎及衷心感谢。随后，《扬子晚报》资深记者蔡震先生向南京大学中国新文学研究中心捐赠了自己的画作《鲁迅与青年木刻家座谈》。

开幕式后进行了两场主题发言。第一场由杨洪承教授主持，阎晶明、毕飞宇、孙郁、贺仲明、宋剑华、王锡荣六位教授引领听众展开了深刻的思想之旅，他们或钩沉《鲁迅全集》出版史的红色背景，或解辨鲁迅与梅兰芳所代表的旧剧传统之间的微妙关系，或从本体论角度出发审视鲁迅思想的流动性与自我批判面向，或从学术史意义上重新定义真正的“鲁迅传统”，或理性反思“汉字不灭，中国必亡”的激进论断。张全之、温潘亚教授对上述观点分别进行了深刻评议。

第二场主题发言由李静教授主持，王彬彬、陈国恩、谭桂林、高远东、张闳、刘川鄂、李继凯七位教授围绕鲁迅对中医药的“废医存药”态度、鲁迅研究的基本模式及研究方法、《我的第一个师父》的佛事考释及其所蕴含的文化人格，以及鲁迅小说的“绅权”叙事、《彷徨》中的“灵魂”问题、鲁迅与张爱玲的“异中之同”、“大现代”语境下鲁迅的文化修辞及精神资源等论题展开了丰富的论述阐释。黄健教授、葛涛研究员给予了精当的评议。

下午的专题研讨妙论迭出，三十余位专家学者做了精彩的报告，李玮、刘俊、姜建、王文胜分别主持会议，八位学者进行了深度评议。第一场讨论以鲁迅作为方法，呈现出学术路径的多种可能性，张业松、符杰祥、张先飞、赵普光、初清华、席建彬、卓光平、颜炼军八位学者取道鲁迅、深入开掘现代文学研究的复杂面向，既有从鲁迅及“同时代人”的交互关系出发探讨其思想来源及精神遗产，也有从传播学研究出发，立足“抒情传统”视阈和“人性革命”、话语伦理等多重维度做出深刻阐释。

第二场研讨侧重于鲁迅个体经历、文学创作的本体研究，部元宝、葛涛、张洁宇、徐仲佳、李松睿、李浩等七位专家以新颖别致的角度切入鲁迅研究，或借助书信考据、形象流变、文本分析等传统方法阐发新知灼见，或考辨思潮嬗变中鲁迅的心路历程及文化实践，开辟了鲁迅研究的崭新空间。

第三场讨论主要聚焦于鲁迅经典作品的再解读。杨洪承、黄健、吕周聚、张全之、程小强、李林荣、郭帅等八位学者的发言，既有从跨学科视角对《狂人日记》、《阿Q正传》等经典文本进行的深度阐发，也有从左翼杂志等外部话语空间再次切入鲁迅转向这一经典话题的路径拓展。

在第四场讨论中，王洪岳、袁盛勇、葛飞、林敏洁、庞秀慧、李海鹏等八位学者则将视野聚焦于鲁迅在传播、接受等层面的研究新动向与新视点，并展开对话。其中，既有对当代作家接受鲁迅影响的深度剖析，又有关于鲁迅译介《竖琴》、鲁迅在东亚国家传播个案的细致梳理。

二、鲁迅思想与鲁迅传统的新识

鲁迅思想与鲁迅精神的研究作为鲁迅研究的经典话题，已被多代学人著文立释。时至今日，研究者们仍不能说已经将鲁迅的思想与精神研究透彻。鲁迅的精神到底是什么？恐怕连鲁迅自己也不能说明白。然而正是这种复杂性、混沌性、不确定性，为鲁迅思想与精神研究提供了源源不断的话语资源。而鲁迅精神的价值也正是在不断重释、不断言说的过程中变得充满生机、丰富多元。

孙郁在发言中指出，京剧作为一种程式化的艺术，是以游戏的态度来俯瞰人生百态的。鲁迅深谙戏剧的游戏之道，在其文本中也运用了京剧的丑角元素。这使得他的笔墨往往出人意料，带有极强的现代性色彩。因此，孙郁认为鲁迅对旧戏的态度并非完全反对，传统的艺术已深化于他的血液里。在这个意义上讲，鲁迅与梅兰芳是可以互为参照的不断生长的遗产，并非全然对立的存在。受到西方学者伯林将学者分为“狐狸型”和“刺猬型”的启示，贺仲明将学者分为“白蚁型”和“噬尾蛇型”。他将鲁迅定义为“噬尾蛇型”的学者，意指其始终处于不断反思和批判的一生，不断自我否定的勇于探索的创新精神。就此而言，鲁迅是“动态”的。贺仲明认为，“动态”贯穿了鲁迅的整个思想领域。他的思想和文学中强烈的自我批判精神是内在自我冲突的结果，也是文化转型过程中不可缺少的一个阶段。鲁迅的动态特点虽然不是系统性的，但无损于他的伟大。高远东则关注到了中国传统社会中的乡绅制度在史学研究界中的受关注程度及其在新文化运动和中国社会革命中被摧毁的命运，因而以鲁迅《阿Q正传》、《风波》、《祝福》等经典文本中的绅权描写为例，指出鲁迅对乡村绅权的否定，并认为中国社会在转型过程中应割舍对旧制度的留恋，达到破旧立新的目的。颜炼军指出，鲁迅的“民族”观念陷于“华夏正统论”和“民族国家”知识框架的矛盾之中，而这也是“五四”知识分子在大变局中的共同困境。王成军认为鲁迅日记应以本体论的地位进入研究视野，而不应仅仅作为其他文本的补充资料。此外，他还从日记的叙事伦理角度出发，指出鲁迅日记不值得被神话化与美化。徐仲佳对部分学者视鲁迅为厌女症患者的观点进行了辩驳，认为鲁迅其实是女权主义者。与前述几位专家的研究思路不同，赵普光借助数据分析对鲁迅的阅读书目进行了统计与分类，发现鲁迅的知识结构大都来自杂家野史而非儒释道正统，这与鲁迅激烈的反传统倾向互为因果。

在关于鲁迅传统问题的探讨中，宋剑华通过梳理不同时期关于何为鲁迅精神/“鲁迅传统”的学术史嬗变，提出了自己的新见：鲁迅以西方自由话语激活了道家的传统，看上去反传统，实际上是一种反传统的传统。他指出，以鲁迅为代表的“五四”一代启蒙知识分子受西方现代思想理论的影响有限，虽然他们渴望西化，却并不了解西方文明/文化的精神内核。鲁迅传统的真正内涵在于中国清流文人的入世传统，因此我们要在中国传统文化的语境中寻找和理解中国知识分子的文化根性。席建彬在研究中注意到了多年来鲁迅研究偏重于政治性、思想性所可能导致的审美欠缺，在剖析其原因的基础上强调了鲁迅文学中“抒情传统”的重要性。陈国恩在肯定鲁迅在二十世纪中国的经典地位的同时，也指出鲁迅形象嬗变所导致的内质不确定性。他认为当下的鲁迅研究可分为本体论研究和现象学研究两种基本模式，而后者能够汲取文学社会学研究方法的精粹，将经典化的鲁迅视为历史的镜像，并从中透视出二十世纪中国的民族精神和文化性格。袁盛勇在研究中指出，要想在全球化语境中重构一种对于鲁迅的信仰，就必须回到一个复杂而完整的鲁迅那里，并在承续鲁迅精神、反思鲁迅价值的基础上实现超越。

如果说上述四位学者是从整体、宏观视角进入有关鲁迅传统的研究，那么，张业松、卓光平、张洁宇三位学者便是从个体、微观的角度予以阐述。张业松认为鲁迅文学的核心议题之一在于使底层的声音可以被听到，但仍面临着“倾听”与“代言”两个层面上的诸多困境。若要从根本上解决这一断裂，或许可以通过教育底层使其获得自我发声的理性。卓光平认为池田大作对鲁迅“精神革命”话语的解读使得原有的“政治革命”固见转向了“人性革命”，并由此重新阐发了鲁迅对“第三样时代”的理想主义信念及“永远革命”的韧性战斗精神。张洁宇的研究则聚焦于刘雪苇的《论〈野草〉》一文，她指出，刘雪苇的研究不但挖掘了鲁迅在“炼狱”考验下被“制作”成一个伟大思想者的锻炼历程，而且参与构成了“生命学派”的精神传统，对当下研究者具有深刻的启发意义。

三、鲁迅与时代关系的再审视

如何阅读鲁迅？其关键之处少不了对鲁迅与时代之关系的考察。这既包括重返历史现场，探查鲁迅与同代之关系，又包括延展时间维度，思考鲁迅与后世之关系。脱离了时代历史语境的鲁迅研究是抽象化的、本质化的，唯有贴近时代脉搏的鲁迅研究才是生动且具体的。

王彬彬在梳理清末民初否定中医思潮运动的基础上，指出鲁迅反对中医的只言片语在大潮中不值一提，且他对中医的态度其实也与私人经验有关。结合鲁迅的日记、杂文乃至亲友的旁证，其实可以将鲁迅视为“废医存药”论者，而这也正是近现代中国反中医阵营里多数人的真实立场。黄健以《呐喊》、《彷徨》所显示的现代医学思维与诊治理路为切口，指出鲁迅借助这种现代医学思维，对中国历史、文化、社会和现实人生的反思、反省，达到了一个新的思想高度。

王锡荣在研究中指出，鲁迅关于"汉字不灭，中国必亡"的预言没有实现，未来也难以实现，这是一个失败的预言。汉字的落后或先进本身具有相对性。决定文字先进与否的标准不是文字本身，而是文字研究、文字应用研究以及技术发展的先进与否。初清华从传播学的视角出发，认为鲁迅早已关注到大众传媒所导致的从众主义和思想歧义化等负面影响。在她看来，"汉字不灭，中国必亡"其实强调的是汉字作为一种技术手段对其传播效果的影响力。符杰祥通过梳理鲁迅与蒋百里的相遇及交流历程，指出中国意识与中国问题对青年鲁迅的影响不容忽视。张先飞以"五四"新旧思潮论战为考察中心，再现了新思想文化势力和进步报人如何在当时的"乱元"话语场中纠正原有舆论活动的恶劣习气，建构新的对话伦理。此外，李继凯还立足于"大现代"的文化场域，对鲁迅在特定时代语境下主动承担文化使命而采用的文化修辞和传媒策略进行辨析与重评，在反对"去鲁迅化"观点的同时倡导对多元解读鲁迅行为的包容，以使"中国鲁迅"走向世界成为可能。

李玮将国民革命前期鲁迅"再造新文学"的种种实践作为研究对象，指出鲁迅虽然被时代裹挟而加入线性历史的建构行列，但其再造新文学之努力仍为文学发展提供了第三种选择。李松睿以1925年转捩期的鲁迅为研究重点，结合散文、杂文、书信等勾勒了此一时期完整的鲁迅形象。杨洪承以1930年代的《萌芽月刊》为切入点，从该刊物的插图、栏目设置以及该刊物所显示的鲁迅的翻译观、编辑观等方面细致梳理了鲁迅革命观的调整与转变过程。李浩的报告以木刻创作者赖少其为典例，分析了鲁迅的鼓励与指引如何令木刻新人转变个人心态，成长为以木刻启蒙大众、宣传抗战的社会艺术工作者。葛涛则借助史料钩沉了萧三在 1935 年 9 月 15 日致鲁迅书信的真实历史。

与重回鲁迅所在的历史现场思考鲁迅与时代之关系的研究不同,部元宝、郭帅选择了在时间流中重识鲁迅对于时代的意义与价值。部元宝概述了鲁迅小说中假洋鬼子角色逐渐受到重视的批评历程后,对于假洋鬼子研究的成熟所可能导致的停滞问题进行了理性反思。郭帅则细致梳理了抗战时期中共领导人对阿 Q 形象的认识和利用情况。

四、鲁迅作品的再解读

在鲁迅研究中,如何解读鲁迅的作品也是鲁迅研究者们关注的焦点问题。在某种程度上,鲁迅作品解读的新颖、深刻与否往往成为评判一个研究者是否真正进入"鲁迅"的标准。此次会议中,多位鲁迅研究专家采用了别样而新颖的研究视角,诠释了鲁迅经典作品所内含的丰厚而独特的韵味。

在解读《呐喊》中的作品时,张全之指出,《狂人日记》因取消了具体的时间,使得文本的形式变成了锐利的武器,也使得这篇小说成为一部扑克牌型小说。刘倩兰指出,在无辫危机中,七斤嫂、八一嫂与七斤的不同表现,为人们思考国民如何应对民族危机及自身危机提供了一种新的思路。

张闳的报告将鲁迅的《彷徨》视为整体,围绕《祝福》中的"我"与祥林嫂、《在酒楼上》中的"我"与吕纬甫、《伤逝》中的涓生和子君等三组角色的三次"相遇",指出这三个文本从信仰问题的开端、希望主题的深化到爱的主题的困境,分别呈现了三个"灵魂"问题。而这些精神难题不仅属于鲁迅,也属于现代中国人,尤其是中国知识分子。周海波的研究集中在《孤独者》的文本细读上。他从小说中所蕴含的三组对立概念入手,分别剖析了作为叙事逻辑而非时间顺序的“始”与“终”所呈现出的人际关系错位、“生”与“死”的解构与重构过程中的生命哲学、魏连殳的“爱”与“恨”背后隐含的其自身与祖母的精神同构，从而对学界流行的“有始有终”和“复仇”等既有结论进行反思和再阐释。程小强认为，祥林嫂的真正伟大之处在于失责致祸后勇担责任。王文胜指出，《伤逝》中的涓生在很大程度上是鲁迅自我形象的投射，鲁迅借助对涓生的书写所完成的是对自我的审视。

《呐喊》、《彷徨》之外，谭桂林以鲁迅的一则散文《我的第一个师父》为研究对象，借助详实的史料考证追问该故事的真实性，并得出故事中娶妻生子的龙和尚可能信仰的是真宗佛教的结论。而通过对该散文中寄名、受戒、解结等三处重要情节的剖析，鲁迅对佛教文化的评价及其借助佛事书写所寄托的自我人格和隐秘心理也得以显现。吕周聚则以鲁迅与许广平在北京时期的通信为中心，指出“苦闷”在成为解读北京时期《两地书》的一个关键词的同时，也成为人们了解鲁迅与许广平思想情感的一个切入口。

五、鲁迅文学的传播与影响研究

鲁迅之所以在中国文坛有着举足轻重的地位，绝不仅仅因为他是中国现代文学的奠基人，更重要的是因为他作品中所显示的思想深度与锐度。鲁迅也因此成为后辈作家学习的对象。毕飞宇从自身的文学创作经验出发，详细说明了鲁迅对其文学创作之路的影响。毕飞宇指出，每个作家都想要找到创作的个性，并在这个过程中竭力摆脱其他作家的影响。但当鲁迅印记若隐若现地存在于他的小说之中时，他非但不会将之抹去，反而以有鲁迅印记而感到自豪。王洪岳认为莫言与鲁迅相似的童年经验与文化接受，使得莫言在思维方式、艺术观念、创作原则、叙述手法等方面承续了鲁迅的精神，《铸剑》也因此成为他精神力量与文学经验的重要来源。李海鹏认为张枣对鲁迅《好的故事》的理解执迷于其中的完美梦境，并以想象性的方式弥补“生存的缺在”，与现实达成了和解。如果说前述三位研究者是从“纯文学”的角度指出了鲁迅文学对于当代文学发展的意义与价值，那么，庞秀慧的研究便是从青年亚文化的角度阐述了当代青年人对鲁迅的接受情况。她以鲁迅表情包和“返乡书写”中对于鲁迅的感受为中心，细致考察了当下生活中的“鲁迅痕迹”。庞秀慧指出，虽然当代年轻人敏锐地抓住了鲁迅的情绪对当下的意义，但这并不是认识和理解鲁迅的正确方式。

当然，对于鲁迅文学的传播与影响研究这一议题而言，其含义本身便是丰富而驳杂的。它既包括鲁迅文学对后辈作家的影响，也指涉着鲁迅作品的出版、传播情况，等等。葛飞就以《竖琴》为中心，细致梳理厘定了二十年代作品在中国的传播情况。阎晶明在研究中指出，自 1938 年《鲁迅全集》的首次出版开始，历次鲁迅全集的出版都与中国共产党人有着密切的关系。在《鲁迅全集》首次出版时，中国共产党虽然还不是执政党，但也秘密地提供了支持与帮助，因此，《鲁迅全集》自诞生之日起便打上了红色烙印。阎晶明特别强调，当下的鲁迅研究需要在更重大的命题下开展，鲁迅作品出版史的红色背景便是一个值得探索的话题。李杨则从 1958 年版与 1981 年版《鲁迅全集》的生产过程出发，指出鲁编室的成立与解散，在一定程度上见证了《鲁迅全集》作为“国家文学”典范之效力的形成与解体。

此外，刘川鄂梳理了鲁迅与张爱玲被相提并论的批评历史，从家庭变故、性格培育、职业选择等多个方面概括了鲁迅与张爱玲的隐性交集。在此基础上，他提出应当关注两位作家在人性探寻与审美创造两方面的“异中之同”，并认为鲁迅是中国启蒙文学的代表，张爱玲则是中国审美文学的高峰。李林荣探讨了《阿 Q 正传》在 1922 年 2 月至 1936 年 10 月前后十四年间的改编、演绎、译介、讨论等问题。林敏洁详细论述了鲁迅文学在日本国语课堂上的传播与接受情况。

总体而言，此次会议切实展现了当下鲁迅研究的整体面貌，提出了诸多具有开拓性与建设性的议题。与会学者们不仅纵深探讨了鲁迅研究之于中国未来走向的可能性及方法论意义，引发了广大研究者及听众的思考共鸣，而且拓展了鲁迅研究和中国现当代文学研究的话语空间，极大地推动了学科史的建设与学术史的发展。

对话精神、审美目光与立体建构

——评谈凤霞《坐标与价值：中西儿童文学研究》

李　琦

（南京师范大学，南京 210000）

内容摘要：相对于成人文学领域比较研究的如火如荼之势，儿童文学在这方面的研究显得冷清许多。面对儿童文学研究中跨文化研究相对单薄的现状，谈凤霞新著《坐标与价值：中西儿童文学研究》的出版对此做出了一些突破。该书在一以贯之的中西比较视野中，以鲜明的对话精神、审美性思维和立体化策略谋篇布局，构建起具有"融通"特质的中西儿童文学比较研究范式，代表着当下儿童文学研究朝着一种开放性、跨文化性、个性化的方向迈进。

关键词：《坐标与价值》　儿童文学　对话精神　审美思维　立体架构

"五四"时期，中国儿童文学的理论研究在周作人、赵景深、郑振铎等理论家的倡导下拉开序幕，至今已走过百年历程，但在当时，刚刚破土的儿童文学研究还未获得独立的学科地位。直到新时期后，儿童文学的学科建设方才迈入新的历史阶段。1978 年，江西庐山"全国少年儿童读物出版工作座谈会"的召开，促进了高校儿童文学人才培养机制的完善，研究队伍的逐步壮大使儿童文学研究在深度和广度上都获得了可喜的发展。但与其他文学类学科相比，儿童文学的学科处境依旧相对边缘，想要真正打破"小儿

作者简介：李琦，南京师范大学博士研究生，研究方向为中国现当代文学、儿童文学。

基金项目：2019 年度教育部重大课题攻关项目"中国儿童文学跨学科拓展研究"（项目编号：19JZD036）的阶段性成果。

科”的固有偏见，推动儿童文学学科的长足发展，最为根本的还是要确立儿童文学的学科个性、提升儿童文学研究的学术水平。

比较视野为深化儿童文学的学术研究提供了一种有效的路向。“比较”作为全球化时代下重要的研究方法之一，对于文学研究中拓展学术视野、增强研究深度、追求学术创新有着不可忽视的意义。然而，相对于成人文学领域比较研究的如火如荼之势，儿童文学在这方面的研究却显得冷清许多，这不仅是中国儿童文学研究的薄弱环节，也是国际儿童研究中的普遍现象：“国际儿童文学领域内比较研究方法运用的不足也是个不争的事实：比较文学总是忽视对于儿童文学的研究，而儿童文学研究也很少采用比较的方法。”① 面对儿童文学研究中跨文化研究相对单薄的现状，谈凤霞新著《坐标与价值：中西儿童文学研究》（以下简称《坐标与价值》）的出版对此做出了一些突破。该书在一以贯之的中西比较视野中，以鲜明的对话精神、审美性思维和立体化策略谋篇布局，构建起具有“融通”特质的中西儿童文学比较研究范式，代表着当下儿童文学研究朝着一种开放性、跨文化性、个性化的方向迈进。

一、以“对话精神”推进儿童文学比较研究

“对话”既是现实生活中解决人与人、国与国之间问题的基本原则，也作为一种哲学思想，为文学研究提供了重要的思想资源。无论是中国古代哲学中“阴阳互须”、“天人合一”等以抽象性、直觉性为特征的“对话思维”，还是西方十九世纪后兴起的以迦达默尔、巴赫金为代表的具有思辨性、分析性的“对话学说”，都蕴含着平等交流、和而不同、和谐共生的“对话精神”。《坐标与价值》的作者正

① 蒲海丰：《比较儿童文学、世界文学与“普遍童年共和国”——埃莫·奥沙利文〈比较儿童文学〉介评》，《中国比较文学》2020 年第 4 期。

是以这样一种富有交流性、平等性和尊重差异性的学术精神对中西儿童文学的相关学术问题进行了多方位的关照。

首先，作者以开阔的世界眼光，勾勒出了中西儿童文学交流的历史轨迹。在上编"文学史研究"中，作者选取了"20 世纪初"和"21 世纪初"两个在中西儿童文学交流史上最为典型的历史时期，通过个案研究，对中西儿童文学的历史联系和当代交流进行了不同维度、层层递进的思考。在发生期(二十世纪初)研究的相关课题中，作者主要聚焦于儿童文学发生过程中对西方理论及文学资源的"吸收"与"转化"问题。一方面，作者在考察和儿童文学发生期的诸问题时，通过加入"西方影响"的内视角，对儿童文学观念、语言、审美等方面的影响来源进行了确认。另一方面，作者还注意到了中国儿童文学先驱者在接受西方经验时所做出的"转化"和"深化"。发生期儿童文学虽然在许多层面借鉴了西方经验，但也并不意味着全盘接受和一味模仿。作者以鲁迅的儿童文学观为例，指出他在对杜威"启蒙思想"的吸收和"人性观"的超越中确立起了具有辩证性和先锋色彩的儿童观。在对于儿童文学繁荣期(二十一世纪初)的考察中，作者敏锐地捕捉到了这一时期中西儿童文学交流的主要特质，即"整合"与"输出"。作者指出，随着全球化时代西方文化渗透的加剧和中国文化软实力的增强，中国儿童文学在出版上从过去的单向性的"引进来"，走向了双向性的交流；创作上也更加注重民族性与世界性的融合。整体来说，作者以历时性的眼光，将中国儿童文学置于世界范围内考察，通过宏观研究和微观研究相结合的方式，对中国儿童文学从"吸收转化"到"整合输出"的对外交往规律做出了清晰的把握。

其次，作者以"平等"心态，在中西互补中追寻儿童文学的美学可能，探索中国儿童文学的美学道路。在《坐标与价值》中，作者并未采取"以西释中"或"以中释西"的研究范式，而是以"平等"的对话姿态，试图在中西互相补充中探求儿童文学可能的艺术高度和多元的艺术样态。基于此，作者在书中通过个案分析，探索了“固有的传统究竟有几分可以沿袭，外来的影响究竟有几分可以接收”[①]，并在此基础上继续追问“民族性如何在与世界性的结合中达到更高的美学境界”。所谓“外来的影响究竟有几分可以接收”，就是探究西方儿童文学的艺术实践可以为中国儿童文学的创作打开哪些面向、提供哪些参考。例如作者在第三章“中西少年小说比较研究”中，通过几组有关西方少年小说的课题，探究一个共同的话题：儿童文学（尤其是少年文学）中的“禁忌写作”。关于儿童文学中“禁忌写作”的问题是近年来中国儿童文学研究界关注的热点，但关于该不该书写以及该如何写，学界尚存在争论。在本书中，作者指出“中国的少年小说尚未得到很好的发展”[②]，其原因就在于中国儿童文学作家对于少年成长过程中所面临的复杂境况，有着过多的禁忌。基于此种问题意识，作者通过聚焦表现情感和霸凌的美国少年小说、具有激进取向的英国战争小说、描写非常态母女关系的英国少女小说，为中国少年小说“禁忌”书写提供参照。借鉴西方写作的合理经验，有助于拓展中国儿童文学的天地，引导中国作家深化关于儿童文学的美学思考。此外，针对近年来儿童文学创作中的“民族化”趋向，作者通过大量的文本细读，对“固有的传统”中可以沿袭且值得沿袭的部分进行了精准开掘。作者不仅肯定了通过表层文化符号彰显民族文化的写作路径，同时也对具有“中国式”精神气韵和美学质地的原创儿童文学青眼有加。对于后者，作者选取了曹文轩的成长小说、当代原创绘本等具有代表性的个案，通过辨析寻得其中区别于西方美学的东方美学特质，并将其视为中国儿童的“文化之根”。这类研究并没有止步于中西儿童文学各自“优长”的勾勒，而是进一步探讨“民族性如何在与世界

① 朱光潜：《朱光潜全集》（第 3 卷），安徽教育出版社 1987 年版，第 4 页。
② 谈凤霞：《坐标与价值：中西儿童文学研究》，二十一世纪出版社 2020 年版，第 343 页。

性的结合中达到更高的美学境界”，阐释了民族性和世界性之间具备交融的可能性和互动性。“比较”本身不是目的，目的在于通过比较发现“价值”，以上三重问题意识环环相扣，旨在通过对话引导儿童文学的美学思考走向深化。

作者还以“与时俱进”的学术担当，致力于促进中西儿童文学学术交流与合作。推动学术研究的国际交流与合作需要研究者具备跨语言、跨文化的学术素养，还需要与他国研究者建立一定的学术联系。为了更好地进行儿童文学的跨文化研究，从2010年开始，作者曾先后赴英国剑桥大学、德国慕尼黑国际青少年图书馆、澳大利亚麦考瑞大学、美国伊利诺伊州立大学等地进行与儿童文学相关的访学或学术交流，并多次参加在英国、挪威、荷兰、美国、韩国等地举办的国际儿童文学会议。作者通过丰富的跨国交流深化了对于其他国家儿童文学的研究情况的认识，为促进中国儿童文学研究的“引进来”和“走出去”做了积累。从《坐标与价值》下编中可以窥视到作者在促进中外儿童文学学术交流方面做出的突出贡献。例如《国际儿童文学研究动向——约翰·斯蒂芬斯教授专访》、《系统性的解牛之刀:〈儿童文学美学研究方法导论〉》等以访谈、书评的形式向中国儿童文学界介绍外国儿童文学的研究动态；此外，书中的英文论文，如“Light as A Bird, not A Feather. Science Picture Books from China and the USA”、“Breakout and Bondage: the Nationalization of Chinese Picturebooks”等分别被选入由挪威、美国、澳大利亚、马来西亚等国学者主编的儿童文学论文集，身体力行地推动了中国儿童文学研究的学术成果走向世界的进程。

二、以感性和理性结合的思维彰显学术个性

在当代，以文学、音乐、绘画、书法等审美活动为研究对象的人文科学，在研究中除了需要理性思维的支撑，也时常被呼吁调动感

性思维，以贴近研究对象的审美本质。实际上，在中国文学批评的历史中，感性批评有着十分深厚的传统。从古代诗论家钟嵘，到晚清的王国维，再到 1930 年代前后京派批评家朱光潜、李健吾、沈从文、李长之，这些以感性见长的文学批评家，为文学批评园地注入了一份生动和鲜活。到了当代，学术研究的学院化使文学研究逐渐确立了一套系统化的研究方法，这有利于文学研究走向纵深，但与此同时，感性思维在文学研究中遭到了前所未有的“冷落”。对此，学者陈晓明曾表达隐忧，他指出：“经过大学研究生阶段的学术训练，写作高头大章的技法是掌握了，但是，自我体验感受的文学感觉还剩多少，始终是让我疑虑的。”[①] 从陈晓明的话语中可以看出，“写作高头大章的技法”的理性思维与“自我体验感受”的感性思维对于文学研究来说各有价值。一方面，研究中问题的形成、材料的取舍、价值的判断离不开逻辑分析、归纳总结等理性思维能力。另一方面，体察文本细部、触摸文学审美本质则需要感性思维的注入。然而，当下文学研究中重理性思维、轻感性思维的现象，使文学研究的专业性有余而个性化不足，在此背景下，感性思维对于文学研究的意义重新得到了重视。

阅读《坐标与价值》，时常能够感受到作者“以身体之，以心验之”的感性化思维，这种感性化思维并不似中国古代文学理论那般崇尚“只可意会，不可言传”，而是注重与理性研究思维相结合，呈现出以学术理性为骨架、以审美感性为灵魂的学术个性。具体来说，感性思维的运用使作者在儿童文学本体的体察、学术理论的评析甚至副文本的设计上，都注入了细腻、诗意、率真等个人性情，使该书呈现出独具一格的学术魅力。

审美性思维的运用首先就体现在作者文本细读的扎实功力

① 陈晓明：《感性批评的魅力与转型的时代——王干文学批评论略》，《当代作家评论》2018 年第 2 期。

上。文本细读意味着作者在进入研究时，首先是以普通读者的身份进行感性化的文学阅读，而深入文本细部的感性化阅读往往会促发新问题的提出和新观点的产生。读《坐标与价值》，会发现其中许多富有创见性、突破性观点的提出都离不开作者感性化的文本细读。例如，作者在《英国经典童话〈彼得·潘〉的美学悖论》一文中以《彼得·潘》为例，提出了儿童文学中的一种特殊美学——悖论美学。这一富有洞见性的观点颠覆了以往文学研究中许多关于《彼得·潘》的"定评"。作者通过聚焦人物行为、人物对话、叙事者话语等文本细节，发现"永远长不大的孩子"彼得·潘的身上不是纯粹的一派天真，他发动"战争"、报复大人，有着相当邪恶和凶残的面向，文本中另一主要人物温迪的身上也不仅有"温柔"和"母性"，她对于彼得的爱恋和对叮当、虎莲的憎恶都显示出了潜藏在她内心深处的情爱欲望。此外，作者还捕捉到彼得·潘在窗外注视温迪一家时的复杂心境、关注到温迪离开永无岛的负气动机，由此推论出彼得·潘的"离家"和温迪的"回家"都具有一定程度的不彻底性，颠覆了以往研究中对"离家"和"回家"现象的单纯化认知。细腻的文本细读使作者在面对已有定论的文学现象时，可以不落窠臼地发现真问题并做出了富有启发性的诠释。

审美性思维也体现在作者研究语言的"形象化"、"情感性"。该书作者作为国内较早涉足儿童文学审美研究的学者，在针对儿童文学本体进行中西比较时，也特别注重以"审美"的视角切入。审美研究由于以"美"为研究对象，因而更多地召唤研究者感性思维的运用。在关于儿童文学审美的研究中，作者更加倾向于使用形象、鲜活的语言贴近审美对象的美学质地。如评价儿童剧的审美变迁时说道："这股野蛮的外力也迫使刚诞生不久的中国现代儿童文学偏离了原本的艺术发展轨道，由娇嫩的童心歌唱转向现实的呻吟与呐喊。"[①] 作者通过"童

① 谈凤霞：《坐标与价值：中西儿童文学研究》，二十一世纪出版社 2020 年版，第 467 页。

心歌唱”、“呻吟与呐喊”等拟人化表述将“五四”儿童剧和三十年代的现实主义儿童剧的美学特质刻画得入木三分。作者研究的对象是“美”，运用的语言同样也具有优美、灵动的美感，是散文的语言、诗的语言。此外，作者还以“情感化”的语言表达鲜明的价值认同。优秀的研究离不开学术的激情，正因为有情感的注入，批评才变得个性鲜明。阅读《坐标与价值》，时常可以看到作者充满锐气的评点式语言，比如在评《中国儿童文学的现代化进程》一书时这样写道：“作者质问‘为什么人们一讲到儿童文学的教育功能时，教育的目标总是指向儿童，而从不指向成人自己呢？’不由让人叫一声：‘问得好！’”① 作者虽然没有直言自己的儿童文学观何为，但一句“问得好！”就已代表了万语千言。在情感化的语言背后，是作者怀揣学术热情对学术同道发出的由衷赞赏，更是作者基于独立思考对于儿童文学本质产生的深刻体认。

此外，封面、后记等属于著作中“副文本”的部分，也倾注了作者丰沛的审美感性。封面作为书的“面孔”，会折射出一本书的内在“气质”。一般来说，学术著作的封面往往讲求严肃性，有学者认为这“是由学术著作的内容所决定的，它要求封面设计也必须反映出这种严肃与庄重，要求以科学和理性的创作态度来表现其主题”②。然而，《坐标与价值》一书的作者基于对儿童文学本质的透彻理解，大胆突破学术著作封面设计中崇尚严肃的惯例，在封面中注入趣味横生且寓意深长的感性质素，带给读者眼前一亮且回味无穷的审美感受。该书封面的主体部分留白，四周环绕深灰色边框，宛若一扇开阔的明窗。在这扇窗的“此端”，首先映入眼帘的是一个眺望远方的小孩，在他的身边聚集了来自中西方儿童文学中的经典人物：左边是孙悟空、九色鹿等来自中国儿童文学中的人

① 谈凤霞：《坐标与价值：中西儿童文学研究》，二十一世纪出版社2020年版，第534页。
② 牛钧：《高校学术性出版物的封面设计理念初探》，《山东大学学报》2002年第6期。

物，右边则是穿靴子的猫、彼得兔等西方儿童文学中的人物。“小孩”伫立在中间，手持望远镜眺望窗户的“彼端”。细细品味，不难觉察到这些趣味性质素背后所蕴含的深长寓意：画中的“小孩”既象征着该书的作者，也可以被看作众多儿童文学的研究者们，他们站在中西儿童文学交汇点处，渴望探求儿童文学的本质之美。“小孩”的形象也暗示着当研究者真正醉心于儿童文学的艺术殿堂时，便会由成人化身为充满好奇心的“孩子”，这时象征着“艺术之美”的幻想人物也会悄然来到身旁。想必这般“化身孩童”、“物我合一”的状态，便是作者心目中儿童文学研究的理想境界了。

如果说该著的封面是作者学术方法、学术理想的童趣化再现，那么以两首原创诗歌构成的“代后记”则可以看作作者学术精神和人生态度的诗意化自白。作者在代后记《盛开》中这样写道：“醉心过洁净辽远的天空/才会向往那水晶般的蔚蓝/寻访过峭壁攀岩的足迹/才会惊叹那岩石般的勇敢//没有哪一条河流直通大海/奔突是必须，蜿蜒是必然/没有一匹骏马流连眼前，驰骋于旷野是永远的召唤。”① 作者选择诗歌这一感性化的载体为该著作结，以灵动优美、充满韧性的语言表达了面对（学术或人生）困难时的乐观心态和追逐梦想的执着精神，这既是自我情志的抒发，也有激励后辈之意。阅读《坐标与价值》，可以分明感受站在文字背后的那个“我”，也正因“我”的在场，使这部学术著作在具备突破性的学术价值之余，还多了一份“情”与“真”。

三、以立体化架构实现多维开掘

中外儿童文学比较研究作为一个内容庞杂、牵涉面颇广的研究领域，是值得研究者深度挖掘的“矿藏”。面对这样一个涵盖内

---

① 谈凤霞：《坐标与价值：中西儿童文学研究》，二十一世纪出版社 2020 年版，第 607 页。

容纷繁复杂的课题，需要研究者以整体性、全局性眼光，建构合理、有效的研究体系。《坐标与价值》采用立体化策略，通过“显性”比较与“隐性”比较兼顾、“点、线、面”结合的方法，实现对中西儿童文学的多维度开掘，并以此建构起了深细化与宽广度兼备的研究体系。

作为以“比较”为研究方法的学术著作，该著一个非常显著的特色是以更加宽广的“比较视野”扩展了严格意义上的“比较研究”。作者在谈及该著的编写体例时说道：“本书部分章节的内容采用纯粹的影响研究和平行研究，其他部分虽然并非严格意义上的比较研究，但是都自觉地包含着中西比较视野。”[①] 具体来讲，该著采用的“比较”方法可以分为两类：一类是运用比较文学研究方法的“显性”比较，这类“比较”有意识地运用影响研究、平行研究、接受研究等方法来探索中西儿童文学间的联系、异同和变异。例如，《清末民初至“五四”儿童文学的美学形态》、《“人之萌芽”与鲁迅儿童观的先锋性》等文章通过影响研究的方法，探索了中西儿童文学之间的“事实联系”；又如《中西科学绘本的美学境界》、《西游记的儿童接受美学兼与“哈利·波特”比较》《以幻想营造张力的中英死亡叙事》等文章采用平行研究的方法，或在中西儿童文学共同艺术选择中探寻儿童文学的美学真谛，或通过勾勒中西儿童文学的不同美学形态来倡导“美美与共”的审美理想；另外，《中国儿童剧对西方经典童话之改编》、《西方少年小说中译的文化“变脸”》等文章则聚焦了西方儿童文学在中国的传播和接受，通过个案研究评价西方儿童文学经历“中国旅行”后的艺术得失。值得注意的是，该著还存在一类“隐性”的比较，这类“比较”以一种“视野”的方式存在，即在“对于外国儿童文学的阅读和批评经验不同程度地渗透进对于中国儿童文学的考量；反之，中国儿童文学的经验也作为

① 谈凤霞：《坐标与价值：中西儿童文学研究》，二十一世纪出版社 2020 年版，第 1 页。

辨析和衡量外国儿童文学立场和审美形态的一类参照”[1]。例如《李尔“nonsense”之意义及其中译》一文在考察英国诗人李尔的谐趣诗时，也自然地关联到中国具有谐趣风格的儿童诗人任溶溶；又如《狂欢化和阳刚性的儿童诗新质》在考察萧萍儿童诗时，尤其注意辨析了她诗歌中的西方文学因子。在这里，“比较”不是架构文章的核心问题意识，而是以一种思维方式氤氲其间，以期为研究对象提供多维参照。这无疑显示出了作者以世界性目光观照文学现象的学术自觉。

该著不仅在“比较”的方法上“双管齐下”，也在内容结构的设置上“立体建构”。具体来说，作者在谋篇布局上选择以“点、线、面”结合的研究策略对中西儿童文学的相关课题进行统合，形成了辐射面广、开掘度深的特色研究体系。所谓“点”，指的就是具有典型意义的作家作品、文学现象，“点”的选择凸显的是研究者捕捉重点、发现盲点的学术敏锐度。譬如，作者对于“现代儿童观发生”这一深受学界关注的“原点性”问题投注了热切的关注，并以精准的学术眼光抓住了“鲁迅儿童观”这一具有典型意义的个案，通过对鲁迅儿童观辩证特质和先锋精神的判断，补充了学界对于这一时期儿童观认识的“盲点”。“线”指的是以动态发展的眼光，勾勒儿童文学发展脉络、变化规律的研究思路。例如在文学史研究中，作者以“审美”为视点，探究从晚清到“五四”儿童文学的美学形态、审美范式等方面发生的转变，也以历时性眼光观照现代时期儿童剧的审美历程；在当下儿童文学研究中，作者分别在《新世纪初中国儿童诗歌的繁盛》、《新世纪中国儿童幻想小说的走向》、《中国原创绘本的本土化探索》、《新世纪初中国儿童剧的多样发展》等文章中对诗歌、幻想文学、绘本、儿童剧等不同文类在当下的发展趋势进行了把握，同时还基于全球整体性视野关注到了当下儿童文学创

---

① 谈凤霞：《坐标与价值：中西儿童文学研究》，二十一世纪出版社 2020 年版，第 1 页。

作中的民族化走向(《全球化时代中国儿童文艺的民族化走向》)。富有典型性的“点”和揭示发展规律的“线”共同构成了该著的几大重点“面向”,即“上编”的文学史研究(包括二十世纪初、二十一世纪初两个历史阶段),“中编”的文类研究(包括诗歌、幻想文学、少年小说、绘本、儿童剧五大文类)以及“下编”的翻译、理论和教学研究。“点、线、面”的结合使该著的内容框架呈现出立体化的结构,涵盖了中西儿童文学的方方面面,显示了作者全局性的研究思维。

值得一提的是,该著对于中西儿童文学研究体系的建构还具有相当的“开放性”。作者不仅在该著以立体化的研究思路建构起了儿童文学比较研究的学术大厦,同时还积极为中西儿童文学比较研究未来的发展指出方向,希望“引起学者的注意,使学者知道何处有隙可乘、有功可立、有困难可以征服”[①]。在作者看来,中西儿童文学比较研究是一个具有广大发展前景、大有可为的学术领域,例如,在未来“随着这中国儿童文学在海外出版的数量扩增,中国儿童文学在西方的接受研究也会成为这一比较研究的增值点”。该著有意识地串联起“已知”和“未知”的研究疆域,彰显了作者面向未来的学术眼光和无限的学术热情。

结语

综上而论,无论是中与西的平等对话,还是与理性思维结合的感性目光,又或是多维度的研究思路,《坐标与价值》所体现出的学术特质都指向了同一种精神,那就是“融通”的学术之道。所谓“融通”就是打通、贯通、沟通之意,对于儿童文学研究来说,需要“融通”的层面有很多,譬如古今、中外、学科之间、成人文学与儿童文学、感性精神与理性精神等。那么如何实现儿童文学研究中的“融

① 胡适:《胡适文存》(二集),黄山书社 1996 年版,第 8 页。

通”?《坐标与价值》的成功实践提醒我们关注一个重要的事实,那就是:研究者的多重身份是实现研究中“融通”的有效途径。《坐标与价值》的作者在除了“显在”学者身份以外,还兼有儿童文学译者和儿童文学作家的身份。多年来,她不仅翻译出版了《黑暗护卫舰》、《蜜蜂公主》、《列那狐的故事》等多部外国儿童文学作品,还先后创作了小说《读书种子》、《守护天使》和随笔集《剑桥彩虹》系列等。《坐标与价值》所展现出的“融通”特质,也得益于“译者身份”对于论者进行跨文化研究的重要助力,以及“作家身份”对于作者研究中感性思维的潜在影响。实际上,以“多重身份”促进儿童文学发展是中国儿童文学历史上的重要“基因”,在儿童文学“初生”的“五四”时期,鲁迅、周作人、郑振铎、赵景深等儿童文学重要的理论家都是名副其实的“多面手”,也正因为作为学者的他们同时能够以译者身份“求新声”,以编辑身份“促讨论”,才使得儿童文学的基本理论在“五四”前后短短几年就实现了从无到有的“发生”。然而在当代,随着职业的专业化的进程不断推进,以身份“合力”促进儿童文学发展的现象似呈减少趋势。在这样的背景下,《坐标与价值》的研究范式无疑会为当代儿童文学研究界带来新鲜的血液和富有启发意义的思考。

图书在版编目(CIP)数据

中国现代文学论丛 / 张光芒主编. —南京：南京大学出版社，2022.2

ISBN 978-7-305-25408-6

Ⅰ. ①中… Ⅱ. ①张… Ⅲ. ①中国文学—现代文学—文学研究—文集 Ⅳ. ①I206.6-53

中国版本图书馆 CIP 数据核字(2022)第 028647 号

出版发行 南京大学出版社
社　　址 南京市汉口路 22 号　　邮　　编 210093
出 版 人 金鑫荣

书　　名 中国现代文学论丛
主　　编 张光芒
责任编辑 郭艳娟　　编辑热线 025-83686659

照　　排 南京开卷文化传媒有限公司
印　　刷 江苏凤凰通达印刷有限公司
开　　本 635×965 1/16 印张 22.25 字数 280 千
版　　次 2022 年 2 月第 1 版 2022 年 2 月第 1 次印刷
ISBN 978-7-305-25408-6
定　　价 78.00 元

网　　址 http://www.njupco.com
官方微博 http://weibo.com/njupco
官方微信 njupress
销售热线 025-83594756